ଇଚ୍ଛାପତ୍ର

ରୋଜାଲିନି ମିଶ୍ର

ବ୍ଲାକ୍ ଇଗଲ୍ ବୁକ୍ସ

ଭୁବନେଶ୍ୱର, ଓଡ଼ିଶା

BLACK EAGLE BOOKS
Dublin, USA

ଇଚ୍ଛାପତ୍ର / ରୋଜାଲିନି ମିଶ୍ର

ବ୍ଲାକ୍ ଇଗଲ୍ ବୁକ୍ସ : ଭୁବନେଶ୍ୱର, ଓଡ଼ିଶା ● ଡବ୍ଲିନ୍, ଯୁକ୍ତରାଷ୍ଟ୍ର ଆମେରିକା

 BLACK EAGLE BOOKS

USA address:
7464 Wisdom Lane
Dublin, OH 43016

India address:
E/312, Trident Galaxy, Kalinga Nagar,
Bhubaneswar-751003, Odisha, India

E-mail: info@blackeaglebooks.org
Website: www.blackeaglebooks.org

First International Edition Published by
BLACK EAGLE BOOKS, 2025

ICHHAPATRA
by **Rozalini Mishra**

Copyright © **Rozalini Mishra**

All rights reserved. No part of this publication may be reproduced, stored in a retrieval system, or transmitted, in any form or by any means, electronic, mechanical, photocopying, recording or otherwise without the prior permission of the publisher.

Cover & Interior Design: Ezy's Publication

ISBN- 978-1-64560-776-2 (Paperback)

Printed in the United States of America

ରୋଜାଲିନି ମିଶ୍ରଙ୍କର ପ୍ରଥମ ଉପନ୍ୟାସ ତାଙ୍କର ପ୍ରଥମ ଗଳ୍ପ ସଂକଳନ ଭଳି ବିସ୍ମୟକର। ଆଂଗିକ ଦୃଷ୍ଟିରୁ ଉପନ୍ୟାସଟିର ଗଠନ ଖୁବ୍ ନିର୍ଭୁଲ୍ ଓ ଏହା ସୁଖପାଠ୍ୟ ନିଶ୍ଚୟ। ଏ କାହାଣୀ ଆମ ପିଢ଼ିର ପାଠକମାନଙ୍କୁ ଧରି ରଖିବାର ସାମର୍ଥ୍ୟ ରଖେ। ରୋଜାଲିନିଙ୍କର ଲେଖିକୀୟତାର କ୍ରମ ବିବର୍ତ୍ତନର ଏହା ଏକ ଅପୂର୍ବ ନିଦର୍ଶନ। ତାଙ୍କର ଗପସବୁ ଭଳି ଏ ଉପନ୍ୟାସ ବି ପ୍ରଚୁର ଆଦୃତି ପାଉ, ଏହା ହିଁ କାମନା।

ଡ. ହିରଣ୍ମୟୀ ମିଶ୍ର, ବରିଷ୍ଠ ସାହିତ୍ୟିକା

କଥାଶିଳ୍ପୀ ରୋଜାଲିନିଙ୍କ କଥାସମୂହର ଜୀବନ୍ମୟତା ହିଁ ତାଙ୍କ ଗପଗଢ଼ଣର ପ୍ରମୁଖ ଆକର୍ଷଣ। ସୂକ୍ଷ୍ମ ଚିନ୍ତନ ତଥା ମୁକ୍ତ ମନନରୁ ସୃଷ୍ଟ କଥାବସ୍ତୁ ଏକ ନିରୁତା ଭାବାବେଗ ଓ ନିଆରା ପ୍ରେମାନୁରାଗର ଛୁଆଁ ପାଇ ସରଳ, ସାବଲୀଳ ଗତିରେ ଗତିଶୀଳ ହୋଇ ଏକ ଅପୂର୍ବ ନାନ୍ଦନିକତାରେ ପାଠକମାନଙ୍କୁ ଅଭିଭୂତ କରେ। ଈଶ୍ୱର କରନ୍ତୁ – ରୋଜାଲିନିଙ୍କ ସର୍ଜନାର ପୃଥ୍ବୀ ଆହୁରି ସବୁଜେଇଯାଉ, ଆହୁରି ପରିପୁଷ୍ଟ ହେଉ, ଆହୁରି ବ୍ୟାପ୍ତ ହେଉ।

ଡ. ମଞ୍ଜୁ ପଣ୍ଡା, କଥାକାର

ରୋଜାଲିନିଙ୍କ ଲେଖାରେ ଥାଏ ପାଠକଙ୍କୁ ବାନ୍ଧି ରଖିବାର ଯାଦୁକରୀ ଶକ୍ତି। ଏ ଉପନ୍ୟାସଟି ମଧ୍ୟ ଶେଷଯାଏ ପାଠକଙ୍କୁ ନିଶ୍ଚୟ ବାନ୍ଧି ରଖିବ, ଏଥିରେ ସନ୍ଦେହ ନାହିଁ। ବିଶେଷ କରି ଗ୍ରାମୀଣ ପରିବେଶ ପୃଷ୍ଠଭୂମିରେ ରଚିତ ତାଙ୍କର ଏଇ ଲେଖାଟି ପାଠକଙ୍କୁ ଅତୀତାଭିମୁଖୀ କରିବ ଏବଂ ଲାଗିବ ଯେମିତି ଏଭଳି ଏକ ପରିବେଶକୁ ବା ଘଟଣାକୁ ପାଠକ ନିଜେ କେବେ ଅଙ୍ଗେ ନିଭାଇଛନ୍ତି। ସହଜ ସରଳ ବାକ୍ୟ ଏବଂ ଅଯଥା ଆଡ଼ମ୍ବର ନଥିବା ବର୍ଣ୍ଣନା ଶୈଳୀ ରୋଜାଲିନିଙ୍କ ଲେଖାର ବିଶେଷତ୍ୱ। ତାଙ୍କର ପ୍ରଥମ ଗଳ୍ପ ସଂକଳନ ‘ମଡ଼ା ଚଣ୍ଡିଆ ଓ ଅନ୍ୟମାନେ’ର ସଫଳ ପାଠକୀୟ ସ୍ୱୀକୃତି ଭଳି ତାଙ୍କର ଏଇ ପ୍ରଥମ ଉପନ୍ୟାସ ‘ଇଚ୍ଛାପତ୍ର’ ମଧ୍ୟ ପ୍ରଚୁର ଭଲ ପାଇବା ହାସଲ କରିବ, ଏଇ ଆଶା ରଖି ରୋଜାଲିନିଙ୍କୁ ଶୁଭେଚ୍ଛା ଜଣାଉଛି।

ଶତ୍ରୁଜିତ୍ ମିଶ୍ର, କବି ଓ ଗାଳ୍ପିକ

ଉପନ୍ୟାସଟି ପଢିଲା ବେଳେ ପୃଷ୍ଠା ପରେ ପୃଷ୍ଠା ଲେଉଟି ଚାଲେ ଆପେ ଆପେ । ପାଠକ ବାନ୍ଧି ହୋଇଯାଏ ବିଂଶ ଶତାବ୍ଦୀର ପଞ୍ଚମ / ଷଷ୍ଠ ଦଶକର ଗାଉଁଲି ଓଡ଼ିଆ ପରିବେଶରେ । ତକ୍କାଳୀନ ଭାବକୁ ବ୍ୟକ୍ତ କଲାଭଳି ଶବ୍ଦ ଗୁମ୍ଫନରେ ବେଶ୍ ପାରଙ୍ଗମ ଏବଂ ପରିପକ୍ ଅଟନ୍ତି ରୋଜାଲିନି । ଉପନ୍ୟାସ ରଚନାରେ ପ୍ରଥମ ହେଲେ ବି ଏହା ଏକ ବଳିଷ୍ଠ ପ୍ରୟାସ । ବହିଟି ନିଶ୍ଚିତ ପାଠକାଦୃତି ପାଇବ ବୋଲି ବିଶ୍ୱାସ ।

ଦୀପକ ମିଶ୍ର, ଲେଖକ

ଆମ ସମୃଦ୍ଧ ଓଡ଼ିଆ ସାହିତ୍ୟ ସରଣୀରେ ରୋଜାଲିନି ଜଣେ ନୂତନ ସମ୍ଭାବନା । ଆମର ହଜି ଯାଉଥିବା ଓଡ଼ିଆ ଶବ୍ଦ ଓ ପାରମ୍ପରିକ ଚଳଣିକୁ ନିଜ ଲେଖା ମାଧ୍ୟମରେ ପୁଣି ଥରେ ଉଜ୍ଜୀବିତ କରିବାର ତାଙ୍କର ଏ ପ୍ରୟାସ ମୋତେ ମୁଗ୍ଧ କରିଛି ସତରେ । ମୁଁ ଆଶା କରିବି ତାଙ୍କର ଏ ସାଧନା ଜାରି ରହୁ ଏବଂ ଆଗାମୀ ଦିନରେ ଆମକୁ ଆହୁରି ଚମକ୍ରାର ସୃଷ୍ଟି ସବୁ ପଢ଼ିବାର ସୁଯୋଗ ମିଳୁ । ବହୁତ ବହୁତ ଆଶୀର୍ବାଦ ।

କାର୍ତ୍ତିକ ସ୍ୱାଇଁ, ସାହିତ୍ୟିକ

ମନକଥା

ଆଦ୍ୟ ଲେଖକୀୟ ଜୀବନରେ ସ୍ୱପ୍ନରେ ସୁଦ୍ଧା ବି ଭାବି ନଥିଲି ଯେ ଜୀବନରେ ଉପନ୍ୟାସଟିଏ କେବେ ଲେଖିବି ବୋଲି। ଉପନ୍ୟାସ ଲେଖିବା ମୋ ମନରେ ହିଁ ନଥିଲା। ଗୋଟିଏ ଏକଦମ ଛୋଟ ସାଧାରଣ ଦୃଶ୍ୟରୁ ଅଙ୍କୁରୋଦଗମ୍ ହୋଇଥିଲା ଏ ଉପନ୍ୟାସର।

ଉପନ୍ୟାସଟି ପଢ଼ିଲା ପରେ ପାଠକ ମାନଙ୍କ ମନରେ ହୁଏତ ପ୍ରଶ୍ନ ଉଠିପାରେ ଯେ ଏହାର କାହାଣୀ ସହିତ ସମସାମୟିକ ଛବି ନଯୋଡ଼ି ପାଖାପାଖ ସତୁରୀ କିମ୍ୱା ଅଶୀ ବର୍ଷ ତଳର ସାମାଜିକ ଚଳଣିକୁ ଦୃଶ୍ୟାୟନ କରିବାର କାରଣ କ'ଣ ? କାହାଣୀ ଭିତରେ ପ୍ରହରାଜ ଉଆସ କାହିଁକି ? ପ୍ରହରାଜ ଭିଲ୍ଲା କିମ୍ୱା ପ୍ରହରାଜ ଏନକ୍ଲେଭ କାହିଁକି ନୁହେଁ ? କିନ୍ତୁ ଏମିତି ଗୋଟିଏ ଭଗ୍ନ ଉଆସ ହିଁ ମୁଁ ଦେଖିଥିଲି ଥରେ, ଯାହା ମୋ ମନରେ ଛାପଟିଏ ଛାଡ଼ି ଯାଇଥିଲା।

ନିଶ୍ଚିତ ଭାବରେ ସେହି ଉଆସ ଦିନେ ସେ ଘର ମାଲିକଙ୍କର ଦର୍ପ ଥିବ, ଅଭିମାନ ଥିବ କିନ୍ତୁ ଆଜି ତାହା ଜରାଜୀର୍ଣ୍ଣ। ଘରର ଫଟା କାନ୍ଥରୁ ଚେର ମେଲେଇଛି ଯାବତୀୟ ଅନାବନା ଗଛ। ଛାତିଏ ଉଚ୍ଚ ବାରଣ୍ଡାର ଗୋଟାଏ କୋଣକୁ ଦୟନୀୟ ଅବସ୍ଥାରେ ପଡ଼ିଥିବା ଉଈଖିଆ ଆରାମ ଚେୟାରଟି ଅନେକ ଅତୀତ ଘଟଣାର ମୂକସାକ୍ଷୀ। ବାରଣ୍ଡାର କୋଟିକାମକରା ମୋଟା ମୋଟା ଖୁମ୍ଭ ସବୁରେ ଶିଉଳିର ବହଳ ଆସ୍ତରଣ। ଘର ଆଗରେ ଥିବା ତୁଳସୀ ଚଉରାଟା ଏବେ ଖାଲି ବୃନ୍ଦାବତୀଙ୍କ ମୂର୍ତ୍ତିର ଭଗ୍ନାବଶେଷ ମାତ୍ର। କିନ୍ତୁ ଅତୀତରେ ସେଠି ଦିନେ ନିଶ୍ଚୟ କେହି ଜାଳୁଥିବ ସଞ୍ଜବତୀଟିଏ ପରିବାରର ମଙ୍ଗଳ କାମନା କରି। ଏମିତି ଆହୁରି ଅନେକ...। ଆହାଃ... କି ଦୟନୀୟ ଦୃଶ୍ୟ ! ଅଶୀବର୍ଷ ତଳେ ଏଇ ଉଆସର ବାରଣ୍ଡାରେ ଏଇ ଆରାମ ଚେୟାରେ ବସି ହୁକୁମାତି

ଜାରି କରୁଥିବା ମଣିଷଟି କ'ଣ କେବେ ବି ସ୍ୱପ୍ନରେ ଭାବିଥିବ ତାର ଏଇ ଉଆସର ଏଭଳି ଜରାଜୀର୍ଣ୍ଣ ସ୍ଥିତିକୁ ! !

ଏଇଟି ମୋର ପ୍ରଥମ ଉପନ୍ୟାସ । ତେଣୁ ଏଥିରେ ଥିବା ଅନିଚ୍ଛାକୃତ ତ୍ରୁଟି ସବୁ ପାଇଁ ମୁଁ ମୋର ସମସ୍ତ ପାଠକ ଏବଂ ବରିଷ୍ଠ ଲେଖକମାନଙ୍କ ପାଖରେ କ୍ଷମାପ୍ରାର୍ଥୀ । ଉପନ୍ୟାସଟିକୁ ଆରମ୍ଭରୁ ମୋ ସହ ଭାଗଭାଗ କରି ପଢ଼ି ତାକୁ ସଜାଡ଼ିବାରେ ଢେର ସାହାଯ୍ୟ କରିଥିବା ଦୀପକ ମିଶ୍ର ଭାଇଙ୍କୁ ମୋର ହୃଦୟରୁ ଅନେକ ଅନେକ ଧନ୍ୟବାଦ ସହ କୃତଜ୍ଞତା । ପ୍ରୁଫ୍ ରିଡିଙ୍ଗଠାରୁ ଆରମ୍ଭ କରି ନାମକରଣ ପର୍ଯ୍ୟନ୍ତ ଗୁରୁଦାୟିତ୍ଵକୁ ସଯତ୍ନେ ସମ୍ଭାଳି ନେଇଛନ୍ତି ମୋର ଗୁରୁମା' ଡ. ହିରଣ୍ମୟୀ ମିଶ୍ର ମାଡାମ । ପ୍ରଥମ ବହି ପରି ଏଥର ମଧ୍ୟ ସେ ଦୃଢ଼ ହୋଇ ଠିଆ ହୋଇଛନ୍ତି ମୋ ପାଖରେ । ମାଡାମଙ୍କୁ ମୋର କୃତଜ୍ଞତା ସହ ପ୍ରଣାମ । ପ୍ରକାଶକ ସତ୍ୟ ପଟ୍ଟନାୟକ ସାରଙ୍କୁ ମୋର ହୃଦୟରୁ ଧନ୍ୟବାଦ ସହ କୃତଜ୍ଞତା । ମୋର ପ୍ରଥମ ବହିଟିରେ 'ବ୍ଲାକ ଇଗଲ ଫାଷ୍ଟ ବୁକ୍ ଆୱାର୍ଡ'ର ମୋହର ମାରି ସେ ମୋତେ ପ୍ରେରିତ କରିଛନ୍ତି ଆଗକୁ ଆହୁରି ଭଲ ଲେଖା ଲେଖିବା ଦିଗରେ ଚେଷ୍ଟିତ ହେବା ପାଇଁ ।

ସମସ୍ତଙ୍କ ଶ୍ରଦ୍ଧା, ଭଲପାଇବା, ଆଶୀର୍ବାଦ ମୋ ସହ ସବୁବେଳେ ଏମିତି ଥାଉ, ଏତିକି କାମନା କେବଳ ।

ରୋଜାଲିନି ମିଶ୍ର

ଭି.ଏସ୍.ଏସ୍. ନଗର, ଭୁବନେଶ୍ୱର

ଇଚ୍ଛାପତ୍ର

|| ୧ ||

ମଙ୍ଗଳା ମଣ୍ଡପରୁ ନ୍ୟାୟ ନିଶାପ ସାରି ସମସ୍ତେ ଫେରିଗଲା ପରେ ପୁଣି ସେଇଠି ଘଡ଼ିଏ ବସିପଡ଼ନ୍ତି ପ୍ରହରାଜେ । ପୁରୁଷେ ଉଚ ପଥର ଚଉତରାର ଖୁମ୍ବକୁ ଆଉଜି ଚାହିଁ ରହନ୍ତି ନିଜ ଉଆସ ଆଡ଼କୁ । ରାତ୍ରୀର କାଳିମା ଭିତରେ ପ୍ରହରାଜ ଉଆସ ଦିଶୁଥାଏ ଗୋଟେ ହାତଅଙ୍କା ଛବି ପରି । ଘରର ସୁସଜ୍ଜିତ ଆଲୋକମାଳା ଯେମିତି ଅନ୍ଧାରକୁ ଠେଲି ଦେଇଥାଏ ଖଣ୍ଡେ ଦୂରକୁ । ହଠାତ ଘର ଉପରେ କାଳଛଞ୍ଝାର ଛାୟା ଦୃଶ୍ୟମାନ ହୁଏ ପ୍ରହରାଜଙ୍କୁ । ଚମକି ପଡ଼ନ୍ତି ସେ । ଯେତେ ସବୁ ଅଶୁଭ ଭାବନା ମନ ଭିତରେ ଦାନା ବାନ୍ଧେ । ମନ ଶଙ୍କାକୁଳ ହୁଏ । କିଛି କାରଣ ନଥାଇ ଏମିତି ଭାବନା ସବୁ କାହିଁକି ଆସୁଛି ତାଙ୍କ ମନକୁ !! ବିଚଳିତ ହୁଅନ୍ତି ସେ । ଆଗକୁ କି ଦିନ ସବୁ ଦେଖେଇବେ ଠାକୁରେ କେଜାଣି !! ରାଧାମାଧବଙ୍କୁ ସ୍ମରଣ କରି ନିଜକୁ ଫେରେଇ ଆଣିବାକୁ ଚେଷ୍ଟା କରନ୍ତି ସେ ଯାବତୀୟ ଅନାବନା ଅଶୁଭ ଭାବନା ଭିତରୁ । କାଳଛଞ୍ଝାର ଛାୟା ଉଭେଇ ଯାଏ ପୁଣି ନିମିଷକରେ । ଦୀର୍ଘଶ୍ୱାସ ଛାଡ଼ି ନିଜ ଜାଗାରୁ ଉଠି ଠିଆ ହୁଅନ୍ତି ସେ ଆଉ ଘରମୁହାଁ ହୁଅନ୍ତି ।

ଏବେ ପ୍ରହରାଜ ବଂଶର ମୁରବୀ ରାମହରି ପ୍ରହରାଜ । ଗାଁରେ ସମସ୍ତଙ୍କର ଭାରି ମାନ୍ୟ ତାଙ୍କୁ । ନ୍ୟାୟ ନିଶାପ ଭଲମନ୍ଦରେ ତାଙ୍କୁ ଲୋଡ଼ା ପଡ଼େ ସବୁଠି । ତାଙ୍କ ଆଗରୁ ତାଙ୍କ ବାପା ଗୌରହରି ପ୍ରହରାଜ ବସୁଥିଲେ ନିଶାପରେ । ଆଉ ଏବେ ସେ ।

ରାତି ଏଗାର ବାଜିଲାଣି । ବାହାରେ ମାଘ ମାସର ଜାଡ଼ । ଗାଁ ଗହଳିରେ ଶୀତ ଦିନିଆ ରାତି ଏଗାର ମାନେ କାହିଁ କେତେ ଉଚ୍ଚୁର । ଅଧିକାଂଶ ଘର ତାଟି କବାଟ ପଡ଼ି ଗଲାଣି ।

ନିଜ କାଣ୍ଢାରି ସାଲ୍ ଖଣ୍ଡକୁ ଦେହରେ ଜଡ଼େଇ ଘରେ ପହଞ୍ଚିଲେ ରାମହରି

ପ୍ରହରାଜେ। ମୁଖ୍ୟ ଦରଜା ଖୋଲିଦେଲ କେତକୀ କହିଲା, 'ଗୋଡ଼ହାତ ଧୋଇ ଆସନ୍ତୁ ସାଆନ୍ତେ, ମୁଁ ଖାଇବା ବାଢ଼ି ଦେଉଛି। ମା' ଶୋଇ ପଡ଼ିଲେଣି।'

ରାମହରି ପ୍ରହରାଜ ଘରକୁ ଫେରିଲା ବେଳକୁ ପଦ୍ମା ପ୍ରାୟଦିନ ଶୋଇ ପଡ଼ିଥାନ୍ତି। ଆଠ ବର୍ଷର ପୁଅ ରଘୁନାଥ ବି ଶୋଇ ପଡ଼ିଥାଏ ମା' ପାଖରେ ଜାକିଜୁକି ହୋଇ। ଘରକୁ ଫେରି ଗୋଡ଼ହାତ ଧୋଇ ରାମହରି ବାବୁ ଆଗ ଠାକୁର ଘରେ ମୁଣ୍ଡିଆ ମାରନ୍ତି ଆଉ ତା ପରେ ଯାଆନ୍ତି ପଦ୍ମାଙ୍କ ପାଖକୁ। ନିଦ୍ରିତ ଅବସ୍ଥାରେ ପଦ୍ମାଙ୍କର ଶେଥା ରୋଗଣା ମୁହଁଟାକୁ ଦେଖି ଭାରି ବିକଳ ହୁଅନ୍ତି ମନେମନେ ସେ। ମା' ପେଟ ପାଖରେ ଜାକି ହୋଇ ମା'ର ପଣତକୁ ହାତରେ ମୁଠେଇ ଧରି ଅଚିନ୍ତା ନିଦ୍ରାରେ ଶୋଇ ପଡ଼ିଥିବା ପୁଅ ରଘୁନାଥକୁ ଦେଖିଦେଲେ ତାଙ୍କ ବିକଳପଣଟା ଆହୁରି ବଢ଼ିଯାଏ। ପଦ୍ମା ଯଦି ଚାଲି ଯାଆନ୍ତି, ତେବେ ଏଡ଼େ ବକଟେ ମା' ଛେଉଣ୍ଡ ଛୁଆକୁ ସେ ସମ୍ଭାଳିବେ କେମିତି! ଧନ ବିନିମୟରେ ସେ ସବୁ ଲୋଟେଇ ଦେଇ ପାରିବେ ତାଙ୍କ ପୁଅ ପାଦତଳେ। କିନ୍ତୁ ତା ପାଇଁ ମା'ଟିଏ କୋଉଠୁ ଆଣିବେ ସେ। ଯଦି ବା ଆଣିବେ, ଏ ସଂସାର ତ ତାକୁ ଆଉ ମା' କହିବନି। ସାବତ ମା' ହିଁ କହିବ।

ସମ୍ଭାବିତ ଆଶଙ୍କା, ହତାଶାରେ ଭାଙ୍ଗିପଡ଼ି ରାଧାମାଧବଙ୍କ ଉଦ୍ଦେଶ୍ୟରେ ହାତ ଯୋଡ଼ନ୍ତି ରାମହରି ପ୍ରହରାଜ। 'ହେ ରାଧାମାଧବ, ହେ ମୋର କୁଳଦେବତା.... ଏତେ ନିଷ୍ଠୁର ହୁଅନି ହେ ପ୍ରଭୁ। ଏଡ଼େ ବକଟେ ଛୁଆକୁ ମୋର ମା' ଛେଉଣ୍ଡ କରନି। ପଦ୍ମାକୁ ଭଲ କରିଦିଅ ପ୍ରଭୁ।'

କିନ୍ତୁ ପଦ୍ମା ଭଲ ହେବା ଆଉ ପୂର୍ବବତ ଚଳଚଞ୍ଚଳ ହେବା ଅର୍ଥ ଉଷୁନା ଧାନ ଗଜା ହେବା। ତାଙ୍କର ଯେ ଦୁଇଟି ଯାକ କିଡନୀ ନଷ୍ଟ ହୋଇ ଯାଇଛି। ଧୀରେ ଧୀରେ ଦୁର୍ବଲ ହୋଇ ପଡ଼ିଲେଣି ସେ। ଦେହର ହଳଦୀ ଗଣ୍ଠି ଭଳିଆ ରଙ୍ଗ ଶେଥା ପଡ଼ି ଆସିଲାଣି। ଆଖିର ଚମକ ଫିକା ପଡ଼ିଗଲାଣି। ବଲିଲା ବଲିଲା ହାତଗୋଡ଼ ସବୁରୁ ଶିରାପ୍ରଶିରାର ଛାଞ୍ଚ ଦିଶିଲାଣି ବାହାରକୁ। ହାତ, ପାଦ, ମୁହଁ ସବୁ ଫୁଲି ଗଲାଣି। ଡାକ୍ତର ବି କହି ସାରିଲେଣି ଯେ ଖୁବ ବେଶୀରେ ଆଉ ଛ' ମାସ ଭିତର କଥା।

ଦେହ ଅସୁସ୍ଥ ଲାଗିଲେ ବି ଆଗରୁ ଘୋଷାଡ଼ି ହୋଇ ଉଠିବସି ଘରର ସବୁ କାମ ତୁଲେଇ ନେଉଥିଲେ ପଦ୍ମା। ସୁମନା ଅବଶ୍ୟ ବଡ଼ମା' ବଡ଼ମା' ହୋଇ ହାତ ବାରିସୀ ପରି ପଛରେ ଲାଗିଥାଏ ସବୁବେଳେ। ଛୋଟମୋଟ ଯାହା କାମ ବତେଇଲେ ଆଗ୍ରହରେ କରି ପକାଏ। କିନ୍ତୁ ଏଇ ଦୁଇ ତିନିମାସ ହେବ ପଦ୍ମା ଶେଯରୁ ଉଠୁ ନାହାନ୍ତି ଆଉ ବିଶେଷ। ଖାଇବାର ପରିମାଣ ବି ଯଥେଷ୍ଟ କମି ଗଲାଣି। ଏପଟେ

ଏଡ଼େ ବଡ଼ ଘରର ଯାବତୀୟ ଦାୟିତ୍ୱ ରାମହରିଙ୍କ ଉପରେ । ସେପଟେ ପୁଣି ପଦ୍ମାଙ୍କ ସେବା ଶୁଶ୍ରୂଷା । ସାତ ଆଠ ବର୍ଷର ଝିଅ ସୁମନା ବେଳେବେଳେ ପଦ୍ମାଙ୍କ ହାତ ଗୋଡ଼ ଆଉଁଶି ଦିଏ ତା କୁନି କୁନି ହାତରେ । ମୁଣ୍ଡ ଚିପି ଦିଏ । ପାଣି ଗିଲାସ ହାତକୁ ବଢ଼େଇ ଦିଏ ।

ସେଦିନ ସକାଳ ପହରୁ ଲାଗିଛି ଝିପିଝିପି ବର୍ଷା । ସଞ୍ଜ ବେଳକୁ ବି ସେଇ ସମାନ ଅବସ୍ଥା । ବର୍ଷା ଛାଡ଼ିବାର ନାଁ ଧରୁନି । କମି କମି ଆସୁଥିବା ଶୀତକୁ ଏ ଲଘୁଚାପ ବର୍ଷା ପୁଣି ବଢ଼େଇ ଦେଇଛି । ବାହାରର ପାଣିପାଗ ଦେଖି ସେଦିନର ନ୍ୟାୟ ନିଶାପକୁ ସ୍ଥଗିତ ରଖିବାକୁ ସୂଚନା ଦେଇଛନ୍ତି ପ୍ରହରାଜେ । ରାତି ଦଶଟା ବାଜିଲାଣି । କେତକୀ ତରତର ହେଉଛି ଜଲଦି ରାତି ଖୁଆପିଆ ସାରିଲେ ସେ ଟିକେ ବିଶ୍ରାମ ନେବ । ରାତି ପାହିଲେ କୁଳଦେବତା ରାଧାମାଧବଙ୍କର ପୂର୍ଣ୍ଣିମା ପାଲି । ପ୍ରତି ପୂର୍ଣ୍ଣିମାରେ ସେଠି ରୋଷେଇବାସ ହୁଏ । ପୂରା ଗାଁ ଲୋକଙ୍କ ପାଇଁ ପ୍ରସାଦ ସେବନର ଆୟୋଜନ କରନ୍ତି ରାମହରି ପ୍ରହରାଜ । କେତକୀ ଏଇ ପ୍ରହରାଜଙ୍କ ଘରେ ରହି ବୋଲହାକ କରୁଛି କୋଉ କାଳରୁ । ପଦ୍ମାଙ୍କ ଦେହ ଖରାପ ଦିନଠାରୁ ତାକୁ ରୋଷେଇବାସ ବି ସମ୍ଭାଳିବାକୁ ପଡୁଛି ।

ଖାଇବା ବାଢ଼ି ସାରି କେତକୀ ଗଲା ପଦ୍ମାଙ୍କୁ ଉଠେଇବା ପାଇଁ । ଖରାବେଳେ ପଦ୍ମା କହୁଥିଲେ ତାଙ୍କ ଦେହଟା ଟିକେ ଅସୁସ୍ଥ ଲାଗୁଛି ବୋଲି । ଅଜିର୍ଷଆ ଲାଗୁଛି କହି ଭଲରେ ଖାଇ ବି ନଥିଲେ । 'ମୁଁ ଟିକେ ଶୋଇବି' କହି ସେତେବେଳୁ ଘୋଡ଼େଇ ପୋଡ଼େଇ ହୋଇ ଶୋଇଛନ୍ତି ଯେ ଶୋଇଛନ୍ତି । କେତକୀ ମା' ମା' ଡାକି ହଲେଇ ଦେଲା ପଦ୍ମାଙ୍କୁ । ପଦ୍ମା ଆଖି ମିଲିମିଲି ଚାହିଁଲେ ବଡ଼ କଷ୍ଟରେ । ଖିନେଇ ଖିନେଇ କହିଲେ, 'ମୋ ଦେହଟା କ'ଣ ହେଇ ଯାଉଛି । ପାଦ ଦୁଇଟା କାହିଁକି ଝିମଝିମ ଲାଗୁଛି ।' କେତକୀ ହାଉଲି ଖାଇ ଡାକ ଛାଡ଼ିଲା ରାମହରି ପ୍ରହରାଜଙ୍କୁ । କେତକୀର ଡାକ ଶୁଣି ଅଭାବିତ ଆଶଙ୍କାରେ ଧାଇଁ ଆସିଲେ ପ୍ରହରାଜେ । ଖଟ ଧାରରେ ବସି ପଡ଼ିଲେ ପଦ୍ମାଙ୍କ ପାଖରେ ଆଉ ମୁଣ୍ଡକୁ ଆଉଁଶି ଦେଇ ପଚାରିଲେ, 'କ'ଣ ଲାଗୁଛି ପଦ୍ମା ? ଦେହ କ'ଣ ବେଶୀ ଅସୁସ୍ଥ ଲାଗୁଛି କି ? ତୁମେ ଆଦୌ ବ୍ୟସ୍ତ ହୁଅନି । ମୁଁ ସାଙ୍ଗ ସାଙ୍ଗେ କିଛି ବ୍ୟବସ୍ଥା କରୁଛି । ଆମେ ଏଇ ସାଙ୍ଗ ସାଙ୍ଗେ ବାହାରିଯିବା ଡାକ୍ତରଖାନା । ତୁମେ ଖାଲି ଟିକିଏ ଧୈର୍ଯ୍ୟର ସହ ଅପେକ୍ଷା କର । ସବୁ ଠିକ୍ ହୋଇଯିବ ।'

ପ୍ରହରାଜଙ୍କ ହାତ ପାପୁଲିକୁ ମୁଠେଇ ଧରିଲେ ପଦ୍ମା । କହିଲେ, 'ଅପେକ୍ଷାକୁ

ଆଉ ସମୟ କାହିଁ ? ଏଇ ଶେଷ ମୁହୂର୍ତ୍ତରେ ତୁମେ ମୋ ପାଖ ଛାଡି ଯାଅନି କୁଆଡେ। ଏଇଠି ବସି ରୁହ। ଟିକେ ଶାନ୍ତି ଲାଗୁଛି ମୋତେ।' ବଡ଼ କଷ୍ଟରେ ଏତକ କହିସାରି ନିଜର ନିମୀଳିତ ଆଖି ପତାକୁ ଟେକି ପଦ୍ମା ଚାହିଁଲେ ସ୍ୱାମୀଙ୍କ ମୁହଁକୁ। ଆଖିରେ ତାଙ୍କର ଅଯୁତ ଯୁଗର ଯନ୍ତ୍ରଣା ଆଉ କାରୁଣ୍ୟ। ଯେମିତି ଏ ଜନ୍ମରେ ଶେଷଥର ପାଇଁ ଦେଖି ନେଉଛନ୍ତି ସେ ନିଜ ଜୀବନସାଥୀକୁ ଆଖି ପୁରେଇ। ଆଉ ଆଖିରେ ଆଖିରେ କହୁଛନ୍ତି, 'ମୋତେ କ୍ଷମା କରିଦେବ ପ୍ରହରାଜେ, ମୁଁ ସ୍ୱାର୍ଥପର ହୋଇଗଲି। ସବୁଦିନ ତୁମ ସହ ଚାଲିବାର କଥା ଦେଇ ଅଧା ରାସ୍ତାରୁ ମୁହଁ ଫେରେଇ ନେଲି। କିନ୍ତୁ କ'ଣ ବି ମୁଁ ଆଉ କରିଥାନ୍ତି କୁହ..... ବିଧାତା ଯେ ମୋ ଆୟୁଷ ଏତିକି ଦିନକୁ ହିଁ ଲେଖିଥିଲା।' କମ୍ପି ଉଠିଲା ପଦ୍ମାଙ୍କର ଓଠ। ଥରିଲା ଓଠରେ ଶେଷଥର ପାଇଁ ସେ ଗୋଟିଏ ଧାଡି କହିଲେ.... 'ମୋ ରଘୁ......ତୁମକୁ...... ଲାଗି.... ଲା'।

ଧୀରେ ଧୀରେ ଆଖିପତା ମୁଦି ହୋଇ ଆସିଲା ପଦ୍ମାଙ୍କର। ଧାଇଁଯାଇ ପାଣି ଗିଲାସେ ଆଣିବାକୁ କେତକୀକୁ ନିର୍ଦ୍ଦେଶ ଦେଲେ ରାମହରି। ପଦ୍ମାଙ୍କର ମୁଣ୍ଡଟିକୁ ସାମାନ୍ୟ ଟେକିଦେଇ ପାଣି ଢୋକେ ତାଙ୍କ ପାଟିକୁ ଦେଉ ଦେଉ ମୁଣ୍ଡଟି ଢଳି ପଡିଲା ତାଙ୍କର ଗୋଟିଏ ପାଖକୁ। ପାଣିତକ ବାହାରି ଆସିଲା ପାଟି ଭିତରୁ।

ଘରର ଯାବତୀୟ ଦାୟିତ୍ୱକୁ ଆଉ ଆଠବର୍ଷର ପୁଅ ରଘୁନାଥକୁ ସ୍ୱାମୀଙ୍କ ଦାୟିତ୍ୱରେ ଦେଇ ପଦ୍ମା ଛାଡି ସାରିଥିଲେ ଏ ସଂସାରକୁ ଯାବତୀୟ ଯନ୍ତ୍ରଣା, ମୋହ ମାୟା ଆଦିରୁ ନିଜକୁ ମୁକ୍ତ କରି। ରାତି ପାହି ସକାଳ ହେଲା। ପ୍ରହରାଜ ଘର ଆଗରେ ଲୋକ ରୁଣ୍ଡ ହୋଇ ଯାଇଥିଲେ। ଦାହ ସଂସ୍କାରର ଆୟୋଜନ ଚାଲିଥିଲା। ରାମହରି ପ୍ରହରାଜ ସ୍ତାଣୁ ହୋଇ ବସି ରହିଥିଲେ ଗୋଟାଏ ପଥର ଖୁମ୍ବକୁ ଆଉଜି। ପୁଅ ରଘୁନାଥ କେତକୀ କୋଳରେ ମୁହଁ ଗୁଞ୍ଜି କାନ୍ଦୁଥିଲା କାଇଁ କାଇଁ ହୋଇ ଆଉ ବାରମ୍ବାର ପଚାରୁଥିଲା 'ମୋ ମାଆର କ'ଣ ହୋଇଛି ବୋଲି '। ସୁମନା ରଡି ଛାଡି କାନ୍ଦୁଥିଲା ବଡ଼ମା' ବଡ଼ମା' ହୋଇ।

ସୁମନା ରାମହରି ପ୍ରହରାଜଙ୍କର ନିଜ ରକ୍ତର କେହି ନୁହେଁ। କିନ୍ତୁ ସୁମନାର ଅଧାରୁ ଅଧିକ ଦିନ କଟିଛି ଏ ପ୍ରହରାଜ ଅଗଣାରେ। ସୁମନାର ବାପା ଅଲେଖ ମହାପାତ୍ରକୁ ରାମହରି ପ୍ରହରାଜଙ୍କ ବାପା ଗୌରହରି ପ୍ରହରାଜ ରାଧାମାଧବ ମନ୍ଦିରର ପୂଜା ଦାୟିତ୍ୱରେ ନିଯୁକ୍ତି ଦେଇଥିଲେ। ଏଇ ରାଧାମାଧବ ମନ୍ଦିରଟି ରାମହରି ପ୍ରହରାଜଙ୍କ ପୂର୍ବପୁରୁଷ ମାନଙ୍କର ଖାନଦାନର ପ୍ରତୀକ କହିଲେ ଅତ୍ୟୁକ୍ତି ହେବ ନାହିଁ। ପ୍ରହରାଜ ବଂଶର କିଏ କାହିଁକି ଆଉ କେଉଁ ଉଦ୍ଦେଶ୍ୟରେ ଏହି ମନ୍ଦିର ନିର୍ମାଣ କରେଇଥିଲେ

ତାର ହିସାବ ରାମହରି ବାବୁଙ୍କୁ ଜଣାନାହିଁ। ତାଙ୍କର ଖାଲି ଏତିକି ହେତୁ ଅଛି ଯେ ତାଙ୍କ ବାପା ଜେଜେଙ୍କ ଅମଲରୁ ଅଲେଖ ମହାପାତ୍ରଙ୍କ ପୂର୍ବପୁରୁଷ ଏ ମନ୍ଦିର ସେବାରେ ନିଯୋଜିତ ଥିଲେ। ଯାହାକି ପିଢ଼ି ପରେ ପିଢ଼ି ଚାଲି ଆସୁଛି।

ଅଲେଖ ମହାପାତ୍ର ସକାଳୁ ଗାଧୋଇ ପାଧୋଇ, ମଠା ପିନ୍ଧି, ଚନ୍ଦନ ଚର୍ଚ୍ଚିତ ହୋଇ, ବିଭିନ୍ନ ପ୍ରକାରର ଫୁଲରୁ ଚାଙ୍ଗୁଡ଼ାଏ ଧରି ଆସି ପହଞ୍ଚି ଯାଆନ୍ତି ମନ୍ଦିର ପ୍ରାଙ୍ଗଣରେ। ଗୋଟାଏ ଗୁରୁଗମ୍ଭୀର ସ୍ୱରରେ ଓଁକାର ଧ୍ୱନି ସହ ମନ୍ତ୍ରୋଚାରଣ କରି ଠାକୁରଙ୍କ ପହଡ଼ ଫିଟାନ୍ତି। ସକାଳ ଧୂପରେ ଫଳଭୋଗ, ମଧ୍ୟାହ୍ନ ଧୂପରେ ଖେଚୁଡ଼ି ଭୋଗ ସହ ଅନ୍ୟାନ୍ୟ ନୀତିକାନ୍ତି ବାଦ୍ ରାତିରେ ଠାକୁରଙ୍କ ପହଡ଼ ପକେଇ ଘରକୁ ଫେରନ୍ତି ସେ। ସକାଳେ ସନ୍ଧ୍ୟାରେ ଦୁଇବେଳା ମାଗଣା ପେଟପୂରା ପ୍ରସାଦ ସେବନ ସହ କିଛି ମାସିକ ପାରିଶ୍ରମିକ ମଧ୍ୟ ମିଳେ ତାଙ୍କୁ ପ୍ରହରାଜ ପରିବାରରୁ। ଆଉ ସୁବିଧା ଅସୁବିଧାକୁ ତ ମାଲିକାଣୀଙ୍କ ହାତ ସବୁବେଳେ ଖୋଲା। ତେଣୁ ଅସୁବିଧା ବୋଲି କିଛି ଆଉ ନଥାଏ ମହାପାତ୍ରଙ୍କର।

ଏଇ ସୁମନା ହେଉଛି ସେଇ ଅଲେଖ ମହାପାତ୍ରଙ୍କର ଏକମାତ୍ର କନ୍ୟା। ଏତିକି ବଡ଼ଟେ ହୋଇଥିଲା ବାପାଙ୍କ ପଛେପଛେ ଧାଇଁଆସେ ମନ୍ଦିରକୁ। ମନ୍ଦିର ଠାରୁ ଦି' ଖୋଜ ବାଟରେ ପ୍ରହରାଜଙ୍କ ଘର। ରାମହରିଙ୍କ ପୁଅ ରଘୁନାଥ ସୁମନା ଠାରୁ ଅଛ କିଛି ମାସ ବଡ଼। ସୁମନା ମନ୍ଦିରରେ ପହଞ୍ଚୁ ପହଞ୍ଚୁ ଧାଁ ଆସେ ରଘୁନାଥ ପାଖକୁ। ଉଭୟ ମିଳିମିଶି ଖୁବ ଖେଳନ୍ତି। ପ୍ରହରାଜଙ୍କ ପତ୍ନୀ ପଦ୍ମା ବି ଆଦରି ନିଅନ୍ତି ସୁମନାକୁ ଝିଅଟିଏ ପରି। ପୁଅ ରଘୁ ସହ ଏ ତାଙ୍କର ଆଉ ଗୋଟେ ଝିଅ ଭାବି ଖୁଆଇ ପିଆଇ ସ୍ନେହ ଶ୍ରଦ୍ଧାରେ ବାନ୍ଧି ରଖିଥାନ୍ତି ତାକୁ। ସୁମନା ବି ବଡ଼ମା' ବଡ଼ମା' ହୋଇ ଗୋଡେଇ ଥାଏ ପଛରେ।

ଏମିତି ଏମିତିରେ ଚାଲିଥିଲା ସଂସାର। ସମୟ ତ କାହାକୁ ଅପେକ୍ଷା କରେନାହିଁ କିମ୍ବା କାହା ପାଇଁ ଅଟକି ଯାଏ ନାହିଁ। ଗଡ଼ି ଚାଲିଥାଏ ଆଗକୁ ଆଗକୁ, ଆଉ ଛାଡ଼ି ଯାଏ ତ କେବଳ ତାର ପାଦଚିହ୍ନ।

ପଦ୍ମାଙ୍କ ମୃତ୍ୟୁ ପରେ ଆଉ ଦ୍ୱିତୀୟ ବିବାହ କରି ନଥିଲେ ରାମହରି ପ୍ରହରାଜ। ବରଂ ଆହୁରି ଦୃଢ଼ କରିଥିଲେ ନିଜକୁ। ଏବେ ପ୍ରହରାଜ ବଂଶର ଏକମାତ୍ର ଉତ୍ତରାଧିକାରୀ ରଘୁନାଥକୁ ଯୋଗ୍ୟ କରି ଗଢ଼ି ତୋଲିବା ଥିଲା ତାଙ୍କର ଏକମାତ୍ର ଲକ୍ଷ୍ୟ। ସ୍କୁଲ ପଢ଼ା ସାରି ରଘୁନାଥ ଚାଲିଗଲେ କଲିକତା କିଛି ବର୍ଷ ପାଇଁ, ହଷ୍ଟେଲରେ ରହି ଉଚ୍ଚଶିକ୍ଷା ପାଇବା ଉଦ୍ଦେଶ୍ୟରେ। ଏପଟେ କିନ୍ତୁ ସ୍କୁଲ ପଢ଼ା ପରେ ପରେ ସୁମନା ପାଇଁ ବାହାଘର

ଖୋଜା ଚାଲିଥିଲା ଜୋରସୋରରେ । ଅଲେଖ ମହାପାତ୍ର କହୁଥିଲେ, 'ମା' ଛେଉଣ୍ଡ ଛୁଆଟା । ମୁଁ ବଞ୍ଚି ଥାଉଁ ଥାଉଁ ତାକୁ ଭଲ ଘର ଭଲବର ଦେଖ୍ ଟେକି ଦେଲେ ଯାଇ ମୋର ଶାନ୍ତି । କାହିଁକି ପରଧନକୁ ବେଶୀଦିନ କାନିରେ ବାନ୍ଧିକି ରଖିବି ?' କିନ୍ତୁ ବିଧିର ବିଧାନ ଥିଲା କିଛି ଅଲଗା । ଏମିତି ବାହାଘର ଖୋଜାଖୋଜି ଭିତରେ ହଠାତ ଦିନେ ସବୁଦିନ ପାଇଁ ଆଖ୍ ବୁଜିଦେଲେ ଅଲେଖ ମହାପାତ୍ର । ମହାପାତ୍ରେଙ୍କ ସ୍ତ୍ରୀ ତ କିଛି ବର୍ଷ ଆଗରୁ ସ୍ୱର୍ଗବାସୀ ହୋଇ ସାରିଥିଲେ । ଏବେ ସୁମନାର ସାହା ଭରସା କେବଳ ପ୍ରହରାଜ ପରିବାର । ପୂର୍ବପୁରୁଷରୁ ତାଙ୍କ ସେବାରେ ଖଟି ଆସୁଥିବା ମହାପାତ୍ର ପରିବାରର ଏକମାତ୍ର ସନ୍ତକ ସୁମନାକୁ ରାମହରି ପ୍ରହରାଜ କେମିତି ଆଉ ଅଣଦେଖା କରି ପାରିଥାନ୍ତେ ! !

ବଢ଼ିଲା ଝିଅଟା ଏକୁଟିଆ କେମିତି କେଉଁଠି ରହିବ ଭାବି ଘାରି ହେଲେ ରାମହରି ପ୍ରହରାଜ । ଶେଷକୁ ସୁମନାକୁ ନିଜ ଘରକୁ ନେଇ ଆସିଲେ ସେ । ଏଠାକୁ ଆସିଲା ପରେ ଘରର ଅନେକ ଦାୟିତ୍ୱ ନିଜ ଉପରକୁ ନେଇ ଯାଇଛି ସୁମନା । ଅନେକ ପରିମାଣରେ ହାଲ୍କା ହୋଇଛନ୍ତି ରାମହରି ବାବୁ । ଏପଟେ କାର୍ଯ୍ୟଭାରରୁ ସିନା ସାମାନ୍ୟ ମୁକ୍ତି ପାଇଛନ୍ତି ସେ, ସେପଟେ କିନ୍ତୁ ସୁମନାର ଚିନ୍ତା ତାଙ୍କୁ ଖାଇ ଗୋଡାଉଛି । ସୁମନାର ବାହାଘର ଦାୟିତ୍ୱ ଏବେ ତାଙ୍କ ମୁଣ୍ଡରେ । ତାଙ୍କ ଚିହ୍ନାଜଣାରେ ସମସ୍ତଙ୍କୁ ଖବର ପଠେଇଛନ୍ତି ସେ । ତଥାପି ତାଙ୍କୁ ସୁହାଇଲା ଭଲିଆ ପ୍ରସ୍ତାବଟିଏ ଆଖିକୁ ଆସୁନି ତାଙ୍କର ।

।। ୨ ।।

ଘର ପରିବାର ଠାରୁ କାହିଁ କେତେ ଦୂରରେ ସୁଦୂର କଲିକତାରେ ରହି ପାଠ ପଢୁଛନ୍ତି ରଘୁନାଥ ପ୍ରହରାଜ । ପାଖରେ କେହି ସାହା ନାହିଁ କି ଆହା ନାହିଁ କେବଳ ମୁଷ୍ଟିମେୟ କିଛି ବନ୍ଧୁଙ୍କୁ ଛାଡିଦେଲେ । ସବୁଦିନ ସନ୍ଧ୍ୟାବେଳେ ସାଙ୍ଗ ମାନଙ୍କ ସହ ମିଶି ରଘୁନାଥ ବାହାରି ଯାଆନ୍ତି ବଜାର ଆଡେ । ବାହାରେ ଝାଲ୍ ମୁଢ଼ି, ବୁଟସିଝା କିମ୍ବା ତେଲଭାଜି ଖିଆ ସାଙ୍କୁ ଗପସପ ଆସର ଆଉ ଖଟି ବି ଜମିଯାଏ ଖୁବ । ବୁଲିବୁଲି ହସଖୁସି ହୋଇ ହସ୍ତେଲ ନିୟମ ଅନୁସାରେ ରାତି ନଅଟା ଭିତରେ ସମସ୍ତେ ଫେରି ଆସନ୍ତି ରୁମକୁ । ରାତ୍ରିଭୋଜନ ସାରି ଯିଏ ଯାହାର ବହିପତ୍ର ଧରି ବସି ପଡନ୍ତି ଘଡ଼ିଏ ଲେଖା । ଏଇଟା ସବୁଦିନିଆ ରୁଟିନ ଥିଲା ସେମାନଙ୍କର ।

ସେଦିନ ମନଟା ଜମା ବି ଭଲ ଲାଗୁନଥିଲା ରଘୁନାଥଙ୍କର । ମନଟା ଭାରି ଭାରି ଲାଗୁଥିଲା ସକାଳୁ । ଘରକଥା ବି ମନେ ପଡୁଥିଲା ଖୁବ । ଏକୁଟିଆ ଏକୁଟିଆ ଲାଗୁଥିଲା ତାଙ୍କୁ । ଆଜି ତାଙ୍କର ଜନ୍ମଦିନ । ପ୍ରହରାଜ ଉଆସରେ ଥିଲେ ଏବେ କେତେ ମଜାମସ୍ତି କରୁଥାନ୍ତେ ସେ । ବାପା ଆଜି ରାଧାମାଧବଙ୍କ ପାଖରେ ତାଙ୍କପାଇଁ ସ୍ୱତନ୍ତ୍ର ଭାବରେ ଖେଚୁଡ଼ି ଚକୁଲି ପ୍ରସାଦ ଭୋଗ ଲଗେଇଥିବେ । ହଳିଆଉ ମୂଲିଆ ଯାଏ ସମସ୍ତେ ଆଜି କ୍ଷୀରିପୁରିରେ ଭାସୁଥିବେ କିନ୍ତୁ ସେ ଏଠି ଏକୁଟିଆ । ପରୀକ୍ଷା ମୁଣ୍ଡ ଉପରେ । ସେଥିପାଇଁ ବାପା ମନା କରିଛନ୍ତି ଘରକୁ ଯିବାକୁ ।

ଗଲା ପନ୍ଦରଦିନ ତଳେ ରାମହରି ଆସିଥିଲେ ପୁଅକୁ ଦେଖା କରିବାକୁ । ଜନ୍ମଦିନ କଥା ମନେ ପକେଇ ଦେଇ ନୂଆ ଡ୍ରେସ ସହ ଆଉ କେତେ ରକମ ଜିନିଷ ଖଣ୍ଡି ଦେଇ ଯାଇଥିଲେ ସବୁ । ହାତରେ ବେଶ୍ କିଛି ଟଙ୍କା ମଧ ଗୁଞ୍ଜି ଦେଇ ଯାଇଥିଲେ । ଆଉ ଗଲାବେଳେ ପୁଅ ମୁଣ୍ଡରେ ହାତ ବୁଲେଇ ବୁଝେଇକି ଯାଇଥିଲେ, 'ଏଥର

ଜନ୍ମଦିନରେ ଘରଠାରୁ ଦୂରରେ ଅଛୁ ବୋଲି ମନଦୁଃଖ କରିବୁନି ବାବା । ଆଗକୁ ପରୀକ୍ଷାଟା ଅଛି ମୁଣ୍ଡ ଉପରେ । ଏବେ ପାଠ ପଢ଼ିବାର ସମୟ ।'

କିନ୍ତୁ ମନକୁ ଯେତେ ବୁଝେଇଲେ ରଘୁନାଥଙ୍କ ମନ ବୁଝୁନି ।

ସେଦିନ ସନ୍ଧ୍ୟାରେ ସାଙ୍ଗସାଥୀ ମାନଙ୍କ ସହ ବଜାର ବୁଲିଯିବାକୁ ଆଉ ମନ ବଳିଲାନି ତାଙ୍କର । ଏକା ଏକା ଚାଲିଗଲେ ସେ ଗଙ୍ଗା କୂଳକୁ । ସେଠି ନିରୋଳା ଜାଗାଟିଏ ଦେଖି ବସିଲେ କିଛି ସମୟ ଚୁପଚାପ୍ । କିଛି ସମୟ ପରେ ପାଖରୁ କେଉଁଠୁ ଶୁଭିଲା ଘଣ୍ଟା ଶବ୍ଦ ସହ ଆଲତୀର ଧ୍ୱନି । ରଘୁନାଥ ଚାହିଁଲେ ଏପାଖ ସେପାଖ । ଟିକିଏ ଦୂରକୁ ଦିଶୁଥିଲା ଛୋଟିଆ ମନ୍ଦିରଟିଏ । ସ୍ୱତଃ ତାଙ୍କ ପାଦ ସେ ଆଡକୁ ଟାଣି ହୋଇଗଲା ଯେମିତି ।

ସେଆରେ ପହଞ୍ଚି ରଘୁନାଥ ଦେଖିଲେ ଠାକୁରାଣୀଙ୍କର ଛୋଟିଆ ମନ୍ଦିରଟିଏ । ମା'ଙ୍କର ସନ୍ଧ୍ୟା ଆଲତୀ ଚାଲିଛି । ପାଖାପାଖି ତାଙ୍କରି ବୟସର ପିଲାଟିଏ ମଠାଯୋଡ଼ ପିନ୍ଧି ଘଣ୍ଟା ବାଡ଼ଉଛି । ଆଉ ଗୋଟିଏ ଲୋକ ଆଲତୀ କରୁଛି । ହାତଯୋଡ଼ି ଠିଆହୋଇ ମା'ଙ୍କର ଆଲତୀ ଦର୍ଶନ କଲେ ରଘୁନାଥ ।

ଆଲତୀ ସରିଲା । ଲୋକଟି ମନ୍ଦିର ପହଡ଼ ପକେଇ ଚାଲିଗଲା । ରଘୁନାଥ ସେଇ ମନ୍ଦିର ବେଢ଼ାରେ ବସି ରହିଲେ ସେମିତି । ସେ ପିଲାଟି ମଧ କିଛି ସମୟ ବସିଲା ସେଇଠି । ଆଖିବୁଜି ଧ୍ୟାନ ମୁଦ୍ରାରେ ବସିଥିଲେ ରଘୁନାଥ । ମନକୁ ଟିକେ ଶାନ୍ତି ମିଳୁଥିଲା ତାଙ୍କର । କିଛି ସମୟର ନୀରବତା ପରେ ପିଲାଟି ପଚାରିଲା ତାଙ୍କୁ, 'ଆପଣ କିଏ ? ଆପଣଙ୍କୁ ଆଗରୁ ଏଠି କେବେ ଦେଖିଲା ପରି ମନେ ପଡୁନି ତ ମୋର ।'

ରଘୁନାଥ ଯେମିତି ମନ ହାଲ୍କା କରିବା ପାଇଁ ଗପିବାକୁ ସାଥୀଟିଏ ଖୋଜୁଥିଲେ ! ନିଜ କଥା, ନିଜ ଘର କଥା, ପ୍ରହରାଜ ଉଆସ କଥା ସବୁ ଗୋଟି ଗୋଟିକି କହି ବସିଲେ ରଘୁନାଥ । ଆଉ ଏ କଥା ମଧ କହିଲେ ଯେ ଆଜି ତାଙ୍କ ଜନ୍ମଦିନ ।

--- ଆରେ.... ଆପଣଙ୍କର ଆଜି ଜନ୍ମଦିନ ? ଆସନ୍ତୁ ନା ମୋ ଘରକୁ । ମା'ଙ୍କର ଖେଚୁଡ଼ି ପ୍ରସାଦ ପାଇକି ଯିବେ । ମୋ ଘର ଏଇ ମନ୍ଦିର ପଛ ପଟକୁ ।

ପିଲାଟି ସହ ଯିବାକୁ ଟିକେ ଆଗପଛ ହେଉଥିଲେ ରଘୁନାଥ । ଚିହ୍ନା ନାହିଁ କି ଜଣା ନାହିଁ । କିଏ ଜାଣେ., କାହା ମନ ଭିତରେ କ'ଣ ଚାଲିଛି ।

ରଘୁନାଥଙ୍କ ମନର ଦ୍ୱନ୍ଦକୁ ପଢ଼ିପାରି ପିଲାଟି କହିଲା, 'ମୋ ନାଁ ଚୈତନ୍ୟ । ମୁଁ ଏଠି ଗୁଡ଼ାଏ ବର୍ଷ ହେବ ରହୁଛି । ଛୁଆବେଳୁ । ମୋ ଘରେ ଆଉ କେହି ନାହାନ୍ତି ।

ଏଠି ମୁଁ ଏକା ରହେ । ଆସନ୍ତୁ.... ଆଜି ଆପଣଙ୍କ ଜନ୍ମଦିନ । ମା'ଙ୍କ ପ୍ରସାଦ ଟିକିଏ ପାଇକି ଯିବେ ।'

ଏଇ ଟିକେ ଆଗରୁ ରାଧାମାଧବଙ୍କ ପାଖରେ ହେଉଥିବା ଖେଚୁଡ଼ି ଭୋଗକୁ ଝୁରି ହେଉଥିଲେ ରଘୁନାଥ । ତେବେ ପ୍ରଭୁ କ'ଣ ମନକଥା ଜାଣି ପାରିଲେ କି ? ପ୍ରସାଦକୁ ଆଉ ନାହିଁ କରି ପାରିଲେନି ସେ । ପିଲାଟି ପଛେ ପଛେ ଗଲେ ତା ଘରକୁ ।

ମନ୍ଦିର ପଛପଟକୁ ଅଳ୍ପ କିଛି ବାଟ ଗଲା ପରେ ବଖୁରିକିଆ ଆଜବେଷ୍ଟସ ଘର ଖଣ୍ଡେ । ସେଇ ଘରେ ରହୁଥିଲା ଚୈତନ୍ୟ । ଖୁବ ଆଦର ସହକାରେ ଚୈତନ୍ୟ ପାଛୋଟି ନେଲା ରଘୁନାଥଙ୍କୁ ତା ଘର ଭିତରକୁ । ଗୋଡ଼ହାତ ଧୋଇବାକୁ ପାଣି ଢାଲେ ଆଉ ଗାମୁଛାଟିଏ ବଢ଼େଇ ଦେଲା । ତା ପରେ ଆସନ ପକେଇ ବାଢ଼ିଦେଲା ଖେଚୁଡ଼ି, ଡାଲମା, ଶାଗ ଆଉ କ୍ଷୀରି । ପରମ ତୃପ୍ତିରେ ପେଟପୂରା କରି ଖାଇଦେଲେ ରଘୁନାଥ । ଅନେକ ଦିନ ହେବ ଏମିତି ଦିବ୍ୟ ଭୋଜନଟିଏ ଖାଇ ନଥିଲେ ସେ । ହଷ୍ଟେଲ ଖାଇବା ଖାଇ ଖାଇ ବିରକ୍ତି ଲାଗୁଥିଲା ତାଙ୍କୁ ।

ଚୈତନ୍ୟ କହିଲା, 'ମା'ଙ୍କର ମଧ୍ୟାହ୍ନରେ ସବୁଦିନେ ଖେଚୁଡ଼ି ଭୋଗ ଉଠେ । ଗୁରୁବାର ଆଉ ଶନିବାର ଏ ମନ୍ଦିରରେ ରୋଷେଇ ପାଲି ମୋର । ମୋର ଯେଉଁଦିନ ରୋଷେଇ ପାଲି ଥାଏ, ସେଦିନ ମୋତେ ଆଉ ଘରେ ରାନ୍ଧିବା ପାଇଁ ପଡ଼େନା । ମା'ଙ୍କ ପ୍ରସାଦ ପେଟପୂରା ଦୁଇବେଲା ମିଲିଯାଏ ମୋତେ ।'

ଚୈତନ୍ୟ ବିଷୟରେ ଆହୁରି ଅଧିକ କିଛି ଜାଣିବାର ଜିଜ୍ଞାସାକୁ ପଢ଼ି ପାରି ଚୈତନ୍ୟ ପୁଣି ଆରମ୍ଭ କଲା ।

--- ମୋ ନାଁ ଚୈତନ୍ୟ ମହାପାତ୍ର । ଆମେ କଲିକତାର ମୂଲ ବାସିନ୍ଦା ନୋହୁଁ । ଆମ ଘର ମୁକୁନ୍ଦପୁର । ମୋ ବାପା ହେରିକା ଦୁଇଭାଇ । ବାପା ସାନପୁଅ । ଜେଜେ ଯେତେବେଲେ ରୋଗ ଶେଯରେ ପଡ଼ିଥିଲେ ସେତେବେଲେ ବଡବାପା ଚାଲାକି କରି ସବୁ ଜମିବାଡ଼ି ନିଜ ନାଁରେ କରେଇ ନେଲେ ଜେଜେଙ୍କ ଟିପଚିହ୍ନ ଆଣି । ବାପା ମୋର ସରଲିଆ ଲୋକ । କିଛି ଜାଣି ପାରିଲେନି । ଜେଜେ ମଲା ପରେ ବଡବାପାଙ୍କର ଅସଲ ରୂପ ଧରା ପଡ଼ିଲା । କୋର୍ଟ ପେପରର ବଲ ଦେଖେଇ ସେମାନେ ଆମକୁ ଘରୁ ତଡ଼ିଦେଲେ ହାତରେ କିଛି ଟଙ୍କା ଧରେଇ ଦେଇ । ସେତେବେଲେ ମୋତେ ଦଶ ବର୍ଷ ବୟସ । ଷଷ୍ଠ ଶ୍ରେଣୀରେ ପଢ଼ୁଥିଲି ମୁଁ । ଖାଇବାକୁ ତ ଗୁଣ୍ଠାଏ ମିଲିଲାନି ଠିକରେ ଆଉ ପାଠ କଥା ପଚାରେ କିଏ ! କୁଆଡ଼ୁ କିଛି ନପାଇ ପେଟ ପାଟଣା ଦାୟରେ ବାପା ଚାଲି ଆସିଲେ କଲିକତା ମୋତେ ଆଉ ମୋ ମା'କୁ ସାଙ୍ଗରେ

ନେଇ । କୋଉଠି କିଛି ଆଶ୍ରା ନପାଇ ଏଇ ମା'ର ମନ୍ଦିର ବେଢ଼ାରେ ମୋ ବାପା ବିକ୍ରି କଲେ ଫୁଲ, ଦୀପ, ବଳିତା, ଘିଅ । କଷ୍ଟେମଷ୍ଟେ ଚାଲୁଥିଲା ସଂସାର । ସେଇ ମା' ଆମ କଷ୍ଟ ବୁଝିଲା । ଘରୁ ଆଣିଥିବା ଟଙ୍କା ଆଉ ମା'ର ଗହଣା ବିକା ଟଙ୍କା ମିଶେଇ ବାପା ଏଇ ଛୋଟିଆ ଜାଗା ଖଣ୍ଡକ କିଣି ମୁଣ୍ଡ ଗୁଞ୍ଜିବା ପାଇଁ ଘର ଖଣ୍ଡେ କଲେ । ଅବଶ୍ୟ ଏଇ ଜାଗାର ମାଲିକ ଆମର ପରିସ୍ଥିତି ଦେଖି ଆମକୁ ଢେର ସାହାଯ୍ୟ କରିଛନ୍ତି । ଧୀରେ ଧୀରେ ମନ୍ଦିରରେ ଦୀପ ଭୋଗ ଆଦିର ବେପାର ଟିକେ ବଢ଼ିଲା । ଏଇ ସେଇ ଯୋଉ ଛୋଟିଆ ଦୋକାନ ଖଣ୍ଡକ ଦେଖୁନାହାନ୍ତି... ସେଇ ଦୋକାନ ଖଣ୍ଡକ ଭଡ଼ାରେ ନେଇ ବାପା ମୋର ସେଠି ବେପାର ଆରମ୍ଭ କଲେ । ସବୁ ପୂଜା ସାମଗ୍ରୀ ରଖିଲେ । ବେପାର ବଢ଼ିଆ ଚାଲିଲା । ମୁଁ ଏଠି ସପ୍ତମରେ ନାଁ ଲେଖେଇ ପୁଣି ପଢ଼ା ଆରମ୍ଭ କଲି ।

ଏତକ କରିବା ପାଇଁ ମୋ ବାପା ବହୁତ କଷ୍ଟ କରିଛନ୍ତି । ବେଳାଏ ଖାଇ ବେଳାଏ ଉପାସ ଶୋଇଛନ୍ତି । ମା' ମୋର ପରଘରେ ବାସନ ମାଜିଛି । ମୁଁ ଦଶମ ପଢ଼ୁଥିବା ବର୍ଷ ବାପା ମୋର ଚାଲିଗଲେ । ପାଠପଢ଼ାରେ ଡୋରି ବନ୍ଧା ହେଲା ମୋର । ମୋର ବି ଆଉ ଆଗ୍ରହ ନଥିଲା କୋଉଥିରେ । ଘର କେମିତି ଚଳିବ ସେଇ ଚିନ୍ତା ଘାରିଲା ମୋତେ । ଦୋକାନରେ ଏଥର ମୁଁ ବସିଲି । ପୂଜାପାଠ ଆମର କୌଳିକ ବୃତ୍ତି । ବାପା ବି ଦି ଚାରିଘର ପୂଜା ଏଠି ଧରିଥିଲେ । ବାପା ଗଲାପରେ ମୁଁ ବି କିଛି ଘର ପୂଜା ଧରିଲି । ମା' ପୁଅ ଚଳୁଥିଲୁ ଠିକ୍ଠାକ୍ । ଏଇ ଦି' ବର୍ଷ ତଳେ ମୋ ମା' ବି ଚାଲିଗଲା । ଏବେ ଘରେ ମୁଁ ଏକା । ମୋର ଆଗକୁ କି ପଛକୁ କେହି ନାହିଁ । ଗାଁରେ ବି ମୋ ପାଇଁ ଆଉ କିଛି ନାହିଁ । ବରଂ ଏଇ ମାଟି ମୋତେ ଆଶ୍ରା ଦେଇଛି । ମୋ ପେଟକୁ ଦାନା ଦେଇଛି । ବଞ୍ଚିଥିବା ଯାଏ ଏଇଠି ରହିବି ବୋଲି ଭାବିଛି । ଦେଖାଯାଉ.... କ'ଣ ମା'ଙ୍କର ଇଚ୍ଛା ।

ଚୈତନ୍ୟର କଥା ଶୁଣି ଦୀର୍ଘଶ୍ୱାସଟିଏ ଛାଡ଼ିଲେ ରଘୁନାଥ । ଆହାଃ.... କାହା କପାଳରେ ପ୍ରଭୁ ପୁଣି ପ୍ରଭୁ କ'ଣ ଲେଖିଥାନ୍ତି ତାହା କେବଳ ତାଙ୍କୁ ହିଁ ଜଣା ସିନା ।

ଧୀରେ ଧୀରେ ଚୈତନ୍ୟ ଆଉ ରଘୁନାଥଙ୍କର ବନ୍ଧୁତା ନିବିଡ଼ ହେଉଥିଲା । ପାଠପଢ଼ାରୁ ଫୁରସତ ମିଳିଲେ ରଘୁନାଥ ଆଉ କୁଆଡେ ନଯାଇ ଚାଲି ଆସୁଥିଲେ ଚୈତନ୍ୟ ପାଖକୁ । ଉଭୟେ ସାଙ୍ଗ ହୋଇ ଠାକୁରାଣୀ ବେଢ଼ାରେ ବସି ଖୁବ ଗପୁଥିଲେ । ଗଙ୍ଗା କୂଳେକୂଳେ ବୁଲି ସମୟ ଅତିବାହିତ କରୁଥିଲେ । ବେଳେବେଳେ ଚୈତନ୍ୟ ନିଜ ହାତରନ୍ଧା ଭାତ ତରକାରୀ ବି ଖୁଆଉଥିଲେ ରଘୁନାଥଙ୍କୁ ବଡ଼ ଶ୍ରଦ୍ଧାର ସହ ।

ଉଭୟଙ୍କ ବଂଶ ବୁନିୟାଦି, ଶିକ୍ଷାଗତ ଯୋଗ୍ୟତା, ଧନ, ପ୍ରତିପତି ଭିତରେ ଥିଲା ଆକାଶ ପାତାଳ ଫରକ୍‌। କିନ୍ତୁ ଦୁଇଟି କଥାରେ ଦୁହେଁ ଥିଲେ ସମାନ। ଉଭୟେ ଥିଲେ ମାତୃହରା ଏବଂ ପାଖାପାଖି ସମବୟସ୍କ। ଏଇ ଦୁଇଟି ସାମଞ୍ଜସ୍ୟ ସେମାନଙ୍କ ବନ୍ଧୁତାର ରଙ୍ଗକୁ ଗାଢ଼ କରିବା ପାଇଁ ଯଥେଷ୍ଟ ଥିଲା।

ଏବେ କିଛି ଦିନ ହେବ ଚୈତନ୍ୟକୁ ଦେଖି ସୁମନା କଥା ମନକୁ ଆସୁଥିଲା ରଘୁନାଥଙ୍କର। ଚୈତନ୍ୟ ଦେଖିବାକୁ ସୁନ୍ଦର, ଖୁବ ବିନୟୀ, ଶାନ୍ତ, ଭଦ୍ର, ଈଶ୍ୱରବିଶ୍ୱାସୀ ଆଉ ଜାତି ବି ସମାନ। ତେବେ ସୁମନା ପାଇଁ ଚୈତନ୍ୟର ପ୍ରସ୍ତାବଟା ବାପାଙ୍କ ଆଗରେ ରଖିଲେ କେମିତି ହୁଅନ୍ତା!! ସୁମନା ପାଇଁ ଉପଯୁକ୍ତ ପ୍ରସ୍ତାବଟିଏ ଆଖିରେ ପଡ଼ୁନି ବୋଲି ସେ ଶୁଣିଥିଲେ ବାପାଙ୍କ ଠାରୁ।

ଅନେକ ସମୟରେ ବନ୍ଧୁତ୍ୱ ସୀମାରେଖାର ଢେର ଉର୍ଦ୍ଧ୍ୱକୁ ଯାଇ କେବଳ ସୁମନାର ଜଣେ ଶୁଭଚିନ୍ତକର ଆସନରେ ବସି ରଘୁନାଥ ଖୋଜି ହୁଅନ୍ତି ଚୈତନ୍ୟର ଦୋଷଦୁର୍ଗୁଣ କିଛି। କାଳେ ବାହାଘର ପରେ ପସ୍ତେଇବାକୁ ପଡ଼ିବ! କିନ୍ତୁ ନାଃ... ସେମିତି କିଛି ତାଙ୍କ ଆଖି ଆଗରେ ପଡ଼େନି। ବରଂ ଚୈତନ୍ୟର କଥାବାର୍ତ୍ତା ବ୍ୟବହାରରେ ବାରମ୍ବାର ମୁଗ୍ଧ ହୁଅନ୍ତି ସେ। ସୁମନା ପାଇଁ ଯେ ଚୈତନ୍ୟ ଉପଯୁକ୍ତ ଜୀବନସାଥୀଟିଏ ହୋଇ ପାରିବ, ସେ ଧାରଣା ଦୃଢ଼ୀଭୂତ ହୁଏ ତାଙ୍କ ମନରେ। ଏଥର ଛୁଟିରେ ଘରକୁ ଗଲେ ସେ ଚୈତନ୍ୟକୁ ସାଙ୍ଗରେ ନେଇ ଘରକୁ ଯିବେ ଆଉ ବାପାଙ୍କ ସହ ଏ ବିଷୟରେ ଏକାନ୍ତରେ ଆଲୋଚନା କରିବେ ବୋଲି ଇଚ୍ଛାଟି ମନରେ ରଖି ରହିଲେ ରଘୁନାଥ।

॥ ୩ ॥

ସେଦିନ ଗଙ୍ଗାକୂଳରେ ବୁଲୁଥିଲେ ଦୁଇବନ୍ଧୁ । ସତର ଅଠର ବର୍ଷର ଝିଅଟିଏ ଆସି ଠିଆ ହେଲା ସେମାନଙ୍କ ଠାରୁ ଟିକିଏ ଦୂରରେ । ରଘୁନାଥଙ୍କର ଦୃଷ୍ଟି ଟାଣି ହୋଇଗଲା ସେ ଆଡ଼କୁ । ଶ୍ୟାମଳ ରଙ୍ଗର ପତଲା ଝିଅଟିଏ । ପିନ୍ଧିଛି ରଙ୍ଗଛଟା ସାଲୱ୍ଵାର କମିଜ । ଓଢ଼ଣୀଟାକୁ ନିଜ ଛାତି ଉପରେ ପକେଇଛି ଖୁବ ସଂଯତ ଭାବରେ । ଗୋଲାପ କଢ଼ ପରି ସୁନ୍ଦର ଆକର୍ଷଣୀୟ ମୁହଁଟି ତାର ଦାରିଦ୍ର୍ୟର ତାଡ଼ନାରେ ଦିଶୁଛି ଝାଉଁଳା ମୂର୍ଚ୍ଛା ଗୋଲାପଟିଏ ପରି । ରଘୁନାଥଙ୍କର ଦୃଷ୍ଟି ନିବଦ୍ଧ ଥିଲା ଝିଅଟି ଉପରେ । ରଘୁନାଥ ଯେ ତାକୁ ନିରୀକ୍ଷଣ କରୁଛନ୍ତି, ଏ କଥାକୁ ଅନୁଭବ କରି ଝିଅଟି ଆସିଲା ସେମାନଙ୍କ ପାଖକୁ । କିଛି କହିବ କହିବ ହୋଇ ଠିଆ ହେଲା ସେଇଠି ।

ଭିକାରୁଣୀ ପରି ତ ଲାଗୁନି ଝିଅଟା । ତେବେ ! !

––– କ'ଣ ଦରକାର.... ପଚାରିଲେ ରଘୁନାଥ ।

––– ମୋର କିଛି ଟଙ୍କା ଦରକାର । ତଳକୁ ମୁହଁ ପୋତି କହିଲା ଝିଅଟି ।

ରଘୁନାଥ ନିଜ ପକେଟରୁ କାଢ଼ି କିଛି ଖୁଚୁରା ପଇସା ବଢ଼େଇ ଦେଲେ ଝିଅଟି ଆଡ଼କୁ । ଝିଅଟି କିନ୍ତୁ ନେଲା ନାହିଁ । କହିଲା, 'ମୋର ଭିକ ନୁହେଁ । କିଛି ଅଧିକ ଟଙ୍କା ଦରକାର । ମୋ ମା' ଦେହ ଭୀଷଣ ଖରାପ । ଆଜି ମୋତେ କେଉଁଠି କିଛି ବି କାମ ମିଳିଲାନି । ଯଦି ଆପଣଙ୍କ ପାଖରେ କିଛି କାମ ଅଛି ମୋତେ ଦିଅନ୍ତୁ । ନହେଲେ ମୋ ସହ ଗୋଟିଏ ରାତି ବିତେଇ ସେ ବାବଦକୁ କିଛି ଟଙ୍କା ଦିଅନ୍ତୁ ।'

ଭୂତ ଦେଖିଲା ପରି ଚମକି ପଡ଼ି ନିଜ ନିଜ ଜାଗାରୁ ଉଠି ଠିଆ ହୋଇ ପଡ଼ିଲେ ଦୁଇବନ୍ଧୁ । ଚୈତନ୍ୟ ଏଠିକାର ପୁରୁଣା ବାସିନ୍ଦା । ରଘୁନାଥ ଏଠି ରହି ପାଠ

ପଡ଼ିବା ବି କିଛି ବର୍ଷ ହୋଇଗଲାଣି ଏ ଭିତରେ । କିନ୍ତୁ ଏମିତି ଅଭାବିତ ଅପ୍ରତ୍ୟାଶିତ ଘଟଣାଟିଏ କେହି ବି ସାମ୍ନା କରି ନଥିଲେ । ବୋକାଙ୍କ ପରି ପରସ୍ପରର ମୁହଁକୁ ଚାହିଁଲେ ଦୁଇ ବନ୍ଧୁ ।

ー‌ー‌ー ଦୟା କରନ୍ତୁ ବାବୁ.... କହି ଏଥର କାନ୍ଦି ପକେଇଲା ଝିଅଟି ।

ー‌ー‌ー ତୋ ମା'ର କ'ଣ ହୋଇଛି ? ପଚାରିଲା ଚୈତନ୍ୟ ।

ー‌ー‌ー ଜାଣି ପାରୁନି ମୁଁ । କିଛି ଖାଉନି ଠିକ୍ ରେ । ଆଜି ତ କଥା ବି ହେଉନି ଭଲରେ । ତିନିଦିନ ହେବ ଶୋଇକି ରହିଛି ଖାଲି । ପେଟ ଫୁଲି ଏତେ ବଡ଼ ହୋଇ ଯାଇଛି । ପାଖରେ ଟଙ୍କା ନାହିଁ ବୋଲି ଡାକ୍ତର ପାଖକୁ ଯାଇ ପାରୁନି ।

ଦୟା ଆସିଲା ରଘୁନାଥଙ୍କ ମନରେ । ସହଜେ ସେ ପ୍ରହରାଜ ବଂଶର ଛୁଆ । ତାଙ୍କ ବାପା ଜେଜେବାପାଙ୍କ ଦାନଧର୍ମ କଥା ଆଖପାଖ ପାଞ୍ଚଖଣ୍ଡ ଗାଁ ଲୋକ ଜାଣନ୍ତି । ସେଇ ଶିକ୍ଷା ସଂସ୍କାରରେ ସେ ବଢ଼ି ଆସିଛନ୍ତି ଛୁଆବେଲୁ । ପକେଟରୁ କିଛି ଟଙ୍କା କାଢ଼ି ଝିଅଟି ହାତକୁ ବଢ଼େଇ ଦେଲେ ରଘୁନାଥ । ରଘୁନାଥଙ୍କ ହାତରୁ ସନ୍ତର୍ପଣରେ ଟଙ୍କାଟା ଧରୁ ଧରୁ ଏକ ପ୍ରଶ୍ନିଲ ଚାହାଣିରେ ଝିଅଟି ଚାହିଁଲା ତାଙ୍କୁ । ଯେମିତି ସେ ଆଖିରେ ଆଖିରେ ପଚାରୁଥିଲା.... ଏ ଟଙ୍କା ବାବଦକୁ ମୋ ଠାରୁ କଣ ଚାହଁ ?

ରଘୁନାଥ କହିଲେ, 'କିଛି ଦରକାର ନାହିଁ । ଯାଃ.... ତୋ ମା'କୁ ଆଗ ଭଲ କର ।

କୃତଜ୍ଞତାର ଧାରେ ହସ ଆଉ ଦୁଇ ଟୋପା ଲୁହ ଭାଲି ଦେଇ ଝିଅଟି ଚାଲି ଯାଉ ଯାଉ ରଘୁନାଥ ପଚାରିଲେ....

ー‌ー‌ー ତୁମ ଘର କେଉଁଠି ?

ー‌ー‌ー ଏଇ ସେଇ ପାଖକୁ ଯେଉଁ ବସ୍ତିଟା ଦିଶୁଛି.... ସେଇଠି ରୁହେ ମୁଁ ।

ଚାଲିଗଲା ଝିଅଟି । ଏକରକମ ଦୌଡ଼ିଲା ପରି ।

ସେଦିନ ରାତିରେ ଆଉ ଭଲ ନିଦ ହେଲାନି ରଘୁନାଥଙ୍କୁ । ସେଇ ଝିଅଟିର ମୁହଁ ବାରମ୍ବାର ଚାଲି ଆସୁଥିଲା ଆଖି ଆଗକୁ । ଇସ୍.... କି କରୁଣ ଚାହାଣୀ ! କି ବିକଳ ଅନୁନୟ ! ! କି ଦୟନୀୟ ପରିସ୍ଥିତି ! ! ତେବେ ଝିଅଟି କ'ଣ ବେଶ୍ୟାବୃତ୍ତି କରେ ! ! ! ନହେଲେ ସେ ଏମିତି କାହିଁକି କହିଥାନ୍ତା ?

କିଛି ଦିନ ନିଜ କୌତୁହଲକୁ ମନ ଭିତରେ ଚାପି ରଖି ରଖି ଦିନେ ଚୈତନ୍ୟକୁ ପଚାରିଲେ ରଘୁନାଥ ।

--- ଆଚ୍ଛା ଚୈତନ୍ୟ... ସେଦିନ ଯେଉଁ ଝିଅଟିକୁ ଆମେ ଏଠି ଦେଖିଥିଲେ, ସେ କ'ଣ ଜଣେ ଦେହଜୀବୀ ?

--- କେଜାଣି ? ମୁଁ ତ ଜାଣିନି ଠିକ୍ ରେ । କିନ୍ତୁ ସେ ଯେଉଁ ଜାଗାରେ ରହୁଛି ବୋଲି ସେଦିନ କହିଲା, ସେଇଟା ଗୋଟାଏ ବଦନାମ ବସ୍ତି । ଏ ଝିଅ କଥା ତ ମୁଁ ଜାଣିନି କିନ୍ତୁ ସେଠି ଆଉ କିଛି ଝିଅ ଏମିତି ବେଶ୍ୟାବୃତ୍ତି କରି ପେଟ ପୋଷନ୍ତି ।

--- ଏବେ ତା ମା'ର ଦେହ ଟିକେ ଭଲ ଥିବ ବୋଧେ ।

--- କେଜାଣି ? ଭଗବାନଙ୍କୁ ଜଣା....

ସେଦିନ ଠାରୁ ଯେବେ ବି ବୁଲି ବାହାରନ୍ତି ଦୁଇ ବନ୍ଧୁ, ରଘୁନାଥଙ୍କ ଆଖି ସେ ଝିଅଟିକୁ ଖୋଜୁଥାଏ । ଝିଅଟି ପ୍ରତି କେମିତି ଗୋଟେ ଦୁର୍ବଳତା ଛାତି ଭିତରେ ଦାନା ବାନ୍ଧୁଥାଏ । ମନର କଥାକୁ ଆଉ ବେଶୀ ଦିନ ମନରେ ରଖି ନପାରି ରଘୁନାଥ କହିଲେ ଦିନେ.....

--- ଆଚ୍ଛା ଚୈତନ୍ୟ, ମୁଁ କ'ଣ କହୁଥିଲି କି.... ଆମେ ଟିକେ ଯାଇ ସେ ଝିଅର ମା'କୁ ଦେଖି ଆସିଲେ କେମିତି ହୁଅନ୍ତା ? ଏଇ ପାଖରେ କୋଉଠି ତା ଘର ବୋଲି କହୁଥିଲା ତ ସେ । ତୁମେ ଏଠିକାର ପୁରୁଣା ଲୋକ । ତୁମେ ଚେଷ୍ଟା କଲେ ଘରଟି ନିଶ୍ଚୟ ପାଇଯିବ ।

ରଘୁନାଥଙ୍କ କଥା ଶୁଣି ଚମକି ପଡ଼ିଲା ଚୈତନ୍ୟ । କହିଲା...

--- କୁଆଡେ ଯିବାକୁ ମନ କରିଛନ୍ତି ଆପଣ ?? ସେଇଟା ଗୋଟାଏ ବଦନାମ ବସ୍ତି । କୋଉ ଘର ଛୁଆ ଆପଣ !! ଲୋକେ କ'ଣ କହିବେ ?

--- ଲୋକଙ୍କ କଥାରୁ କ'ଣ ମିଳିବ ଆମକୁ ? ଆମର କ'ଣ ନିଜସ୍ୱ ବିଚାରଧାରା, ବୋଧଶକ୍ତି, ବିବେକ ବୋଲି କିଛି ନାହିଁ ? ଆମ ଭିତରେ କ'ଣ ମାନବିକତା ନାହିଁ ଆଦୌ ??

-- କିନ୍ତୁ ପଙ୍କ ପୋଖରୀକୁ ଯାଇ ଅଯଥାଟାରେ ପାଦରେ ପଙ୍କ ଲଗେଇବାର ଆବଶ୍ୟକତା କ'ଣ ?

--- ପଙ୍କ ଭିତରୁ ହିଁ ତ ପଦ୍ମ ଫୁଟେ ଚୈତନ୍ୟ । ମୋତେ ଲାଗୁଛି ଯେମିତି ସେଇ ଝିଅଟି ପଙ୍କ ଭିତରର ପଦ୍ମଟିଏ ।

--- କିନ୍ତୁ ସେ ଝିଅଟି ଯଦି ଗୋଟେ ଦେହଜୀବୀ ହୋଇଥାଏ, ତେବେ ଅଯଥାଟାରେ ଆମେ ବଦନାମ ହେବା ।

--- ନା... ମୋ ମନ କହୁଛି ସେ ଝିଅଟି ଆଦୌ ଦେହଜୀବୀ ନୁହେଁ ।

ପରିସ୍ଥିତି ତାକୁ ବାଧ୍ୟ କରିଥିଲା ସେଦିନ ଏମିତି କହିବାକୁ ହୁଏତ । ତା ଆଖିର କାରୁଣ୍ୟରେ ମୁଁ ସେଦିନ ଦେଖିଛି ତା ଭିତରର ସ୍ୱଚ୍ଛତାକୁ । ତା ଛଡ଼ା ଏଠି ବଦନାମ କିଏ କରିବ କାହାକୁ ? ମୋତେ ଏଠି ଜାଣେ କିଏ ? ?

ରଘୁନାଥଙ୍କ ଯୁକ୍ତି ପାଖରେ ହାର୍ ମାନିଲା ଚୈତନ୍ୟ ।

ବେଶୀ କିଛି ହଇରାଣ ହୋଇ ଘର ଖୋଜିବାକୁ ପଡ଼ିଲାନି ସେମାନଙ୍କୁ । ବସ୍ତିର ଆରମ୍ଭରେ ଝିଅଟିର ଘର । ଝିଅଟି ମଧ୍ୟ ବସିଥିଲା ତାର ଘର ଆଗରେ କାଠୁକୁ ଆଉଜି । ଏମାନଙ୍କୁ ତା ଘର ଆଗରେ ଦେଖି ବିସ୍ମିତ ହେବା ସହ ଚମକି ପଡ଼ିଲା ସେ ।

––– ଆପଣ ମାନେ ଏଠି ?

–––– ହଁ, ଆମେ ତୋତେ ଖୋଜି ଖୋଜି ଏଠାକୁ ଆସିଛୁ । କହିଲା ଚୈତନ୍ୟ ।

ଏଥର ବିକଳ ହୋଇ କାନ୍ଦି ପକେଇଲା ଝିଅଟି । ଆଉ କହିଲା, 'ଦେଖନ୍ତୁ, ମୁଁ ଆଦୌ ଜଣେ ଦେହଜୀବୀ ନୁହେଁ । ସେଦିନ ପରିସ୍ଥିତିରେ ପଡ଼ି ଆପଣମାନଙ୍କୁ ମୁଁ କହି ଦେଇଥିଲି ଏମିତି । ଏଠି ମୋ ଘର ପାଖାପାଖି ଅନ୍ୟ ମାନଙ୍କ ଘରକୁ ସନ୍ଧ୍ୟାଠାରୁ ରାତି ଅଧ ଯାଏ ଗିରାଖଙ୍କର ଯିବା ଆସିବା ଲାଗି ରହିଥାଏ । କିନ୍ତୁ ଯେତେ ଦୁଃଖକଷ୍ଟରେ ଚଳିଲେ ବି ମୁଁ ସେ ରାସ୍ତାରେ ପାଦ ଦେଇ ନଥିଲି । ମୋ ମା'ର ପରିସ୍ଥିତି ମୋତେ ବାଧ୍ୟ କରିଥିଲା ସେଦିନ ଏମିତି ଚିନ୍ତା କରିବା ପାଇଁ । ମୁଁ ତା କଷ୍ଟ ଦେଖି ପାରୁ ନଥିଲି କି ତା କଷ୍ଟରୁ ତାକୁ ଉଦ୍ଧାର ବି କରି ପାରୁ ନଥିଲି । ସେ ଯନ୍ତ୍ରଣାରୁ ମୁକ୍ତି ଚାହୁଁଥିଲା କିନ୍ତୁ ମରୁ ନଥିଲା । ମୁଁ ବି ତାକୁ ମାରି ଦେଇ ପାରୁ ନଥିଲି । ଏମିତି ଗୋଟିଏ ବିବଶ ପରିସ୍ଥିତିରେ ମୁଁ ବାଧ୍ୟ ହୋଇଥିଲି ସେଇ ନର୍କ ଆଡ଼କୁ ପାଦଟିଏ ବଢ଼େଇବା ପାଇଁ । କିନ୍ତୁ ଭଗବାନଙ୍କ ରୂପରେ ଆପଣମାନେ ମୋତେ ଦୟା କଲେ । ମୁଁ ମୋ ବଢ଼େଇଥିବା ପାଦକୁ ପୁଣି ଫେରେଇ ଆଣିଲି । ଆପଣ ମାନଙ୍କର ରଣ ମୁଁ ଜୀବନଯାକ ସୁଝି ପାରିବିନି କିନ୍ତୁ ମୋତେ କ୍ଷମା କରନ୍ତୁ । ଯଦି କହିବେ ମୋର ଚିହ୍ନାଜଣାରେ ଏଠି ଦୁଇ ଚାରିଜଣ ଝିଅ ଅଛନ୍ତି.... ମୁଁ ବ୍ୟବସ୍ଥା କରେଇ ଦେବି ।

––– ନାଃ.... ନାଃ.... ଆମେ ସେଥିପାଇଁ ଆସିନୁ । ବିରକ୍ତ ହୋଇ କହିଲା ଚୈତନ୍ୟ ।

ଚୈତନ୍ୟର ବିରକ୍ତି ଭାବ ଦେଖି ଚୁପ୍ ପଡ଼ିଗଲା ଝିଅଟି ।

ରଘୁନାଥ କହିଲେ, 'ତୁମ ମା'ଙ୍କ ଦେହ କେମିତି ଅଛି ? କେବଳ ସେତିକି ହିଁ ବୁଝିବାକୁ ଆମେ ଆସିଥିଲୁ ଏତିକି ।'

ଗୋଟେ ଶୂନ୍ୟ ଦୃଷ୍ଟିରେ ଝିଅଟି ଏଥର ଚାହିଁଲା ବାହାରକୁ ଆଉ କହିଲା,

‘ମା’ ଆଉ ନାହିଁ । ସେ ମରିବା ଆଜିକୁ ପନ୍ଦର ଦିନ ହେଲାଣି । ସେଦିନ ମୁଁ ଆପଣଙ୍କ ଠାରୁ ଟଙ୍କା ନେଇ ଘରେ ପହଞ୍ଚିବା ବେଳକୁ ମା’ ମରି ଯାଇଥିଲା । ତାକୁ ଆଉ ଡାକ୍ତର ପାଖକୁ ନେଇ ଖର୍ଚ୍ଚାନ୍ତ ହେବାକୁ ପଡିଲାନି । ବରଂ ଆପଣଙ୍କ ସାହାଯ୍ୟ ଟଙ୍କାରେ ଶୁଦ୍ଧିକ୍ରିୟାଟା ତାର ଯାହିତାହି ହୋଇ ଚଳିଗଲା ।

‘ଓଃ.... ଆଉ ଟିକେ ଆଗରୁ କିଛି ବ୍ୟବସ୍ଥା ହୋଇଥିଲେ ହୁଏତ ସେ....’ କହିଲେ ରଘୁନାଥ ।

ଝିଅଟି ତାଙ୍କୁ ଅଧାରୁ ରୋକିଦେଇ କହିଲା, ‘ନା ନା.... ସେ ମରିଗଲା ଭଲହେଲା । ମୁକ୍ତି ପାଇଗଲା ସେ । ରୋଗରୁ, ଭୋକରୁ, ଯନ୍ତ୍ରଣାରୁ, ଦାରିଦ୍ର୍ୟରୁ... ସବୁଥିରୁ । ମୁଁ ବି ଏବେ ମୁକ୍ତ । ମୁଁ ଏବେ ଆଉ ବିବଶ ନୁହେଁ । ଭୋକରେ ମରିଯିବି ପଛେ କିନ୍ତୁ କେବେ ବି ଆଉ ବାଧ୍ୟ ହେବିନି ଖରାପ ରାସ୍ତା ଆଡକୁ ପାଦ ବଢ଼େଇବା ପାଇଁ ।

ରଘୁନାଥଙ୍କ ମନ ଦୟା ଆଉ କରୁଣାରେ ଆର୍ଦ୍ର ହୋଇଗଲା । ଆଖିରେ ଲୁହ ଜକେଇ ଆସିଲା ତାଙ୍କର । ଏମିତିରେ ବି ସେ ଛୋଟବେଳୁ ସ୍ୱଭାବରେ ସେମିତି ହିଁ । କାହା ଦୁଃଖ ଦେଖି ପାରନ୍ତିନି ।

ସବୁ ଶୁଣିସାରି ଫେରିବାକୁ ବାହାରିଲେ ଦୁଇବନ୍ଧୁ । ଝିଅଟି ସେମାନଙ୍କୁ ଅଟକେଇ ସେମାନଙ୍କର ପାଦଧୂଳି ନେଲା ଆଉ କହିଲା, ‘ମା’ ଠାରୁ କେବେ ଗୋଟେ ଦେବଦୂତ ମାନଙ୍କର କାହାଣୀ ଶୁଣିଥିଲି । ଯଦି ସେମାନେ ସତରେ ସଂସାରରେ ଥାଆନ୍ତି, ତେବେ ସେ ନିଶ୍ଚୟ ଆପଣମାନଙ୍କ ଭଳି ହୋଇଥିବେ ।’

ରଘୁନାଥ ପୁଣି କିଛି ଟଙ୍କା ଗୁଞ୍ଜି ଦେଲେ ଝିଅଟି ହାତରେ । ଆଉ କହିଲେ, ‘ତୁମକୁ ଅନୁରୋଧ... ଯେତେ ଦୁଃଖ ଆସିଲେ ବି ସେ ରାସ୍ତାରେ କେବେ ବି ପାଦ ଦେବନି ।’

ଫେରି ଆସୁ ଆସୁ ରଘୁନାଥ ପୁଣି ପଚାରିଲେ, ‘ତୁମ ନାଁ କ’ଣ ?’
---- ଜାହ୍ନବୀ ।

ସେଠାରୁ ଫେରି ଚୈତନ୍ୟ ନିଜ ଘରକୁ ଚାଲିଗଲା ଆଉ ରଘୁନାଥ ଫେରିଲେ ନିଜ ହଷ୍ଟେଲ ରୁମକୁ । କିନ୍ତୁ ମନଟି ଛାଡିଦେଇ ଆସିଲେ ଜାହ୍ନବୀ ପାଖରେ ।

ଟଙ୍କାର ଅଭାବ କେବେ ବି ନଥାଏ ରଘୁନାଥଙ୍କ ପାଖରେ । ରାମହରି ପ୍ରହରାଜ ପ୍ରତି ମାସେ ପନ୍ଦରଦିନରେ ପୁଅକୁ ଦେଖିବାକୁ ଆସନ୍ତି ଆଉ ଯଥେଷ୍ଟ ଟଙ୍କା ଗୁଞ୍ଜି ଦେଇ ଯାଆନ୍ତି ପୁଅ ହାତରେ । ପୁଅ ତାଙ୍କର ବାହାର ଜାଗାରେ ରହି ଟଙ୍କା ପାଇଁ

ହଇରାଣ ହେଉଥିବ ଆଉ ସେ କ'ଣ ଏଠି ସବୁ ଧନ ସମ୍ପତ୍ତି ମୁଣ୍ଡେଇକି ନେଇ ସ୍ୱର୍ଗକୁ ଯିବେ କି ! ! ଏ ସବୁ ତ ତାଙ୍କ ରଘୁ ପାଇଁ କେବଳ । ତେଣୁ ପୁଅ ପାଇଁ ଖୋଲା ହାତରେ ଖର୍ଚ୍ଚ କରନ୍ତି ରାମହରି ।

କେତେବେଳେ କେମିତି ବାପା ଦେଇଥିବା ଟଙ୍କାରୁ କିଛି କିଛି ଜାହ୍ନବୀକୁ ଦେଇ ଦିଅନ୍ତି ରଘୁନାଥ ସାହାଯ୍ୟ ଆକାରରେ । ପଦ୍ମ ପରି ସୁନ୍ଦର ପବିତ୍ର ଝିଅଟି ଅଭାବ ଯୋଗୁଁ କଲୁଷିତ ରାସ୍ତାରେ ପାଦ ଦେଇ କଳଙ୍କିତ ନହେଉ, କେବଳ ଏତିକି ହିଁ ଚାହୁଁଥିଲେ ରଘୁନାଥ । ମଝିରେ ମଝିରେ ଭଲମନ୍ଦ ବୁଝିବାକୁ ମଧ ଜାହ୍ନବୀ ପାଖକୁ ଚାଲି ଯାଆନ୍ତି ସେ । କିନ୍ତୁ କେତେବେଳେ କେଜାଣି ଜାହ୍ନବୀ ପ୍ରତି ତାଙ୍କର ଏଇ ସହାନୁଭୂତିଟା ଦୁର୍ବଳତା ଆଉ ଆସକ୍ତିରେ ପରିଣତ ହୋଇଗଲା ଜାଣି ପାରିଲେନି ସେ ।

ଏଥର ଚୈତନ୍ୟର ଯାବତୀୟ ବାରଣ ସତ୍ତ୍ୱେ ମଧ ରଘୁନାଥ ସବୁଦିନେ ଯାଉଥିଲେ ଜାହ୍ନବୀ ପାଖକୁ । ଢେର ବେଳ ଯାଏ ଦୁଃଖସୁଖ ହେଉଥିଲେ ତା ପାଖରେ ବସି । ଚୈତନ୍ୟ ବୁଝାଉଥିଲା ରଘୁନାଥଙ୍କୁ, 'ଏବେ ବି ସମୟ ଅଛି । ଆପଣ ବାହାରି ଆସନ୍ତୁ ସେ ମାୟାଜାଲ ଭିତରୁ । କଥାଟା ବେଶୀ ଆଗକୁ ବଢିଲେ ଆପଣଙ୍କ ପାଇଁ ଭବିଷ୍ୟତରେ ବହୁତ ଅସୁବିଧା ହେବ । ଆପଣଙ୍କ ବାପା କ'ଣ ଏ ଝିଅକୁ ବୋହୂ କରି ନେବାକୁ କେବେ ବି ରାଜି ହେବେ ? କାହିଁ ଆପଣଙ୍କ ଖାନଦାନ ଆଉ କାହିଁ ଏ ବଦନାମ ବସ୍ତିର ଝିଅ ! ! ଜାଣି ଜାଣି ଆପଣ କାହିଁକି ସେ ରାସ୍ତାରେ ପାଦ ବଢ଼ାଉଛନ୍ତି ?

ଚୈତନ୍ୟର କଥା ଠିକ୍ ବୋଲି ମର୍ମେ ମର୍ମେ ଅନୁଭବ କରୁଥିଲେ ରଘୁନାଥ । କିନ୍ତୁ ମନରେ ଲଗାମ ଦେବା କ'ଣ ଏତେ ସହଜ ବ୍ୟାପାର ହୋଇଛି ? ଚୈତନ୍ୟ ବି ଆଉ ଆଗ ଭଲି ବାରଣ କରେନି ଏତେ । କହି କହି ତ କିଛି ଫଳ ହେଲାନି ।

କିଛିଦିନ ପରେ ଚୈତନ୍ୟ ସହ ସୁମନାର ବାହାଘର ବିଷୟରେ ଆଲୋଚନା କରିବା ଉଦ୍ଦେଶ୍ୟରେ ତିନି ଚାରିଦିନ ପାଇଁ ଘରକୁ ଆସିଲେ ରଘୁନାଥ । ଚୈତନ୍ୟକୁ ବି ଆଣିଥିଲେ ସାଙ୍ଗରେ । ବାପା ନିଜେ ଚୈତନ୍ୟକୁ ଦେଖି ତା ସହ ସାକ୍ଷାତରେ ଆଲୋଚନା କରିବା ନିହାତି ଜରୁରୀ । ତା ଛଡ଼ା ସୁମନା ଆଉ ଚୈତନ୍ୟ ବି ପରସ୍ପରକୁ ଦେଖିବା ଦରକାର ।

ରାମହରି ନିଜେ କଥା ହେଲେ ପିଲାଟି ସହ । ଭାରି ଭଦ୍ର ଆଉ ସଙ୍ଗୋଟ୍ ଲାଗିଲା ତାଙ୍କୁ ଚୈତନ୍ୟ । କିନ୍ତୁ ଦୁଇଟି କଥାରେ ମନ ତାଙ୍କର ଦବି ଯାଉଥିଲା ଟିକେ । ପ୍ରଥମତଃ.... ସୁମନାକୁ ଏତେ ଦୂରକୁ ବିଦା କରିବାକୁ ଆଦୌ ଇଚ୍ଛା

ନଥିଲା ତାଙ୍କର। ଦ୍ୱିତୀୟରେ, ଆର୍ଥିକ ଦୃଷ୍ଟିରୁ ଆଉ ଟିକେ ମଜବୁତ ପିଲା ଖୋଜୁଥିଲେ ସେ ସୁମନା ପାଇଁ। ପ୍ରହରାଜେ ଖୁବ ଚିନ୍ତା କଲେ ଏ ବିଷୟକୁ ନେଇ। ଦ୍ୱିତୀୟ କାରଣଟିକୁ ଅଣଦେଖା କରାଯାଇପାରେ। ସେ ଚାହିଁଲେ ଚୈତନ୍ୟକୁ ଆର୍ଥିକ ସାହାଯ୍ୟ ଦେଇ ତାର ନୂଆ ବ୍ୟବସାୟ ଠିଆ କରି ପାରିବେ। କିନ୍ତୁ ଏତେ ଦୂରରେ....!! ତେବେ ଚୈତନ୍ୟଟା ପିଲା ହିସାବରେ ବହୁତ ଭଲ ବୋଲି ରଘୁ କହୁଛି। ଏତେ ଦିନ ତା ସହ ମିଶିଲାଣି ମାନେ ନିଶ୍ଚୟ ଠିକ୍ କହୁଥିବ। ତାଙ୍କୁ ବି ତ ସେଇ ଭଳିଆ ଲାଗୁଛି। ତେବେ ଚୈତନ୍ୟ ଆଉ ସୁମନା ଉଭୟଙ୍କୁ ପଚରାଯାଉ। ସେମାନଙ୍କର ମତ କ'ଣ ?

ସୁମନା କିଏ, ସେ ଏଠି କେଉଁ ପରିସ୍ଥିତିରେ ଆସି କେମିତି ରହି ବଡ଼ ହେଲା, ସବୁ କଥା ପରିଷ୍କାର କରି ଚୈତନ୍ୟକୁ ଜଣେଇ ତା ଆଗରେ ବାହାଘର କଥାଟି ପକେଇଲେ ରାମହରି ପ୍ରହରାଜ। ଏଇ ଦି ଚାରିଦିନର ରହଣୀ ଭିତରେ ଚୈତନ୍ୟ ଲକ୍ଷ୍ୟ କରିଥିଲା ଯେ ସୁମନା ଖୁବ ଶାନ୍ତଶିଷ୍ଟ ଆଉ ଘରକରଣା ଝିଅଟିଏ। ତାକୁ ୟା ଠାରୁ ଆଉ ଅଧିକ କ'ଣ ଲୋଡ଼ା ଯେ!! ତାର ଏ ପ୍ରସ୍ତାବରେ ଅରାଜି ହେବାର କିଛି ନଥିଲା। ସମ୍ମତି ଜଣେଇଲା ଚୈତନ୍ୟ ନିଜ ତରଫରୁ। ସୁମନାର ବି ଅରାଜି ହେବାର କିଛି ନଥିଲା।

ଖୁସି ହେଲେ ରାମହରି ପ୍ରହରାଜ। ଯାହାହେଉ, ବଡ଼ ଦାୟିତ୍ୱଟିଏ ମୁଣ୍ଡରୁ ଯିବ। ହେଉ ଦୂର ବାଟ, କ'ଣ ହେଲା ସେଇଠୁ। ମଝିରେ ମଝିରେ କେହି ଯାଇ ବୁଲି ଆସିଲେ କ'ଣ ହେବନି। ତା ଛଡ଼ା ସବୁ ଜିନିଷ, ସବୁ ଗୁଣ ଗୋଟାଏ ଠେଙ୍ଗ ଖୋଜିଲେ କୋଉଠୁ ମିଳିବ!!

ନଟବର ଅବଧାନକୁ ଡାକି ଗୋଟେ ଭଲ ତିଥ ବାହାର କଲେ ପ୍ରହରାଜେ। ଆଉ ଠିକ୍ ଦୁଇ ମାସ ପରେ ଭଲ ଯୋଗଟିଏ ସୁଝୁଥିଲା ସୁମନାକୁ। ବାହାଘର ପନ୍ଦର ଦିନ ଥାଇ ଆସି ପହଞ୍ଚିବାକୁ କଡ଼ା ଚେତାବନୀ ଦେଇ ରଘୁନାଥ ଆଉ ଚୈତନ୍ୟଙ୍କୁ ବିଦା କଲେ ସେ।

ଏବେ ପ୍ରହରାଜେଙ୍କ ମୁଣ୍ଡରେ ଆଉ ଗୋଟିଏ ଚିନ୍ତା ଘାରୁଥିଲା..... ଭଲ ଝିଅଟିଏ କୋଉଠି ମିଳନ୍ତା କି! ଏକାଠି ରଘୁର ବାହାଘରଟା ବି ସାରି ଦିଅନ୍ତି ଯେ ଗୋଟାଏ ମାଡ଼ରେ ଦାୟିତ୍ୱ ସରନ୍ତା। ସୁମନା ଠାରୁ ରଘୁ ପାଖାପାଖି ବର୍ଷେ ବଡ଼। ରଘୁକୁ ପଚିଶ ପୁରି ଛବିଶ ଚାଲିବ। ଆଉ କେତେ ପାଠ ଏମିତି ପଢ଼ିବ!! ପଢ଼ୁଥିଲେ ତ ପଢ଼ୁଥିବ। ଏ ପ୍ରହରାଜ ସମ୍ପତ୍ତିର ରକ୍ଷଣାବେକ୍ଷଣ ପାଇଁ ଯେତିକି ପାଠ ଦରକାର ତା

ଠାରୁ ଢେର ଅଧିକ ପଢ଼ିଲାଣି ତାଙ୍କ ପୁଅ। ଏଥର ବାହାଘରଟି ସରିଗଲେ ଯାଆନ୍ତା। ହେଉ.... ଯାହା ପ୍ରଭୁଙ୍କର ଇଚ୍ଛା।

ସୁମନାର ବାହାଘର ଦିନ ପାଖେଇ ଆସିଲା। କାଲି ସକାଳ ଟ୍ରେନରେ ଗାଁକୁ ବାହାରିଯିବେ ବୋଲି ସ୍ଥିର କଲେ ରଘୁନାଥ ଆଉ ଚୈତନ୍ୟ। ସେଦିନ ସନ୍ଧ୍ୟାରେ ରଘୁନାଥ ବାହାରିଲେ ଜାହ୍ନବୀକୁ ଦେଖା କରିବାକୁ। ସେ ଯେ ଏବେ ଗୁଡ଼ାଏ ଦିନ ପାଇଁ ଗାଁକୁ ଚାଲିଯିବେ। ଜାହ୍ନବୀ ସହ ଦେଖା କରି ରଘୁନାଥ କହିଲେ, 'ଜାହ୍ନବୀ.... ଆମ ସୁମନାର ବାହାଘର କଥା ତ ଜଣେଇଥିଲି ତୁମକୁ। ବାହାଘର ଦିନ ପାଖେଇ ଆସିଲାଣି। ଆମେ ଚୈତନ୍ୟର ମୋର କାଲି ସକାଳ ଟ୍ରେନରେ ବାହାରିଯିବୁ ଗାଁକୁ। ମୁଁ ପାଖାପାଖ୍ୟ ମାସେ ପାଇଁ ଯାଉଛି। କିଛି ଟଙ୍କା ରଖ୍‍ଥାଅ ପାଖରେ। କାଲେ କିଛି ଦରକାର ପଡ଼ିଯିବ ହଠାତ।'

ଟଙ୍କା ବିଡ଼ାଟିଏ ଜାହ୍ନବୀ ହାତରେ ଧରେଇ ଦେଲେ ରଘୁନାଥ। ଜାହ୍ନବୀ କିନ୍ତୁ ଟଙ୍କାତକ ପୁଣି ରଘୁନାଥଙ୍କୁ ଧରେଇ ଦେଇ ଖୁବ କାନ୍ଦିଲା। କାନ୍ଦି କାନ୍ଦି ପଚାରିଲା, 'ତୁମେ ସବୁଦିନ ପାଇଁ ଚାଲି ଯାଉନ ତ !! ଫେରିବ ତ ପୁଣି ଏଇ ନିଆଶ୍ରୀ ହତଭାଗିନୀ ପାଖକୁ ? ଏତେ ଦିନ ମୁଁ କେମିତି ରହିବି ଏକା ?'

ଜାହ୍ନବୀକୁ ବୋଧ ଦେଇ ତା ଆଖିର ଲୁହକୁ ପୋଛିଦେଲେ ରଘୁନାଥ ଆଉ କହିଲେ, 'କଥା ଦେଉଛି ଜାହ୍ନବୀ, ମୁଁ ନିଶ୍ଚୟ ଫେରିବି। ମୁଁ ଶୁଣୁଥିଲି ବାପା କୁଆଡେ ମୋ ପାଇଁ ବି ବାହାଘର ଖୋଜୁଛନ୍ତି।ତାଙ୍କ ପସନ୍ଦର ଝିଅଟିଏ ମିଳିଲେ ସେ ମୋ ବାହାଘରଟି ସାରିଦେବେ ବୋଲି ମନସ୍ଥ କରିଛନ୍ତି। ପ୍ରକୃତରେ ସୁମନା ବାହା ହୋଇ ଚାଲିଗଲା ପରେ ସେ ଘରେ ଆଉ ଏମିତି କେହି ବି ନାହିଁ ଯିଏ କି ବାପାଙ୍କର ଦେଖାରଖା ଠିକରେ କରି ପାରିବ। ସେଥିପାଇଁ ମୁଁ ଭାବିଛି ଏଥର ଘରକୁ ଗଲେ ତୁମ କଥାଟା ବାପାଙ୍କୁ କହିବି ସାହସ କରି।'

--- କିନ୍ତୁ ବାପା କ'ଣ ରାଜି ହେବେ ? କାହିଁକି ବି ରାଜି ହେବେ ?? କ'ଣ ଅଛି ମୋ ପାଖରେ ? ନା ଧନ, ନା ମାନ, ନା ବଂଶବୁନିୟାଦୀ।

--- ତୁମେ ବ୍ୟସ୍ତ ହୁଅନା ଜାହ୍ନବୀ। ବାପା ତ ରାଜି ହେବେନି ଜାଣିଛି ମୁଁ। କିନ୍ତୁ ତାଙ୍କୁ ରାଜି କରେଇବା ଦାୟିତ୍ୱ ମୋର। ଚୈତନ୍ୟ ବି କହିଛି ମୋ ପାଇଁ ବାପାଙ୍କୁ କହିବ ବୋଲି। ମୁଁ ଏଥର ଘରକୁ ଗଲେ ନିଶ୍ଚୟ କିଛି ବ୍ୟବସ୍ଥା କରି ଆସିବି। ମୋତେ ଏଥର ଖୁସି ମନରେ ବିଦାୟ ଦିଅ ତୁମେ।

ରଘୁନାଥଙ୍କ ଛାତି ଭିତରେ ମୁହଁ ଗୁଞ୍ଜି କାଇଁ କାଇଁ ହୋଇ କାନ୍ଦୁଥିଲା ଜାହ୍ନବୀ।

ପ୍ରଥମ ଥର ପାଇଁ ଆବେଗର ବଶବର୍ତ୍ତୀ ହୋଇ ରଘୁନାଥ ଖୁବ ଜୋରରେ ଜଡେଇ ଧରିଲେ ଜାହ୍ନବୀଙ୍କୁ ନିଜର ଦୁଇବାହୁର ବନ୍ଧନୀ ଭିତରେ। ଜାହ୍ନବୀ ସହ ଏତେ ଦିନର ସମ୍ପର୍କ ଭିତରେ ନିଜକୁ ଏତେ ଦୁର୍ବଳ କେବେ ବି ପାଇ ନଥିଲେ ରଘୁନାଥ। ଉଭୟଙ୍କର ନିଶ୍ୱାସର ତୀବ୍ରତାକୁ ଉଭୟେ ଭୋଗୁଥିଲେ ଖୁବ ପାଖରୁ। ବିବେକ ନିର୍ଦ୍ଦେଶ ଦେଉଥିଲା ରଘୁନାଥଙ୍କୁ.... ନିଜକୁ ସଂଯତ କର..... ବାହାରି ଆ'..... ମୁକୁଳି ଆ' ସେ ଆଦିମ ଆକର୍ଷଣର ମାୟାରୁ। କିନ୍ତୁ ସାଧାରଣ ମଣିଷଟିଏ ପକ୍ଷେ ଏ ଦୁର୍ବାର ଆକର୍ଷଣକୁ ଏଡେଇ ଯିବା ଯେ ଏକ ଦୁରୁହ ବ୍ୟାପାର। ଏଡେଇ ବି ପାରିଲେନି ରଘୁନାଥ। ମୁଣ୍ଡ ନୁଆଇଁଲେ ନିଜ ଆବେଗ ଆଉ ଆବେଶ ପାଖରେ।

ବାହାରେ ମାଘ ମାସର ଜାଡ଼। ଏଣେ ଜାହ୍ନବୀ ପାଖରେ ଡେରି ହୋଇଗଲାଣି ତାଙ୍କର। ଚୈତନ୍ୟ ଖୋଜୁଥିବ ତାଙ୍କୁ। ତରତର ହୋଇ ଜାହ୍ନବୀ ପାଖରୁ ବିଦାୟ ନେଇ ରଘୁନାଥ ଫେରିଲେ ଚୈତନ୍ୟ ପାଖକୁ। କାଲି ସକାଳ ସୁଦ୍ଧା ନିଜ ଜିନିଷପତ୍ର ସହ ପ୍ରସ୍ତୁତ ରହିବାକୁ କହି ଚାଲିଯିବେ ସେ ନିଜ ହଷ୍ଟେଲକୁ। କିନ୍ତୁ ଜାହ୍ନବୀ ପାଖରୁ ରଘୁନାଥଙ୍କର ଫେରିବାରେ ବିଳମ୍ବ ଦେଖି ଚୈତନ୍ୟ ଚିନ୍ତିତ ଅବସ୍ଥାରେ ଆସି ବସିଥିଲା ଠାକୁରାଣୀଙ୍କ ବେଡାରେ। ରଘୁନାଥ ପହଞ୍ଚିଲେ ତଳକୁ ମୁହଁ ପୋତି ପୋତି। ଚୈତନ୍ୟ କିଛି ପଚାରୁଥିଲା କିନ୍ତୁ ରଘୁନାଥ ଥିଲେ ଅନ୍ୟମନସ୍କ।

'କ'ଣ ହୋଇଛି ? ?' ବାରମ୍ବାର ପଚାରୁଥିଲା ଚୈତନ୍ୟ। କିନ୍ତୁ ଦୋଷୀଟିଏ ପରି ମୁହଁକୁ ତଳକୁ ଓହ୍ଲେଇ ଠିଆ ହୋଇଥିଲେ ରଘୁନାଥ।

କିଛି ତ ହୋଇଛି ନିଶ୍ଚୟ.... ଚିନ୍ତା କଲା ଚୈତନ୍ୟ।

ନିଜର ସବୁ ସୁଖଦୁଃଖକୁ ଚୈତନ୍ୟ ଆଗରେ କହିଦେଲେ ହାଲ୍କା ଲାଗେ ରଘୁନାଥଙ୍କୁ। ସେଥିପାଇଁ ବାରମ୍ବାର ଚୈତନ୍ୟର ପ୍ରଶ୍ନକୁ ଏଡେଇ ନପାରି ସବୁ ସତକଥା କହି ପକେଇଲେ ସେ।

କିଛି ସମୟ ଚୁପ ରହିଲା ପରେ ଚୈତନ୍ୟ କହିଲା, 'ମୁଁ ତ ପ୍ରଥମରୁ ହିଁ ଡରୁଥିଲି। କିଛି ଏମିତି ଭୁଲ ନ ହୋଇ ଯାଉ, ଯାହାକୁ ସୁଧାରିବାର ଆଉ କିଛି ରାସ୍ତା ନଥିବ। ଏବେ ଆଉ ଏତେ ଭାବି ଲାଭ କ'ଣ ? ଏ ଭୁଲକୁ ସୁଧାରିବାର କିଛି ବି ବାଟ ଦିଶୁନି ମୋତେ। ବରଂ ଜାହ୍ନବୀ ସହ ଆପଣଙ୍କର ବାହାଘର କଥାଟି ଘରେ ଯାଇ ଆଲୋଚନା କରିବାଟା ଉଚିତ ହେବ।'

।। ୪ ।।

ଭଲରେ ଭଲରେ ଚୈତନ୍ୟ ସହ ସୁମନାର ବାହାଘରଟା ସରିଗଲା । ବାହାଘର ପରଦିନ ସୁମନାକୁ ସାଙ୍ଗରେ ନେଇ କଲିକତା ବାହାରିଲା ଚୈତନ୍ୟ । କିନ୍ତୁ ରାମହରି ଅଟକେଇ ଦେଲେ ସେମାନଙ୍କୁ ଶ୍ରଦ୍ଧାରେ । କହିଲେ, ‘କାହିଁକି ଏତେ ତରବର ହେଉଛ ଚୈତନ୍ୟ ? ସେଠି ତ ତୁମେ ଏକୁଟିଆ ମଣିଷ । କିଛିଦିନ ରହିଯାଅ ଏଠି । ମୋତେ ଭଲ ଲାଗିବ ଟିକେ । ବରଂ ତା ପରେ ଯିବ । ଅଟକିଗଲେ ଚୈତନ୍ୟ ଆଉ ସୁମନା ।

ସୁମନା ବାହାଘରର ତୃତୀୟ ଦିନ । ସେଦିନ ଥିଲା ମାଣିକପାଟଣା ଜମିଦାର ଧନ୍ୱନ୍ତରୀଙ୍କ ଝିଅ ରାଜେଶ୍ୱରୀର ବାହାଘର । ଧନ୍ୱନ୍ତରୀଙ୍କ ଘର ସହ ପ୍ରହରାଜ ଘରର ପୁରୁଣା ଘରୁଆ ସମ୍ପର୍କ । ବହୁ ଆଗରୁ ବାହା ପୁଅଝି ଯାନିଯାତ୍ରାରେ ଖୋଜାଲୋଡ଼ା ହୁଏ । ସେଥିପାଇଁ ସପରିବାର ପ୍ରହରାଜେ ନିମନ୍ତ୍ରିତ ହୋଇଛନ୍ତି ମାଣିକପାଟଣାକୁ । ଗୋଟାଏ ପାରିବାରିକ କନ୍ଦଳ ଯୋଗୁଁ ଧନ୍ୱନ୍ତରୀଙ୍କ ହାତରୁ ଜମିଦାରୀ ଚାଲି ଯାଇଛି ସିନା କିନ୍ତୁ ଏବେ ବି ଲୋକମୁଖରେ ସେ ସେଇ ମାଣିକପାଟଣା ଜମିଦାର । କର୍ପୂର ଉଡ଼ି ଯାଇ କନା ଖଣ୍ଡକ ପଡ଼ିଛି ଖାଲି ଯାହା ।

ପ୍ରହରାଜ ପରିବାରରେ ଆଉ କିଏ ଅଛି ଯେ ରାମହରି ପ୍ରହରାଜ ପରିବାର ଧରିକି ଯିବେ । ସୁମନା ଆଉ ଚୈତନ୍ୟଙ୍କୁ ଘରେ କିଛି ସମୟ ପାଇଁ ଏକା ଛାଡ଼ି ନିଜେ ବାହାରିଗଲେ ସେ ରଘୁନାଥଙ୍କୁ ସାଙ୍ଗରେ ଧରି । ଝିଅ ବାହାଘରରେ ବନ୍ଧୁ ଦୁଆରେ ଠିଆ ହେବା ସହ ଆଉ କିଛି ଲୁକ୍କାୟିତ ଉଦ୍ଦେଶ୍ୟ ବି ଥିଲା ରାମହରିଙ୍କ ମନ ଭିତରେ । ସେଠିକୁ ଗଲେ ସେ ଧନ୍ୱନ୍ତରୀଙ୍କୁ ପ୍ରସ୍ତାବଟିଏ ଦେଖିବାକୁ କହିବେ ରଘୁ ପାଇଁ । ତା ସହ ସେଠି ଅନେକ ଜାଗାରୁ ଆସିଥିବା ଚିହ୍ନାପରିଚିତ ମଧ ଦେଖା ହେବେ । ସମସ୍ତଙ୍କ ସହ ହସଖୁସି ହୋଇ କଥା ହେଉ ହେଉ କାଲେ କେତେବେଳେ କୋଉଠି ରଘୁ ପାଇଁ

ସମ୍ୟକ୍‌ଟିଏ ନଜରରେ ଆସିଯିବ ! ! କିଏ ଜାଣେ ! ! ଦିଅଁ ଦେଖା ସାଙ୍କୁ କଦଳୀବିକାର ସ୍ୱପ୍ନ ନେଇ ପ୍ରହରାଜେ ଯାଇ ପହଞ୍ଚିଲେ ମାଣିକପାଟଣାରେ ।

ସେଠି ରାମହରିଙ୍କର ଖୁବ ଖାତିରଦାରି କଲେ ଧନ୍ତରୀ । ବାହାଘର ଗହଳିଚହଳିରେ ମାଣିକପାଟଣା ଉଠୁଛି ପଡ଼ୁଛି । ହସଖୁସିର ରୋଳା ଲାଗିଛି ଜମିଦାର ଘରେ । ଏ ସବୁ ଭିତରେ ବାରିକାଣୀ ରାଜେଶ୍ୱରୀକୁ ନେଇକି ଘରର ପଛପଟ ଆଡ଼କୁ ଗଲା ତାକୁ ବାଡ଼ୁଅ ପାଣି ଗାଧୋଇ ଦେବା ପାଇଁ । ଏହି ସମୟରେ କେହି ଜଣେ ଆସି କିଛି ଖବର ଦେଲା ଧନ୍ତରୀଙ୍କୁ ଆଉ ଧନ୍ତରୀ କଚାଡ଼ି ହୋଇ ଗଛ କାଟିଲା ଭଳିଆ ତଳେ ପଡ଼ି ଅଚେତ ହୋଇଗଲେ ସେଇଠି ସାଙ୍ଗେ ସାଙ୍ଗେ । କ'ଣ ହେଲା.... କ'ଣ ହେଲା ବୋଲି ହୁରି ପଡ଼ିଗଲା ସାଙ୍ଗେ ସାଙ୍ଗେ । ରାଜେଶ୍ୱରୀ ବାଡ଼ୁଅ ପାଣି ଗାଧୋଇ ଫେରୁ ଫେରୁ ଏ ସବୁ ଦେଖ୍ କାବାକାଠ ପୁରା । ହଳଦୀ ବୋଳା ଦେହରେ ଓଦା ଜଉସଡ଼ ହଳଦିଆ ମଇଳା ଲୁଗା ଖଣ୍ଡକ ଗୁଡ଼େଇ ହୋଇ ଠିଆ ହୋଇଛି ସେ ସେମିତି ।

ବୁନ୍ଦୁ ବୁନ୍ଦୁ ଯେଉଁ ଦାରୁଣ ସମ୍ୟାଦଟି ସାମ୍ନାକୁ ଆସିଲା, ତାହା ଜମିଦାର ପରିବାର ସମେତ ଉପସ୍ଥିତ ସମସ୍ତ ବନ୍ଧୁବାନ୍ଧବଙ୍କୁ ଦୋହଲେଇ ଦେବା ପାଇଁ ଯଥେଷ୍ଟ ଥିଲା । ଏ ଅକାଳ ବଜ୍ରପାତକୁ ଏବେ ସମ୍ଭାଳିବ କେମିତି ଏ ଜମିଦାର ପରିବାର ! !

ପୁଅ ଘରୁ ଖବର ଆସିଥିଲା ଯେ, 'ପାହାନ୍ତି ଅନ୍ଧାରରୁ ବର ଉଠି ବାହାରକୁ ପରିସ୍ରା କରିବାକୁ ଯାଇଥିଲା । କିଛି ଗୋଟାଏ ଗୋଡ଼କୁ କାମୁଡ଼ି ଦେଲା ତାର ଜୋରରେ । ପ୍ରବଳ ବିନ୍ଦା ହେଲା । କିନ୍ତୁ ବର ଜାଣିପାରିଲାନି ଯେ ସାପ କାମୁଡ଼ି ଦେଇଛି ବୋଲି । ସେଇ ଜାଗାରେ ବିଷଲ୍ୟକରଣୀ ବୋଲି ଦେଇ ଶୋଇ ପଡ଼ିଲା ପୁଣି । ଘଣ୍ଟାଏ ଭିତରେ ସବୁ ଶେଷ । ଆଉ ଉଠିଲାନି ବର । ଘରଲୋକେ ଦେଖିଲା ବେଳକୁ ଗୋଡ଼ଟି ଗୋଦର ଭଳି ଫୁଲି ଯାଇଛି ବରର । ଦେହ ନେଳି ପଡ଼ିଗଲାଣି । ପାଟିରୁ ଫେଣ ବାହାରି ତକିଆ ଓଦା ।'

ଧନ୍ତରୀଙ୍କ ଘରେ କାନ୍ଦ ବୋବାଳି ପଡ଼ିଗଲା । ଝିଅ କଥା ଭାବି ଭାବି ଘଡ଼ିକି ଘଡ଼ିକି ଚେତା ହରାଉ ଥାଆନ୍ତି ଜମିଦାରେ ଆଉ ତାଙ୍କ ସ୍ତ୍ରୀ । ଏବେ ତ ମୁଣ୍ଡରେ ନିଶ୍ଚୟ ଅଲକ୍ଷଣୀ ଆଉ ସ୍ୱାମୀଖାଇର କଳଙ୍କ ବୋଲି ହୋଇଯିବ ଭାବି ଭାବି ରାଜେଶ୍ୱରୀର କାକୁସ୍ତ ବିକଳ ଅବସ୍ଥା । ଏବେ କ'ଣ କରାଯିବ ଏ ପରିସ୍ଥିତିରେ ? ! ଝିଅ ବାଡ଼ୁଅ ପାଣି ଗାଧୋଇ ସାରିଛି । ମଙ୍ଗୁଳା କନ୍ୟାକୁ ଆଉ କେମିତି ଘରେ ରଖିବେ ଧନ୍ତରୀ । ଗାଁ ଲୋକେ ହଜାରେ କଥା ଶୁଣେଇବେ ଏବେ । ଏବେ ସାଙ୍ଗେ ସାଙ୍ଗେ କିଏ ରାଜି ହେବ ବାହା ହେବାକୁ ରାଜେଶ୍ୱରୀକୁ ?

ନିଜ ବନ୍ଧୁଙ୍କୁ ସାନ୍ତ୍ୱନା ଦେବା ପାଇଁ ଧନ୍ବନ୍ତରୀଙ୍କ ପାଖକୁ ଆସିଲେ ରାମହରି । ଘର କୋଣରେ ବସି କାନ୍ଦୁଥିଲା ରାଜେଶ୍ୱରୀ ଆଉ ତା ପାଖରେ ବସି ମୁଣ୍ଡରେ ହାତ ଦେଇ ନିଜ ଭାଗ୍ୟକୁ ନିନ୍ଦୁଥିଲେ ଧନ୍ବନ୍ତରୀ । ରଘୁନାଥ ଚାହିଁଲେ ରାଜେଶ୍ୱରୀକୁ ଘଡ଼ିଏ । ସାକ୍ଷାତ ଲକ୍ଷ୍ମୀ ପ୍ରତିମା ପରି ଝିଅଟି କିନ୍ତୁ ତା କପାଳରେ ଏ ଦାରୁଣ ଦୁଃଖ କାହିଁକି ! ! ସୁନ୍ଦର ମୁହଁଟି ତାର ଝାଉଁଳି ପଡ଼ିଲାଣି ଦୁଃଖ ଆଉ ଭୟରେ । ବଡ଼ ବିକଳ ଲାଗିଲା ରାମହରିଙ୍କୁ । କିଛି ସମୟ ଭାବିଲା ପରେ ସେ ଧନ୍ବନ୍ତରୀଙ୍କ କାନ୍ଧରେ ହାତ ଥୋଇଲେ, ଆଉ କହିଲେ, 'ଜମିଦାରେ... ତୁମର ଯଦି କିଛି ଆପତ୍ତି ନଥାଏ ତେବେ ଏଇ ଲକ୍ଷ୍ମୀ ପ୍ରତିମାଟିକୁ ମୁଁ ମୋ ଘରକୁ ବୋହୂ କରି ନିଅନ୍ତି । ମୋ ପୁଅ ରଘୁ ପାଇଁ ମୁଁ ରାଜେଶ୍ୱରୀର ହାତ ମାଗୁଛି ଆପଣଙ୍କୁ ।'

ବିଶ୍ୱାସ କରି ପାରୁ ନଥିଲେ ଧନ୍ବନ୍ତରୀ । ପ୍ରହରାଜେ କ'ଣ ଏମିତି ଏକ ସମୟରେ ତାଙ୍କ ସହ ଠଗା ଖେଳ ଖେଳୁଛନ୍ତି ! ! କଥାଟିକୁ ବିଶ୍ୱାସ କରିବାକୁ ବେଶ୍ କିଛି ସମୟ ଲାଗିଗଲା ଜମିଦାରଙ୍କୁ । ଆଉ ଯେତେବେଳେ ସେ ଜାଣିଲେ ଯେ ଏସବୁ ସତ୍ୟ ବୋଲି ସେ ସିଧା ଯାଇ ପାଦ ତଳେ ପଡ଼ିଗଲେ ରାମହରିଙ୍କର ।

-- ମୋତେ ଆଜି ତୁମେ ନିସ୍ତାରିଲ ହେ ପ୍ରହରାଜେ... ମୋ ପରିବାରକୁ ଗୋଟେ ବଡ଼ ବିପଦରୁ ଉଦ୍ଧାରିଲ । କିନ୍ତୁ ତୁମ ପୁଅକୁ ଟିକେ ପଚାର । ଆଜି କାଲିକା ପାଠପଢ଼ା ଛୁଆ ସେମାନେ...

ବଡ଼ ଗର୍ବରେ ଛାତି ଫୁଲେଇ ଉତ୍ତର ଦେଲେ ପ୍ରହରାଜେ, 'ସୂର୍ଯ୍ୟ ପଶ୍ଚିମ ଦିଗରେ ଉଦୟ ହୋଇ ପାରନ୍ତି କିନ୍ତୁ ମୋ ପୁଅ ଯେ ମୋ କଥାରୁ ବାହାରିଯିବ, ଏ କଥା ଅସମ୍ଭବ... ଏକବାରେ ଅସମ୍ଭବ ।'

ରଘୁନାଥଙ୍କ କାନକୁ ଖବର ଆସିଲା ବେଳକୁ ଜମିଦାର ଘରେ ପୁଣି ସାହାନାଇ ବାଜିବା ଆରମ୍ଭ ହେଲାଣି । ରଘୁନାଥଙ୍କ ମୁଣ୍ଡରେ ଚଟକ ପଡ଼ିଲା ଯାଣ । ସେ ଆସିଥିଲେ କୁଆଡେ ଆଉ ଘଟି ଯାଉଛି କ'ଣ ସବୁ । ଜାହ୍ନବୀ କଥା ବାପାଙ୍କୁ କହିବା ଆଗରୁ ମୁହୂର୍ତ୍ତକ ଭିତରେ ଯେମିତି ଘଟିଗଲା ଏ ସବୁ । କିଂକର୍ତ୍ତବ୍ୟମୂଢ଼ ହୋଇ ଠିଆ ହୋଇଥିଲେ ରଘୁନାଥ । କାହାର ମାନ ରଖିବେ ସେ ? ଜାହ୍ନବୀର ନା ରାମହରି ପ୍ରହରାଜଙ୍କର ? ଏତେ ବନ୍ଧୁ ବାନ୍ଧବଙ୍କ ଆଗରେ ବାପାଙ୍କ କଥାକୁ କାଟି ଦେଇ ପାରିବେ ? ତାଙ୍କ ମୁଣ୍ଡ ତଳକୁ କରି ଦେଇ ପାରିବେ ? ଚୈତନ୍ୟଟା ହେଲେ ଥାଆନ୍ତା ଏଠି ପାଖରେ । କିଛି କରି ପାରିଥାନ୍ତା କାଲେ ! !

ଉପାୟ କିଛି ନଥିଲା ଆଉ ରଘୁନାଥଙ୍କ ପାଖରେ । ରାଜେଶ୍ୱରୀଙ୍କୁ ବାହା

ହୋଇ ଘରକୁ ଫେରିଲେ ସେ। ଚୈତନ୍ୟ ସବୁ ଘଟଣା ଶୁଣି କାବାକାଠ ଏକଦମ। ଏବେ ଜାହ୍ନବୀ ଆଗରେ କି ଉଉର ରଖାଯିବ ! !

ବାହାଘର ପରେ ଆଠ ଦଶ ଦିନ ପ୍ରହରାଜ ଉଆସରେ ରହି ସୁମନା ଆଉ ଚୈତନ୍ୟ ଫେରି ଆସିଲେ କଲିକତା। କିନ୍ତୁ ଆଉ ଫେରି ପାରିଲେନି ରଘୁନାଥ। ରାମହରି ପ୍ରହରାଜ ତାଙ୍କୁ ଅଟକେଇ ଦେଲେ। କହିଲେ, 'ଯେତିକି ପଢ଼ିଲୁ ଢେର.... ଆଉ କିଛି ଆବଶ୍ୟକ ନାହିଁ। ଏବେ ଏ ପ୍ରହରାଜ ବଂଶର ରକ୍ଷଣାବେକ୍ଷଣ ଦାୟିତ୍ୱ କାନ୍ଧକୁ ନେ'। ତା ଛଡ଼ା ଏକୁଟିଆ ଥିବା ବେଳ କଥା ଅଲଗା। ଏବେ ବୋହୂଟିଏ ଘରକୁ ଆସିଲାଣି। ତୁ ଏଠୁ ଚାଲିଗଲେ ଏ ଶାଶୁ ନଥିବା ଘରେ ସେ ଏକୁଟିଆ ଢିଅଟି ଚଲିବ କେମିତି ? ତା ଛଡ଼ା ଏଇଟା କ'ଣ ଦାଣ୍ଡ ସୁନ୍ଦର କଥା ହେବ ? ତେଣୁ କୁଆଡେ ଯିବା ପାଇଁ ମୁଁ ଆଉ ତୋତେ ଅନୁମତି ଦେଇ ପାରିବି ନାହିଁ। ଏଇଠି ରହି ନିଜ ସଂସାର ଚଲେଇବାର ବ୍ୟବସ୍ଥା କର।'

ବାପାଙ୍କ କଥା ଶୁଣି ରଘୁନାଥଙ୍କ ପାଦତଲୁ ମାଟି ଖସିଗଲା। ତେବେ ସେ କ'ଣ ଆଉ ଜାହ୍ନବୀକୁ ଦେଖା କରିପାରିବେନି କେବେ ଏ ଜୀବନରେ ! ଜାହ୍ନବୀ ଯେ ତାଙ୍କ ଅପେକ୍ଷାରେ ଦିନ କାଟୁଥିବ ଏବେ ! ତାକୁ କ୍ଷମା ମାଗିବାର ସୁଯୋଗ ଟିକକ ବି କ'ଣ ମିଲିବନି ତାଙ୍କୁ ? ? ବ୍ୟସ୍ତ ବିବ୍ରତ ହୋଇ ପଡ଼ିଲେ ରଘୁନାଥ। କିନ୍ତୁ ବାପାଙ୍କ ନିର୍ଦ୍ଦେଶ ଯେ ତାଙ୍କ ପାଇଁ ବେଦର ଗାର। ତାକୁ ଏଡେଇ ଯିବାର ସାହସ ନିଜ ଭିତରେ ଆଜିଯାଏ ଜୁଟେଇ ପାରି ନାହାନ୍ତି ରଘୁନାଥ।

ସୁମନା ଆଉ ଚୈତନ୍ୟ କଲିକତା ବାହାରିବା ଦିନ ରାମହରି ପ୍ରହରାଜ ଚୈତନ୍ୟକୁ ଡାକି କହିଲେ, 'ଯେବେ ମନ ହେବ ଏଠାକୁ ଚାଲି ଆସିବ ସୁମନାକୁ ନେଇ। ସୁମନା ଏ ଘରର ଝିଅ ନୁହେଁ ବୋଲି କେବେ ଭାବିବନି। ତୁମେ ସବୁଦିନ ପାଇଁ ଏଠାକୁ ଚାଲି ଆସିଲେ ବି ମୋର କିଛି ଅସୁବିଧା ନାହିଁ। ବରଂ ମୁଁ ଖୁସି ହେବି। ସେଠି ତୁମେ ଛୋଟିଆ ଦୋକାନଟିଏ କରି ପୂଜାପାଠ କରି ପେଟ ପୋଷୁଛ। ଏଠି ଆସିଲେ ଆମ ରାଧାମାଧବଙ୍କ ମନ୍ଦିର ସେବା କରିବ। ମୁଁ ତୁମ ରହିବା ଚଲିବାର ସବୁ ବ୍ୟବସ୍ଥା କରିଦେବି। କିଛି ଅସୁବିଧା ହେବନି ତୁମର।'

ମୁଣ୍ଡ ଟୁଙ୍ଗାରିଲା ଚୈତନ୍ୟ।

ବାପାଙ୍କୁ ଲୁଚେଇ ରଘୁନାଥ କାନ୍ଦୁଣୁମାନୁଣୁ ହୋଇ ଚୈତନ୍ୟକୁ କହିଲେ, 'ଜାହ୍ନବୀ କଥା ଟିକେ ବୁଝୁଥିବ ଚୈତନ୍ୟ। ତାକୁ ମୋ ତରଫରୁ ଭୁଲ ମାଗି ବୁଝେଇଦେବ ଟିକେ। ମୋର ଏ ବିଷମ ପରିସ୍ଥିତି ବିଷୟରେ

ଜଣେଇବ ତାକୁ ଆଉ କହିବ, ମୁଁ ଖୁବ ଶୀଘ୍ର ବ୍ୟବସ୍ଥା କରି ତାକୁ ଦେଖା କରିବାକୁ ଆସିବି ।'

କଲିକତା ଫେରିବା ପରେ ସୁମନାକୁ ଜାହ୍ନବୀ ଆଉ ରଘୁନାଥଙ୍କ ବିଷୟରେ ସବୁକଥା କହିଲା ଚୈତନ୍ୟ । ସୁମନା ଶୁଣି ମୁଣ୍ଡରେ ହାତ ଦେଲା । ଏ କି ପ୍ରକାର ଅନ୍ୟାୟ ହୋଇଗଲା ରଘୁଭାଇଙ୍କ ହାତରେ ! ! ଭଗବାନ ସହିବେ ତ ? ସେ ନିଆଶ୍ରୀ ଝିଅଟିର ତତଲା ଲୁହ ପ୍ରହରାଜ ଉଆସ ଉପରେ ଦାଉ ସାଧିବନି ତ ? ?

ଚୈତନ୍ୟ କହିଲା, 'ଏ ବିଷୟରେ ଜଣେଇବାକୁ ପଡ଼ିବ ଜାହ୍ନବୀକୁ । ଜାହ୍ନବୀ ଅପେକ୍ଷା କରି ରହିଛି ରଘୁଭାଇଙ୍କୁ । ତାକୁ ଜଣେଇଦେବାକୁ ପଡ଼ିବ ଯେ ପରିସ୍ଥିତିରେ ପଡ଼ି ବିବାହ କରି ସାରିଛନ୍ତି ରଘୁନାଥ । ସେ ଆଉ ଫେରି ପାରିବେନି ତା ପାଖକୁ । ତାଙ୍କ ମୁଣ୍ଡରେ ଏବେ ପ୍ରହରାଜ ବଂଶର ଦାୟିତ୍ୱ ସାଙ୍ଗକୁ ହାତପାଦରେ ଅସହାୟତାର ବେଡ଼ି । ତାକୁ ଫିଟେଇ ସେ ଆଉ ଫେରିବା ଅସମ୍ଭବ ପ୍ରାୟ ।'

--- କିନ୍ତୁ ତାକୁ ଏ କଥା ଜଣେଇବ କିଏ ? ? ସେ ଝିଅ ସହି ପାରିବ ତ ?

-- କିନ୍ତୁ କହିବାକୁ ପଡ଼ିବ ସୁମନା । ଜାହ୍ନବୀ ଯେତେ ଜଲ୍‌ଦି ଏ ସବୁ ବୁଝ୍‌ଥିବ.... ସେତେ ଭଲ ହେବ ସମସ୍ତଙ୍କ ପାଇଁ ।

ସେଦିନ ସୁମନାକୁ ନେଇ ଜାହ୍ନବୀ ଘରେ ପହଞ୍ଚିଲା ଚୈତନ୍ୟ । ସବୁ କଥା କହିଲା ଜାହ୍ନବୀ ଆଗରେ । ସବୁ ଶୁଣିସାରି ଜାହ୍ନବୀ ଶୂନ୍ୟକୁ ଚାହିଁଲା କିଛି ସମୟ ଏକ ନିରାଶ ଦୃଷ୍ଟି ଟୋଳି । ଓ୍‌ୟ ଓ୍‌ୟ ଲୁହ କେଇବୁନ୍ଦା ଖସି ଆସିଲା ତାର ଦୁଇ ଗାଲ ଦେଇ । ଏଥର ଲୁହକୁ ଚାପି ଦେଇ ଜାହ୍ନବୀ ହସିଲା ଏକ କରୁଣ ହସ । ଆଉ କହିଲା, 'ଏଥିରେ ଭାଙ୍ଗି ପଡ଼ିବାର କ'ଣ ଅଛି ? ରାତିରେ ଦେଖିଥିବା ସ୍ୱପ୍ନ ସବୁ ସକାଳକୁ ସତ ହେବ ବୋଲି କ'ଣ କିଛି ମାନେ ଅଛି ? ବେଳେବେଳେ କିଛି ସୁଖଦ ସ୍ୱପ୍ନ କେବଳ ସେଇ ନିଦ୍ରା ସମୟ ତକ ହିଁ ମନରେ ଖୁସି ଦିଏ, ପୁଲକ ଆଣେ । କିନ୍ତୁ ନିଦ ଭାଙ୍ଗିଗଲା ବେଳକୁ ଆଉ ତାର ଅସ୍ତିତ୍ୱ ନଥାଏ । ନିଷ୍ଠୁର ବାସ୍ତବତା ଠିଆ ହୋଇଥାଏ ଆଖି ସାମ୍ନାରେ । ଏବେ ମୋ ଅବସ୍ଥା ଠିକ୍ ସେମିତି । ମୁଁ ନିଦରେ ଥିଲି.... ସ୍ୱପ୍ନ ଦେଖୁଥିଲି.... ଆମ୍ହରା ହେଉଥିଲି, ଏବେ କିନ୍ତୁ ରାତି ପାହି ସାରିଛି, ନିଦ ଭାଙ୍ଗି ଯାଇଛି ଆଉ ସ୍ୱପ୍ନ ବି ଉଭେଇ ଯାଇଛି । ମୋ ଆଗରେ ଏବେ କେବଳ ସେଇ ନିଷ୍ଠୁର ବାସ୍ତବତା । ଯାହାକୁ ମୋତେ ସାମ୍ନା କରିବାକୁ ପଡ଼ିବ । ଆଉ ରହିଲା ମୋର ଦୁଃଖୀ ହେବା କଥା । ମୁଁ କେତେବେଳେ ଆଉ ଦୁଃଖୀ ନଥିଲି ଯେ ! ! ଦୁଃଖ ତ ମୋର ପିଲାଦିନର ସାଥୀ । କିନ୍ତୁ ମୁଁ ଭାଙ୍ଗି ପଡ଼ିନି । ଆଦୌ ଭାଙ୍ଗି ପଡ଼ିନି । ତାଙ୍କୁ ମୁଁ ମୋ

ଜୀବନର ସର୍ବସ୍ୱ ସମର୍ପଣ କରି ସାରିଛି। ସେତିକି ସ୍ମୃତିକୁ ଧରି ମୁଁ ବଞ୍ଚି ରହିବି। ସେ ଯେଉଁଠି ଯେମିତି ଅଛନ୍ତି ଭଲରେ ଥାଆନ୍ତୁ, ସୁଖରେ ଥାଆନ୍ତୁ। ମୁଁ ତାଙ୍କ ସୁଖରେ କେବେ ବି ଭାଗ ବସେଇବାକୁ ଚାହିଁବିନି।

ଚୈତନ୍ୟ ଏବେ ମହା ଧର୍ମସଙ୍କଟରେ। ଜାହ୍ନବୀ ଗର୍ଭବତୀ। ରଘୁନାଥଙ୍କ ରକ୍ତକୁ ସେ ନିଜ ଭିତରେ ଧାରଣ କରିଛି କିନ୍ତୁ ଏ ବିଷୟରେ କିଛି ବି ସେ ଜଣେଇବାକୁ ଚାହୁଁନି ରଘୁନାଥଙ୍କୁ। ଏପଟେ ସୁମନା ବି ମା' ହେବାକୁ ଯାଉଛି। ସୁମନାକୁ ସିନା ସିଏ ସମ୍ଭାଳିନେବ, କିନ୍ତୁ ଜାହ୍ନବୀ ? ? କିଏ ତାର ଦେଖାଶୁଣା କରିବ ? ଯଦି ଚୈତନ୍ୟ କିଛି ଜାଣି ନଥାନ୍ତା ତେବେ ହୁଏତ ଅଣଦେଖା କରି ପାରିଥାନ୍ତା ଜାହ୍ନବୀକୁ। କିନ୍ତୁ ରଘୁନାଥ ଆଉ ଜାହ୍ନବୀର ସମ୍ପର୍କ ବିଷୟରେ ଗୋଟି ଗୋଟି କଥା ଜଣାଥିଲା ଚୈତନ୍ୟକୁ। ତେଣୁ ବିବେକ ବାଧା ଦେଉଥିଲା ଜାହ୍ନବୀକୁ ଅଣଦେଖା କରିବା ପାଇଁ।

ସେଦିନ କିନ୍ତୁ ଜାହ୍ନବୀ ଗୋଡ଼ ଧରି ପକେଇଥିଲା ଚୈତନ୍ୟର। କହିଥିଲା, 'ମୁଁ ଆପଣଙ୍କୁ ଆଜିଯାଏ ବଡ଼ଭାଇଟିଏ ଭଳି ଦେଖୁ ଆସିଛି ଚୈତନ୍ୟଭାଇ। ତୁମକୁ ଏ ଦୁଃଖିନୀ ସାନଭଉଣୀର ରାଣ, ତା ପେଟରେ ବଢୁଥିବା ଏ ପିଲାର ରାଣ..... ଏ ଖବର ଯେମିତି ରଘୁନାଥଙ୍କ କାନକୁ ନଯାଏ। ତାଙ୍କ ସଂସାରରେ ନିଆଁ ଲାଗିଯିବ ଚୈତନ୍ୟଭାଇ। ମୁଁ ସହି ପାରିବିନି ଆଦୌ। ଆତ୍ମହତ୍ୟା କରିଦେବି, ସତ କହୁଛି। ନା ମୁଁ ବଞ୍ଚିବି, ନା ଏ ଛୁଆ ବଞ୍ଚିବ।'

ଚୈତନ୍ୟ ଉପାୟହୀନ। ସୁମନା ବି ସବୁ ଶୁଣି ନିରୁପାୟ। ସୁମନା ବି ଚାହୁଁ ନଥିଲା ଏ ଖବର ପ୍ରହରାଜ ଉଆସ ଯାଏ ପହଞ୍ଚୁ ବୋଲି। ବାଧ୍ୟ ହୋଇ ଚୁପ ରହିଲେ ଦୁହେଁ। ଦୁହେଁ ଏଥର ନିୟମିତ ଖବର ରଖନ୍ତି ଜାହ୍ନବୀର। ତାର ଖୁବ ଯନ୍ତ ନିଅନ୍ତି। ରଘୁନାଥ ପଠାଉଥିବା ଟଙ୍କା ସହ ନିଜ ଦ୍ୱାରା ଯାହା କିଛି ହୋଇପାରିବ ସାହାଯ୍ୟ ମଧ୍ୟ କରନ୍ତି। କିନ୍ତୁ ରଘୁନାଥଙ୍କୁ କିଛି ବି ଜାଣିବାକୁ ଦିଅନ୍ତିନି। ପ୍ରହରାଜ ଉଆସରେ ସମସ୍ତେ ଜାଣିଥିଲେ ଯେ କେବଳ ସୁମନା ମା' ହେବାକୁ ଯାଉଛି ବୋଲି। ଚୈତନ୍ୟ ଯେତେବେଳେ ବି ଗାଁକୁ ଆସେ ରଘୁନାଥ ବ୍ୟାକୁଳ ହୋଇ ପଚାରି ବସନ୍ତି ଜାହ୍ନବୀ କଥା। ଜାହ୍ନବୀ ଭଲରେ ଅଛି ବୋଲି କେବଳ ଜଣେଇଦିଏ ଚୈତନ୍ୟ।

ସେଦିନ ସବୁ ପ୍ରକାର ଭାରଥୋର ସହ ରଘୁନାଥ ପହଞ୍ଚିଲେ କଲିକତାରେ ସୁମନା ଘରେ। ମନରେ ବହୁତ ଦିନର ଆଶା.... ଜାହ୍ନବୀକୁ ଟିକିଏ ଦେଖିବେ ସେ। ତାର ପାଦ ଧରି ଭୁଲ ମାଗିନେବେ। ଖିଆପିଆ ସାରି ରଘୁନାଥ ଯେତେବେଳେ ବାହାରକୁ

ଯିବାପାଇଁ ବାହାରିଲେ, ସେତେବେଲେ ତାଙ୍କୁ ଅଟକେଇ ଦେଲା ଚୈତନ୍ୟ ଆଉ ପଚାରିଲା, 'କୁଆଡେ ଯାଉଛନ୍ତି ଆପଣ ?'

-- ଜାହ୍ନବୀ ଘରକୁ। ତାକୁ ବହୁତ ଦିନ ହେବ ଦେଖିନି ମୁଁ।

--- କିନ୍ତୁ ସେ ଏବେ ନାହିଁ ଘରେ। ଆଠଦିନ ପାଇଁ ତାର କୋଉ ସମ୍ପର୍କୀୟଙ୍କ ଘରକୁ ଯାଇଛି। କାଲି ଗଲାବେଲେ କହି ଦେଇ ଯାଇଛି ମୋତେ।

ଜାହ୍ନବୀର ସତ୍ୟକୁ ଲୁଚାଇବାକୁ ଯାଇ ବାଧ୍ୟବଶତଃ ଏ ମିଛ ଗୁଡାକ କହି ପକେଇଲା ଚୈତନ୍ୟ।

ସେଦିନ ବଡ଼ ଦୁଃଖ ଆଉ ନିରାଶ ମନରେ ଫେରି ଆସିଲେ ରଘୁନାଥ।

॥ ୫ ॥

ସୁମନାର ଯାଆଁଳା ଛୁଆ ଦୁଇଟା ହୋଇଛନ୍ତି । ପୁଅଟିଏ ଝିଅଟିଏ । ରାମହରି ପ୍ରହରାଜଙ୍କ ମନ ଭାରି ଖୁସି । ରଘୁନାଥଙ୍କୁ ସାଙ୍ଗରେ ଧରି ସେ ବାହାରି ପଡ଼ିଲେ ସାଙ୍ଗେ ସାଙ୍ଗେ କଲିକତା ସୁମନା ପାଖକୁ । ରଘୁନାଥ ତ ଏଇ ମଉକାର ଅପେକ୍ଷାରେ ହିଁ ଥିଲେ । ଜାହ୍ନବୀ ସହ ଦେଖା ହେବାକୁ ମନ ତାଙ୍କର ଛଟପଟ ହେଉଥିଲା । କିନ୍ତୁ ସାଙ୍ଗରେ ବାପା ଯାଉଛନ୍ତି ଯେ ! ! ହଉ ଯାଆନ୍ତୁ ପଛେ, ସେ କିନ୍ତୁ ସୁଯୋଗ ଉଣ୍ଟି ନିଶ୍ଚୟ ଯାଇ ବୁଲି ଆସିବେ ଟିକିଏ ଜାହ୍ନବୀ ପାଖରୁ । ଏ ଭିତରେ ପାଖାପାଖି ବର୍ଷେ ବିତିଗଲାଣି । ସେ ଜାହ୍ନବୀକୁ ଦେଖା କରି ପାରିନାହାନ୍ତି । କ'ଣ ଭାବୁଥିବ ସେ ଏ ରଘୁନାଥ ପ୍ରହରାଜଙ୍କୁ ? ଏଥର ସେ ନିଶ୍ଚୟ ଦେଖା କରିବେ ଜାହ୍ନବୀକୁ । ପାଦ ଧରି ଭୁଲ ମାଗିନେବେ । ସେ ଯାହା ଅଭିଶାପ ଦେବ ସବୁ ମୁଣ୍ଟେଇବେ ।

ଚୈତନ୍ୟର ଗରିବ କୁଡ଼ିଆରେ ରାମହରି ପ୍ରହରାଜଙ୍କ ପାଦ ପଡ଼ିଛି । ଏ କ'ଣ କମ୍ ସୌଭାଗ୍ୟର କଥା ସୁମନା ଆଉ ଚୈତନ୍ୟଙ୍କ ପାଇଁ । ସୁମନାର ପାଦ ତଳେ ଲାଗୁନି ଖୁସିରେ । ଖାଇବା ପିଇବା ଚର୍ଚ୍ଚାରେ ଯେମିତି ଟିକିଏ ବି ହେଲା ନହୁଏ ସେଥିପାଇଁ ଖୁବ ତତ୍ପର ହୋଇ ଲାଗିଛି ଚୈତନ୍ୟ । ରାମହରି ପ୍ରହରାଜଙ୍କ ଉଦାରତା ବିଷୟରେ ସେ ଖୁବ ଶୁଣିଛି ସୁମନାଠାରୁ । ସୁମନା କୁହେ, 'ମୁଁ କିଏ ସେ ଘରର ? ? ପୂଜାପାଠ କଲେ ଆମ ଚୁଲି ଜଳେ । ମୋ ବାପା ଗୋସିବାପା ସବୁ ଏଇ ପ୍ରହରାଜ ବଂଶର ଲୁଣ ଖାଇଛନ୍ତି । ମୋ ବାପା ମଲାପରେ ସେମାନେ ମୋତେ ଏକୁଟିଆ ନିରାଶ୍ରୟ କରି କୋଉଠି ଛାଡ଼ି ପାରିଥାନ୍ତେ କିମ୍ବ ନିଜ ଘରେ ଚାକରାଣୀ କରି ରଖି ବି ପାରିଥାନ୍ତେ । କିନ୍ତୁ ସେମାନେ ମୋତେ କେବେ ବି ଏମିତି ଅନୁଭବ ହେବାକୁ ଦେଇ ନାହାନ୍ତି । ସେ ରଘୁଭାଇକୁ ଯେମିତି ସ୍ନେହ କରନ୍ତି, ମୋତେ ବି ସେମିତି ସ୍ନେହ କରନ୍ତି । ନହେଲେ

ମୁଁ କ'ଣ ତୁମକୁ ବାହା ହୋଇ ପାରିଥାନ୍ତି ନା ସଂସାର ବସେଇ ପାରିଥାନ୍ତି ।' ଚୈତନ୍ୟ ମନରେ ସେଥିପାଇଁ ଭାରି ସମ୍ମାନ ଆଉ ସଂଭ୍ରମତା ରାମହରି ପ୍ରହରାଜଙ୍କ ପ୍ରତି ।

ଖାଇସାରି ଟିକେ ବିଶ୍ରାମ ନେବାକୁ ଗଲେ ରାମହରି ପ୍ରହରାଜ । ଠିକ୍ ଏଇ ମଉକାର ଅପେକ୍ଷାରେ ଥିଲେ ରଘୁନାଥ । ସେ ବାହାରିଲେ ଜାହ୍ନବୀ ପାଖକୁ । ଚୈତନ୍ୟକୁ ଡାକି କହିଲେ...

--- ମୁଁ ଯାଉଛି ଟିକେ ଜାହ୍ନବୀ ପାଖକୁ । ବାପା ପଚାରିଲେ କହିବ ମୁଁ ଗଙ୍ଗାକୂଳ ଆଡେ ବୁଲି ଯାଇଛି ବୋଲି ।

ଛଳଛଳ ଆଖିରେ ରଘୁନାଥଙ୍କୁ ଚାହିଁଲା ଚୈତନ୍ୟ । ଅପରାଧବୋଧର ବୋଝରେ ମୁଣ୍ଡ ତଳକୁ କଲା ଅପରାଧୀଟିଏ ପରି ।

--- କ'ଣ ହୋଇଛି ଚୈତନ୍ୟ ??

--- ଜାହ୍ନବୀ ଆଉ ନାହିଁ ରଘୁଭାଇ ।

ଚମକି ପଡିଲେ ରଘୁନାଥ ।

--- ନାହିଁ ମାନେ !! ସେ କ'ଣ ସେଦିନ ଠାରୁ ଫେରିନି ତା ସମ୍ପର୍କୀୟଙ୍କ ଘରୁ ??

--- ନାଇଁ, ସେକଥା ନୁହେଁ ରଘୁଭାଇ । ଜାହ୍ନବୀ ମରି ଯାଇଛି । ଆମ ସମସ୍ତଙ୍କୁ ଛାଡ଼ି ସେ ଚାଲି ଯାଇଛି ଆଜିକୁ ଏକୋଇଶ ଦିନ ହେଲା ।

ପାଦ ତଳୁ ମାଟି ଖସି ଯାଉଥିଲା ରଘୁନାଥଙ୍କର । ସେ ବିଶ୍ବାସ କରି ପାରୁ ନଥିଲେ ଚୈତନ୍ୟର କଥାକୁ । ସେ ଭୁଲ ଶୁଣୁଛନ୍ତି ନା ଚୈତନ୍ୟ ଭୁଲ କହୁଛି ତାଙ୍କୁ ??

--- କ'ଣ ହୋଇଥିଲା ମୋ ଜାହ୍ନବୀର ଚୈତନ୍ୟ !! ମୁଁ ତ କିଛି ବି ଜାଣିନି ଏ କଥା । କହି ଝରଝର ହୋଇ କାନ୍ଦି ପକେଇଲେ ରଘୁନାଥ ।

--- ମୁଁ ଆପଣଙ୍କୁ ବହୁତ କଥା ଲୁଚେଇଛି ରଘୁଭାଇ । ସେଥିପାଇଁ ଆପଣ ମୋତେ କେବେ କ୍ଷମା ଦେବେନି ମୁଁ ଜାଣିଛି । କିନ୍ତୁ ମୁଁ ବି ନିରୁପାୟ ଥିଲି । ଜାହ୍ନବୀର ରାଣ ନିୟମରେ ବନ୍ଧା ଥିଲି ।

ଆଉ ଅପେକ୍ଷା କରିବାକୁ ଧୈର୍ୟ୍ୟ ନଥିଲା ରଘୁନାଥଙ୍କର । ବିକଳ ହୋଇ ସେ ଚୈତନ୍ୟକୁ ନେହୁରା ହେଲେ ।

--- ମୋ ସହ ଠଙ୍ଗା କରନ୍ତୁ ନ ତ ଚୈତନ୍ୟ । ସତ କୁହ.... ଦୟାକରି ସତ କୁହ । ନହେଲେ ମୋ ଛାତି ଫାଟିଯିବ ଚୈତନ୍ୟ ।

--- ଆପଣଙ୍କ ସନ୍ତାନକୁ ଗର୍ଭରେ ଧରିଥିଲା ଜାହ୍ନବୀ । ଆପଣଙ୍କ ସଂସାରରେ

କାଲେ ନିଆଁ ଲାଗିବ ସେଥିପାଇଁ ମୋତେ ରାଣ ନିୟମ ପକେଇ ସେ ବାରଣ କରିଥିଲା ଏକଥା ଆପଣଙ୍କୁ ଜଣେଇବା ପାଇଁ। ମୁଁ ଆଉ ସୁମନା ତାର ଖୁବ ଯତ୍ନ ନେଉଥିଲୁ କିନ୍ତୁ ଡାକ୍ତରଖାନାରେ ପିଲାଟିଏ ଜନ୍ମ କରି ମରିଗଲା ଜାହ୍ନବୀ।

     --- ମରିଗଲା ! ! ଆଉ ପିଲାଟି ? ?

     ତଳକୁ ମୁହଁ ପୋତି କିଛି ସମୟ ନୀରବ ରହିଲା ଚୈତନ୍ୟ। ତା ପରେ କହିଲା...

     --- ପିଲାଟି ବି ମରିଗଲା ରଘୁଭାଇ।

     କଇଁ କଇଁ ହୋଇ କାନ୍ଦି ଉଠିଲେ ରଘୁନାଥ ନିଜକୁ ସମ୍ଭାଳି ନପାରି। ଘର ଭିତରେ ଶୋଇଛନ୍ତି ବାପା। ଶୁଣିଲେ ଏବେ ଅର୍ଥରୁ ଅନର୍ଥ ହେବ ବୋଲି ବୁଝେଇଲା ଚୈତନ୍ୟ। ନିଜକୁ ସମ୍ଭାଳି ନପାରି ବାହାରକୁ ଚାଲିଗଲେ ରଘୁନାଥ। ବସିଲେ ଯାଇ ସେଇ ଜାଗାରେ ଯେଉଁଠି ସେ ଦିନେ ପ୍ରଥମ କରି ଭେଟିଥିଲେ ଜାହ୍ନବୀଙ୍କୁ। ପୁରୁଣା କଥା ସବୁ ମନେ ପକେଇ ଢେର୍ ବେଳ ଯାଏ ଏକାଏକା ବସି କାନ୍ଦିଲେ ରଘୁନାଥ। କାନ୍ଦି କାନ୍ଦି ଯେତେବେଳେ ସେ ଘରକୁ ଫେରିବା ପାଇଁ ବାହାରିଲେ, ବଳକା କୋହ ସବୁକୁ ଛାତି ଭିତରେ କବର ଦେଇଦେଲେ। ବାପାଙ୍କ ଆଗରେ ତାଙ୍କୁ ପୁଣି ସହଜ ହେବାକୁ ପଡ଼ିବ। ଜାହ୍ନବୀ ଯେ ଆଉ କେବେ ଫେରି ଆସିବନି, ଏହା ହିଁ ଧ୍ରୁବ ସତ୍ୟ। ତାର ସ୍ମୃତି ସବୁକୁ ନିଜ ଛାତି ଭିତରେ ଲୁଚେଇ ରଖିବା ହିଁ ଠିକ୍ ହେବ। ତାଙ୍କର ଏ ଭାବପ୍ରବଣତା ପାଇଁ ରାଜେଶ୍ୱରୀ କଷ୍ଟ ପାଇପାରେ। ଲୁହ ଗଡ଼େଇ ପାରେ। ଜାହ୍ନବୀ ତ ତାଙ୍କୁ ଥରେ ଭୁଲ ମାଗିବାର ବି ସୁଯୋଗ ଦେଲାନି। ଅବଶୋଷ ଦେଇଗଲା କେବଳ ସବୁଦିନ ପାଇଁ। ଜାହ୍ନବୀ ପ୍ରତି ହୋଇଥିବା ଅନ୍ୟାୟର ଶାସ୍ତି ତ ତାଙ୍କୁ ନିଶ୍ଚୟ ଦିନେ ଭୋଗିବାକୁ ପଡ଼ିବ ଏ ଜନ୍ମରେ। ପୁଣି ରାଜେଶ୍ୱରୀର ଲୁହ ? ? ଏ ପ୍ରହରାଜ ବଂଶ ଜଳି ଯିବନି ତ ! !

     କଲିକତାରୁ ଫେରିଲା ବେଳକୁ ରାମହରି ପ୍ରହରାଜ ଜିଦ ଧରି ବସିଲେ ସୁମନା ଆଉ ଚୈତନ୍ୟକୁ ସବୁଦିନ ପାଇଁ ସାଙ୍ଗରେ ନେଇ ଆସିବାକୁ। ଚୈତନ୍ୟ ଟିକେ ଆଗପଛ ହେଉଥିଲା। କିନ୍ତୁ ପ୍ରହରାଜେଙ୍କର ଗୋଟିଏ ଜିଦ୍.... ଏଠି ଏକୁଟିଆ ରହି କରିବ କ'ଣ ? ? ଏଠି ତୁମର ଅଛି କିଏ ? ? ହଁ, ଘର ପରିବାର ଥିଲେ ଅଲଗା କଥା ହୋଇଥାନ୍ତା। କେହି ତ ନାହିଁ ଆହା କି ସାହା। ସେଥିକୁ ପୁଣି ଦି ଦ'ଟା ଛୁଆ ଏବକୁ। ତା ଛଡା ପାଟଣାଗଡ଼ଟା କୋଉ ପାଖ ବାଟ ହୋଇଛି ଯେ ଭଲମନ୍ଦ ଶୁଣିଲେ କିଏ ସାଙ୍ଗେ ସାଙ୍ଗେ ଧାଇଁ ଆସି ପାରିବ। ତୁମେ ଦୁହେଁ ସବୁଦିନ ପାଇଁ ଚାଲିଆସ ମୋ ସହ ପ୍ରହରାଜ ଉଆସକୁ।

ଶେଷକୁ ସୁମନା ଆଉ ଚୈତନ୍ୟ ରାଜି ହେଲେ। କିନ୍ତୁ ଗୋଟିଏ ସର୍ତ୍ତ ରଖିଲେ ପ୍ରହରାଜଙ୍କ ଆଗରେ ଯେ ସେମାନେ ପ୍ରହରାଜ ଉଆସରେ ରହି ତାଙ୍କ ଉପରେ ବୋଝ ହୋଇ ଚଲିବେନି। ରାଧାମାଧବଙ୍କ ମନ୍ଦିର ସେବା କରି ନିଜ ସଂସାର ନିଜେ ଚଲେଇବେ। ସମ୍ମତି ଦେଲେ ରାମହରି ପ୍ରହରାଜ।

ଅଲେଖ ମହାପାତ୍ର ମରିବା ଦିନଠାରୁ ରାଧାମାଧବ ଭାରି ଅଣହେଲା ହୋଇ ପଡ଼ିଥିଲେ। ନୀତିକାନ୍ତିରେ ଠିକଣା ନଥିଲା କିଛି। ଯାହାକୁ ବି ଦାୟିତ୍ୱରେ ରଖା ଯାଉଥିଲା ସେ କିଛିଦିନ ପରେ କିଛି ନା କିଛି କାରଣ ଦର୍ଶାଇ ବିଦାୟ ନେଉଥିଲା। ଅଲେଖ ମହାପାତ୍ରଙ୍କ ପରି ସମ୍ପୂର୍ଣ୍ଣ ସମର୍ପିତ ସେବକଟିଏ ମିଳୁ ନଥିଲା ପ୍ରହରାଜେଙ୍କୁ। ଠାକୁରଙ୍କ ଶଙ୍ଖୁଡ଼ି ଭୋଗରେ ନିୟମିତତା ନଥିଲା କିଛି। ନିଜେ ପ୍ରହରାଜେ ସକାଳୁ ଯାଇ ଟିକେ ଫୁଲପାଣି ଛିଞ୍ଚି ଦେଇ ମିଶ୍ରି କି ଫଳଭୋଗ ଟିକେ ଲଗେଇ ଦିଅନ୍ତି ଆଉ ଲମ୍ବ ହୋଇ ତଳେ ପଡ଼ିଯାଇ କ୍ଷମା ଯାଚନା କରନ୍ତି ଠାକୁରଙ୍କୁ।

'ହେ ପ୍ରଭୁ... ମୋ ଦ୍ୱାରା ଏ ସବୁ କାମ ଠିକ୍‌ରେ ହୋଇ ପାରୁନି ଜାଣୁଛି ମୁଁ। କିନ୍ତୁ ମୁଁ ନିରୁପାୟ। ମୁଁ କିଛି ଥଳକୂଳ ପାଉନି ପ୍ରଭୁ। ତୁମ ନୀତିକାନ୍ତି ପାଇଁ ତୁମେ ନିଜେ କିଛି ଉପାୟ ବାହାର କର ପ୍ରଭୁ। ମୋତେ ରାସ୍ତା ଦେଖାଅ ହେ ଠାକୁରେ।'

ଯାହାହେଉ ଚମକ୍ରାର ହେଲା ଭଲିଆ ଠାକୁରେ ଜୁଟେଇ ଦେଲେ ଚୈତନ୍ୟକୁ ପ୍ରହରାଜଙ୍କ ସହିତ। ଏ ସବୁ ଯେ ସେଇ ଲୀଳାମୟ ରାଧାମାଧବଙ୍କ ଲୀଳା ବୋଲି ଅନୁଭବ କରି ଠାକୁରଙ୍କ ଉଦ୍ଦେଶ୍ୟରେ ଦୁଇ ହାତ ଯୋଡ଼ିଲେ ରାମହରି ପ୍ରହରାଜ।

ଅଲେଖ ମହାପାତ୍ରଙ୍କ ମୃତ୍ୟୁ ପରେ ସେ ରହୁଥିବା ଦୁଇ ବଖୁରିଆ ଟାଇଲ ଛପର ଘରଟି ରହିବା ଉପଯୋଗୀ ନଥିଲା ଆଉ। ସୁମନା ତ ଆସି ରହୁଥିଲା ପ୍ରହରାଜ ଉଆସରେ। ତେଣୁ ଯନ୍ ଅଭାବରୁ ଘରଟି ସମ୍ପୂର୍ଣ୍ଣ ଭାଙ୍ଗିରୁଜି ଯାଇଥିଲା। ଅଲେଖ ମହାପାତ୍ର ରହୁଥିବା ଘର ସମେତ ପାଖାପାଖି ସଂଲଗ୍ନ ସବୁଯାକ ଜାଗା ପ୍ରହରାଜ ଘରର ସମ୍ପତ୍ତି। ତେଣୁ ସବୁଆଡୁ ଚିନ୍ତାକରି ସେଇ ମନ୍ଦିର ପାଖାପାଖି ଭଲ ଘର ଖଣ୍ଡେ ତୋଲେଇ ଦେଲେ ରାମହରି ପ୍ରହରାଜ। ସେଇଠି ସୁମନା ଆଉ ଚୈତନ୍ୟ ସ୍ଥାୟୀ ବାସିନ୍ଦା ଭାବରେ ରହିଲେ ରାଧାମାଧବଙ୍କ ସେବାରେ, ପ୍ରକାରାନ୍ତରେ ପ୍ରହରାଜଙ୍କ ସେବାରେ ମଧ୍ୟ।

।। ୭ ।।

ରାଜେଶ୍ୱରୀ ଦେଖିବାକୁ ଗୋଟିଏ ଚାଉଳରେ ଗଢ଼ା। ଚାଲିଚଲନ, ଠାଣିବାଣୀ କୋଉଠାରେ କିଛି ଖୁଣିବାକୁ ନାହିଁ। ରାଜେଶ୍ୱରୀ ଘରକୁ ବୋହୂ ହୋଇ ଆସିବା ପରେ ଲାଗୁଥିଲା ଯେମିତି ଲକ୍ଷ୍ମୀ ତାଙ୍କ ପଛେ ପଛେ ପ୍ରହରାଜ ଉଆସକୁ ଚାଲି ଆସିଛନ୍ତି। ଘରଦ୍ୱାର, ବାଡ଼ି ବଗିଚାର ଶିରୀ ଯେମିତି ଫେରି ଆସିଛି। ଏବେ ପ୍ରହରାଜ ଉଆସରେ ମାର୍ଗଶିର ମାସରେ ମାଣ ବସୁଛି। ବାରମାସରେ ତେରପର୍ବ ଓଷାବାର ପାଳନ ହେଉଛି। ଘର ଠାକୁର ଠିକ୍ ବିଧି ବିଧାନରେ ପୂଜା ହେଉଛନ୍ତି। ସବୁଦିନ ସନ୍ଧ୍ୟା ବେଳେ ବୃନ୍ଦାବତୀ ମୂଳରେ ଘିଅଦୀପଟିଏ ଜଳୁଛି।

ସକାଳୁ ଉଠି ଠାକୁର ପୂଜା ସାରିବା ପରେ ରାଜେଶ୍ୱରୀ ଶାଶୁଙ୍କ ଫୋଟୋ ପାଖରେ ଫୁଲ ପାଣି ଟିକିଏ ଦେଇ ମୁଣ୍ଡିଆ ମାରନ୍ତି। ଶଶୁରଙ୍କୁ ମଧ୍ୟ ବେଶ୍ ଭକ୍ତି ତାଙ୍କର। ପିତୃତୁଲ୍ୟ ମଣି ସେବା ଯନ୍ତରେ ଲାଗି ଥାଆନ୍ତି। ମନଜାଣି ଛ'ତିଅଣ ନ'ଭଜା ରାନ୍ଧିବାଢ଼ି ପରଶି ଦିଅନ୍ତି। ଖୁବ କମ୍ ଦିନ ଭିତରେ ଶାଶୁଘରର ପ୍ରତ୍ୟେକଟି ଜିନିଷକୁ ନିଜ ଅନ୍ତର ଭିତରୁ ଆଦରି ନେଇଛନ୍ତି ରାଜେଶ୍ୱରୀ। ଶାଶୁ ପଦ୍ମାଙ୍କ ପରି ଚାରି ଆଡକୁ ନଜର ତାଙ୍କର। ବିଲବାଡ଼ି, ଧାନମୁଗ, ହଳିଆ କୋଠିଆ ଆଦି ସବୁର ହିସାବ ତାଙ୍କ ଜିଭ ଅଗରେ।

ସକାଳୁ ସଞ୍ଜ ଯାଏ ଶାଶୁଙ୍କର ଚାବିକାଠି ଅଣ୍ଟାରେ ମାରି ନିରଳସ ଭାବରେ ଘର ଗୋଟାକର କାର୍ଯ୍ୟ ସବୁକୁ ନିଘା ରଖିଥାଆନ୍ତି ରାଜେଶ୍ୱରୀ। ମୁହଁରେ ନା ଥାଏ କାଣିଚାଏ ବିରକ୍ତି, ନା ସାମାନ୍ୟତମ କ୍ଲାନ୍ତି। ନିଜର ଲକ୍ଷ୍ମୀ ପ୍ରତିମା ବୋହୂଟିକି ଦେଖି ରାଧାମାଧବଙ୍କ ଉଦ୍ଦେଶ୍ୟରେ ଦୁଇହାତ ଟେକି ଦିଅନ୍ତି ରାମହରି ପ୍ରହରାଜ। ଠପଠପ

ହୋଇ ଖୁସିର ଲୁହ କେଇ ବୁନ୍ଦା ଖସି ପଡେ ତାଙ୍କ ଆଖିରୁ। ମନେ ମନେ କୁହନ୍ତି ସେ, 'ହେ ପ୍ରଭୁ, ତୁମେ ବଡ଼ ଦୟାଳୁ.... ହେ ଅନ୍ତର୍ଯ୍ୟାମୀ, ତୁମେ ସତରେ ଦୁଃଖହାରୀ।'

ସୁମନା ବି ଭାରି ଖୁସି ଆଜିକାଲି। ରାଜେଶ୍ୱରୀ ଆସିବା ପରେ ତା ମୁଣ୍ଡରୁ ବି କିଛି ଦାୟିତ୍ୱ କମିଛି ପ୍ରହରାଜ ଉଆସର। ଭାରି ଭଲ ସଂପର୍କ ଦୁହିଁଙ୍କ ଭିତରେ। ନୂଆବୋଉ, ନୂଆବୋଉ ବୋଲି ପାଣି ପିଏନି ସୁମନା। ସବୁବେଳେ ରାଜେଶ୍ୱରୀଙ୍କ ଆଗପଛ ଘୁରି ଘୁରି ଗପ ଜମେଇଥାଏ।

ଚୈତନ୍ୟ ବି ରାଧାମାଧବଙ୍କ ସେବାରେ ନିଜକୁ ସମର୍ପି ଦେଇଛି ପୂରା। ଖାଲି ନାଁ କୁ ସିନା ମନ୍ଦିର ପାଖରେ ଘର ଖଣ୍ଡେ ତୋଲା ହୋଇଛି ସୁମନା ପାଇଁ କିନ୍ତୁ ସୁମନା ଅଧିକାଂଶ ସମୟ ଆସି ଗହଳି ଲଗେଇ ଥାଏ ଏଇ ପ୍ରହରାଜ ଉଆସରେ। ଓଷା, ବାହା, ପୁନିଅ ପରବରେ ସୁମନା ଆଉ ଚୈତନ୍ୟ ନଥିଲେ ଯେମିତି ସବୁ ଅଧୁରା। ସେଥିକୁ ପୁଣି ସୁମନାର ଛୁଆ ଦି'ଟାଙ୍କର ହସ କାନ୍ଦ ପ୍ରହରାଜ ଉଆସର ଗହଳି ଚହଳିରେ ଚମକ ଲଗେଇ ଦିଏ ଯେମିତି।

ଖୁସିର ସମୟ ସବୁ ସୁଅ ପରି ବହି ଚାଲିଛି ରାମହରି ବାବୁଙ୍କ ଅଗଣାରେ। କିନ୍ତୁ କିଏ ଜାଣେ କେତେଦିନ! ସବୁ ଖୁସି ଭିତରେ କେଉଁଠି ନା କେଉଁଠି ଦୁଃଖ ଟିକିଏ ଖଞ୍ଜି ଦିଅନ୍ତି ଭଗବାନ। ନହେଲେ ଏ ସ୍ୱାର୍ଥପର ମଣିଷ ଖୁସିର ପାହାଡ଼ ଉପରେ ବସି ତାଙ୍କୁ ଭୁଲିଯିବ ଯେ!! ଆଉ ହାତ ଯୋଡ଼ି ଡାକିବନି ଜମା। ତା ଛଡା ଦୁଃଖ ନଥିଲେ ସୁଖର ମୂଲ୍ୟ କି ବୁଝିହୁଏ!! ଅପ୍ରାପ୍ତି ନଥିଲେ ପ୍ରାପ୍ତିର ଆନନ୍ଦକୁ କି ଭୋଗି ହୁଏ!!

ସେମିତି ସବୁ ଖୁସି ଭିତରେ ବି ଗୋଟିଏ ଦୁଃଖର ମଞ୍ଜି ଅସ୍ତବ୍ୟସ୍ତ କରୁଛି ରାମହରି ପ୍ରହରାଜଙ୍କୁ। ରଘୁନାଥର ବାହାଘରକୁ ଆସି ପାଞ୍ଚବର୍ଷ ପୁରିଲାଣି ଅଥଚ ବୋହୂ କୋଳରେ ପିଲାଟିଏ ନାହିଁ। ରଘୁ ଆଉ ସୁମନାର ବାହାଘର ଏକା ସହ ହୋଇଥିଲା। ସୁମନା ବାହାଘରର ତିନି ଦିନରେ ରଘୁନାଥଙ୍କ ବାହାଘର ରାଜେଶ୍ୱରୀଙ୍କ ସହ। ସୁମନା ପୁଅ ଝିଅଙ୍କୁ ଆସି ଚାରିବର୍ଷ ପୁରିଲାଣି ଅଥଚ ରାଜେଶ୍ୱରୀଙ୍କ କୋଳ ଶୂନ୍ୟ।

ଚିନ୍ତାରେ ଚିନ୍ତାରେ ଅଧାରୁ ଅଧିକ ଭାଙ୍ଗି ପଡିଲେଣି ପ୍ରହରାଜେ। କେମିତି ଏ ସଂସାର ଆଗକୁ ଚାଲିବ? କେମିତି ଏ ବଂଶ ଆଗକୁ ବଢିବ? କିଏ ହେବ ଏ ଅମାପ ସମ୍ପତ୍ତିର ଉତ୍ତରାଧିକାରୀ? ଏ ବଂଶବୃକ୍ଷରେ କ'ଣ ଆଉ ନୂଆ ଡାଲ କୁଅଁଳିବନି!! ଆଉ ପିଲାଟିଏ ତାଙ୍କର ଥିଲେ ହୁଏତ ଆଶା ଟିକକ ବଞ୍ଚି ଥାଆନ୍ତା କିନ୍ତୁ ରଘୁ ଯେ

ତାଙ୍କର ଏକମାତ୍ର ସନ୍ତାନ । ନା ଆଗକୁ କେହି, ନା ପଛକୁ କେହି । ରଘୁ ଆଠବର୍ଷର ହୋଇଥିଲା ମାତ୍ର, ଏ ସଂସାରରୁ ବିଦାୟ ନେଇଥିଲେ ପଦ୍ମା । କେବଳ ପୁଅକୁ ଯୋଗ୍ୟ କରିବାର ଦାୟରେ ସେ ଏକାକୀ ଏତେ ଲମ୍ବା ବାଟ କେମିତି ଚାଲି ଆସିଛନ୍ତି, ସେକଥା କେବଳ ତାଙ୍କୁ ହିଁ ଜଣା । ତାଙ୍କ ତ୍ୟାଗର ମୂଲ୍ୟ ରହିଛି । ରଘୁ ଯୋଗ୍ୟ ହୋଇଛି, ସଂସ୍କାରୀ ହୋଇଛି ଏବଂ ଜମିଜମା କାରବାର ସବୁ ଖୁବ ସୁନ୍ଦର ସମ୍ଭାଳି ନେଇଛି । ଦେଖି ରାମହରି ବାବୁ ଖୁବ୍ ଆଶ୍ୱସ୍ତ ହୋଇଛନ୍ତି ମଧ ସେ ଦିଗରୁ । କିନ୍ତୁ ଜୀବନର ସାୟାହ୍ନରେ ଏଇ ଗୋଟିଏ ଚିନ୍ତା ତାଙ୍କୁ ଖାଇ ଗୋଡାଉଛି । ଏ ଚିନ୍ତା ନେଇ ସେ ତ ଶାନ୍ତିରେ ମରି ବି ପାରିବେନି । ତେବେ କ'ଣ ରଘୁନାଥ ଏ ବଂଶର ଶେଷ ଦାୟାଦ ! ! ୟା ପରେ ଏ ଡିହରେ ବିଲୁଆ କୁକୁର ଡେଇଁବେ ?

ଆଜି ପଦ୍ମା ଥିଲେ ବୋହୂ ପାଇଁ କେତେ ଠାକୁରଙ୍କୁ କେତେ ମାନସିକ କରି ସାରନ୍ତେଣି । କେତେ ଓଷାବାର ବୋହୂ ଦ୍ୱାରା କରେଇ ସାରନ୍ତେଣି । କିନ୍ତୁ ସେ କ'ଣ ଏ ସବୁ ପାରିବେ ! ! ପେଜୁଆ ଆଖି କୋଣରେ ଲୁହ ଜକେଇ ଆସେ ରାମହରି ବାବୁଙ୍କର । ଭିତରେ ଭିତରେ ଖୁବ କଷ୍ଟ ପାଆନ୍ତି ସେ କିନ୍ତୁ ମୁହଁ ଖୋଲି କହି ପାରନ୍ତିନି କାହାକୁ । କହିଲେ କାଲେ ଲକ୍ଷ୍ମୀ ପ୍ରତିମା ବୋହୂଟି ତାଙ୍କର ମନକଷ୍ଟ କରିବ । ଚୁପଚାପ ଆଖି ବୁଜି ଆତୁର ମନରେ କେବଳ ରାଧାମାଧବଙ୍କୁ ସ୍ମରଣ କରନ୍ତି ସେ ।

'ହେ ମୋର କୁଳଦେବତା.... ତୁମେ କ'ଣ ଏମିତି ଭାବରେ ମୋ କୁଳର ଅନ୍ତ ଘଟେଇବ ? ପିତୃ ପୁରୁଷଙ୍କୁ ପାଣି ଟୋପେ ଦେବା ପାଇଁ ଏ ପ୍ରହରାଜ ବଂଶରେ କ'ଣ କେହି ରହିବେନି ? ତୁମେ ବି କ'ଣ ଅପୂଜା ରହିବାକୁ ଚାହୁଁଛ ପ୍ରଭୁ ? ନା, ଆଉ କାହା ହାତରୁ ପୂଜା ପାଇବାକୁ ମନ ବଳିଲାଣି ତୁମର ? କ'ଣ ତୁମ ଇଚ୍ଛା ପ୍ରଭୁ ? ଏ ପ୍ରହରାଜ ବଂଶକୁ ଟିକିଏ ଦୟା କର ହେ ଦୟାମୟ । ଏତିକି ମାଗୁଣି ଏ ଅଧମର ।'

ତାଙ୍କୁ କେହି କିଛି ନ କହିଲେ ବି ଆଗାମୀ ବଂଶଧର ପାଇଁ ଶ୍ୱଶୁରଙ୍କ ବ୍ୟାକୁଳତାକୁ ବେଶ୍ ବୁଝି ପାରନ୍ତି ରାଜେଶ୍ୱରୀ । ପଢି ପାରନ୍ତି ତାଙ୍କ ମନର ବ୍ୟଥାକୁ । ନିଜକୁ ଦୋଷୀ ମନେ କରନ୍ତି ସେ ଆଉ ଶ୍ୱଶୁରଙ୍କ ପାଇଁ ଦୁଃଖୀ ବି ହୁଅନ୍ତି । କିନ୍ତୁ ତାଙ୍କ ହାତରେ ବା କ'ଣ ଅଛି । ସମସ୍ତଙ୍କ ପରି ସେ ବି ନିରୁପାୟ ।

ସବୁଦିନ ପ୍ରାତଃ ଶଯ୍ୟା ତ୍ୟାଗ କରନ୍ତି ରାମହରି ପ୍ରହରାଜ । ନିଦ ଭାଙ୍ଗୁ ଭାଙ୍ଗୁ ଆଗ ନିଜ ଆରାଧ୍ୟଙ୍କୁ ସ୍ମରଣ କରନ୍ତି । ତାପରେ କରାଗ୍ରେ ବସତେ ଲକ୍ଷ୍ମୀ.... ଜପ କରି ଶେଯ ଛାଡ଼ନ୍ତି । ଏଇଟା ବହୁ ପୁରୁଣା ଅଭ୍ୟାସ ତାଙ୍କର । ଏବେ ଏବେ ସେ ଅଭ୍ୟାସରେ

ବ୍ୟତିକ୍ରମ ହୋଇ ଯାଉଛି ବେଳେବେଳେ। ବେଳେବେଳେ ଡେରି ଯାଏ ଶୋଇ ପଡୁଛନ୍ତି ସେ ଟିକେ। ଦେହ ଆଗପରି ଭଲ ରହୁନି ଏତେ।

ସେଦିନ ନିଦ ଭାଙ୍ଗୁଭାଙ୍ଗୁ ଆଶ୍ଚର୍ଯ୍ୟ ହେଲେ ସେ। ସକାଳୁ ସକାଳୁ ସେଦିନ ଘରଦ୍ୱାର ସବୁ ମହମହ ବାସୁଥିଲା ପିଠାପଣାର ବାସ୍ନାରେ। ଆଜି ଗୋଟେ କିଛି ପର୍ବ କି? ନା... ସେମିତି କିଛି ମନେ ପଡୁନି ତ! ତାହେଲେ କି ଆୟୋଜନ ଚାଲିଛି ଆଜି ଘରେ?

ନଈଁ ନଈଁ ଆସି ରୋଷେଇ ଘର ପାଖରେ ଉଣ୍ଠିଲେ ରାମହରି ପ୍ରହରାଜ। ରାଜେଶ୍ୱରୀ ଅଣ୍ଢାରେ ଲୁଗାଭିଡି ଲାଗି ପଡିଛନ୍ତି କାମରେ। ଚୁଲିମୁଣ୍ଡେ ତିଆରି ଚାଲିଛି ପିଠା, ମିଠା, କ୍ଷୀରିପୁରି ଏମିତି କେତେ କ'ଣ। ବୋହୂକୁ ସାହାଯ୍ୟ କରୁଛି ନେତ ଗୁଡ଼ିଆଣି। ଏଇ ନେତ ଆଗରୁ ପୂଜାପର୍ବ ଭାରଥୋର ବେଳେ ସାହାଯ୍ୟ କରୁଥିଲା ପଦ୍ମାଙ୍କୁ। ଆଉ ଏବେ ରାଜେଶ୍ୱରୀଙ୍କୁ। ମଣ୍ଡାପିଠା ପାଇଁ ଛେନାନଡିଆ ପୁର ସଜଡ଼ା ହୋଇ ଥୁଆ ହୋଇଛି। ବୋହୂ କାକରା ଛଣାରେ ବ୍ୟସ୍ତ। ଗୋଟେ ପିଉଲ କଡେଇରେ କଡେଇଏ ଜିଲାପି ଭାସୁଛନ୍ତି ଚିନି ଶିରାରେ। ଆଉ ଗୋଟେ ଚୁଲିରେ ଟକମକ ହୋଇ ସିଝୁଛି ଗୋଲ ଗୋଲ ଛେନାଗୁଲା ସବୁ ରସଗୋଲା ପାଇଁ। ବିଭିନ୍ନ ଆୟୋଜନରେ ରୋଷେଇଘର ଭର୍ତ୍ତି। ନେତ ଲାଗି ପଡିଛି ଆରିଷା ପିଠା ଜନ୍ତୁଣିରେ। ଆହୁରି ପୁଣି ନିଜକୁ ନିଜେ ପ୍ରଶଂସା କରି ଗପି ଚାଲିଛି ରାଜେଶ୍ୱରୀଙ୍କ ଆଗରେ.... 'ହେଇଟି ବୋହୂମା', ମୋ ଭଳିଆ ପିଠା ମିଠା କାରିଗରଟିଏ ଆଉ କୋଉଠି ପାଇବନି ମ ଜାଣିଥାଅ। ସବୁ ଭାଗମାପ ପରା ମୋ ଆଙ୍ଗୁଠି ଅଗରେ। ବାହାପୁନେଇଁ ହେଲେ ମା' ସାଆନ୍ତାଣୀ ପରା ଆଗ ମୋତେ ଲୋଡନ୍ତି। ଏ ଖଣ୍ଡ ମଣ୍ଡଳରେ ଭଲା ମୋ ପରି ହାତ କାହାର ଅଛି। ମୁଁ ପ୍ରହରାଜ ଘର ଲାଗୁଆ ଗୁଡ଼ିଆଣି ଟି!! '

ପଛରେ ଠାଇ ସବୁ ଦେଖୁଥିଲେ ଆଉ ଶୁଣୁଥିଲେ ରାମହରି ବାବୁ। ଆଶ୍ଚର୍ଯ୍ୟ ହୋଇ ରାଜେଶ୍ୱରୀଙ୍କୁ ପଚାରିଲେ, 'ଆରେ ମା'.... କ'ଣ ଏ ସବୁ? କାହିଁକି ଏ ଆୟୋଜନ? '

ରାଜେଶ୍ୱରୀ କହିଲେ, 'ବାପା, କାଲି ପ୍ରଥମାଷ୍ଟମୀ ପରା। ଆମ ସୁମନାର ପୁଅ ଝିଅ ପୋଡୁଆଁ ହେବେନି କି ଏ ବର୍ଷ। ସୁମନାର ଆଉ କିଏ ଅଛି ଯେ ଆମ ଛଡା। ଏଇଟୋ ହିଁ ତ ତାର ବାପଘର। ଆଉ ବାପଘରୁ ଯଦି ଛୁଆଙ୍କ ପାଇଁ ପ୍ରଥମାଷ୍ଟମୀ ଭାର ନଯାଏ ତେବେ ସୁମନା ମନ କଷ୍ଟ କରିବନି? ସବୁ ବର୍ଷ ପରି ଏ ବର୍ଷ ବି ଏ ବ୍ୟବସ୍ଥା କରିଛି ମୁଁ। ମୁଁ ସବୁ ଅଧିକା ଅଧିକା କରିଛି ବାପା। ସୁମନା ପାଇଁ ପଠେଇ

ସାରିଲା ପରେ ଆମେ ସାଇପଡ଼ିଶାଙ୍କୁ ବି ବାଣ୍ଟିବା ଆଉ ଆମ ହଳିଆ, କୋଟିଆ, ଗୁମାସ୍ତା ବି ପେଟ ପୁରା ଖାଇବେ ସବୁ ।'

ଆଖ଼ି କୋଣରେ ଲୁହ ଜକେଇ ଆସିଲା ରାମହରି ପ୍ରହରାଜଙ୍କର । ଭିତରେ ଭିତରେ ଛାତି ରୁନ୍ଧି ହୋଇ ଯାଉଥିଲା ଯେମିତି । ଆହାଃ.... ଏମିତି ଲକ୍ଷ୍ମୀପ୍ରତିମାଟିକୁ ପୁଣି ଭଗବାନ ଏମିତି ଦଣ୍ଡ ଦେଇଛନ୍ତି ? ଏମିତି ନିଷ୍ପାପ ହୃଦୟର ଅଧିକାରିଣୀ ସ୍ନେହମୟୀଟିର କୋଳକୁ ଶୂନ୍ୟ ରଖ଼ିଛନ୍ତି ଆଜିଯାଏ !!

ସେ ଲୀଲାମୟ କେତେବେଳେ କି ଲୀଳା କରନ୍ତି କେବଳ ତାଙ୍କୁ ହିଁ ଜଣା । ସେ ଲୀଳାର ରହସ୍ୟ ଭେଦ କରିବା ବଡ଼ ଅସମ୍ଭବ ବ୍ୟାପାର ଏଇ ଛାର ସ୍ଥୂଳ ଚେତନାଧାରୀ ମନୁଷ୍ୟ ପାଇଁ । କୋଉଠି କୋଉ ଗରିବର କୁଡ଼ିଆରେ ଗୋଟାଏ ପଖାଳ କଂସାର ମୁଦାଏ ତୋରାଣୀ ଭିତରେ ଏକାବେଳେକେ ପାଞ୍ଚ ଛ' ଛୁଆଙ୍କ ହାତ ବୁଡ଼ିକି ରହିଥାଏ ତ କେଉଁଠି କେଉଁ ରାଜଉଆସରେ ରାଜରାଣୀଟିଏ ଆତୁର ହୋଇ ବାରଓଷା ତେରବ୍ରତ କରୁଥାଏ ନିଜ କୋଳକୁ ଛୁଆ ବକଟେ ପାଇଁ । କେଉଁଠି ଗଛ ଛାଇରେ ମୂଲ ଲାଗୁଥିବା ମା'ଟିଏ ନିଜ ପିନ୍ଧାଲୁଗା ଝୁଲଣାରେ କୋଳଛୁଆଟିକୁ ଝୁଲେଇ ଦେଇ ନିଜ ଝାଲ ପୋଛୁଥାଏ ତ କେଉଁଠି ଉଆସ ଭିତରେ ଦେବୀପ୍ରତିମାଟିଏ ଶୂନ୍ୟ ସୁନାଝୁଲଣାକୁ ଚାହିଁ ଲୁହ ପୋଛୁଥାଏ । କଥାରେ ଅଛି 'ସୁନା ଥିଲେ କାନ ନାହିଁ, କାନ ଥିଲେ ସୁନା ନାହିଁ ।'

ବୋହୂ ମୁଣ୍ଡରେ ହାତ ବୁଲେଇ ଦେଇ ଚାଲିଗଲେ ରାମହରି ବାବୁ ।

ଏ ପ୍ରହରାଜ ବଂଶ କେମିତି ଆଗକୁ ବଢ଼ିବ ସେଇ ଚିନ୍ତାରେ କତରା ଧରିଲେ ରାମହରି ପ୍ରହରାଜ । ମୃତ୍ୟୁ ଆସନ୍ନ ଜାଣି ମଧ୍ୟ ତାଙ୍କର ମାୟା କଟୁ ନଥିଲା କି ମୋହ ତୁଟୁ ନଥିଲା । ମୃତ୍ୟୁର ଦ୍ୱାର ଦେଶରେ ଠିଆ ହୋଇଥିବା ବେଳେ ଜୀବନଟା ବେଳେବେଳେ ବେଶୀ ଲୋଭନୀୟ ମନେହୁଏ । ବେଳେବେଳେ ମଣିଷ କାମନା ବି କରେ, ପୁଣି କିଛି ପାହାଚ ପଛକୁ ଫେରି ପାରନ୍ତି କି ? ପୁଣି କିଛି ସମୟ ହାତରେ ମିଳନ୍ତା କି... ଦେଖ଼ି ନେବାକୁ ଆଉଥରେ ନିଜ ହାତଗଢ଼ା ସଂସାରକୁ । ସେଇଭଳି କିଛି ଚିନ୍ତା ଜାବୁଡ଼ି ଧରିଥିଲେ ରାମହରିଙ୍କୁ । ମୃତ୍ୟୁର ପଞ୍ଝା ନିକଟରେ ଥାଇ ମଧ୍ୟ ସେ ଭାବୁଥିଲେ, 'ମୃତ୍ୟୁ ଆଗରୁ ଦେଖ଼ି ପାରନ୍ତି କି ମୋ ଆଗାମୀ ବଂଶଧରର ଝଲକ ଟିକେ ସେ ହେଉ ପଛେ ସ୍ୱପ୍ନରେ । କିମ୍ବା ଶୁଣିବାକୁ ପାଆନ୍ତି ତା ଆଗମନର ସୂଚନା ।' କିନ୍ତୁ ସେମିତି କିଛି ଘଟିଲାନି । କିଛି ମାସ ଏମିତି ଶେଯରେ ପଡ଼ି ପଡ଼ି ଚାଲିଗଲେ ପ୍ରହରାଜେ । ଘର ମୁରବୀ ଶୂନ୍ୟ ହୋଇଗଲା । ଏବେ ପ୍ରହରାଜ ଘର କହିଲେ କେବଳ ଦୁଇଜଣ । ରଘୁନାଥ ପ୍ରହରାଜ ଆଉ ରାଜେଶ୍ୱରୀ ପ୍ରହରାଜ । ▪

॥ ୭ ॥

ଗାଁ ରେ ଏବେ ରୂପୁରୁ ଟାପୁରୁ ଶୁଭୁଥିଲା.... ପ୍ରହରାଜ ବଂଶ ଏଇଠୁ ବୁଡ଼ିଲା ଜାଣ । ରଘୁନାଥ ପ୍ରହରାଜଙ୍କ ବଂଶ ତ ଆଉ ବଢ଼ିଲାନି । ତାଙ୍କ ଅନ୍ତେ ଏଇ ସୁମନା ଆଉ ତା ଛୁଆପିଲା ସବୁ ମାଟିବାସି ଖାଇବେ । ଯାହାହେଉ, ସୁମନା ଭାଗ୍ୟ କରିଥିଲା । କି ବେଳାରେ ୟାର ପୂର୍ବପୁରୁଷ ଆସି ଏଠି ରାଧାମାଧବଙ୍କ ସେବାରେ ନିଯୁକ୍ତ ହୋଇଥିଲେ କେଜାଣି, ଠାକୁରେ ଏଇ ସୁମନା ମୁଣ୍ଡରେ ହିଁ ସୁନା କଳସ ଢାଳିଦେଲେ ବୋଲି ଜାଣ ।

ଏବେ ପ୍ରହରାଜ ବଂଶର ହର୍ତ୍ତା କର୍ତ୍ତା ଦଇବ ବିଧାତା ହେଲେ ରଘୁନାଥ ପ୍ରହରାଜ । କିନ୍ତୁ କ'ଣ ହେବ !! ସବୁବେଳେ ସେଇ ଗୋଟିଏ ଚିନ୍ତା । ଯେତେବେଳେ ଦେଖ ସେଇ ଅନ୍ୟମନସ୍କ ଭାବ । କୋଳକୁ ପିଲାଟିଏ ନାହିଁ । କାହା ମୁହଁ ଚାହିଁ ବଞ୍ଚିବେ ସେ !! କାହା ହାତରେ ସମର୍ପି ଦେବେ ଏ ବଂଶର ଚାବିକାଠି !! କାହା ମୁଣ୍ଡରେ ଦାୟିତ୍ୱ ଥୋଇ ସେ ନିଶ୍ଚିନ୍ତ ହୋଇ ମରି ପାରିବେ !! ଶେଷକୁ ଏ ରଘୁନାଥ ପ୍ରହରାଜ ତୁଣ୍ଡରେ ନିର୍ମାଲ୍ୟପାଣି ଟିକେ ଦେବାକୁ ବି କ'ଣ ତା ନିଜ ରକ୍ତର କେହି ନଥିବେ !!

କାହା ଅଭିଶାପ ପଡ଼ିଲା ଏ ପ୍ରହରାଜ ବଂଶ ଉପରେ ? ଜାହ୍ନବୀ !! ଭିତରେ ଭିତରେ ସାଙ୍କୁଡ଼ି ହୋଇଗଲେ ରଘୁନାଥ ପ୍ରହରାଜ । ତାଙ୍କର ଏ କଥା କେହି ଜାଣନ୍ତିନି କେବଳ ଚୈତନ୍ୟ ଆଉ ସୁମନାକୁ ଛାଡ଼ିଦେଲେ । ଛାତି ଭିତରେ କୋଲପ ପଡ଼ି ରହିଛି ଜାହ୍ନବୀର ସ୍ମୃତି ସବୁ । ଯଦି ସବୁଆଡୁ ଦେଖାଯାଏ ତେବେ ଜାହ୍ନବୀର ପିଲା ହିଁ ଥିଲା ତାଙ୍କର ପ୍ରଥମ ସନ୍ତାନ । କିନ୍ତୁ ସେ ବି ଚାଲିଗଲା ଜାହ୍ନବୀ ସହ । ଆଉ ଏବେ....!

ସ୍ୱାମୀଙ୍କର ଏ ଅବସ୍ଥା ଦେଖି ମହାଚିନ୍ତାରେ ପଡ଼ିଲେଣି ରାଜେଶ୍ୱରୀ । ବଂଶରକ୍ଷା

କରି ପାରୁ ନାହାନ୍ତି ବୋଲି ନିଜକୁ ନିଜେ ଅଭିଶାପ ଦେବା ଛଡ଼ା ତାଙ୍କର ଆଉ କିଛି ଉପାୟ ନାହିଁ ବର୍ତ୍ତମାନ । ରାତି ରାତି ଶୋଇ ପାରୁନ୍ତିନି ରାଜେଶ୍ୱରୀ । ଯଦି ସ୍ୱାମୀ ସବୁବେଳେ ଏମିତି ଉଦାସପଣ ଭିତରେ ବୁଡ଼ିରହି ଅନ୍ୟମନସ୍କ ରହିବେ, ତେବେ ଏ ସବୁର ଦେଖାରଖା କରିବ କିଏ ? ଏବେ ସେ କାହାକୁ ସମ୍ଭାଳିବେ! ସ୍ୱାମୀଙ୍କୁ ନା ପ୍ରହରାଜ ଘରର ଦାୟିତ୍ୱକୁ! !

ଶେଷରେ ପୋଷ୍ୟ ସନ୍ତାନଟିଏ ଗ୍ରହଣ କରିବାକୁ ଇଚ୍ଛା କଲେ ରାଜେଶ୍ୱରୀ । କିନ୍ତୁ ସେ ଇଚ୍ଛା କଲେ ତ ହୋଇଯିବନି ସବୁ । ସ୍ୱାମୀଙ୍କର ବି ସହମତି ଥିବା ଦରକାର । ଅନେକ ଥର କହିବି କହିବି ହୋଇ ମଧ ସ୍ୱାମୀଙ୍କ ଆଗରେ କିଛି କହି ପାରୁନ୍ତିନି ରାଜେଶ୍ୱରୀ । କାଳେ ତାଙ୍କ ନିଷ୍ପତ୍ତି ଶୁଣି ସ୍ୱାମୀ ତାଙ୍କର ଆହୁରି ବେଶୀ ଭାଙ୍ଗି ପଡ଼ିବେ ଭାବି ଡରି ଯାଇଛନ୍ତି ସେ । ଏମିତି ଏମିତିରେ ଗୁଡ଼ାଏ ଦିନ ବିତିଗଲା ସିନା ମୁହଁ ଖୋଲି ପାରିଲେନି ସେ ।

ଗାଁ ଦାଣ୍ଡରେ ଯେତେବେଳେ ଛୁଆମାନେ ଖେଳୁଥିବାର ଦେଖନ୍ତି ସେତେବେଳେ ଆମ୍ୟ ବିଳପି ଉଠେ ରାଜେଶ୍ୱରୀଙ୍କର । ବାଡ଼ିପଟ ସଜନା ଗଛ ଡାଳରେ ବଣି ଚଢ଼େଇଟି ଯେତେବେଳେ ତା ଶାବକ ମାନଙ୍କ ଚଞ୍ଚୁରେ ଖାଦ୍ୟ ଭରିଦିଏ ସେତେବେଳେ ମାତୃତ୍ୱ ରୋଦନ କରେ ତାଙ୍କର । ଗାଈଟି ଦେହରେ ବାଛୁରୀଟି ଯେତେବେଳେ ଘଷି ହେଉଥାଏ ସେତେବେଳେ ନିଜ ଭାଗ୍ୟକୁ ନିଜେ ନିନ୍ଦନ୍ତି ସିଏ ।

ମନେ ପଡେ ତାଙ୍କର ବାହାଘର ବର୍ଷର କଥା । ନୂଆ ନୂଆ ଆସିଥାଆନ୍ତି ସେ ବାହା ହୋଇକି । ଦ୍ୱିପ୍ରହରିଆ ଖିଆପିଆ ସାରି ଶ୍ୱଶୁର ରାମହରି ପ୍ରହରାଜ ବସିଥିଲେ ଦାଣ୍ଡ ବାରଣ୍ଡାରେ । ଆସି ପହଞ୍ଚିଲା ନଟବର ଅବଧାନ । ନଟ ଅବଧାନ ବସି କୁଆଡ଼ କୁଆଡ଼ର କଥା ସବୁ ବଖାଣିଲା ପ୍ରହରାଜଙ୍କ ଆଗରେ । କିଛି ସମୟ ପରେ ପ୍ରହରାଜେ ଡାକ ପକେଇଲେ ବୋହୂ ରାଜେଶ୍ୱରୀଙ୍କୁ । ଆଉ କହିଲେ ଅବଧାନେଙ୍କୁ ହାତ ଦେଖାଇବା ପାଇଁ । ଲମ୍ବା ଓଢ଼ଣା ତଳେ ଥାଇ ନିଜ ହାତଟିକୁ ବଢ଼େଇ ଦେଲେ ରାଜେଶ୍ୱରୀ ଅବଧାନଙ୍କ ଆଡକୁ । ନଟ ଅବଧାନ ବେଶ୍ କିଛି ସମୟ ଯାଏ ହସ୍ତରେଖା ସବୁକୁ ନିରେଖିଲା । ତା ପରେ କହିଲା, 'ଆହାଃ.... ବଡ଼ ସୁଲକ୍ଷଣା ହାତଟିଏ । ମାଟିକୁ ଛୁଇଁଲେ ସୁନା ହୋଇଯିବ । ବୁଝିଲେ ପ୍ରହରାଜେ.... ଆପଣ ବଡ଼ କପାଳିଆ ସତରେ! ! ନହେଲେ ଏମିତି ବୋହୂଟିଏ ପାଇବା ସହଜ କଥା ନୁହେଁ । ଏବେଠାରୁ ଦେଖନ୍ତୁ, କେମିତି ଆପଣଙ୍କର ଧନ ଜନ ଗୋପ ଲକ୍ଷ୍ମୀ ସବୁ ମାଡ଼ି ଯାଉଛନ୍ତି । ବୋହୂମା'ଙ୍କ ହାତରେ ଅଷ୍ଟଲକ୍ଷ୍ମୀଙ୍କର ବାସ ସ୍ପଷ୍ଟ ଦିଶୁଛି ।'

ଖୁସିରେ ଗଦଗଦ୍ ହୋଇ ଉଠୁଥିଲେ ରାମହରି ପ୍ରହରାଜ ।

--- ଆଚ୍ଛା କହିଲ କହିଲ ଅବଧାନେ.... ନାତି କି ନାତୁଣୀଟାଏ ଏ ଘରକୁ କେବେ ଆସିବ ?

--- ଆହେ ପ୍ରହରାଜେ, ଏତେ ଉଚ୍ଛନ୍ନ କିଆଁ.... ଧୈର୍ଯ୍ୟ ଧରନ୍ତୁ ଟିକେ । ନାତି ନାତୁଣୀ ମାନେ ଏ ଘରକୁ ଖାଲି ଉଠେଇବେ କି ପକେଇବେ । ନହେଲେ ଏ ନଟବର ଅବଧାନ ତା ଖଡ଼ି ଛାଡିଦେବ । ଆପଣ ଖାଲି ଦେଖିବାକୁ ରହିଲେ ହେଲା ।

ରାମହରି ପ୍ରହରାଜ ଚାଲି ଗଲେଣି ଆରପାରିକୁ । ତାଙ୍କ ପଛେ ପଛେ ନଟ ଅବଧାନ ବି । ସମୟ ବି ବିତି ଗଲାଣି ଢେର । ଖାଲି ରାଜେଶ୍ୱରୀ ଭାଲି ହେଉଛନ୍ତି ଯାହା । ଆତୁର ହୋଇ ଡାକନ୍ତି ସେ ରାଧାମାଧବଙ୍କୁ । ହେ ମୋର ଇଷ୍ଟଦେବ... ଏ ବଂଶକୁ ରକ୍ଷା କର, ତୁମକୁ ମୁଁ ସୁନାର ମୁକୁଟ ପିନ୍ଧେଇବି । ଜନ୍ମାଷ୍ଟମୀ ଦିନ ସୁନାର ଦୋଲିରେ ଝୁଲେଇବି । ତୁମ ପାଖରେ ସବୁଦିନ କ୍ଷୀର ସର ଲବଣୀ ଭୋଗ କରିବି । ତୁମରି ଏଇ ମନ୍ଦିର ଆଗରେ ଶହେ ଏକ ବ୍ରାହ୍ମଣଙ୍କ ପଙ୍ଗତ ବସେଇବି । ଦୟାକର..... ଦୟାକର..... ପ୍ରଭୁ, ଏ ଅଧମର କୋଳ ପୂର୍ଣ୍ଣ କର ।

ସୁମନା ସହ ଯେତେବେଳେ ତାର ଦୁଇ ଛୁଆଙ୍କୁ ରାଜେଶ୍ୱରୀ ଦେଖନ୍ତି, କେଉଁଠି ନା କେଉଁଠି ମନଟା ତାଙ୍କର ଟିକେ ଉଣା ପଡ଼ିଯାଏ । ଭିତରର ଶୂନ୍ୟତା ହାହାକାର କରିଉଠେ । କିଛି କହିବେ କହିବେ ହୋଇ ଚୁପ୍ ହୋଇ ଯାଆନ୍ତି ସେ ।

ସୁମନା ବି ବୁଝିପାରେ ତା ନୂଆ'ଉର ବେଦନା । ଭାରି କଷ୍ଟ ପାଏ ମନ ଭିତରେ । ସବୁବେଳେ ସେ ଚେଷ୍ଟା କରେ ରାଜେଶ୍ୱରୀଙ୍କୁ ହସଖୁସି ଆଉ ଚଲଚଞ୍ଚଳ ରଖିବାକୁ । କିନ୍ତୁ ଜଖମଟା ଯେତେବେଳେ ଭିତରେ ଲାଗିଛି ସେତେବେଳେ ଉପରେ ମଲମ ବୋଲି କ'ଣ ଯନ୍ତ୍ରଣାର ଉପଶମ କରିହୁଏ! ବେଳେବେଳେ ସୁମନା ଭାବେ ତା ପୁଅ ଶ୍ୟାମକୁ ସେ ନୂଆ'ଉ କୋଳକୁ ଟେକି ଦିଅନ୍ତା କି!! ତାଙ୍କ ଶୂନ୍ୟକୋଳ ଭରି ପାରନ୍ତା କି!! କିନ୍ତୁ ଭରସି କରି କିଛି କହି ପାରେନି । କାଲେ କେହି କିଛି ଭାବିବ! କାଲେ ଦୁନିଆ କହିବ ଯେ ସମ୍ପତ୍ତି ଲୋଭରେ ସୁମନା ତା ପୁଅକୁ ପ୍ରହରାଜଙ୍କ ପାଖରେ ହାବୁଡ଼େଇ ଦେଲା ବୋଲି । କାଲେ ରଘୁଭାଇ ମୁହଁରେ ମନା କରିଦେବେ!!

ଚୈତନ୍ୟ ବି ସେଇଆ କୁହେ । କୁହେ ଶ୍ୟାମଟା ଆମର ଭାରି ଭଲ ପାଉଛି ନୂଆ'ଉଙ୍କୁ । ଏବେଠାରୁ ସେଠାରେ ଛାଡିଦେଲେ ତାଙ୍କୁ ଆଦରି ଯାଆନ୍ତା । କିନ୍ତୁ ଆମ ଭଲ ଚିନ୍ତା କାହା ଆଖିକୁ ଦେଖା ଅବନି ଲୋ ସୁମନା । ସମସ୍ତେ ଆମକୁ ସମ୍ପତ୍ତି ଲୋଭୀର ଆଖ୍ୟା ଦେବେ । ଭଲ କରିବାକୁ ଯାଇ ନିନ୍ଦା କିଣିବାଟା ସାର ହେବ

ଯାହା। ଥାଉ.... ଆମର କିଛି କହିବା କି କରିବା ଦରକାର ନାହିଁ। ଯାହା ସେ ରାଧାମାଧବ ଚାହିଁବେ ସେଇଆ ହିଁ ହେବ।

କିନ୍ତୁ ଦିନେ ମୁହଁ ଖୋଲିଲେ ରାଜେଶ୍ୱରୀ। କାନ୍ଦି କାନ୍ଦି ନିଜ ପଣତକାନି ବିଛେଇ ଦେଲେ ସୁମନାର ପାଦ ତଳେ। ଆଉ କାକୁତି ମିନତୀ କରି କହିଲେ, 'ତୁମର ଏ ନୂଆ'ଉକୁ ଟିକେ ଦୟାକର ସୁମନା। ଶ୍ୟାମକୁ ତୁମେ ମୋ ପଣତରେ ଅଜାଡ଼ି ଦିଅ। ଘରର ପିଲା ଘରେ ହିଁ ରହିବ। ଏମିତିରେ ବି ଶ୍ୟାମ ମୋ ପାଖରେ ରହୁଥାଏ ସବୁବେଳେ। ମୁଁ ଖୁଆଇ ଦେଲେ ଖାଏ। ଅଧିକାଂଶ ସମୟ ମୋରି ପାଖରେ ହିଁ ଶୋଇପଡ଼େ। ଖାଲି ଏତିକି ସେ ମୋତେ ମା' ବୋଲି ଡାକିବ ଆଉ ମା' ଭଳି ତାର ସବୁ ଅଲିଅର୍ଦ୍ଦଳି ମୁଁ ସହିବି। ଏତିକି ଦୟାକର ସୁମନା, କହି ସୁମନାର ପାଦ ଦୁଇଟାକୁ ଧରି ପକେଇଲେ ରାଜେଶ୍ୱରୀ।

ସୁମନା ଘୁଞ୍ଚିଗଲା ଦୁଇପାଦ ପଛକୁ। କାନ୍ଦି ପକାଇଲା କାଇଁ କାଇଁ ହୋଇ। କହିଲା, 'ମୋ ପାଦ ଧରି ମୋତେ କ'ଣ ନର୍କରେ ପକେଇବ କି ନୂଆ'ଉ!! ତୁମେ ତ ମୋର ଅନ୍ନଦାତ୍ରୀ। କେବେ ତୁମେ ମୋତେ ଅନୁଭବ କରିବାକୁ ଦେଇନ ଯେ ମୁଁ ଗୋଟେ ଗରିବ ବାପାର ଝିଅ ବୋଲି। କେଉଁଦିନ ବି ଅନୁଭବ କରିବାକୁ ଦେଇନ ଯେ ମୁଁ ଗୋଟେ ଅନାଥ ବୋଲି। ତୁମର ଆଉ ରଘୁଭାଇଙ୍କର ହାତ ମୋ ମୁଣ୍ଡରେ ସବୁବେଳେ ଛାତ ଭଳି ରହିଛି। ବାପା ଗଲା ପରେ ବି ଏ ପ୍ରହରାଜ ଘର ଥିଲା ବୋଲି ମୋ ଉପରେ ଦୁବଚାଉଳ ପଡ଼ିଲା। ନହେଲେ ଖୁଣ୍ଟରେ ବୁଢ଼ୀ ହୋଇଥାନ୍ତି ସିନା, କିଏ କାହିଁକି ମୋ କଥା ଚିନ୍ତା କରିଥାନ୍ତା। ଏ ପ୍ରହରାଜ ବଂଶର ଅନ୍ନ ଖାଇ ପରା ମୋର ବାପା ଗୋସିବାପା ମାଟିରେ ମିଶିଛନ୍ତି। ତୁମେ ପୁଣି ମୋ ପାଦ ଧରି ମୋ ପାଇଁ ନର୍କର ରାସ୍ତା ବାଛୁଛ ନୂଆ'ଉ!!'

ରାଜେଶ୍ୱରୀଙ୍କ ଆଖିରୁ ଲୁହ ପୋଛିଦେଲା ସୁମନା। ଆଉ କହିଲା, 'ଏଇ ରାଧାମାଧବ ସାକ୍ଷୀ ନୂଆ'ଉ.... ତୁମେ ଯାହା କହିବ ମୁଁ ସବୁ ଦେଇ ଦେବି। ଏ କଥା ମୋ ମନରେ ବି ବହୁତ ଆଗରୁ ଆସିଛି। କିନ୍ତୁ ଭରସି କରି କିଛି କହି ପାରେନି। କାଳେ କିଏ କ'ଣ ଭାବିବ! କାଲି ସକାଳୁ କେହି କାଳେ ମୋତେ ସମ୍ପତ୍ତି ଲୋଭୀ କହିବ!! ନହେଲେ ତୁମ ଦୁଃଖ ଦେଖି ମୋ ଅନ୍ତର ଭିତର ଯେ କେତେ କ୍ଷତାକ୍ତ ହୁଏ, ସେକଥା ସେଇ ରାଧାମାଧବଙ୍କୁ ହିଁ ଜଣା। ଆଉ ସେଇ ରାଧାମାଧବଙ୍କୁ ସାକ୍ଷୀ ରଖି ଆଜି କଥା ଦେଲି ନୂଆ'ଉ। ଶ୍ୟାମ ଆଜିଠାରୁ ତୁମ ପୁଅ। ସେ ତୁମରି ପାଖରେ ରହିବ, ବଡ଼ ହେବ, ପାଠ ପଢ଼ିବ। ମୋର ତା ଉପରେ ଆଉ କିଛି ଅଧିକାର ନାହିଁ। ଆଜିଠାରୁ ତୁମେ ତାର ମା' ଆଉ ମୁଁ ତାର ସୁମନା ପିଉସୀ।' ▪

|| ୮ ||

ଚନ୍ଦ୍ରକଳା ଭଳି ରାଜେଶ୍ୱରୀଙ୍କ କୋଳରେ ବଢୁଥିଲା ଶ୍ୟାମ। ସାଢ଼େ ଚାରି କି ପାଞ୍ଚ ବର୍ଷର ଛୁଆଟି। ଧୀରେ ଧୀରେ ଆଦରି ନେଲା ରାଜେଶ୍ୱରୀଙ୍କୁ ମା' ଭାବରେ ଆଉ ସୁମନାକୁ ପିଉସୀ ଭାବରେ। ଶ୍ୟାମର ମାଆ ମାଆ ଡାକରେ ଘର ପୁରିଯାଏ। ମନରେ ଆମୃତୃପ୍ତି ଭରିଯାଏ ରାଜେଶ୍ୱରୀ ଆଉ ରଘୁନାଥଙ୍କର। ଘରଟା ଏଥର ଘର ଭଳିଆ ଲାଗେ। ଚୈତନ୍ୟ ଆଉ ସୁମନା ବି ଭାରି ଖୁସି ହୁଅନ୍ତି ଶ୍ୟାମକୁ ଏତେ ଅୟସରେ ଚଲୁଥିବାର ଦେଖ। କାୟା ସହ ଛାୟା ପରି ଲାଗିଥାଆନ୍ତି ରାଜେଶ୍ୱରୀ ଶ୍ୟାମ ପଛରେ। ଧୂଳି ଟିକେ ବି ସେ ଲାଗିବାକୁ ଦିଅନ୍ତିନି ତା ଦେହରେ। ଖାଇବା ବେଲେ ବଲେଇ ବଲେଇ ଖୁଆଇ ଦିଅନ୍ତି ରାଜେଶ୍ୱରୀ ନିଜ ହାତରେ। ଟିକେ ଛିଙ୍କି ଦେଲେ ରାତି ରାତି ଜଗି ବସନ୍ତି ତା ପାଖରେ। ବଗିଚାରେ ଖେଳିବା ବେଲେ ମାଲିକୁ ଶକ୍ତ ତାଗିଦା ହୋଇଥାଏ, ପୁଅ ଯେମିତି କେଉଁଠି ଝୁଣ୍ଟି ନପଡ଼େ। ଗଦା ଗଦା ପୋଷାକପତ୍ର, ଖେଳନା, କଣ୍ଢେଇ ଭିତରେ ଦିନକଟେ ଶ୍ୟାମର।

ଆଜି ଶ୍ୟାମର ଖଡ଼ିଛୁଆଁ। ୟା ପରେ ସ୍କୁଲ ଯିବ ସିଏ। ସକାଲୁ ଗାଧୋଇ ପାଧୋଇ ନୂଆ ପୋଷାକ ପିନ୍ଧି ମୁଣ୍ଡରେ ଚନ୍ଦନ ଟିପା ମାରି ଶ୍ୟାମ ବସିଛି ନୂଆ ଖଡ଼ି ସିଲଟ ଧରି। ପୁରୋହିତେ ଆସିଲେ। ରାଧାମାଧବ ମନ୍ଦିରରେ ପୂଜାପାଠ ହେଲା। ଶ୍ୟାମ ତା କୁନି କୁନି ହାତରେ ଖଡ଼ି ଧରି ନୂଆ ସିଲଟ ଉପରେ ବ୍ରହ୍ମା ବିଷ୍ଣୁ ମହେଶ୍ୱର ମଡେଇଲା। ସବୁ କାର୍ଯ୍ୟ ଉଦ୍ଧାରୁ ପୁରୋହିତଙ୍କୁ ଭୂରିଭୋଜନ, ନୂଆବସ୍ତ୍ର ସହ ଆଖୁଦୃଶିଆ ଦକ୍ଷିଣା ଦେଇ ବିଦା କଲେ ରଘୁନାଥ ପ୍ରହରାଜ। ନାଗା ହଲିଆକୁ ଦାୟିତ୍ୱ ଦିଆଗଲା ଯେ ସେ ସବୁଦିନ ଦାୟିତ୍ୱର ସହ ପୁଅକୁ ନେଇ ସ୍କୁଲରେ ଛାଡ଼ିବ ଆଉ ଆଣିବ। ପୁଅ

ସ୍କୁଲ ଯିବ ବୋଲି ତାର ବହିପତ୍ର, ନୂଆବ୍ୟାଗ ଆଦି ସଜ କରିବାରେ ରାଜେଶ୍ୱରୀ ଏକଦମ ତତ୍ପର।

ଗାଁ ଲୋକେ ବି ଆଶ୍ଚର୍ଯ୍ୟ ହେଉଥିଲେ ଶ୍ୟାମର ଭାଗ୍ୟକୁ ନେଇ। ସେଦିନ ପୋଖରୀ ହୁଡାରେ ବସି ଦାନ୍ତ ଘଷ୍ତ ଘଷ୍ତ ମାଧୁଆ ମା' କହିଥିଲା ସୁମନାକୁ, 'ତୁ ଯାହା କହ ସୁମ.... ଏଇଆକୁ କହନ୍ତି ଭାଗ୍ୟ। ନହେଲେ କ'ଣ ତୁଚ୍ଛା ବାଲିଗରଡ଼ାଟା ଯାଇ ଖଟୁଲିରେ ଶାଳଗ୍ରାମ ହୋଇ ବସିଥାନ୍ତା ନା ମାଟି ଚଟାଣରେ ଗଡ଼ିବା ପିଲା ଯାଇ ସୁନା ଝୁଲଣାରେ ଝୁଲୁଥାଆନ୍ତା!! ପାଟହାଟୀ ତୋ ପୁଅ ମୁଣ୍ଡରେ ସୁନା କଳସ ଢାଲିଲା ବୋଲି ଜାଣେ।'

ସୁମନା ବି ଭାବେ ଏ ସବୁ ଭାଗ୍ୟ ଆଉ ସମୟର ଖେଳ ନୁହେଁ ତ ଆଉ କ'ଣ? ନହେଲେ ତା ପୁଅର ନାଁ ସ୍କୁଲରେ ଶ୍ୟାମସୁନ୍ଦର ମହାପାତ୍ର ବଦଳରେ କ'ଣ ଶ୍ୟାମସୁନ୍ଦର ପ୍ରହରାଜ ଲେଖା ହୋଇଥାନ୍ତା!! ମହାପାତ୍ର ବଂଶ ଦାୟାଦର ପରିଚୟ ଆଜି ସମ୍ପୂର୍ଣ୍ଣ ଭିନ୍ନ। ସେ ଆଜି ଏ ପ୍ରହରାଜ ବଂଶର ଉତ୍ତରାଧିକାରୀ। ଭବିଷ୍ୟତରେ ସେ ସାଜିବ ଏ ବଂଶର ମଙ୍ଗୁଆଳ। ଆଗାମୀ ଦିନରେ ସେ ଆଉ ଅଲେଖ ମହାପାତ୍ର କିମ୍ବା ଚୈତନ୍ୟ ମହାପାତ୍ରଙ୍କ ପରି ମନ୍ଦିର ସେବା କରି ପେଟ ପୋଷିବନି। ସେ ରାମହରି ପ୍ରହରାଜ ଆଉ ରଘୁନାଥ ପ୍ରହରାଜଙ୍କ ପରି ନିଶାପରେ ବସିବ। ମୁଖିଆ ସାଜିବ। ଲୋକେ ହାତଯୋଡି ଅପେକ୍ଷା କରିବେ ତାର ବିଚାରକୁ।

ସୁମନା ଆହୁରି ବି ଭାବେ, 'ଗୋଟିଏ ଗର୍ଭରୁ ଦୁଇଟି ଛୁଆ ଜନ୍ମ ହେଲେ। ଯାହାକୁ କହନ୍ତି ଏକା ନାହିଁ ଦି'ଗଡ଼। କିନ୍ତୁ ଦେଖ, ଭାଗ୍ୟ କାହାକୁ ନେଇ କୋଉଠି ଥୋଇଲାଣି।' ବେଳେବେଳେ ସୁମନା ଛାତି ଭିତରେ କିଛିଟା କଥା ଭାରି ରୁଗରୁଗ୍ ହୁଏ ବି। କାଲି ସକାଳୁ ଶ୍ୟାମ ତା ନିଜ ରକ୍ତର ସାନ ଭଉଣୀକୁ ନିଜର ବୋଲି ଭାବିବ ତ! ନା ତାକୁ ନିଜ ଘରର ଅନ୍ୟ ଚାକର ବାକରଙ୍କ ଭଳି ମଣିବ। ଯଦି ଏମିତି ହୁଏ ତେବେ ତା ମା' ହୃଦୟ ଏ ସବୁ କେମିତି ସହିବ!!

କିନ୍ତୁ ଏତେ ଶଙ୍କା ଆଶଙ୍କା ଭିତରେ ବି ସୁମନା ଭାରି ଖୁସି ହୁଏ ଶ୍ୟାମ ପାଇଁ ଆଉ ଦୁଇ ହାତ ଯୋଡ଼େ ଠାକୁରଙ୍କ ଉଦ୍ଦେଶ୍ୟରେ।

XXX

ସୁମନାର ଝିଅକୁ ଜର ଛାଡୁନି କିଛିଦିନ ହେବ। ଯାହା ଖାଉଛି ସବୁ ବାନ୍ତି କରି ପକାଉଛି ଓଟାରି ହୋଇ ହୋଇ। ଅନ୍ତନାଡ଼ି ଦୁହିଁ ହୋଇ ଗଲାଣି ପିଲାଟାର ବାନ୍ତି ଉଚ୍ଛାଳ କରି କରି। ଖାଲି ରାହା ଧରି କାନ୍ଦୁଛି ଛୁଆଟା। ଟୁଙ୍କା ଟୁଙ୍କି ଠାରୁ ଆରମ୍ଭ

କରି ଡାକ୍ତର ଔଷଧ ଯାଏ ସବୁ ପ୍ରକାର ଚେଷ୍ଟା ସରିଲାଣି । ଆଠ ଦିନ ହୋଇଗଲା ଛୁଆଟା ପେଟରେ ପାଣି ଟୋପେ ରହୁନି । ବଡ଼ ଚିନ୍ତାରେ ଏବେ ସୁମନା ।

ସେଦିନ ସନ୍ଧ୍ୟାରେ ଝିଅର ପାଖରେ ବସି ତା ଗୋଡ଼ହାତ ସବୁକୁ ଆଉଁସି ଦେଉ ଦେଉ ସୁମନା ଦେଖିଲା ଝିଅର ହାତପାଦର ନଖ ସବୁ ହଳଦିଆ ଦିଶୁଛି ସାମାନ୍ୟ । ତାର ଆଖି ମେଲେଇକି ଦେଖିଲା ସେ । ଆଖି ବି ହଳଦିଆ ଦିଶୁଛି ଟିକେ । ଚମକି ପଡ଼ିଲା ସୁମନା । ଏ ତ କାମଳ ରୋଗର ଲକ୍ଷଣ ! ଝିଅ ବି ଦି' ଦିନ ହେଲାଣି ହଳଦିଆ ପରିସ୍ରା କରୁଛି । କିନ୍ତୁ ସୁମନା ଭାବେ ପେଟ ଗରମ ହୋଇ ଯାଇଛି ବୋଲି ।

ଚୈତନ୍ୟ ସହ ଝିଅକୁ ଧରି ସାଙ୍ଗେ ସାଙ୍ଗେ ପ୍ରହରାଜ ଉଆସରେ ପହଞ୍ଚିଲା ସୁମନା । ରଘୁନାଥ ବ୍ୟସ୍ତ ହୋଇ ପଡ଼ିଲେ ସବୁ ଘଟଣା ଶୁଣି । ରାତି ପାହିଲେ ତ ପୁଣି କିଛି ବ୍ୟବସ୍ଥା କରିବେ ନା । ରାତି ପାହୁ ପାହୁ ଗାଡ଼ି ବ୍ୟବସ୍ଥା କରି ଚୈତନ୍ୟ ସୁମନାଙ୍କ ସହ ସେ ନିଜେ ବି ବାହାରି ପଡ଼ିଲେ ସହରକୁ ।

ସେଠି ପହଞ୍ଚି ଡାକ୍ତରଙ୍କ ପ୍ରକୋଷ୍ଟ ବାହାରେ ଅପେକ୍ଷା କଲେ ସମସ୍ତେ ନିଜ ପାଲି ପଡ଼ିବା ଯାଏ । ଏ କ'ଣ ଗାଁ ଡାକ୍ତରଖାନା ହୋଇଛି ଯେ ପ୍ରହରାଜେ ଆଜ୍ଞା ଆସିଲେ ବୋଲି ଲୋକେ ପାଖେଇ ହୋଇ ବାଟ ଛାଡ଼ିଦେବେ । ଏ ତ ସହର । ଏଠି କିଏ ଚିହ୍ନେ ପ୍ରହରାଜେଙ୍କୁ ! !

ସୁମନାର ପାଲି ପଡ଼ିଲା । ଡାକ୍ତର ସବୁ ଶୁଣି ଆଉ ଛୁଆର ଅବସ୍ଥା ଦେଖି ତାର ଯାବତୀୟ ପରୀକ୍ଷା କରେଇନେଲେ । ଆଉ ଶେଷକୁ ବିରକ୍ତ ହୋଇ କହିଲେ ଯେ, 'ଛୁଆଟା ବାନ୍ତି କରି କରି ମରିବାକୁ ବସିଲାଣି । ଆପଣ ମାନେ ଏଯାଏ କରୁଥିଲେ କ'ଣ ? ? ଜଣ୍ଡିସ ହୋଇଛି ଛୁଆକୁ ଆଉ ରୋଗ ଭିତରେ ଭିତରେ ବଢ଼ି ବଢ଼ି ଯକୃତକୁ ଧରି ସାରିଲାଣି । ଗୁଡ଼ାଏ ଦିନ ହେଲାଣି ଏ ରୋଗ ହେବା । ଏବେ ଅବସ୍ଥା ଖୁବ ଖରାପ ଏ ଛୁଆର । ତଥାପି ମୁଁ ଔଷଧ ଲେଖି ଦେଉଛି । ନିୟମିତ ଖାଇବାକୁ ଦେଇ ସପ୍ତାହେ ପରେ ଆସି ଦେଖା କରନ୍ତୁ । ମଝିରେ ବିଶେଷ କିଛି ଅସୁବିଧା ହେଲେ ପୁଣି ଆସି ଦେଖା କରିବେ ନିହାତି ।'

ଡାକ୍ତରଙ୍କ କଥା ଶୁଣି କାନ୍ଦକାନ୍ଦ ଅବସ୍ଥା ସୁମନାର । ପ୍ରହରାଜେ ଆଉ ଚୈତନ୍ୟ ବି ନିର୍ବାକ ଏକଦମ । ମଝିରେ ମଝିରେ ତ ଏମିତି ଜର ହୁଏ ଆଉ ଛାଡ଼ିଯାଏ ପୁଣି ଔଷଧ ଖାଇ । କିଏ କେମିତି ଜାଣିବ ଯେ ରୋଗ ଭିତରେ ଭିତରେ ବଢ଼ୁଛି ବୋଲି । ଘରେ ପହଞ୍ଚିଲା ପରେ ସବୁ ଶୁଣି ଖୁବ ବ୍ୟସ୍ତ ହୋଇ ପଡ଼ିଲେ ରାଜେଶ୍ୱରୀ । ସୁମନାକୁ ବହୁତ ବୁଝେଇ ସୁଝେଇ ସାନ୍ତ୍ୱନା ଦେଲେ ସେ ଆଉ ରାଧାମାଧବଙ୍କ ପାଖରେ କେତେ

କ'ଣ ମାନସିକ ବି କରି ପକେଇଲେ । ଏତିକି ଛଡା ତାଙ୍କ ହାତରେ ବି ଆଉ ଅଛି କ'ଣ ! !

ତିନିଦିନ ହେଲାଣି ନିୟମିତ ଔଷଧ ଖିଆ ଚାଲିଛି କିନ୍ତୁ ଛୁଆର ଅବସ୍ଥାରେ କିଛି ପରିବର୍ତ୍ତନ ନାହିଁ । ନଖାଇ ନପିଇ ଠେଙ୍ଗାହାଡ଼ ଦିଶିଲାଣି ଛୁଆର । ଦୁର୍ବଳ ଦେହ ଯୋଗୁଁ ଆଉ ଖେଳାବୁଲା ବି ନାହିଁ । ଦିନରାତି ଖଟରେ ପଡ଼ି ରହି ଖାଲି ଝୁଲୁଝୁଲୁ କରି ଚାହୁଁଛି ଯାହା । କିଛି ଟିକେ ଖୁଆଇ ଦେଲେ ସାଙ୍ଗେ ସାଙ୍ଗେ ଓଟାରି ହୋଇ ବାନ୍ତି କରି ପକାଉଛି । ଛୁଆର ଅବସ୍ଥା ଦେଖି ପ୍ରହରାଜେ ସୁମନାକୁ ଭରସା ଦେଇଛନ୍ତି ଯେ କାଲି ଛାଡ଼ି ପହରିଦିନ ଆମେ ପୁଣି ଯିବା ଡାକ୍ତରଙ୍କ ପାଖକୁ । ସାତଦିନ ଯାଏ ଆଉ ଅପେକ୍ଷା କରି ହେବନି । ତୁ କିଛି ବ୍ୟସ୍ତ ହୁଅନା । ଆହୁରି ଭଲ ଔଷଧ ଆଣିବା । ଝିଅ ଆମର ଭଲ ହୋଇଯିବ ନିଶ୍ଚୟ । ଆମକୁ ଧୈର୍ଯ୍ୟ ଧରିବାକୁ ପଡ଼ିବ ଟିକେ । ଧୈର୍ଯ୍ୟ ଧରି ଠାକୁରଙ୍କ ପାଖରେ ହାତ ଟେକିଦେବା ଛଡ଼ା ସୁମନା ପାଖରେ ଆଉ ଉପାୟ ବି କିଛି ନଥିଲା ।

ଆଗରୁ ସୁମନାର ଅଧାରୁ ଅଧିକ ସମୟ କଟୁଥିଲା ଏଇ ପ୍ରହରାଜ ଉଆସରେ ରାଜେଶ୍ୱରୀଙ୍କ ପାଖରେ । ବେଳେବେଳେ ଦିନଯାକ ପ୍ରହରାଜ ଉଆସରେ ରହି ରାତିରେ ଏକାବେଳେ ଖିଆପିଆ ସାରି ଚୈତନ୍ୟ ପାଇଁ ଖାଇବା ଧରି ଘରକୁ ଫେରେ ସୁମନା । ଚୈତନ୍ୟର ଦିନଯାକ କଟେ ମନ୍ଦିର ପ୍ରାଙ୍ଗଣରେ । ଏବେ କିନ୍ତୁ ଝିଅର ଦେହ ଖରାପ ପାଇଁ ସୁମନା ଆଉ ଆଦୌ ଆସି ପାରୁନି ରାଜେଶ୍ୱରୀଙ୍କ ପାଖକୁ କିମ୍ବା ସାହାଯ୍ୟ ମଧ କରି ପାରୁନି କୌଣସି କାମରେ । ରାଜେଶ୍ୱରୀ ବି ଅବସ୍ଥା ବୁଝି ନିଜେ ସମ୍ଭାଳି ନେଉଛନ୍ତି ସବୁ କିଛିଦିନ ହେବ ।

ସେଦିନ ନିଜ ହାତରେ କ୍ଷୀରି ଟିକେ କରିଥିଲେ ରାଜେଶ୍ୱରୀ କାଲେ ରୋଗଣା ଛୁଆଟାର ପାଟିକୁ ଟିକେ ଭଲ ଲାଗିବ ବୋଲି । କିନ୍ତୁ ପଠେଇବେ କେମିତି ? ସ୍ୱାମୀ ରଘୁନାଥଙ୍କୁ କହିଥିଲେ । ସେ କିନ୍ତୁ ହଁ ମାରିଦେଇ କୁଆଡେ ଯାଇଛନ୍ତି ଯେ ଯାଇଛନ୍ତି ତାଙ୍କ କାମରେ । ନାଗା ହଳିଆ ବି ନାହିଁ । ସେ ବି ଯାଇଛି ପ୍ରହରାଜେଙ୍କ ସହ । ଡେରି ହେବାରୁ ବାଧ ହୋଇ କ୍ଷୀରି ଟିକେ ଧରି ନିଜେ ବାହାରିଗଲେ ରାଜେଶ୍ୱରୀ ।

ସୁମନା ଘରେ ପହଞ୍ଚି ରାଜେଶ୍ୱରୀ ଦେଖିଲେ ଯେ ସୁମନା ବାହାର କୁଥ ଚଉତରା ଉପରେ ବସି ଲୁଗାପଟା ଧୁଆରେ ବ୍ୟସ୍ତ । ରାଜେଶ୍ୱରୀଙ୍କୁ ଦେଖି ବ୍ୟସ୍ତ ହୋଇ ପଡ଼ିଲା ସୁମନା ।

-- ନୂଆଉ' ତୁମେ ଏଠି ! ! ରଘୁଭାଇ ନାହାନ୍ତି କି ? ନହେଲେ ଖବର ପଠେଇ ଦେଇଥାନ୍ତ ମୋତେ କେତକୀ ହାତରେ ।

-- ନାଇଁ ସୁମନା, ତୁମ ଭାଇ ସକାଳୁ କୁଆଡେ ଯାଇଛନ୍ତି ଯେ ଯାଇଛନ୍ତି। ମୁଁ ଝିଅ ପାଇଁ କ୍ଷୀରି ଟିକେ କରିଥିଲି। ସେମାନଙ୍କ ଫେରିବା ଡେରି ହେବାରୁ ନିଜେ ଚାଲି ଆସିଛି। ତା ଛଡ଼ା ଛୁଆଟାକୁ ଦେଖିନି ଗୁଡ଼ାଏ ଦିନ ହେବ। ତୁମେ ବି ତ ଆଉ ଯାଇ ପାରୁନ ଘରଆଡେ। ସେଥିପାଇଁ ଚାଲି ଆସିଲି ଟିକେ। ତୁମେ ବ୍ୟସ୍ତ ହୁଅନା।

-- ଘରକୁ ଚାଲ ନୂଆ'ଉ। ମୁଁ ଯାଉଛି। ଝିଅର ବାନ୍ତି ଲୁଗାପଟା ଗୁଡ଼ା ଧୋଉଥିଲି ବସି। ଏବେ ଏବେ ତାକୁ କ୍ଷୀର ଟିକେ ପିଆଇ ବଡ଼ କଷ୍ଟରେ ଶୁଆଇ ପକେଇଛି।

ଝିଅ ଶୋଇଥିଲା ଖଟ ଉପରେ। ରାଜେଶ୍ୱରୀ ଯାଇ ବସି ପଡିଲେ ଖଟ ଧାରରେ। ଆଉଁସି ଆସିଲେ ଟିକେ ତା କପାଳକୁ। ବିନ୍ଦୁ ବିନ୍ଦୁ ଝାଳ ଚିକଟିକ୍ କରୁଥିଲା ଛୁଆଟିର କପାଳରେ। ଅପେକ୍ଷାକୃତ ଟିକେ ଥଣ୍ଡା ଲାଗୁଥିଲା ଦେହ। ଯେମିତି ଏଇ ଏଇ ଜର ଓହ୍ଲେଇ ଯାଇଛି ଦେହରୁ। ରାଜେଶ୍ୱରୀଙ୍କ ସ୍ପର୍ଶ ପାଇ ଛୁଆଟିର ଆଖିପତା ହଲିଲା ସାମାନ୍ୟ। କିଛି ସମୟ ପରେ ଆଖି ଖୋଲି ଚାହିଁଲା ସେ ସୁମନା ଆଡକୁ। ସୁମନା ତାକୁ ଆଉଁଶି ଦେଇ ପଚାରିଲା, 'ମାଇଁ ତୋ ପାଇଁ କ୍ଷୀରି ଆଣିଛନ୍ତି। ଖାଇବୁ କି ଧନ ?' କିଛି କହିଲାନି ଝିଅ। ଖାଲି ଚାହିଁ ରହିଲା ସୁମନା ମୁହଁକୁ। ଧୀରେ ଧୀରେ ଆଖି ପତା ବନ୍ଦ ହୋଇ ଆସିଲା ତାର। କ'ଣ ହେଲା ଭାବି ରାଜେଶ୍ୱରୀ ହଲେଇ ଦେଲେ ତାକୁ। ଏଥର କିନ୍ତୁ ଆଉ ଆଖି ଖୋଲିଲାନି ସେ। ସୁମନା ଜୋର ଜୋରରେ ଝିଅକୁ ହଲେଇ ଉଠେଇବାକୁ ଚେଷ୍ଟା କରୁଥିଲା। କିନ୍ତୁ ଛୁଆଟିର ଛାତି ଥରେଇ ଗୋଟେ ଲମ୍ବ। ଦୀର୍ଘଶ୍ୱାସ ବାହାରିଯିବା ସହ ସବୁ ଯେମିତି ନିଶ୍ଚୁପ ହୋଇଗଲା। ପାଦ ତଳୁ ଦେହଟା ଥଣ୍ଡା ପଡ଼ି ପଡ଼ି ଆସିଲା ହଠାତ। ନିରବି ଗଲା ଛାତିର ଧକଧକ ଶବ୍ଦ। ରଡ଼ିଟାଏ ଛାଡ଼ି ଗଛ କାଟିଲା ଭଳିଆ ତଳେ ଲୋଟିପଡିଲା ସୁମନା ଚେତାଶୂନ୍ୟ ହୋଇ।

ରାତ୍ରୀ ଆଗତ ପ୍ରାୟ। ଏଯାଏ କିନ୍ତୁ ଛୁଆଟିର ଅନ୍ତିମ ସଂସ୍କାର ହୋଇ ପାରୁନି। ଝିଅକୁ ଛାତିରେ ଚାପି ଧରି ଏଯାଏ ବାହୁନି ବାହୁନି କାନ୍ଦୁଛି ସୁମନା। ମଲାଛୁଆଟା ଏତେ ସମୟ ରହି ରହି ଗୋଡ଼ହାତ ଲାଠି ଦେଲାଣି ତଥାପି ସୁମନା ତାକୁ ଚାପି ଧରିଛି ନିଜ ଛାତିରେ। ଚୈତନ୍ୟ ବି ବୁଝେଇ ବୁଝେଇ ଥକିଲାଣି। କିନ୍ତୁ ସୁମନା ନିଜ ଦେହରୁ କ୍ଷଣେ ପାଇଁ ବି ଅଲଗା କରୁନି ଛୁଆକୁ। ଜବରଦସ୍ତ କଲେ ପାଗଳିଙ୍କ ଭଳି ହୋଇ ମାରି ଗୋଡ଼ାଉଛି ସମସ୍ତଙ୍କୁ। ଅସହାୟ ହୋଇ ଖାଲି ଲୁହ ଗଡ଼େଇବା ଛଡ଼ା ଆଉ କିଛି ଉପାୟ ଦିଶୁନି ଚୈତନ୍ୟକୁ। ରଘୁ ପ୍ରହରାଜେ ଆଉ ରାଜେଶ୍ୱରୀଙ୍କ ଅବସ୍ଥା ବି ତଦ୍ରୁପ।

ସବୁବେଳେ ତାଙ୍କରି ଅଗଣାରେ ଖେଳିବୁଲି ଗହଳି କରୁଥିବା ଛୁଆଟା ଚାଲିଗଲା ଏମିତି !! ଠାକୁର ଏଡ଼େ ନିଷ୍ଠୁର କେମିତି ହେଲେ !! ଆଉ କାହିଁକି ବି ହେଲେ !!

ଶେଷକୁ ଆଉ କିଛି ଉପାୟ ନପାଇ ଦୁଇ ଚାରିଜଣ ମିଶି ଜବରଦସ୍ତି ସୁମନା ଠାରୁ ଛଡ଼େଇ ଆଣିଲେ ତା ଛୁଆକୁ। ପାଗଳଙ୍କ ଭଳି ରୋଦନ ଚିକ୍କାର କରି ପୁଣି ମୂର୍ଚ୍ଛା ଗଲା ସୁମନା।

ଗାଁରୁ ଆଉ ଦି' ଚାରିଜଣ ମାଲଭାଇଙ୍କୁ ସାଙ୍ଗରେ ଧରି ଚୈତନ୍ୟ ଚାଲିଲା ମଶାଣି ଆଡ଼କୁ ମୁହଁ ଅନ୍ଧାରରେ ଛୁଆକୁ କାନ୍ଧରେ ପକେଇ। ଚୈତନ୍ୟ ଆଖିର ଲୁହରେ ଗାଧୋଇ ପଡ଼ିଲାଣି ଛୁଆର ଅସାଡ଼ ଶରୀରଟା। ପ୍ରହରାଜେ ବି ଚାଲିଛନ୍ତି ସାଙ୍ଗରେ ସାଙ୍ଗରେ। ମାଲଭାଇ ମାନେ ଗାତ ଖୋଳିବା ଆରମ୍ଭ କଲେ। ନାବାଳକ କଅଁଳ ଶିଶୁ। ତାକୁ ତ ଆଉ କୋକେଇରେ ଆସୁଥିବା ଅନ୍ୟ ମୁର୍ଦ୍ଦାର ମାନଙ୍କ ଭଳି ଅଗ୍ନି ସଂଯୋଗ କରି ପୋଡ଼ା ଯିବନି। ପୋତି ଦିଆଯିବ। ଗାତ ଭିତରେ ଝିଅକୁ ଶୁଆଇଦେଇ ନିଜର ଥରଥର ହାତରେ ଚୈତନ୍ୟ ଆଉଁଶି ପକେଇଲା ଟିକେ ନିଜ ଛୁଆକୁ। ଏବେ ବି ସତେଜ କଇଁଫୁଲଟିଏ ପରି ଦିଶୁଥିଲା ଛୁଆଟିର ମୁହଁ। ଏଇ ଏଇ ଯେମିତି ଉଠି ପଡ଼ିବ ସେ ନିଦରୁ ଆଉ ଖୋଲିଯିବ ତାର ଅର୍ଦ୍ଧ ନିମିଲିତ ଆଖିପତା। କଇଁ କଇଁ ହୋଇ କାନ୍ଦି ଉଠିଲା ଚୈତନ୍ୟ ମଶାଣିର ନିରବତାକୁ ହଲଚଲ କରିଦେଇ।

ସବୁ କାମ ସାରି ପାଖ ପୋଖରୀରେ ଗାଧୁଆ ପାଧୁଆ ସାରି ସମସ୍ତେ ଘରକୁ ଫେରିଲା ବେଳକୁ ରାତିଅଧ। ସାଇପଡ଼ିଶାର କିଛି ସ୍ତ୍ରୀ ଲୋକଙ୍କ ସମେତ ରାଜେଶ୍ୱରୀ ବି ଜଗି ବସିଛନ୍ତି ସୁମନାକୁ। ବାରମ୍ବାର ମୂର୍ଚ୍ଛା ଯାଉଛି ସୁମନା। ତାକୁ ଏ ଅବସ୍ଥାରେ ଛାଡ଼ି କୁଆଡ଼େ ଯିବେ ରାଜେଶ୍ୱରୀ। ସେପଟେ ଶ୍ୟାମ ଯେ ଏକା। ସେଇ ଯେ ଖରାବେଳ ପାଖରୁ ଖାରି ଟିକେ ଧରି ଆସିଛନ୍ତି ଯେ ଆସିଛନ୍ତି। ଅବଶ୍ୟ ନାଗା ହଲିଆ ଆଉ କେତକୀ ହେପାଜତରେ ଶ୍ୟାମ ଥିବ। ତଥାପି ଖୋଜୁଥିବ ତାଙ୍କୁ। ସନ୍ଧ୍ୟାବେଳେ ଖବର ଦେଇଥିଲେ ଘରକୁ ମଧ ଯେ ଶ୍ୟାମକୁ କୌଣସି ବି ପରିସ୍ଥିତିରେ ଏଠିକି ନ ଆଣିବାକୁ। ନହେଲେ ଏ ସବୁ ପରିସ୍ଥିତିରେ ଛୁଆଟି ଡରି ଯାଇପାରେ।

ସୁମନା କାନ୍ଦ ବନ୍ଦ କରି ଏକା ଲୟରେ ଚାହିଁ ରହିଛି ଛୁଆର ଶୋଇଲା ଶେଯ ଆଡ଼କୁ। ଏଇତ ଏଇଠି ହିଁ ଏବେ ଶୋଇଥିଲା ତା ଝିଅ। ତା ଏକୋଇର ବଲା। ଜଣଙ୍କୁ ତ ସେ ତା ନିଜ ହାତରେ ଟେକି ଦେଇଛି ଅନ୍ୟ ଜଣଙ୍କୁ। କଥା ବି ଦେଇଛି ଯେ କେବେ ବି ଆଉ ଜୀବନରେ ତାକୁ ପୁଅ ବୋଲି ଦାବି କରିବନି। ଜନ୍ମ

କଳା ଛୁଆଥାରୁ ମଲା ଯାଏ ସେ ପିଉସୀ ଡାକ ହିଁ ଶୁଣିବ । ଆଉ ଏଇ ଗୋଟିକ ହିଁ ତ ଥିଲା ତା ଗଣ୍ଠିଧନ । ତାକୁ ବି ହଜେଇ ଦେଲା ସେ !!

ଘରର ଚାରି ଆଡୁ ନଜର ବୁଲେଇ ଆଣିଲେ ଛାତି ଫାଟି ଯାଉଛି ସୁମନାର । ଏଠି ସେଠି ସବୁଠି ବିଛେଇ ହୋଇ ପଡ଼ିଛି ଛୁଆଟାର ଖେଳନା କଣ୍ଠେଇ ସବୁ । ରାଜେଶ୍ୱରୀ ଆଣିଥିବା କ୍ଷୀରି ଗିନାଟା ସେମିତି ଥୁଆ ହୋଇଛି ଲୁଗାପତା ଟ୍ରଙ୍କ ଉପରେ । ଛୁଆଟା ଖାଉନି ବୋଲି ସେଦିନ ରାଜେଶ୍ୱରୀ ଆସିବାର ଠିକ୍ ପୂର୍ବରୁ ହିଁ ସେ ତା ଝିଅକୁ କୋଳରେ ବସେଇ ପିଆଇ ଦେଇଥିଲା କ୍ଷୀର ଟିକିଏ ଗିନା ଚାମଚରେ । ସେ ଗିନା ଚାମଚ ଏବେ ବି ଥୁଆ ହୋଇଛି ଖଟତଳେ ସେମିତି ଆଉ ନିନ୍ଦୁଛି ଯେମିତି ସୁମନାର ଭାଗ୍ୟକୁ । ଖଟ ଉପରେ ପିଲାର ଶେଯ ତକିଆ ସେମିତି ପଡ଼ି ରହିଛି । ସବୁ ତ ଅଛି ସେମିତି, ଖାଲି ଯାହା ଝିଅଟି ତାର ନାହିଁ । ଝିଅର ସବୁ ଜିନିଷକୁ ନିଓଇ ନିଓଇ ଚାହିଁ ସୁମନା ଯେମିତି ପଥର ପାଲଟି ଯାଇଛି ।

ଆଜିକାଲି ସୁମନା ଚୁପ୍ ହୋଇ ଯାଇଛି ଏକଦମ୍ । ଯାହାକୁ ଚାହୁଁଛି ତ ଚାହିଁ ରହୁଛି । ନହେଲେ କିଛି ଗୋଟେ ଗୁରୁତ୍ୱପୂର୍ଣ୍ଣ କଥା ଭାବିବା ପରି ଆଖିବୁଜି ଦେଇ ଧ୍ୟାନସ୍ଥ ତପସ୍ୱୀ ଭଳିଆ ବସି ରହୁଛି ଘଣ୍ଟା ଘଣ୍ଟା । କୁଆଡ଼କୁ ନିଘା ନାହିଁ କି କାହାରିକୁ ପରବାୟ ନାହିଁ । ନିଜ ଭିତରେ ନିଜେ ନିମଗ୍ନ ସେ ।

ଏ ଭିତରେ ମାସେ ବିତିଗଲାଣି । କିନ୍ତୁ ସୁମନା ଭିତରେ କିଛି ବି ପରିବର୍ତ୍ତନ ନାହିଁ । ନିଜର ଘରଦ୍ୱାର ଝାଡ଼ାପୋଛା ନ ହୋଇ ଅରମାଟୁଁ ବଲି ଗଲାଣି । ସେ ଆଡ଼କୁ ବି ଦୃଷ୍ଟି ନାହିଁ ତାର । ଯୁଆଡ଼କୁ ବସି ଚାହିଁଥାଏ ତ ସେମିତି ଚାହିଁଥାଏ ଡବଡବ ହୋଇ । ଛାତିରୁ ଲୁଗାକାନି ଖସି ତଳେ ଘୁଷୁରୁଥାଏ କିନ୍ତୁ ସେ ଆଡ଼କୁ ନିଘା ନଥାଏ ତାର । ଚୈତନ୍ୟ ଭାଙ୍ଗି ପଡ଼ିଲାଣି ଏ ସବୁ ଦେଖିକି । ଭାରି ମାନ ଅଭିମାନ କରି ଗୁହାରୀ କରୁଛି ସେ ରାଧାମାଧବଙ୍କୁ । ଖୁବ ବିଚଳିତ ମନ ନେଇ ସେ ଠାକୁର ସେବା କରୁଛି ସିନା କିନ୍ତୁ ଧୀରେ ଧୀରେ ତାର ବି ଆସ୍ଥା ତୁଟି ଆସିଲାଣି ଠାକୁରଙ୍କ ଉପରେ ।

ସୁମନାର ଏମିତି ଦୟନୀୟ ଅବସ୍ଥା ଦେଖି ରାଜେଶ୍ୱରୀ ଠିକ୍ କଲେ ଯେ ସୁମନାକୁ ସବୁଦିନ ପାଇଁ ନେଇ ଆସିବେ ତାଙ୍କ ଘରକୁ । କାଲେ ଶ୍ୟାମକୁ ପାଖରେ ପାଇଲେ କିଞ୍ଚିତା ପରିବର୍ତ୍ତନ ଆସିବ ତା ଭିତରେ । କିନ୍ତୁ କିଛି ଫଳ ନାହିଁ । ଶ୍ୟାମକୁ ଦେଖିଲେ ଅଚିହ୍ନା ଛୁଆ ଦେଖିଲା ଭଳିଆ ଚାହିଁ ରହୁଛି ତାକୁ ସୁମନା । ଆଉ ଶ୍ୟାମ ଯଦି ସୁମନା ପିଉସୀ ବୋଲି ଡାକି ଡାକି ତା ପାଖକୁ ଦଉଡ଼ି ଯାଉଛି ତେବେ ମୁହଁ ବୁଲେଇ ମଟମଟଙ୍କି ଚାହିଁ ତାକୁ ଦୂରକୁ ଠେଲି ଦେଉଛି ସେ । ତାର ଏପରି ବ୍ୟବହାରରେ

ଶ୍ୟାମ ବି ଖୁବ ଭୟଭୀତ । ଏଥର ସୁମନାକୁ ଦେଖିଲେ ଶ୍ୟାମ ଆଉ ଦଉଡ଼ି ଯାଉନି ତା ପାଖକୁ ଆଗଭଳି, ଯାଇ ଲୁଚୁଛି ଘରକୋଣରେ ।

ଆଜିକାଲି ସୁମନା ଯାହାକୁ ଦେଖିଲେ ମାରି ଗୋଡ଼ାଉଛି । ଅଟ୍କେଇଲେ କାମୁଡ଼ି ଦେଉଛି । ଯାହା ବି ଖାଇବାକୁ ଦେଲେ ଛିନ୍‌ଛତ୍ର କରି ଘରଦ୍ୱାର ଫିଙ୍ଗୁଛି । ଖରାପ ଅସଭ୍ୟ ଭାଷାରେ ସମସ୍ତଙ୍କୁ ଗାଲି ଗୁଲଜ କରୁଛି । ଜାଣି ଜାଣି ନିଜ ପିନ୍ଧାଲୁଗା ଚିରିଦେଇ ଅର୍ଦ୍ଧ ଉଲଗ୍ନ ଅବସ୍ଥାରେ ବୁଲୁଛି । ମୁଣ୍ଡର ଚୁଟିରେ ଦିନ ଦିନ ଧରି ତେଲ ନବାଜି କେମିତି ଗୋଟେ ଧୂସରିଆ ଚାଆଁସିଆ ଦିଶୁଛି । ରାଜେଶ୍ୱରୀ ବେଲେବେଲେ ଚେଷ୍ଟା କରନ୍ତି ତା ମୁଣ୍ଡରେ ତେଲ ଘଷିଦେଇ ଟିକେ କୁଣ୍ଡେଇ ଦେବାକୁ । କିନ୍ତୁ ତା ମୁଣ୍ଡରେ ହାତ ମାରିଲେ ସେ ଦାନ୍ତ ରଗଡ଼ି ଧାଇଁ ଆସେ ରାଜେଶ୍ୱରୀଙ୍କ ଆଡ଼କୁ । ଆଉ ସାହସ କୁଲାଏନି ତାଙ୍କର । ଦିନେ ଦିନେ ରାଜେଶ୍ୱରୀଙ୍କର ସାମାନ୍ୟ ଅନ୍ୟମନସ୍କତାର ସୁଯୋଗ ନେଇ ସୁମନା ଉଭାନ୍‌ ହୋଇଯାଏ ଘରୁ ଆଉ ମିଳେ ଯାଇ ମଶାଣିପଦାରୁ । କାଠ ଖଣ୍ଡେ ହାତରେ ଧରି ଖୋଲୁଥାଏ ବସି ମାଟିକୁ । ପଚାରିଲେ କୁହେ, 'ମୋ ଝିଅ ଏଠି ଅପନ୍ତରାଚାରେ ଶୋଇଛି । ମୁଁ ତାକୁ ଘରକୁ ନନେଲେ ଜମା ଯିବିନି ।' ସୁମନାର କଥା ଶୁଣି ସାଇ ପଡ଼ିଶାଙ୍କ ଆଖିରେ ବି ଲୁହ ରହେନି ।

ଖାଇବା ପିଇବା ଛାଡ଼ିଦେଇ ସୁମନା ଏବେ କେବଲ ହାଡ଼ ଦୁଇଖଣ୍ଡରେ ରହିଲାଣି । ଦେହର ମାଉଁସ ସବୁ ମିଲେଇ ଗଲାଣି କୁଆଡେ । ଏବେ ଖାଲି ହାଡ଼ ଉପରେ ଚମଡ଼ା ପରସ୍ତେ ଯାହା । ଅଧାରୁ ଅଧିକ ସମୟ ଶେଯରେ ପଡ଼ି ରହି ଜୁଲ୍‌ଜୁଲ୍‌ କରି ଚାହୁଁଛି ଖାଲି । ରାଜେଶ୍ୱରୀ କିଛି ଖାଇବା ନେଇ ପାଟିରେ ଦେଲେ ଥୁ ଥୁ କରି ତାଙ୍କରି ମୁହଁକୁ ଫୋପାଡ଼ୁଛି । ଚୈତନ୍ୟକୁ ଦେଖିଲେ କେତେବେଲେ ହୋ ହୋ ହୋଇ ହସୁଛି ତ ପୁଣି କେତେବେଲେ ବିକଲ ରଡ଼ି ପକେଇ କାନ୍ଦୁଛି । ସୁମନାକୁ ଦେଖିବାର ଧୈର୍ଯ୍ୟ ଆଉ ନାହିଁ ଚୈତନ୍ୟ ଭିତରେ । ସେଥିପାଇଁ ଆଉ ବେଶୀ ଘରକୁ ଫେରୁନି ସେ । ଦିନଯାକ ସେଇ ମନ୍ଦିର ବେଢ଼ାରେ ପଡ଼ି ରହୁଛି । ନା ଅଛି ଆଉ ଘର ପ୍ରତି ଆସକ୍ତି, ନା ଅଛି ଆଉ ରାଧାମାଧବଙ୍କ ଉପରେ ଆସ୍ଥା । ଘରକୁ ଫେରିଲେ ବି କୋଉ ସୁମନା ତା ସହ କଥା ହେଉଛି ଯେ!! ତାକୁ ଦେଖିଲେ ସୁମନା ଏମିତି ଚାହୁଁଛି ଯେମିତି ସେ କେଉଁ ଅଜଣା ଲୋକଟିକୁ ଚିହ୍ନିବାକୁ ଚେଷ୍ଟା କରୁଛି ।

ସୁମନାର ଅବସ୍ଥା ଦେଖି ରଘୁ ପ୍ରହରୋଜେ ବି ଭାଙ୍ଗି ପଡ଼ିଲେଣି । ସେମିତି ଦେଖିବାକୁ ଗଲେ ସୁମନା ତ ତାଙ୍କ ନିଜ ରକ୍ତର କେହି ନୁହେଁ । କିନ୍ତୁ ତାକୁ ସେ ନିଜ ସାନ ଭଉଣୀ ଭଲି ମାନି ଆସିଛନ୍ତି ଆଜିଯାଏ । ତାରି ସାଙ୍ଗରେ ଖେଲିବୁଲି କଟିଛି

ତାଙ୍କର ଶୈଶବ । ଅନେକ ସୁଖଦ ସ୍ମୃତି ଅଛି ତାଙ୍କର ସୁମନା ସହ ଜଡ଼ିତ ହୋଇ । ତାଙ୍କ ଘରର ଅନେକ ସୁବିଧା ଅସୁବିଧାରେ ଏଇ ସୁମନା ଠିଆ ହୋଇଛି ଆଙ୍କାକୁ ଭିଡ଼ି । କେମିତି ଭୁଲିଯିବେ ସେ ଏ ସବୁ ସମ୍ପର୍କର କଥାକୁ ! !

ବେଶୀଦିନ ଆଉ ତିଷ୍ଟି ପାରିଲାନି ସୁମନା ନିଜ ଛୁଆକୁ ହରେଇ । ଝିଅ ପଛେ ପଛେ ସେ ବି ଚାଲିଗଲା ଅଫେରା ରାଇଜକୁ । ସକାଳୁ ସମସ୍ତେ ଦେଖିଲେ ଯେ ସୁମନା ଶୋଇଛି ତା ଝିଅର କିଛି ଖେଳନା କଣ୍ଢେଇକୁ ନିଜ ଚାରି ପାଖରେ ବିଛେଇ ଦେଇ ।

ସାଇପଡ଼ିଶା ମୁଣ୍ଡରେ ହାତ ଦେଲେ । କ'ଣ ଘଟୁଛି ସବୁ ପ୍ରହରାଜ ପରିବାରରେ ଆଜିକାଲି ! ! କାହାର କାଳ ନଜର ପଡ଼ିଛି କି ! ! ଜଣେ ପରେ ଜଣେ ଚାଲି ଯାଉଛନ୍ତି ଅକାଳରେ ! ଏମିତି କେମିତି ! !

ନଦୀକୂଳରେ ଥିବା ମଶାଣିପଦାରେ ସୁମନାର କ୍ରିୟାକର୍ମ ସାରି ଘରକୁ ଫେରି ଆସିଲେ ସମସ୍ତେ । ପ୍ରହରାଜ ଉଆସରେ ଏବେ କେବଳ ଶୂନ୍ୟତା ହିଁ ଶୂନ୍ୟତା । କିଛି ଭାବିବା ଆଗରୁ ହିଁ ଆଉ କିଛି ଗୋଟେ ଘଟି ଯାଉଛି ଅଭାବିତ ହୋଇ । ଖାଲି ଗୋଟାଏ ବିଧ୍ ବିଧାନ ବୋଲି ଯାହିତାହି କରି ଦଶାହ, ଏକାଦଶାହ ସବୁ ସାରିଦେଲେ ରଘୁନାଥ ପ୍ରହରାଜ । କୋଉ ଗୋଟେ ଖୁସିର କଥା ହୋଇଛି ଯେ ହାତ ଖୋଲି ମନ ଖୋଲି ଖର୍ଚ୍ଚ କରିବେ ସେ ! ! ସେ ନିଜେ ବି ତ ଭାଙ୍ଗି ପଡ଼ିଛନ୍ତି ଖୁବ ମାତ୍ରାରେ ଅନ୍ତର ଭିତରୁ ।

ଏବେ ଆଉ ଚୈତନ୍ୟକୁ କିଛି ଭଲ ଲାଗୁନଥିଲା ଏଠି । ନା ଘର, ନା ମନ୍ଦିର । କ'ଣ ପାଇଁ ଆଉ ରହିବ ସେ ଏଠି ? ? କେବଳ ସୁମନା ପାଇଁ ହିଁ ସେ ଆଦରି ନେଇଥିଲା ଏ ଜାଗାକୁ । କିନ୍ତୁ ସେ ତ ଚାଲିଗଲା ଅଧା ରାସ୍ତାରେ ହାତକୁ ଛାଡ଼ି । ଛୁଆଟା ବି ଚାଲିଗଲା ତା ବାପା ଡାକକୁ ସାଙ୍ଗରେ ନେଇ । ରାଧାମାଧବଙ୍କ ସେବାରେ ନିଜକୁ ନିୟୋଜିତ କରିଥିଲା ଯେ ସେ ବି କୋଉ ନିଜର ହେଲେ ! ! ସେ ବି ନିଷ୍ଠୁର ସାଜିଲେ ତା ପାଇଁ । ତାର ଅନ୍ୟ ସନ୍ତାନଟି ଏବେ ଆଉ କାହାର କୋଳକୁ ପୂର୍ଣ୍ଣ କରିଛି । ତାକୁ ପୁଣି ଫେରେଇ ଆଣିବା ପାଇଁ ଜିଦ୍ ଧରିବା କ'ଣ ଉଚିତ ହେବ ? ପୁଣିଥରେ ଜଣେ ନାରୀର ପୂର୍ଣ୍ଣ କୋଳକୁ ଶୂନ୍ୟ କରିଦେବାଟାକୁ କ'ଣ ମାନବିକତା ବୋଲି କୁହାଯିବ ? ? ଏମିତିରେ ବି ପ୍ରହରାଜ ବଂଶ ପାଖରେ ସେ ଅନେକ ଭାବରେ ଋଣୀ । ତେବେ ଏଠି ଆଉ ତାର କିଏ ଅଛି ? ? କିଏ ଏଠି ତାର ନିଜର ? ?

ଚୈତନ୍ୟ ବାହାରିଲା ନିଜ ଗାଁକୁ ସବୁଦିନ ପାଇଁ । ଘରର ପଛପଟକୁ ଗୋଟାଏ କୋଣରେ ପୋତା ହୋଇଥିଲା ସୁମନାର ଅସ୍ଥି । ତାକୁ ଖୋଲି ଯନ୍ତ୍ର ସହ ବାହାର

କଲା। ସେ ଆଉ ନିଜ ଆସବାବପତ୍ର ସହ ବାହାରି ପଡ଼ିଲା। ଯିବା ଆଗରୁ ଶେଷଥର ପାଇଁ ସେ ଦେଖାକଲା ରଘୁନାଥ ପ୍ରହରାଜଙ୍କୁ। ପ୍ରହରାଜେ ସବୁ ଶୁଣିଲେ ଚୈତନ୍ୟର କଥା ଆଉ ପଚାରିଲେ, 'ଗାଁରେ ଏକୁଟିଆଟା କେମିତି ରହିବ ଚୈତନ୍ୟ ? ?'

'ନ ରହି ପାରିଲେ ଆଉ କୁଆଡେ ଚାଲିଯିବି ସିନା, ଏଠି କିନ୍ତୁ ମୁଁ ଆଦୌ ରହି ପାରିବିନି ରଘୁଭାଇ। ଆପଣଙ୍କୁ କିନ୍ତୁ ମୋର ଶେଷ ଅନୁରୋଧ, ମୋତେ ଆପଣ ଆଉ ଖୋଜିବାକୁ ଚେଷ୍ଟା କରିବେନି କି ଫେରେଇ ଆଣିବାକୁ ଚେଷ୍ଟା କରିବେନି। ମୁଁ ମୋ ନିଜ ସହ ଏକାନ୍ତ ଭାବରେ ବଞ୍ଚିବାକୁ ଚାହେଁ ଜୀବନର ଅବଶିଷ୍ଟ ଆୟୁଷ। ସବୁ ମାୟା କାଟି ଯାଉଛି ମୁଁ।'

କୌଣସି ପ୍ରକାରେ ବୁଝେଇ ପାରିଲେନି କି ଅଟକେଇ ପାରିଲେନି ଚୈତନ୍ୟକୁ ରଘୁନାଥ। ସୁମନାର ଅସ୍ଥି ସହ ଚୈତନ୍ୟ ଚାଲିଗଲା ନିଜ ଗାଁକୁ। ସୁମନା ତଥା ମହାପାତ୍ର ବଂଶର ଶେଷ ସନ୍ତକ ଭାବରେ ଶ୍ୟାମ ହିଁ ରହିଗଲା କେବଳ ରାଜେଶ୍ୱରୀଙ୍କ କୋଳରେ।

॥ ୯ ॥

ଏ ଭିତରେ ବିତିଗଲାଣି ପୁଣି କିଛି ବର୍ଷ । କେତେ ବସନ୍ତ ଆସି ପୁଣି ଲେଉଟି ଗଲାଣି । କେତେଥର ଆମ୍ର ବଉଲି ବାସ ଚହଟେଇଲାଣି ପ୍ରହରାଜ ଅଗଣାରେ । ତାର ହିସାବ କେହି ରଖି ନାହାନ୍ତି । ସମୟ ତା ବାଟରେ ବହି ଚାଲିଛି । ତା ସୁଅରେ ବହି ଚାଲିଛି ଏ ସଂସାର । କାହାର ବା ଯୁ' ଅଛି ଅଟକି ଯିବାକୁ ଘଡ଼ିଏ ବା କାହାକୁ ଅଟକେଇ ଦେବାକୁ ଘଡ଼ିଏ । ସମସ୍ତେ ଏଠି ପାଣି ସୁଅରେ ଶୁଖିଲା ପତ୍ର ପ୍ରାୟ ।

ଶ୍ୟାମକୁ ଏବେ ଚଉଦ ବର୍ଷ ହେଲାଣି । ଆର ବର୍ଷକୁ ମାଟ୍ରିକ ପରୀକ୍ଷା ଦେବ ସିଏ ସେଇ ଗାଁ ସ୍କୁଲରେ । ସ୍କୁଲ ପାଠ ପରେ ପୁଣି ସେ କେଉଁ କଲେଜରେ ପଢ଼ିବ ପୁଣି କି ପାଠ ପଢ଼ିବ, ସେଇ ଚିନ୍ତାରେ ଏବେ ରଘୁନାଥ ପ୍ରହରାଜ । ଗାଁ ପାଖରେ ଛୋଟିଆ କଲେଜଟିଏ ଅଛି ଯେ କିନ୍ତୁ ପୁଅକୁ ସହରରେ ରଖି ଭଲ କଲେଜରେ ପଢେଇବାକୁ ତାଙ୍କର ଭାରି ଇଚ୍ଛା । ରାଜେଶ୍ୱରୀ କିନ୍ତୁ ପୁଅକୁ ପାଖରୁ ଛାଡ଼ିବାକୁ ନାରାଜ । ତାଙ୍କ ନୟନପିତୁଳାକୁ ସେ ତାଙ୍କ ଠାରୁ କେବେ ଅଲଗା କରି ନାହାନ୍ତି ଆଜିଯାଏ । ଆଜି କେମିତି କରିଦେବେ !! ଏ ଯାଏ ବି ଶ୍ୟାମ ସ୍କୁଲ ଗଲା ସମୟରେ ନାଗା ହଲିଆ ଯାଏ ତା ସହ ଜଗିକି । ଫରକ୍ ଏତିକି ଯେ ଆଗରୁ ନାଗା କାଖେଇକି ନେଇକି ଯାଉଥିଲା ଶ୍ୟାମକୁ ଆଉ ଏବେ ପଛେ ପଛେ ଯାଉଛି ସ୍କୁଲ୍ ଗେଟ୍ ଯାଏ । ସ୍କୁଲ ଛୁଟିର କିଛି ସମୟ ଆଗରୁ ବି ଯାଇ ପହଞ୍ଚି ଯାଉଛି ସେଠି । ଏହା ରାଜେଶ୍ୱରୀଙ୍କ ନିର୍ଦ୍ଦେଶ ।

ପରୀକ୍ଷା ସରିଲା । ଫଳ ବାହାରିଲା । ଶ୍ୟାମ ଖୁବ ଭଲ ନମ୍ବର ରଖି ପାସ୍ କରିଥିଲା । ପୁଣି ଗୋଟାଏ ଧୁମଧାମ ଖାଇବା ପିଇବାର ଆୟୋଜନ କଲେ ରଘୁନାଥ ରାଧାମାଧବଙ୍କ ପାଖରେ । ରାଧାମାଧବଙ୍କୁ ମାଜଣା କରି ନୂଆବସ୍ତ୍ର ଦେଇ ଭୋଗରାଗ ଅର୍ପଣ କଲେ ।

ଶ୍ୟାମର ଭାରି ଇଚ୍ଛା ସହରରେ ରହି ପାଠ ପଢ଼ିବା ପାଇଁ। କିନ୍ତୁ ଭରସି କରି କହି ପାରୁନି ସେ କିଛି ରାଜେଶ୍ୱରୀଙ୍କୁ। ପୁଅର ମନକଥା ଜାଣି ପ୍ରହରାଜେ ନିଜେ ତାଙ୍କ ପତ୍ନୀଙ୍କୁ ବୁଝେଇବାର ଦାୟିତ୍ୱ ନେଲେ। ଦିନେ ସୁବିଧା ସୁଯୋଗ ଦେଖ୍ କଥା ଆରମ୍ଭ କଲେ ପ୍ରହରାଜେ...

'ଶୁଣ ରାଜେଶ୍ୱରୀ.... ବୁଝିବାକୁ ଚେଷ୍ଟା କର ଟିକେ। ଶ୍ୟାମ କ'ଣ ଏକା ତୁମରି ପୁଅ ଆଉ ମୋର କେହି ନୁହେଁ। ସେ ଦୂରକୁ ଚାଲିଗଲେ ଖାଲି କ'ଣ କଷ୍ଟ ତୁମକୁ ହେବ ଆଉ ମୋତେ ହେବନି ? କିନ୍ତୁ ଥରେ ଚିନ୍ତା କର ତ... ଆମେ ଆମ ସ୍ୱାର୍ଥ ଦେଖିବା ନା ପିଲାର ଭବିଷ୍ୟତ ଦେଖିବା। ଏଇଟା ତାର ଖେଳିବା ବୁଲିବାର ବୟସ, ଜୀବନକୁ ଉପଭୋଗ କରିବାର ବୟସ, ରଙ୍ଗୀନ ସ୍ୱପ୍ନ ଦେଖିବାର ବୟସ, ନୂଆ ନୂଆ କଥା ଜାଣିବାର ବୟସ। ତାକୁ ତୁମେ ତୁମ ସ୍ନେହ ଶିକୁଳିରେ ଏମିତି ବାନ୍ଧିଦେଲେ କେମିତି ହେବ !! ସେ କ'ଣ ଖୁସି ହେବ ଏଥିରେ ? ଯାଉ ସେ... କିଛିବର୍ଷ ବାହାରେ ରହି ପଢ଼ାପଢ଼ି କରୁ। ବାହାର ଦୁନିଆକୁ ଜାଣୁ। ସଂସାରର ଭଲମନ୍ଦ ବୁଝୁ। ତାକୁ ଖୁସି ଖୁସି ଅନୁମତି ଦିଅ ରାଜେଶ୍ୱରୀ।'

ବଡ଼ କଷ୍ଟରେ ହଁ ମାରିଲେ ରାଜେଶ୍ୱରୀ। ଶ୍ୟାମର ଖୁସି ଏବେ ଦେଖେ କିଏ !! ତା ସ୍ୱପ୍ନରେ ଡେଣା ଲାଗିଗଲା ଯେମିତି। ସେ କଲେଜରେ ପଢ଼ିବ ପୁଣି ସହରରେ ରହି। ଖୁସି ଯେମିତି ବନ୍ଧବାଡ଼ ମାନୁନି ଆଉ ତାର।

ଏପଟେ ପ୍ରହରାଜ ଦମ୍ପତିଙ୍କୁ ଆଉ ଫୁରସତ ନାହିଁ। ପୁଅ ପାଇଁ ଭଲ ଡ୍ରେସ, ଭଲ ଜୋତା, ଘଣ୍ଟା, ବ୍ୟାଗ ସବୁ କିଣାକିଣିରେ ଯାଉଛି ସମୟ। ଏଠି ବୋଲି ଚଳି ଯାଉଥିଲା। ସେଠି କ'ଣ ପୁଅଟା ଯାଇ ଗାଉଁଲି ଭଳି ଚଳିବ ନା କ'ଣ ? ଯେ ଦେଶ ଯାଇ ସେ ଫଳ ଖାଇ। ଭେକ ଥିଲେ ତ ପୁଣି ଭିକ ମିଳିବ। ରାଜେଶ୍ୱରୀ ବି ଏପଟେ ନେତ ଗୁଡ଼ିଆଣିକୁ ଡକେଇ କାମରେ ଲଗେଇଛନ୍ତି ଦୁଇଦିନ ହେବ। ରାସିଲଡ଼ୁ, ଆରିଶା ପିଠା, ବେସନ ଲଡ଼ୁ, ବାଦାମ ଲଡ଼ୁ ସବୁ ତିଆରି ହୋଇ ଡବା ଡବା ସଜଡ଼ା ହୋଇ ଥୁଆ ସରିଲାଣି। ଯେମିତି ଏକା ଶ୍ୟାମ ନୁହେଁ ପୁରା ହଷ୍ଟେଲଟା ଯାକ ପିଲାଙ୍କ ପାଇଁ ଚାଲିଛି ଖାଦ୍ୟ ପ୍ରସ୍ତୁତି। ଖାଲି ସେତିକିରେ ବି ମନ ବୁଝୁନି ରାଜେଶ୍ୱରୀଙ୍କର। ଆହୁରି ଡବା ଡବା ହୋଇ ସଜଡ଼ା ଚାଲିଛି ଆଚାର, ଗୁଆଘିଅ, ବିସ୍କୁଟ, ନିମିକି ସବୁ।

ରାଜେଶ୍ୱରୀଙ୍କ ପ୍ରସ୍ତୁତି ଦେଖ୍ ମନେ ମନେ ଖୁବ ହସୁଛନ୍ତି ରଘୁନାଥ। ଆଉ ଟିହିଲି କରି କହୁଛନ୍ତି ମଧ୍ୟ, 'ରାଜେଶ୍ୱରୀ... ମୋତେ ଲାଗୁଛି ତୁମେ ପୁଅକୁ ହଷ୍ଟେଲ ବିଦା କରୁନ ଯେ ଝିଅକୁ ଭାରଥୋର ଦେଇ ଶାଶୁଘର ବିଦା କରୁଛ।'

ରାଜେଶ୍ୱରୀଙ୍କର ମଧ୍ୟ ସିଧା ସିଧା ଉତ୍ତର ।

'ମୁଁ କେମିତି ମୋ ପୁଅକୁ ବିଦା କରିବି, ତୁମର ଚିନ୍ତା କରିବା ଦରକାର ନାହିଁ । ତୁମ ସହ ଯାହା ସର୍ତ ରଖିଛି ମୁଁ, ସେଇଟାକୁ ଭଲରେ ମନେ ରଖିଥାଅ ଯେମିତି । ପ୍ରତି ପନ୍ଦର ଦିନରେ ଥରେ ଯାଇ ମୋ ପୁଅକୁ ଦେଖ ଆସିବ । ତାର ଯାହା ଯାହା ସବୁ ଦରକାର ଯୋଗେଇ ଦେଇ ଆସିବ । '

— ହଁ... ହଁ.... ନିଶ୍ଚୟ କରିବି । ତବ ଆଜ୍ଞା ଶିରୋଧାର୍ଯ୍ୟ ।

ସବୁ ସଜଡ଼ା ସଜଡ଼ି ସରିଲା । ହଷ୍ଟେଲ ଯିବାର ଦିନ ବି ପହଞ୍ଚିଗଲା ଆସି । ରାଜେଶ୍ୱରୀଙ୍କ କାନ୍ଦ ବନ୍ଦ ହେଉନି ସକାଳୁ । ବୁଝେଇ ବୁଝେଇ ବିରକ୍ତ ହୋଇଗଲେଣି ରଘୁନାଥ । ତଥାପି କାହାରି କଥା ଶୁଣିବାର ନାହିଁ ସେ । ଶ୍ୟାମ ବି ବୁଝେଇଲାଣି ବହୁତ ।

ରଘୁନାଥ ନାଗା ହଳିଆକୁ ଡକେଇଛନ୍ତି ସକାଳୁ । ସେ ଆସିଲେ ଜିନିଷପତ୍ର ଗୁଡ଼ା ନେଇ ଗାଡ଼ିରେ ଲଦିଦେବ । ଆଉ ସାଙ୍ଗରେ ନେଇକି ଗଲେ ସେଠି ବି ଜିନିଷ ଗୁଡ଼ା ଗାଡ଼ିରୁ କାଢ଼ି ନେଇ ଶ୍ୟାମର ରୁମରେ ରଖିଦେବ । ପ୍ରହରାଜଙ୍କ କଥା ମାନି ସେ ବି ଆସି ପହଞ୍ଚି ଯାଇଛି ସକାଳୁ । ସେ ବି ସାନବାବୁଙ୍କୁ ଛାଡ଼ିବାକୁ ସହର ଯିବ । ଛୋଟିଆ କଥା ନା କ'ଣ ? ସେଥିପାଇଁ ପରିଷ୍କାର ଧୋତିକୁର୍ତା ପିନ୍ଧି ଠିକ୍ ସମୟରେ ଆସି ନାଗା ହାଜର । ପାଦରେ ନେଲି ଫିତା ଦିଆ ସ୍ଲିପର ହଳେ । ମୁଣ୍ଡରେ ତେଲ ଦିଆ ହୋଇ କୁଣ୍ଠା ହୋଇଛି ଏକଦମ ସାଇଜରେ ।

ଘର ଆଗରେ ପୂର୍ଣ୍ଣକୁମ୍ଭ ଥୋଇଛନ୍ତି ରାଜେଶ୍ୱରୀ । ସମସ୍ତଙ୍କୁ ନିର୍ଦ୍ଦେଶ ଯେ ସମସ୍ତେ ସେଇ ପୂର୍ଣ୍ଣକୁମ୍ଭକୁ ଚାହିଁ ଯାତ୍ରା ଆରମ୍ଭ କରିବେ । ଏକାଠରେ ବାହାରି ଯିବେ ଯେ ଆଉ ପଛକୁ ଫେରି ଚାହିଁବେନି । ଗାଡ଼ିରେ ବସି ସାରି ରାଧାମାଧବଙ୍କ ଉଦ୍ଦେଶ୍ୟରେ ହାତ ଯୋଡ଼ି ନମସ୍କାର କରିବେ ।

ଗାଁରେ ଟୁପୁରୁ ଟାପୁରୁ ଚାଲିଛି । ଆହାଃ... କେଡେ ଭାଗ୍ୟ ଏ ସୁମନା ପୁଅର ! ! କି ବେଳାରେ ୟାକୁ ଜନ୍ମ କରିଥିଲା ସୁମନା ! ! ପିଲାଦିନ କଟିଗଲା ଘିଅ ଲହୁଣୀ ଖାଇ ପୁଣି କ୍ଷୀରରେ ହାତ ଧୋଇ । ଆଉ ଏବେ ଦେଖ... ସହରରେ ରହି ପାଠ ପଢ଼ିବ ପୁଣି । ସୁମନା ପାଖରେ ବଡ଼ ହୋଇଥିଲେ ଚୈତନ୍ୟ ଭଳିଆ ମନ୍ଦିରରେ ଘଣ୍ଟ ବଜେଇଥାନ୍ତା ସିନା । ପିଲାଟି ବି ଚେହେରା ଖଣ୍ଡକ କେମିତି ପାଇଛି ଦେଖ ! ପୂରା ରାଜାଛୁଆ ଚେହେରା । ନ ଜାଣିଲା ଲୋକ ବିଶ୍ୱାସ କରିବନି ଯେ ଇଏ ଚୈତନ୍ୟର ପୁଅ ବୋଲି । ଭଗବାନ ତ ରୂପ ସହ ଠାଣି ବାଣୀ ଚଳଣି ବି ଦେଇଛନ୍ତି ପ୍ରହରାଜ ଘରକୁ ସୁହାଇଲା ପରି ।

ଯଥା ସମୟରେ ବାହାରି ପଡିଲେ ସବୁ। ଗାଁ ଦାଣ୍ଡରେ ଧୂଳି ଉଡେଇ ଗାଡି ଚାଲିଗଲା ସହର ଅଭିମୁଖେ ଶ୍ୟାମକୁ ନେଇ। ଲୁହ ଛଳଛଳ ଆଖିରେ ଦୁଇହାତ ଯୋଡି ପୁଅର ସ୍ୱଶୁଭ ମନାସୁଥିଲେ ରାଜେଶ୍ୱରୀ ଦାଣ୍ଡ ଅଗଣାରେ ଠିଆହୋଇ।

ଶ୍ୟାମ ଗଲା ଦିନରୁ ଆଉ ଠିକରେ ଖାଇବା ପିଇବା କରୁ ନାହାନ୍ତି ରାଜେଶ୍ୱରୀ। ଭାରି ହେଲା କରୁଛନ୍ତି ନିଜକୁ। ଆଖି ମୁହଁ ଶେଥା ଦିଶୁଛି। ଦେହ ଦୁର୍ବଳ ଦିଶୁଛି। ସବୁବେଳେ ମୁଣ୍ଡଟା ବୁଲାଉଛି କହି ଖଟଟା ଉପରେ ପଡି ରହୁଛନ୍ତି।

ଏଣେ ଖାଇବା ପିଇବାରେ ଭାରି ଅବ୍ୟବସ୍ଥା ହେଲାଣି ପ୍ରହରାଜଙ୍କର। ଚୈତନ୍ୟ ଗଲା ପରେ ସେ ଆଉ ଜଣଙ୍କ ଉପରେ ମନ୍ଦିରର ଭାର ଦେଇ ନିଷ୍ଟିତ ହୋଇଛନ୍ତି। ଜମିବାଡିର ଭାର ସବୁ ବୁଢେ ନାଗା ହଳିଆ। ସେ ଭାଗୁଆଲି ଲଗେଇ ଚାଷ କରାଏ। ଠିକ୍ ଠିକ୍ ହିସାବ କରି ମୁଗ ବିରି, ଧାନ, ଚାଉଳ ସବୁ ଆଦାୟ କରି ଆଣି ଖଳାରେ ଗଦେଇ ଦିଏ। ଭାରି ବିଶ୍ୱସ୍ତ। ଘର ପଛପଟ ଗଛଲତାରେ ପାଣି ଦେବା, ଦାଣ୍ଡ ବାଡି ଖରକିବା, ସଫାସୁତୁରା ଆଦି କାମ ସମ୍ଭାଲି ନିଏ ନାଗାର ସ୍ତ୍ରୀ ଚମ୍ପା। ବାକି ଘର ଭିତରର ଓଲାପୋଛା, ଅଇଁଠା ବାସନ ମଜା, ଲୁଗାପଟା ଧୁଆ ଆଦି କାମ ସବୁ କେତକୀର ଜିମାରେ।

ଏ ସବୁ କାମ ସିନା ବାହାର ଲୋକଙ୍କ ଦ୍ୱାରା କରେଇ ହୁଏ କିନ୍ତୁ ରୋଷେଇ!! ରୋଷେଇ ଘରର ଜିମା ଆଜିଯାଏ ସମ୍ଭାଲି ଆସିଛନ୍ତି କେବଳ ପ୍ରହରାଜ ଘରର ଝିଅବୋହୁ ମାନେ। ସୁମନା ଥିଲା ଯେ ବେଳ ଅବେଳରେ ଅନ୍ନ ଭିଡି ଠିଆ ହୋଇ ଯାଉଥିଲା। ସବୁ ସମ୍ଭାଲି ନେଉଥିଲା।

ରଘୁନାଥ ବୁଢେଇ ସୁଢେଇ ଦି ଗୁଣ୍ଟ। ଖୁଆଇବାକୁ ଚେଷ୍ଟା କରୁଛନ୍ତି ରାଜେଶ୍ୱରୀଙ୍କୁ। କିନ୍ତୁ ପାଟିରେ ଦାନାଟିଏ ବି ଦେବାକୁ ନାରାଜ ସେ।

'ନଖାଇ ନପିଇ ତୁମ ଅବସ୍ଥା କ'ଣ ହେଲାଣି ଦେଖୁଛ ରାଜେଶ୍ୱରୀ। ଯାଅ ଦର୍ପଣ ଆଗରେ ଠିଆ ହୋଇ ନିଜକୁ ନିଜେ ଦେଖ ଟିକେ। ଚିହ୍ନ ପାରିବନି ନିଜକୁ। ଦୁର୍ବଳରୁ ଦେହ ଶୁଖି ଗଲାଣି। ମୁଣ୍ଡ ବୁଲାଇବନି ତ କ'ଣ ହେବ? କାହିଁକି ନିଜକୁ ଏତେ କଷ୍ଟ ଦେଉଛ ରାଜେଶ୍ୱରୀ... ତା ସହ ମୋତେ ବି ହଇରାଣ କରୁଛ। ମୁଁ ଯଦି ଜାଣିଥାନ୍ତି ତୁମେ ଶ୍ୟାମକୁ ଝୁରି ଝୁରି ଏମିତି ଅବସ୍ଥା ହେବ ବୋଲି ତେବେ କେବେ ବି ତାକୁ ପଠେଇ ନଥାନ୍ତି ସହରକୁ। ଯଦି କହିବ ମୁଁ କାଲି ଯାଇ ତାକୁ ଫେରେଇ ଆଣିବି ପଛେ କିନ୍ତୁ ତୁମକୁ ଆମ କୁଳଦେବତା ରାଧାମାଧବଙ୍କ ରାଣ, ପାଟିରେ ଗୁଣ୍ଠାଏ କ'ଣ ଦିଅ ତୁମେ।

ବାଧ୍ୟ ହୋଇ ପାଟିରେ କିଛି ଦେଲେ ରାଜେଶ୍ୱରୀ। ଆଉ ତା ପରେ ଭକ ଭକ ବାନ୍ତି ଗୁଡ଼ାଏ କରି ଆସି ପୁଣି ପଡ଼ିଗଲେ ଖଟରେ। ଚିନ୍ତାରେ ପଡ଼ିଗଲେ ରଘୁନାଥ। ନିଶ୍ଚୟ କିଛି ବିଶେଷ ଭାବରେ ଅସୁସ୍ଥ ଅଛନ୍ତି ବୋଧେ ରାଜେଶ୍ୱରୀ। ଡାକ୍ତର ଦେଖେଇବାକୁ ପଡ଼ିବ। କିନ୍ତୁ ଏବେ ଯେ ଦୋଲର ସମୟ। ତାଙ୍କୁ ଫୁରସତ କାହିଁ। ହୋଲି ବାସି ଦିନ ସେ ନିଶ୍ଚୟ ବାହାରି ଯିବେ ଡାକ୍ତରଙ୍କ ପାଖକୁ।

ଫାଲ୍ଗୁନ ମାସ। ଡାଳେଡାଳେ ପତ୍ରେପତ୍ରେ ଘଟିଛି ନବ ବସନ୍ତର ଆଗମନ। ନବପଲ୍ଲବର ସୌନ୍ଦର୍ଯ୍ୟରେ ଧରଣୀ ହୋଇଛି ବିମଣ୍ଡିତା। ହାଲୁକା ଥଣ୍ଡା ମୃଦୁ ସମୀରଣରେ ଭାସି ଆସୁଛି ଆମ୍ୱ ବଉଳର ମହମହ ବାସ୍ନା। ବୃତଡାଳ ଭିତରୁ ରହି ରହି ଶୁଭୁଛି କୋଇଲିର କୁହୁ। ଏମିତି ଗୋଟାଏ ସୁନ୍ଦର ମାହୋଲ ଭିତରେ ଚାଲିଛି ରାଧାମାଧବଙ୍କର ବିଶେଷ ପର୍ବ ପାଇଁ ପ୍ରସ୍ତୁତି।

ସେଦିନ ଦୋଲ ପୂର୍ଣ୍ଣମୀ। ଦୋଲ ବିମାନ ସଜା ହୋଇ ଥୁଆ ହୋଇଛି ମନ୍ଦିର ପ୍ରାଙ୍ଗଣରେ। ବିଭିନ୍ନ ପ୍ରକାର ଫୁଲମାଳ ସହ ଆମ୍ୱଡାଳ ଆଉ କଅଁଳ ଆମ୍ୱ ପେନ୍ଥା ସବୁରେ ସଜା ହୋଇଛି ବିମାନ। ବାହାରେ ଘଣ୍ଟ, ଘଣ୍ଟା, ଢୋଲ, ମୃଦଙ୍ଗ, ଛତ୍ରୀ ଆଦି ଧରି ସେବକ ମାନେ ଅପେକ୍ଷାରତ। ଗୋପାଳ ମାନେ ଅଣ୍ଟା ଭିଡ଼ି ସାରିଲେଣି ବିମାନ କାନ୍ଧେଇବା ପାଇଁ। ଖାଲି ଯାହା ରାଧାମାଧବଙ୍କ ବିମାନ ବିଜେକୁ ଅପେକ୍ଷା। ରାଧାମାଧବ ବି ସେଣେ ସଜବାଜରେ ବ୍ୟସ୍ତ। ପାଟବସ୍ତ୍ର ପିନ୍ଧି ମୁଣ୍ଡରେ ପଗଡ଼ି ଭିଡ଼ି ମୁକୁଟ ନାଇ ସାରିଲେଣି ପ୍ରଭୁ। ଟିପି ଟିପି ଚନ୍ଦନ, କୁଙ୍କୁମରେ ବେଶ ହୋଇ ସାରିଲେଣି। ଆଉ ଖାଲି ଫୁଲ ତୁଳସୀ ମାଲା ମଣ୍ଡ ହୋଇଗଲେ ବାହାରି ପଡ଼ିବେ ଠାକୁର ଦ୍ୱାରୀ ଭୋଗ ଖୁଆରେ। ଆଗ ପ୍ରହରାଜଙ୍କ ଅଗଣାରେ ଭୋଗ ଲାଗି ହେବ। ତାପରେ ଯାଇ ଗାଁ ଯାକ ଭୋଗ ଖାଇବେ ଠାକୁରେ। ସେଥିପାଇଁ ପ୍ରହରାଜେ ମଠା ପିନ୍ଧି ଅପେକ୍ଷା କରିଛନ୍ତି ବାହାରେ ଠାକୁରଙ୍କୁ ତାଙ୍କ ଘରଯାଏ ପାଛୋଟି ଆଣିବାକୁ।

ପ୍ରହରାଜଙ୍କ ଉଆସ ଆଗ ଚଉତରା ଧୁଆପୋଛା ହୋଇ ମୁରୁଜ ପଡ଼ିଛି। ଭଲିକି ଭଲି ଭୋଗ ବାଢ଼ି ଦେଇଛନ୍ତି ରାଜେଶ୍ୱରୀ ନିଜର ଯାବତୀୟ ଅସୁସ୍ଥତା ସତ୍ତ୍ୱେ। ବର୍ଷକୁ ଏଇ ଥରେ ତ ତାଙ୍କ ଦୁଆରକୁ ସ୍ୱୟଂ ରାଧାମାଧବ ବିଜେ କରୁଛନ୍ତି। ଏମିତି ସେମିତି ଚର୍ଚ୍ଚା ସେ କେମିତି କରିଦେବେ ?? ବିଭିନ୍ନ ଆକାରର ବେତଡାଲା ଆଉ ପିଉଲ ଥାଲିରେ ସବୁ ବଢ଼ା ହୋଇଛି ଉଖୁଡ଼ା, ଖଜା, ଶାକର, ଚଣା, ରାଶିଲଡ଼ୁ, ଚୁଡ଼ାପୁଆ, ଚୁଡ଼ାଘସା, ମୁଆଁ, ଚଣାଲଡ଼ୁ ଓ ଯାବତୀୟ ପ୍ରକାର ମିଷ୍ଟାନ୍ନ ସହ ଫଳମୂଲ। ପିଣ୍ଡୁରି ସବୁରେ ବଢ଼ା ହୋଇଛି ବସାଦହି, ଛେନା, ରାବିଡ଼ି ସାଙ୍ଗକୁ ଗୋଲମରିଚ

ଦିଆ ନବାତ ପଣା । ପାଖରେ ଆହୁରି ସଜଡା ହୋଇଛି ଧୂପଦାନୀ, ଘିଅଦୀପ, ଧୁଣାଦାନୀ, କର୍ପୂର ଆଲତୀ ଆଉ କାଠିଆଲତୀ ପାଇଁ ଘିଅବୋଳା ତୁଲାକାଠି ।

ଘଣ୍ଟଘଣ୍ଟା, ହରିବୋଲ ହୁଲହୁଲି ଭିତରେ ବିମାନରେ ବସି ଝୁଲିଝୁଲି ବିଜେ କଲେ ପ୍ରଭୁ ରାଧାମାଧବ । ଆଣ୍ଠୁମାଡ଼ି ଯୋଡ଼ହସ୍ତ ମୁଦ୍ରାରେ ମୁଣ୍ଡ ନୁଆଁଇଲେ ପ୍ରହରାଜେ । ଖାଲି ପାଦରେ ଗାଁ ଦାଣ୍ଡରେ ଠିଆ ହୋଇ ଠାକୁରଙ୍କୁ ଚାମର ସେବା ଯୋଗାଇଦେଲେ ନିଜ ହାତରେ । ପ୍ରହରାଜ ଉଆସରୁ ଭୋଗ ଖାଇ ପ୍ରଭୁ ବାହାରିଗଲେ ଗାଁ ବୁଲି । ସେଇଠି ସେଇ ଦୋଳବେଦୀ ପାଖରେ ପ୍ରସାଦ ସବୁକୁ ନିଜ ହଳିଆ, ଚାକର, ଗୁମାସ୍ତା ଏବଂ ଠାକୁରଙ୍କ ସେବାରେ ଆସିଥିବା ସେବକ ମାନଙ୍କ ଭିତରେ ସ୍ୱହସ୍ତରେ ବଣ୍ଟାକୁଣ୍ଟା ସାରି ଘରକୁ ଫେରିଲେ ରଘୁନାଥ ପ୍ରହରାଜ ।

ଏବେ ପୁଣି ସନ୍ଧ୍ୟା ପ୍ରସ୍ତୁତିରେ ଲାଗି ପଡ଼ିଲେ ରଘୁନାଥ । ଠାକୁର ଆଜି ରାତିରେ ଝୁଲଣରେ ବସିବେ । ନିଜ ହାତରେ ପ୍ରଭୁଙ୍କୁ ନେଇ ତାଙ୍କୁ ଝୁଲଣ ବେଦୀରେ ଝୁଲେଇବେ ନିଜେ ପ୍ରହରାଜେ । ଭୋଗରାଗ ସରିଲା ପରେ ଅବଧାନେ ନୂଆ ପାଞ୍ଜି ପଢ଼ି ଶୁଣେଇବେ । ରାତିରେ ଗାଁ ଟା ସାରା ଲୋକଙ୍କ ପାଇଁ ଭୂରି ଭୋଜନର ବ୍ୟବସ୍ଥା ବି ହୋଇଥାଏ ପ୍ରହରାଜଙ୍କ ତରଫରୁ । କାହିଁ କେତେ ପୁରୁଷରୁ ଏ ପ୍ରଥା ଚାଲି ଆସିଛି ତାଙ୍କର । ବର୍ଷକର ଏଇ ଦିନଟିକୁ ଆଉ ଏହି ମହାର୍ଘ୍ୟ ମୁହୂର୍ତ୍ତଟିକୁ ପ୍ରହରାଜେ ଚାହିଁଥାନ୍ତି ବଡ଼ ଆଗ୍ରହ ସହକାରେ । ରାଧାମାଧବଙ୍କୁ ସେ ଆଜି ଦୋଳଗୋବିନ୍ଦ ରୂପରେ ଦର୍ଶନ କରିବେ । ପୁଣି କେଉଁ ପୁଣ୍ୟବଳରୁ ତାଙ୍କର ଏତେ ବଡ଼ ସେବା କରିବାର ସୁଯୋଗ ବି ପାଇବେ । ତାଙ୍କ ବାପା ରାମହରି ପ୍ରହରାଜ ସବୁବେଳେ ଗୋଟିଏ କଥା କୁହନ୍ତି,

'ଦୋଳେ ଚ ଦୋଳ ଗୋବିନ୍ଦମ୍‌
ଚାପେ ଚ ମଧୁସୂଦନମ୍‌,
ରଥେ ତୁ ବାମନ ଦୃଷ୍ଟ୍ୱା,
ପୁନର୍ଜନ୍ମ ନ ବିଦ୍ୟତେ ।

॥ ୧୦ ॥

ଡାକ୍ତରଙ୍କ ପାଖକୁ ଯାଇ ବିଭିନ୍ନ ପ୍ରକାରର ପରୀକ୍ଷା ନିରୀକ୍ଷା ପରେ ଅସୁସ୍ଥତାର ଯେଉଁ କାରଣଟି ସାମ୍ନାକୁ ଆସିଲା ତାହା ଥିଲା ସମସ୍ତଙ୍କୁ ବିସ୍ମିତ କଲା ଭଳି ଓ ଖୁବ ଆଶ୍ଚର୍ଯ୍ୟଜନକ ।

ରାଜେଶ୍ଵରୀ ମା' ହେବେ ! ! ଏ କ'ଣ ଶୁଣୁଛନ୍ତି ରଘୁନାଥ ପ୍ରହରାଜ ! ! ତାଙ୍କ ବାହାଘରକୁ ଆସି ଅଠର ବର୍ଷ ହେଲାଣି ।

ହେ ରାଧାମାଧବ.... ଏ ଅଧମ ଉପରେ ଦୟା କରିବାକୁ ତୁମକୁ ଅଠର ବର୍ଷ ଲାଗିଗଲା ପ୍ରଭୁ ! ! ଏ ଅକିଞ୍ଚନର ଗୁହାରୀ ଶୁଣିବା ପାଇଁ ଏତେ ଗୁଡ଼ାଏ ବର୍ଷ କାହିଁକି ନେଇଗଲ ପ୍ରଭୁ ? ? କେତେ ନିନ୍ଦା ଅପବାଦ ନ ଶୁଣେଇଲ ତୁମେ ରାଜେଶ୍ଵରୀଙ୍କୁ ! ! ଏଇ ବଂଶ ପ୍ରଦୀପର କଥା ଚିନ୍ତା କରି କରି ଆଖି ବୁଜିଲେ ମୋ ବାପା । ଆଉ ଆଜି ? ?

ଝରଝର ଆନନ୍ଦାଶ୍ରୁ ଝରି ଯାଉଛି ରାଜେଶ୍ଵରୀଙ୍କ ଆଖିରୁ । ସତରେ କ'ଣ ମାତୃତ୍ଵ ତାଙ୍କର ଏ ପୋଡ଼ା କପାଳରେ ଲେଖା ଥିଲା ! ! ସତରେ କ'ଣ ଠାକୁରେ ତାଙ୍କ ମଥାରୁ ଆଣ୍ଠୁକୁଡ଼ିର କଳଙ୍କ ପୋଛିଲେ ! ! କିନ୍ତୁ ତାଙ୍କ ମନ ଭିତରେ ବି ସେଇ ଗୋଟିଏ ଅଭିଯୋଗ ରାଧାମାଧବଙ୍କ ପାଖରେ । ଏ ଶୂନ୍ୟକୋଳକୁ ପୂର୍ଣ୍ଣ କରିବାକୁ କାହିଁକି ଏତେଦିନ ଲଗେଇଲ ପ୍ରଭୁ ? ? କାହିଁକି ଏତେ ପରୀକ୍ଷା ନେଲ ? ?

ପୁଣି ଡାକରା ପଡ଼ିଲା ନେତ ଗୁଡ଼ିଆଣିକୁ । ଆହୁରି ମଧ କିଛି ଲୋକଙ୍କୁ ଡକେଇ ରାତି ରାତି ତିଆରି ଚାଲିଲା ମିଠା । ଗାଁ ଗୋଟାକ ଯାକ ମିଠା ବଣ୍ଟା ହେଲା । ଯିଏ ଶୁଣିଲା ସିଏ ଆଶ୍ଚର୍ଯ୍ୟ ହେଲା । କିଏ ରାଧାମାଧବଙ୍କ ଚମତ୍କାରିତାକୁ ହାତ ଯୋଡ଼ି ଖୁସିରେ ପ୍ରହରାଜ ବଂଶର ମଙ୍ଗଳ କାମନା କଲା ତ କିଏ ପୁଣି ମୁହଁ ମୋଡ଼ି ଦେଇ

କହିଲା।.... ଛି... ଛି.... ଛି ଲୋ.... ଲାଜ ନାହିଁ ଯାହା। ଯାହା କୁହନ୍ତିନି ଅଦିନ ବଉଲ.... ଏ ହେଉଛି ସେଇଆ। ଦେଖ ଏବେ ବଉଲରୁ ଆମ୍ୱ ହେଉଛି ନା ଅଧାରୁ ଝଡ଼ି ପଡ଼ୁଛି। ଆହୁରି ପୁଣି ମିଠା ବର୍ଷା ହେଉଛି ଗାଁ ଗୋଟାକ ଯାକ। କ'ଣ ନା ବୁଢ଼ୀଗାଇ ଛୁଆ ଜନମ କରିବ। ବଡ଼ ଲୋକ ପରା.... ଯାହା କରିବେ ସବୁ ସୁନ୍ଦର। ଛି ଛି... ଲାଜ ନାହିଁ ଲୋ ଯାହା।

ଡାକ୍ତର ପରାମର୍ଶ ଦେଇଛନ୍ତି ରାଜେଶ୍ୱରୀଙ୍କୁ ସମ୍ପୂର୍ଣ୍ଣ ବିଶ୍ରାମ ପାଇଁ। କେବଳ ଯାହା ଘର ଭିତରେ ଟିକେ ଚଲାବୁଲା କରି ପାରିବେ। ଧାଁ ଧଉଡ଼, ଭାରି କାମ, କୌଣସି ପ୍ରକାର ଚିନ୍ତା ବା ଉଦବେଗ ଠାରୁ ଦୂରରେ ରହିବାକୁ ପରାମର୍ଶ ଦେଇଛନ୍ତି ଡାକ୍ତର। ଏମିତିରେ ବି ଖୁବ ଦୁର୍ବଲ ଅଛନ୍ତି ରାଜେଶ୍ୱରୀ।

ଏବେ ଘର ଚଲିବ କେମିତି ସେଇ ଚିନ୍ତାରେ ରଘୁନାଥ ପ୍ରହରାଜ। ଉଣେଇଶି ବର୍ଷରୁ ବାହା ହୋଇ ଆସି ସମ୍ପୂର୍ଣ୍ଣ ଘରଟାକୁ ଆବୁରି ବସିଥିଲେ ରାଜେଶ୍ୱରୀ। ହଳିଆ, ମୂଲିଆ, ଜମି, ଧାନ, ମୁଗ, ବିରି ସବୁର ହିସାବ ତାଙ୍କ ପାଟିରେ। ଭଣ୍ଡାର ଘରର ଚାବିଟି ସବୁବେଳେ ବନ୍ଧା ହୋଇଥାଏ ତାଙ୍କ କାନିରେ। ଭଣ୍ଡାରଘରେ କେତେ ଜିନିଷ ଅଛି, କେତେଦିନ ଆଉ ଯିବ, କ'ଣ ସରିଲା, କ'ଣ ନଷ୍ଟ ହେଲା ସବୁର ହିସାବ ତାଙ୍କ ଜିଭ ଅଗରେ। ଏବେ ତାଙ୍କ ବିନା ହସ୍ତକ୍ଷେପରେ ଏ ଘର ଚଲିବ କେମିତି ?

ତା ଛଡ଼ା ରାଜେଶ୍ୱରୀ ଯେ ମା' ହେବାକୁ ଯାଉଛନ୍ତି !! ପହିଲି ପୋଖତାକୁ ଖାଇବା ପିଇବା, ଶୋଇବା, ସବୁଥିରେ ଜଗାରଖା କରିବା ପାଇଁ ସେମିତି ଅଭିଜ୍ଞତା ସମ୍ପନ୍ନ ଲୋକଟିଏ ଦରକାର। କିନ୍ତୁ ସେମିତି ଲୋକଟିଏ କାହିଁ, ଯିଏ ଏତିକି ଦିନ ରୋଷେଇ ଘର, ଭଣ୍ଡାର ଘର ସମ୍ଭାଳିବା ସହ ରାଜେଶ୍ୱରୀଙ୍କର ବି ଯତ୍ନ ନେଇ ପାରୁଥିବ। ଚାକର ବାକରଙ୍କ ହାତରେ ତ ସବୁ ଦାୟିତ୍ୱ ଦେଇ ହୁଏନା। ହଳିଆ ମୂଲିଆ ତ ଆଉ ରୋଷଶାଳା ସମ୍ଭାଳିବେନି।

ଏମିତି ସମୟରେ ଝିଅମାନେ ବାପଘରକୁ ଆଶ୍ରା କରନ୍ତି। କିନ୍ତୁ ସେ ସୁବିଧା ବି ନାହିଁ ଏବେ ରଘୁନାଥଙ୍କ ପାଖରେ। ରାଜେଶ୍ୱରୀଙ୍କର ବାପା ମା' ଏବେ ବୃଦ୍ଧାବସ୍ଥାରେ। ଯଦିଓ ଆର୍ଥିକ ଅବସ୍ଥା ସେମାନଙ୍କର ଖୁବ ଭଲ କିନ୍ତୁ ଶାରୀରିକ ଦୃଷ୍ଟିକୋଣରୁ ଖୁବ ଦୁର୍ବଲ ହୋଇ ଆସିଲେଣି ସେମାନେ। ଯେଉଁଠି ସେମାନେ ଏବେ ନିଜ ଅବସ୍ଥା ନିଜଲୁ ସମ୍ଭାଳିବା ପାଇଁ ଅସମର୍ଥ ସେଠି ଏବେ ରାଜେଶ୍ୱରୀଙ୍କୁ ନେଇ ଛାଡ଼ିଦେବାଟା ସେମାନଙ୍କ ପାଇଁ ବୋଝ ଉପରେ ନଳିତା ବିଡ଼ା ସଦୃଶ ହେବ। ବିବେକ ବାଧା ଦେଲା ରଘୁନାଥଙ୍କର। ଶାଳକ ଗୋଟିଏ ତାଙ୍କର ଅଛି ଯେ ସେ କିନ୍ତୁ କୋଉ କାମକୁ

ନୁହେଁ । ସହରୀ ବାବୁ ସେ । ସ୍ତ୍ରୀକୁ ନେଇ ବାହାରେ କୁଆଡେ ରହୁଛି ଆଠବର୍ଷ ହେବ । ବର୍ଷରେ ଥରେ ଅଧେ କୁଣିଆ ଭଳିଆ ଆସେ ଯାଏ । ଆଉ ବାପା ମା'ଙ୍କୁ ଟଙ୍କା କେଇଟା ଧରେଇ ଦେଇ ଭାବେ ତା କର୍ତ୍ତବ୍ୟ ସରିଗଲା ବୋଲି । ଏ ଅବସ୍ଥାରେ ଶ୍ୱଶୁର ଘର ଠାରୁ କିଛି ଆଶା କରାଯାଇ ନପାରେ । ରାଜେଶ୍ୱରୀଙ୍କର ସାନ ଭଉଣୀଟିଏ ଅଛି ଯେ କିନ୍ତୁ ସେ ବି ଆସିବା ଅସମ୍ଭବ । ବଡ଼ ପରିବାର ଆଉ ରୋଗଣା ଶାଶୁ ଶଶୁରଙ୍କୁ ଧରି ସେ ବି ଜଞ୍ଜାଳରେ ଘାଣ୍ଟି ହେଉଛି । ତେବେ କ'ଣ କରାଯାଇ ପାରେ ଏ ପରିସ୍ଥିତିରେ ! ! ରଘୁନାଥ ପ୍ରହରାଜଙ୍କ ମୁଣ୍ଡ କିଛି କାମ କରୁ ନଥିଲା ଆଉ ।

ହଠାତ ରଘୁନାଥଙ୍କ ମନକୁ ଆସିଲା ତାଙ୍କର ଶୋଭାନାନୀଙ୍କ କଥା । ଶୋଭା ହେଉଛନ୍ତି ରଘୁନାଥଙ୍କର ପିଉସୀ ନାନୀ । ରାମହରି ପ୍ରହରାଜଙ୍କର ସାନ ଭଉଣୀ । କିନ୍ତୁ ବଡ଼ଭାଇ ରାମହରିଙ୍କ ଠାରୁ ବୟସରେ ବହୁତ ସାନ ହୋଇଥିବାରୁ ଶୋଭା ପିଉସୀଙ୍କର ବୟସ ଏବେ ଷାଠିଏ କି ବାଷଠି ହେବ । ବୟସକୁ ଚାହିଁ ଯଥେଷ୍ଟ ଦୃଢ଼ ଆଉ ଚଳଚଞ୍ଚଳ ଅଛନ୍ତି ମଧ୍ୟ । ସବୁ ଦୃଷ୍ଟିରୁ ଖୁବ ଅଭିଜ୍ଞ ସେ । ତାଙ୍କର ବି ଆଉ ଜଞ୍ଜାଳ ସେମିତି କିଛି ନାହିଁ । ପୁଅ ବୋହୂ ନାତି ନାତୁଣୀର ଘର ହେଲାଣି । ତାଙ୍କୁ ଡକା ଯାଇପାରେ । କିନ୍ତୁ ସେ କ'ଣ ଆସିବେ ? ଅନେକ ବର୍ଷ ତଳୁ ତାଙ୍କ ସହ ମତାନ୍ତର ମନାନ୍ତର ଘଟି ସାରିଛି ଏ ପ୍ରହରାଜ ଘରର । ସମ୍ପର୍କଟା ବଞ୍ଚିଛି ଖାଲି ବୃନ୍ଦିଆ ଫଟ୍କାନ୍ତୁ ଭଳି । ନା ସେଥିରେ ଅମ୍ଳୀୟତା ଅଛି ନା ମଧୁରତା ଅଛି । କିନ୍ତୁ ଆଉ ଯେ ସେମିତି ସୁହାଇଲା ଭଳି ସୁବିଧା ଦିଶୁନି କେଉଁଠି । ଅଗତ୍ୟା ପିଉସୀଙ୍କ ଆଗରେ ଗୋଡ଼ଭାଙ୍ଗି ମୁହଁ ଖୋଲିବାକୁ ନିଷ୍ଠିତ କଲେ ରଘୁନାଥ ।

ବାପଘର ସହ ଶୋଭାଙ୍କର ମନାନ୍ତରର କାରଣ ବି ଏଇ ବଂଶରକ୍ଷାକୁ ନେଇ । ବାହାଘରର ତିନିବର୍ଷ ପରେ ବି ଯେତେବେଳେ ରାଜେଶ୍ୱରୀଙ୍କ କୋଳ ଶୂନ୍ୟ ରହିଲା ସେତେବେଳେ ତାଙ୍କର ଏଇ ଶୋଭା ପିଉସୀ ହିଁ ତାଙ୍କୁ ପରାମର୍ଶ ଦେଇଥିଲେ ପୋଷ୍ୟ ସନ୍ତାନଟିଏ ଗ୍ରହଣ କରିବା ପାଇଁ । ଶୋଭାଙ୍କର ତିନିପୁଅ ଦୁଇଝିଅଙ୍କର ବାହାଘର ସରିଥିଲା । ଝିଅମାନେ ଯିଏ ଯେଉଁ ଶାଶୁଘରେ ଖୁସିରେ ଥିଲେ । ତିନିପୁଅଙ୍କର ଛୁଆପିଲା ମିଶି ସାତଜଣ । ଶୋଭାଙ୍କର ଇଚ୍ଛା ତାଙ୍କର ଏଇ ସାତଜଣ ନାତିନାତୁଣୀଙ୍କ ଭିତରୁ କାହାକୁ ବି ରଘୁନାଥ ପୋଷ୍ୟ ଭାବରେ ଗ୍ରହଣ କରି ପାରନ୍ତି । ଏମିତି ହେଲେ ନିଜ ରକ୍ତ ହିଁ ନିଜର ବଂଶ ଉଦ୍ଧାର କରିବ । ଆଉ ଘର ସମ୍ପତ୍ତି ବି ଘରେ ରହିବ ।

କିନ୍ତୁ ଏ କଥାଟାକୁ ସେ କେମିତି କହିବେ କହିବେ ହୋଇ କିଛି ବାଟ ନପାଇ କିଛିଦିନ ଆସି ବାପଘରେ ଡେରା ପକେଇଲେ । ଏଇଟା ରଘୁନାଥ ପ୍ରହରାଜଙ୍କ

ବାପା ରାମହରି ପ୍ରହରାଜ ବଞ୍ଚିଥିବା ବେଳର କଥା । କିଛିଦିନ ରହଣୀ ଉଭାରୁ ଦିନେ ନିଜ ଭାଇ ଆଗରେ ପ୍ରସ୍ତାବଟି ଉଠେଇଲେ ଶୋଭା । ରାମହରିଙ୍କର ବି ଏଥିରେ ଅମଙ୍ଗ ହେବାର କିଛି ନଥିଲା । ତାଙ୍କ ଭଉଣୀର ନାତି କିଏ ଆଉ ତାଙ୍କ ନାତି କିଏ ? କିନ୍ତୁ ସେ କହିଦେଲେ ତ ହେବନି । ପୁଅ ବୋହୂ ଉଭୟେ ଏ କଥାକୁ ସାଦରେ ଗ୍ରହଣ କରିବା ଦରକାର । ଏ ତ ଦିନେ ଦୁଇଦିନିଆ କଥା ନୁହେଁ ।

କଥାଟା ଯାଇ ରଘୁନାଥ ଆଉ ରାଜେଶ୍ୱରୀଙ୍କ କାନରେ ପଡ଼ିଲା । ରଘୁନାଥଙ୍କର ଏକା ଜିଦ.... କ'ଣ ବେଳ ବଲେଇ ପଡ଼ିଲାଣି କି ? ବାହାଘରକୁ ତ ମାତ୍ର ତିନିବର୍ଷ ପୁରିଛି । ଅପେକ୍ଷା କରାଯାଉ ଆଉ କିଛିଦିନ । ରାଧାମାଧବ ନିଶ୍ଚୟ ମୋ ଡାକ ଶୁଣିବେ । ନିରାଶ ହୋଇ ଶୋଭା ଫେରି ଯିବାକୁ ବାହାରିଲେ । ଆଉ ଗଲାବେଲେ ପୁଣି ଭାଇଙ୍କ କାନରେ କର୍ଣ୍ଣମନ୍ତ୍ର ଫୁଙ୍କି ଦେଇଗଲେ..... 'ହେଇଟି ଭାଇ, ମୋ କଥା ମନେ ରଖିଥିବ । କେଡେ ବଡ଼ ଖାନଦାନ ଆମର । ରାଜପରିବାରର ରକ୍ତ ଆମ ଦେହରେ ବହୁଛି । କୋଉ ବାହାର ପିଲା ଆସି ଆମ ସାତପୁରୁଷଙ୍କୁ ପାଣି ଦେବ, ଆମ କୁଳଦେବତାଙ୍କୁ ପୂଜା କରିବ, ଆମ ଦେଇପିଣ୍ଡ ଛୁଇଁବ.... ଏଗୁଡ଼ା ଦେଖି ଦେହ ସହିବ ଟି ? ଯଦି ତୁମେ ପୋଷ୍ୟ ସନ୍ତାନ ଗ୍ରହଣର ନିଷ୍ପତ୍ତି ନିଅ ତେବେ ନିଶ୍ଚୟ ଜଣେଇବ ମୋତେ । ନହେଲେ ପସ୍ତେଇବ ଯେ ପରେ । ମୁଁ ଏବେ ଫେରି ଯାଉଛି । କିନ୍ତୁ ମୋ କଥା ହେଇଥିବ ଟି ।'

ଫେରିଗଲେ ଶୋଭା । ଏ ଘଟଣାର ଠିକ୍ ବର୍ଷକ ପରେ ଆଖି ବୁଜିଲେ ରାମହରି ପ୍ରହରାଜ । ତାଙ୍କ କ୍ରିୟାକର୍ମରେ ଯୋଗ ଦେବା ପାଇଁ ତାଙ୍କ ସାନଭଉଣୀ ଶୋଭା ଆସିଥିଲେ ମଧ୍ୟ । ସେତେବେଳକୁ ବି କୋଳ ଶୂନ୍ୟ ଥିଲା ରାଜେଶ୍ୱରୀଙ୍କର । କିନ୍ତୁ ଏ ମଲା ମୁଇଁକିଆ କାମରେ ଆସି ଏ କଥାଟା ଆଲୋଚନା କରିବା ଠିକ୍ ଲାଗିଲାନି ଶୋଭାଙ୍କୁ । ପୁଣି କେବେ ସୁବିଧା ସୁଯୋଗ ଉଣ୍ଟି ଏ କଥାଟି ନିଶ୍ଚୟ ଉଠେଇବେ ବୋଲି ମନରେ ରଖି ବାପଘରୁ ପ୍ରସ୍ଥାନ କଲେ ସେ ।

ଶୋଭା ସେପଟେ ସୁବିଧା ସୁଯୋଗ ଉଣ୍ଟିବା ଭିତରେ ଏପଟେ ରାଜେଶ୍ୱରୀଙ୍କ ଛାତି ଭିତରେ ନିଜ ପାଇଁ ଗୋଟେ ଆସ୍ଥାନ ଜମେଇ ସାରିଥିଲା ଶ୍ୟାମ । ଆଉ ଶୋଭା ପ୍ରତିବାଦ କରିବା ଆଗରୁ ପ୍ରହରାଜ ଅଗଣାରେ ପାଦ ଥାପି ସାରିଥିଲା ସୁମନାର ପୁଅ ।

ବାସ୍.... ସେଇ ଦିନଠାରୁ ସେ ଛି' କରିଦେଇଥିଲେ ମନ ଭିତରେ ତାଙ୍କ ବାପ ଘରକୁ । ଉପରେ ଉପରେ ଦେଖାଣିଆ ସମ୍ପର୍କଟା ଗଛ ଡାଳରେ ଛିଣ୍ଡା ଦୋଳି ଭଳି ଝୁଲୁଥିଲା ସାମାନ୍ୟ ପବନରେ ବି ଖସି ପଡ଼ିବାର ଭୟରେ ।

ଏବେ ଅସୁବିଧା ପଡ଼ିଛି ପ୍ରହରାଜ ଘରର। କୋଉ ମୁହଁରେ ସେ ପୁଣି ଯାଇ ଶୋଭା ପିଉସୀଙ୍କ ପାଖରେ ସାହାଯ୍ୟ ପାଇଁ ହାତ ପାତିବେ ବୋଲି ଭାବି ଧନ୍ଦ ହେଲେ କିଛିଦିନ। ତଥାପି ଆଉ କିଛି ଉପାୟ ନପାଇ ପିଉସୀ ନାନୀଙ୍କ ପାଖରେ ପହଞ୍ଚିଲେ ପ୍ରହରାଜେ। ଶୋଭା କିନ୍ତୁ ସବୁକଥା ଶୁଣି ଭାରି ଖୁସି ହେଲେ। ପୂର୍ବର ସବୁ ରାଗ ଅଭିମାନ ଭୁଲି ପୁତୁରା ସହ ଆସିବାକୁ ବାହାରି ପଡ଼ିଲେ। ଯାହା ହେଲେ ବି ବାପଘର କଥା। ସେ ମାଟିର ମୋହ କାଟିବା କ'ଣ ଏଡ଼େ ସହଜ କଥା ହୋଇଛି !! ଭାଇର ପୁଅ କିଏ ଆଉ ତାଙ୍କ ପୁଅ କିଏ ? କଥାରେ ଅଛି ପରା ମା' ମରିଗଲେ ମାଉସୀ ଥିବ, ବାପା ମରିଗଲେ ପିଉସୀ ଥିବ। ଛୁଆଟାର ଅସୁବିଧା ପଡ଼ିଛି ବୋଲି ସିନା ସିଏ ଆଜି ଆସି ପିଉସୀ ଦୁଆରେ ଗୋଡ଼ ଭାଙ୍ଗି ଠିଆ ହୋଇଛି। ତାକୁ ସେ ନିରାଶ କରି ଖାଲି ହାତରେ ଫେରେଇ ଦେବେ କେମିତି ?

ନିଜର ଲୁଗାପଟା ବିସ୍ତର ସଜାଡ଼ି ବାହାରି ଆସିଲେ ଶୋଭା ରଘୁନାଥ ପ୍ରହରାଜଙ୍କ ସହ। ଏବେ ରଘୁନାଥ ପୁରା ନିଶ୍ଚିତ। ଘରଟାକୁ ସବୁଆଡ଼ୁ ସମ୍ଭାଳି ନେଲେ ପିଉସୀ। ରାଜେଶ୍ୱରୀଙ୍କର ଖୁବ ଯତ୍ନ ନେଲେ। କେତେ ରକମର ଖାଇବା ନିଜ ହାତରେ ରାନ୍ଧି ଖୁଆଇଲେ। ମା' ଟିଏ ପରି ଗୋଡେ ଗୋଡେ ତାଗିଦା କରି ଜଗିଥିଲେ ସେ ରାଜେଶ୍ୱରୀଙ୍କୁ। ଘରର ହଳିଆ, ଗୁମାସ୍ତା, ଚାକର ବାକର ସମସ୍ତଙ୍କ ପ୍ରତି ବି ଖୁବ ଭଲ ଆଉ ଉଦାର ମନୋଭାବ ଥିଲା ଶୋଭାଙ୍କର। ସମସ୍ତଙ୍କ ପାଇଁ ସେ ଠିକ୍ ଯେ କିନ୍ତୁ ଶ୍ୟାମର ଛାଇ ପଡ଼ିଲେ ତାଙ୍କର ନାହିଁ ଡିଏଁ। ଦେଖି ସହି ପାରନ୍ତିନି ସେ ଶ୍ୟାମକୁ। ଏ ଭିତରେ ଦୁଇଥର ଶ୍ୟାମ ଆସି ବୁଲିକି ଗଲାଣି ଘରୁ। ରଘୁନାଥଙ୍କ ମୁହଁକୁ ଚାହିଁ ସିନା କିଛି କହି ପାରନ୍ତିନି ସେ କିନ୍ତୁ ମନ ଭିତରେ ସବୁବେଳେ ଗଜର ଗଜର ହେଉଥାନ୍ତି ସେ ଶ୍ୟାମ ଉପରେ। ସବୁବେଳେ ତାକୁ ଦୂର ଦୂର କରୁଥାନ୍ତି। ଆଉ ଯେତେବେଳେ କିଛି ବି ଛୋଟମୋଟ ଭୁଲ ଶ୍ୟାମର ତାଙ୍କ ଆଖି ଆଗରେ ପଡେ, ସେ ତାର ଚଉଦ ପୁରୁଷ ଉଦ୍ଧାରି ଦେଇ ନିଜ ଆମ୍ଭକୁ ଶାନ୍ତି କରି ଦିଅନ୍ତି।

ଶ୍ୟାମ ପିଲାଦିନରୁ ଖୁବ ଶାନ୍ତ ଆଉ ନିରୀହ ପ୍ରକୃତିର। ଶୋଭାଙ୍କର ଏ ବ୍ୟବହାରରେ ସେ ଭାରି କଷ୍ଟ ପାଏ। କିନ୍ତୁ କହିବ କାହାକୁ ? ଏବେ ଘରର ପରିସ୍ଥିତି ଯାହା.... ଶୋଭାଙ୍କର ଉପସ୍ଥିତି ନିହାତି ଜରୁରୀ ଏଠି।

ବେଳେବେଳେ କାନ୍ଦୁଣ୍ଡାମାନ୍ଦୁଣ୍ଡା ହୋଇ ସେ ଶୋଭାଙ୍କୁ କୁହେ ମଧ୍ୟ, 'ମୋ ଉପରେ କାହିଁକି ସବୁବେଳେ ରାଗୁଛ ଜେଜେମା' ? ମୁଁ କ'ଣ କିଛି ଭୁଲ କରିଛି କି ତୁମ ପାଖରେ ?

ଶୋଭା ଫୋପାଡ଼ିଲା ପରି ଉତ୍ତର ଦିଅନ୍ତି, "ହଇରେ ଟୋକା, ଭାରି ତ ଚଢ଼ିଚଢ଼ି କଥା କହିଲୁଣି ମୁହଁ ଉପରେ !! ତୁ ପୁଣି ମୋତେ କୈଫିୟତ ମାଗିବୁ ? ଏଇଟା ମୋ ବୋପାର ଘର ବୋଲି ମନେ ରଖ଼ଥା' ରେ ଛତରଖ଼ଥା। ଏଗୁଡ଼ା ସବୁ ମୋ ବୋପାର ସମ୍ପତ୍ତି, ତୋ ବୋପାର ନୁହଁ... ବୁଝିଲୁ ? ତୋ ବୋପାକୁ ମୋ ଭାଇ ରାସ୍ତା କଡ଼ରୁ ଗୋଟେଇ ଆଣିଲା ଭଲି ଆଣିକି ଏଠି ଥଇଥାନ କରିଥିଲା ବୋଲି ତୁ ଆଜି ଘିଅବୋଲା ଭାତଗୁଣ୍ଡା ଗିଲୁଛୁ। ତୋ ମା' ବାପା ବି ବଞ୍ଚିଥିଲା ବେଳେ ଗିଲୁଥିଲେ ମୋରି ବାପା ଭାଇଙ୍କ ସମ୍ପତ୍ତି। ଦେଖ ହୋ... କି ଯୁଗ ହେଲା !! ସେ ଚୈତନ୍ୟଟା ବାରବୁଲା ଭଳିଆ ବୁଲୁଥିଲା। ବୁଲିବୁଲି ମୋରି ଗଛମୂଲେ ଆସି ଆଶ୍ରୟ ନେଲା, ମୋରି ଗଛ ଛାଇରେ ବଢ଼ିଲା, ମୋରି ଗଛରୁ ଫଳ ତୋଳି ଖାଇଲା ପୁଣି ଫଳ ଖାଇସାରି ଏଇଠି ମୋରି ଗଛ ମୂଲରେ ମଞ୍ଜି ପୋତି ଦେଇଗଲା। ଏମାନଙ୍କ ନିୟତ ପରା ସେଇଆ। ଯାଃ.... ଯାଃ... ପଳ ଏଠୁ.... ଆହୁରି କହୁଛି କ'ଣ ନା ଜେଜେମାଆ ଆଆଆ....। ଯେମିତି ୟା ବାପକୁ ମୁଁ ପୁରା ଦଶମାସ ଗର୍ଭରେ ଧରି ଜନମ କରିଥିଲି।"

ଶୋଭାଙ୍କ ପାଟି ଖୋଲିଲେ ଆଉ ବନ୍ଦ ହୁଏନି ସହଜେ। ଚଉଦ ପୁରୁଷ ଉଝ଼ାଲି ପକାନ୍ତି ଶ୍ୟାମର। ରଘୁନାଥଙ୍କ କାନରେ ବେଲେବେଲେ କଥା ପଡ଼େ। ତାଙ୍କୁ ବି ଭାରି କଷ୍ଟ ହୁଏ। କିନ୍ତୁ କଡ଼ା କରି ପଦେ ବି କହି ପାରନ୍ତିନି ସେ ପିଉସୀ ନାନୀଙ୍କୁ। ତାଙ୍କର ଏତେବଡ଼ ଅସୁବିଧା ସମୟରେ ସବୁ ମନୋମାଲିନ୍ୟ ଭୁଲି ସେ ତାଙ୍କ ପାଖରେ ଦଣ୍ଡ ହୋଇ ଛିଡ଼ା ହୋଇଛନ୍ତି ଯେ।

ରାଜେଶ୍ୱରୀ କିନ୍ତୁ ଯଥା ପୂର୍ବଂ ତଥା ପରଂ। ଏବେ ବି ସେ ସେତିକି ହିଁ ସ୍ନେହ କରନ୍ତି ଶ୍ୟାମକୁ ଯେତିକି ଆଗରୁ କରୁଥିଲେ। ଏବେ ବି ହଷ୍ଟେଲରୁ ଦିନେ ଦୁଇଦିନ ପାଇଁ ଶ୍ୟାମ ଘରକୁ ଆସିଲେ ଗୋଡ଼ ତଲେ ଲାଗେନି ତାଙ୍କର। ଦୁର୍ବଲ ଦେହକୁ ଘୋଷାଡ଼ି ଘୋଷାଡ଼ି ନେଇ ପହଞ୍ଚି ଯାଆନ୍ତି ରୋଷେଇ ଘରେ। ନିଜ ହାତରେ କିଛି ରାନ୍ଧି ଖୁଆଇବା ପାଇଁ ତତ୍ପର ହୋଇ ଉଠନ୍ତି। ଶୋଭା ଯେତେ ମନା କଲେ ବି କିଛି ଶୁଣନ୍ତିନି ସେ। ପାଖରେ ବସି ବଲେଇ ବଲେଇ ଖୁଆଇ ଦିଅନ୍ତି। ଦେହମୁଣ୍ଡ ଆଉଁସି ଦିଅନ୍ତି। ପୁଣି ହଷ୍ଟେଲକୁ ଫେରିଗଲା ବେଳକୁ ଆଖ଼ିରୁ ଲୁହ ପୋଛି ପୋଛି କେତେ ଉପଦେଶ ଦେଉଥାଆନ୍ତି।

ରାଜେଶ୍ୱରୀଙ୍କର ଏ ଅତ୍ୟଧିକ ପ୍ରେମ କିନ୍ତୁ ଶୋଭାଙ୍କ ଦେହରେ କଣ୍ଟା ଭଳି ଫୁଟେ। ସୁବିଧା ଉଣ୍ଟି ସେ ରାଜେଶ୍ୱରୀଙ୍କ କାନରେ ମନ୍ତ ଫୁଙ୍କିବାର ପ୍ରୟାସ କରନ୍ତି।

– 'ହେଇଟି ଦେଖୋ ମା'.... ତୋର କୋଳଶୂନ୍ୟ ଥିଲା ବେଲେ ତୁ ଶ୍ୟାମକୁ

ପୁଅ ଭଳି ସ୍ନେହ କରୁଥିଲୁ ସେଇଟା ଅଲଗା କଥା। କିନ୍ତୁ ଏବର କଥା ଟିକେ ଚିନ୍ତା କର ତ। ରାଧାମାଧବ ତୋ ଡାକ ଶୁଣିଲେ। ଆଉ କେଇଟା ଦିନ ପରେ ତୋ କୋଳରେ କୁଆଁ କୁଆଁ ଶବ୍ଦ ଶୁଭିବ। ତୁ ତୋ ଛୁଆ ଆଉ ତୋ ସଂସାର କଥା ବୁଝିବୁ ନା ଗୋଟେ ବାହାର ପିଲା ପଛରେ ଧାଁ ଧଉଡ଼ କରୁଥିବୁ ଏମିତି। ଯେତେ ଯାହା ହେଲେ ବି ନିଜ ରକ୍ତ ନିଜର। ଏବେ ତୋ କୋଳକୁ ଯେଉଁ ଛୁଆ ଆସିବ, ସେ ପୁଅ ହେଉ କି ଝିଅ ତା ଦେହରେ ପ୍ରହରାଜ ବଂଶର ରକ୍ତ ବହୁଥିବ। ଆଉ ଏ ଯେଉଁ ଶ୍ୟାମ.... ସୁମନା ମହାପାତ୍ରର ପୁଅ.... ତା ବଂଶ ବୁନିଆଦି ତ ଯାଇଛି ରାଧାମାଧବଙ୍କ ପାଖରେ ଘଣ୍ଟି ବଜେଇ ବଜେଇ। ତାକୁ ଯେତେ ପାଟ ପିତାମ୍ବରୀ ପିନ୍ଧେଇଲେ ବି ସେ କି ସରି ହେବ ପ୍ରହରାଜ ବଂଶର ଦାୟାଦ ସହ!! ତା ଛଡ଼ା ତୋ ଜନ୍ମକଲା ଛୁଆ ସମ୍ପତ୍ତିରେ ଭାଗ ବସେଇବାକୁ ସେ କିଏ? ଏଇ ସମ୍ପତ୍ତି ପାଇଁ ଯେ ଦିନେ ଶ୍ୟାମ ଏ ପ୍ରହରାଜ ବଂଶକୁ କୋର୍ଟ କଚେରୀ ନ ଦେଖେଇବ, ତାର ଗ୍ୟାରେଣ୍ଟି କିଏ ଦେବ? '

ରାଜେଶ୍ୱରୀ ସବୁ ଶୁଣନ୍ତି କିନ୍ତୁ କିଛି କହି ପାରନ୍ତିନି। ଭିତରଟା କୋରି ହୋଇଯାଏ ତାଙ୍କର। ଏଡିକିରୁ ଏଡ଼େ କରିଛନ୍ତି ସେ ଶ୍ୟାମକୁ, ନିଜର ସବୁ ସ୍ନେହ ଶ୍ରଦ୍ଧାକୁ ଚିପୁଡ଼ି ଦେଇ ତା ଉପରେ। ଆଉ ଏବେ ପିଉସୀ ଶାଶୁଙ୍କ କଥା ଶୁଣି କେମିତି ତାଙ୍କୁ କଷ୍ଟ ନହେବ।

ରାଜେଶ୍ୱରୀ ଚୁପ୍ ରହିବା ଦେଖି ଶୋଭା ପୁଣି ଆରମ୍ଭ କରନ୍ତି.... ହେଇଟି ବୋହୂ, ଶୁଣୁ ମୋ କଥା.... ଏ ଘର ତୋର ଆଉ ଏ ସମ୍ପତ୍ତି ବି ତୋର। ତୁମେମାନେ ସବୁ ମୋରି ରକ୍ତର ବୋଲି ମୋତେ ଏଗୁଡ଼ା ସବୁ ବାଧୁଛି। ସେଥିପାଇଁ କାନେକାନେ କହୁଛି ତୋତେ। ତୁ ଚାହିଁଲେ ଏ ସମ୍ପତ୍ତିକୁ ରକ୍ଷା କରି ପାରିବୁ। ମୋ ଭାଇ ରାମହରି ଥିଲେ ଏ ସବୁ ସମ୍ପତ୍ତିର ଏକଛତ୍ରବାଦୀ ମାଲିକ। ତାଙ୍କ ଅନ୍ତେ ଉତ୍ତରାଧିକାରୀ ସୂତ୍ରେ ତାଙ୍କ ପୁଅ ରଘୁନାଥ ପାଇଲା ଏ ସବୁ ସମ୍ପତ୍ତି। ଆଉ ତୁ ଚାହିଁଲେ ତୋ ପୁଅ କି ଝିଅ ବି ହେବ ଏ ସବୁ ସମ୍ପତ୍ତିର ଏକମାତ୍ର ଉତ୍ତରାଧିକାରୀ। ଆଉ ତୁ ଯଦି ନ ଚାହିଁବୁ, ନିଜ ପିଲାର ଭବିଷ୍ୟତ ନିଜେ ନ ଦେଖିବୁ ତାହେଲେ ଏ ଆଗାମୀ ବଂଶଧରର ସମ୍ପତ୍ତିରେ ଶ୍ୟାମ ଭଗାରୀ ସାଜି ଭାଗ ବସେଇବ। ଆଉ ଏଇଠୁ ଏ ପ୍ରହରାଜ ବଂଶର ସମ୍ପତ୍ତି ଭାଗ ଭାଗ ହେଲା ବୋଲି ଜାଣ।

ମୋ କଥା ମାନ୍ ମା'.... ଚୈତନ୍ୟ ସିନା କୋଳି ଖାଇ ମଞ୍ଜି ପୋତିଥିଲା। କିନ୍ତୁ ତୁମେ ଦୁଇଜଣ ତାକୁ ଅଯାଚିତ ସ୍ନେହ ଦେଇ ବଡ଼ କରିଛ। ଏବେ ସେଇ ଛୋଟ ଗଛଟି ତା ଚେରକୁ ଦୃଢ଼ କଲାଣି। ମାଟିକୁ ଶକ୍ତ ଭାବେ ଜାବୁଡ଼ି ଧରିବା ପାଇଁ ସକ୍ଷମ

ହେଲାଣି। ତଥାପି ସମୟ ଅଛି। ତେରକୁ ଧୀରେ ଧୀରେ ହଲେଇ ହଲେଇ ଦୁର୍ବଳ କରି ଦିଅ। ଯାଇପାରେ। ଯେମିତି ନିଜେ ନିଜେ ଭୁଣ୍ଡି ପଡ଼ିବ ସେ।

ଚମକି ପଡ଼ନ୍ତି ରାଜେଶ୍ୱରୀ ଏ ସବୁ ଶୁଣି। କାନରେ ହାତ ଦିଅନ୍ତି। କଥାକୁ ବାଁରେଇ ଦେଇ ଉଠି ଆସନ୍ତି ସେ ଜାଗାରୁ।

|| ୧୧ ||

ରାଜେଶ୍ୱରୀଙ୍କ ପ୍ରସବ ସମୟ ଉପନୀତ । ଦୁଇଦିନ ହେବ ଭାରି ଯନ୍ତ୍ରଣା ପାଉଛନ୍ତି ସେ । ରଘୁନାଥ ବି ଭାରି ଶଙ୍କାରେ ଅଛନ୍ତି । କାଲେ କିଛି ଭଲମନ୍ଦ ହୋଇଯିବ ! ! ଏତେବର୍ଷ ପରେ ଖୁସି ଆସି ତାଙ୍କ ଦ୍ୱାର ମୁହଁରେ କବାଟ ଠକ୍ ଠକ୍ କରୁଛି ଆଉ ସାମାନ୍ୟ ଅସାବଧାନତା ପାଇଁ ଯଦି ତାହା ସେଇ ଦ୍ୱାରମୁହଁରୁ ହିଁ ଫେରିଯାଏ.... ? ନା.... ନା.... ଏମିତି ହୋଇ ପାରେନା । ଡାକ୍ତର କହିଛନ୍ତି ଯେହେତୁ ଏତେ ଡେରିରେ ଗର୍ଭ ଧାରଣ କରିଛନ୍ତି ରାଜେଶ୍ୱରୀ, ସେଥିପାଇଁ ପାଦେ ପାଦେ ସାବଧାନ ହୋଇ ଚଲିବାକୁ ପଡିବ । କିଛି ଅସୁବିଧା ଦେଖିଲେ ସାଙ୍ଗେ ସାଙ୍ଗେ ଡାକ୍ତରଖାନା ନେଇଯିବାକୁ ମଧ ଡାକ୍ତର ପରାମର୍ଶ ଦେଇଛନ୍ତି । ସେଥିପାଇଁ ତ ସେ ତାଙ୍କ ପିଉସୀ ନାନୀଙ୍କୁ ଉକେଇ ଆଣିଛନ୍ତି ଏଠିକି । ଆଉ ଶୋଭାନାନୀ ବି ଖୁବ ଯନ୍ ନେଉଛନ୍ତି ରାଜେଶ୍ୱରୀଙ୍କର ଠିକ୍ ମା' ଟିଏ ପରି ।

ସେଦିନ ସକାଳୁ ସକାଳୁ ଦେହଟା ଟିକେ ଅଧିକ ବିଗିଡି ଗଲା ରାଜେଶ୍ୱରୀଙ୍କର । ଯନ୍ତ୍ରଣାରେ ଛଟପଟ ହୋଇ କନ୍ଦାକଟା କଲେ ସିଏ । ଶୋଭା କିନ୍ତୁ ବୁଝାଉ ଥାଆନ୍ତି, 'ମା' ରେ, ଏ ସମୟରେ ଏମିତି ଯନ୍ତ୍ରଣା ସହିବାକୁ ପଡେ । କଷ୍ଟ ନ ସହିଲେ କ'ଣ କୃଷ୍ଣ ମିଲେ କୋଉଠି ! ଏମିତି ଛୁଆଙ୍କ ଭଲି ହେଲେ କେମିତି ହେବ ? ଧୈର୍ଯ୍ୟ ଧର ଟିକେ । '

ରଘୁନାଥ କିନ୍ତୁ ବ୍ୟସ୍ତ ବିବ୍ରତ ହୋଇ ପଡିଲେ । ଧୈର୍ଯ୍ୟହରା ହୋଇ ଶୋଭାଙ୍କୁ କହିଲେ, 'ନାନୀ, ଏବେ ହିଁ ଡାକ୍ତର ଦେଖେଇ ଦେବାଟା ଠିକ୍ ହେବ । ମୋତେ ଅପେକ୍ଷା କରିବାକୁ ଭାରି ଭୟ ଲାଗୁଛି । ରାତି ଅଧରେ ଯଦି କିଛି ଭଲମନ୍ଦ ହୋଇଗଲା

ତେବେ ମୁଁ ଆଉ ଥଲକୂଲ ପାଇବିନି ନାନୀ। ରାଜେଶ୍ୱରୀର ଯନ୍ତ୍ରଣା ବେଲୁବେଲ ବଢ଼ି ଚାଲିଛି। ତୁମେ ବି ବାହାରିପଡ଼ ନାନୀ। ତୁମେ ଗଲେ ତାର ସାହସ ବଢ଼ିବ ଟିକେ।'

ରଘୁନାଥ ପହଞ୍ଚିଗଲେ ଡାକ୍ତରଖାନାରେ ରାଜେଶ୍ୱରୀ ଆଉ ଶୋଭା ପିଉସୀଙ୍କ ସହ। ଡାକ୍ତରଖାନା ବାରଣ୍ଡାରେ ଜଗିଛନ୍ତି ପିଉସୀ ପୁତୁରା ଦୁହେଁ। ଡାକ୍ତର କହୁଛନ୍ତି ଅବସ୍ଥା ଟିକେ ଠିକ୍ ଲାଗୁନି। ତେଣୁ ଆଜି ହିଁ ଅପରେସନ କରି ଡେଲିଭରି କରେଇ ଦେବାକୁ ପଡ଼ିବ। ରଘୁନାଥ ସେଇ ଡାକ୍ତରଖାନା ବାରଣ୍ଡରେ ହାତ ଯୋଡ଼ି କେତେ ଯେ କ'ଣ ଠାକୁରଙ୍କୁ ମନାସି ସାରିଲେଣି ତାର କିଛି ଠିକଣା ନାହିଁ।

ଭଲରେ ଭଲରେ ଅପରେସନ ସରିଲା। ନର୍ସ ଆସି ବାହାରେ ଖବର ଦେଲା ଶୋଭାଙ୍କୁ, 'ମିଠା ଦିଅ ମାଉସୀ। ତୁମର ଯାଆଁଲା ନାତି ଦୁଇଟା ହୋଇଛନ୍ତି।'

– ଏଁ.... ଏକାବେଲକେ ଦୁଇ ଦୁଇଟା ନାତି। ଖୁସିରେ ଗଦଗଦ ହୋଇ ଉଠିଲେ ଶୋଭା। ରଘୁନାଥଙ୍କ ଆଖିରୁ ବି ଖୁସିରେ ଲୁହ ଧାର ଧାର ବୋହିଗଲା। ସେଇ ହସ୍ପିଟାଲ କାନ୍ଥରେ ମୁଣ୍ଡ ଲଗେଇ ସେ ମୁଣ୍ଠିଆ ମାରିଲେ ପ୍ରଭୁ ରାଧାମାଧବଙ୍କୁ ଆଉ ତାଙ୍କ ପରିବାରକୁ ଘଣ୍ଟ ଘୋଡେଇ ରଖିବାକୁ ଆକୁଳ ବିନତୀ ଜଣେଇଲେ। ତା ପରେ ଶୋଭାଙ୍କୁ କହିଲେ, 'ଦେଖିଲ ଟି ନାନୀ? ମୋ ଶ୍ୟାମ କେଡେ ଲକ୍ଷ୍ମୀବନ୍ତ। ସୁମନାର ଯାଆଁଲା ପିଲା ହୋଇଥିଲେ। ଆମ କପାଳ ଜୋରରୁ ଶ୍ୟାମ ଆସି ବଢ଼ିଲା ରାଜେଶ୍ୱରୀଙ୍କ କୋଳରେ। ଆଉ ହେଇ ଦେଖ.... ଶ୍ୟାମ ପାଦ ପଡ଼ିବାରୁ ମୋ ଘରେ ବି କେମିତି ଯାଆଁଲା ପିଲାଙ୍କ ଆଗମନ ଘଟିଲା। ତୁମେ ଯାହା କୁହ ନାନୀ, ଶ୍ୟାମଟା ମୋର ଭାରି ଲକ୍ଷ୍ମୀବନ୍ତ।'

ସହଜେ ତ ଶ୍ୟାମକୁ ଦେଖି ସହି ପାରନ୍ତିନି ଶୋଭା। ରଘୁନାଥଙ୍କ କଥା ଶୁଣି ମୁହଁକୁ ମୋଡ଼ିଲେ ସେ କିଛି ନକହି।

ହସ୍ପିଟାଲରେ ସପ୍ତାହେ ରହିଲେ ରାଜେଶ୍ୱରୀ। ପାଖରେ ଶୋଭା ବି ରହିଲେ ଜଗିକି। ଖୁବ ଦୁର୍ବଲ ଦେହ ଏବେ ରାଜେଶ୍ୱରୀଙ୍କର। ସେଥିରେ ପୁଣି ଅପରେସନ ପେଟ। ଶେଯରୁ ଉଠି ପାରନ୍ତିନି ସେ। ଶୋଭା ତାଙ୍କୁ ଖୁଆଇଦେବା ଠାରୁ ଆରମ୍ଭ କରି ଛୁଆଙ୍କୁ ସମ୍ଭାଳିବା ଯାଏ ସବୁ କାମ କରି ନିଅନ୍ତି। ବେଲେବେଲେ ଦରକାର ହେଲେ ରଘୁନାଥଙ୍କର ସାହାଯ୍ୟ ଲୋଡ଼ନ୍ତି ମଧ। କେବେକେବେ ରଘୁନାଥ ବି ରାତିରେ ଜଗି ରହି ଶୋଭାଙ୍କୁ ଶୋଇଯିବାକୁ ବାଧ କରନ୍ତି ଆଉ ଭାବନ୍ତି.... ନାନୀ ବି ବୁଢ଼ୀ ହେଲେଣି ଆସି। ପିଲା ପିଚିକା ଗୃହମୂତ ଅଭ୍ୟାସ କେବେଠାରୁ ଛାଡ଼ି ଯାଇଥିଲା ତାଙ୍କର। ମୋରି ଲାଗି ଆସି ଏଠି ଘାଣ୍ଟି ହେଉଛନ୍ତି ସିନା। ଏ ବୟସରେ ସେ ଯେତିକି ଦାୟିତ୍ୱ ମୋର

ଆଉ ମୋ ପରିବାରର ନେଲେଣି ତାଙ୍କ ରଣ ଏ ଜନ୍ମରେ ସୁଝି ପାରିବିନି ମୁଁ। ବେଳେବେଳେ ଭାବପ୍ରବଣ ହୋଇ ପ୍ରକାଶ୍ୟରେ କହି ପକାନ୍ତି ମଧ୍ୟ, 'ନାନୀ.... ତୁମ ରଣ ସାତ ଜନ୍ମ ନେଲେ ବି ସୁଝି ପାରିବିନି ମୁଁ।'

ଡାକ୍ତର କହୁଛନ୍ତି ରାଜେଶ୍ୱରୀଙ୍କ ଦେହ ଖୁବ ଦୁର୍ବଳ ଅଛି ଏବେ। ଘରକୁ ନେଲେ ବି ବହୁତ ଯତ୍ନରେ ରଖିବାକୁ ପଡିବ ମା' ଛୁଆଙ୍କୁ। କିନ୍ତୁ ଘର ଛାଡ଼ି ସପ୍ତାହେ ହେବ ଏଠି ପଡି ରହିଲେଣି ରଘୁନାଥ। ଆଉ କେତେଦିନ ପଡି ରହିବେ ଏମିତି! ସେଣେ ଘରେ କେହି ନାହିଁ। ନାଗା ହଳିଆ ଆଉ ତା ସ୍ତ୍ରୀ ଦାୟିତ୍ୱରେ ଘର ଛାଡ଼ିକି ଆସିଥିଲେ। ବାହାର ଲୋକଙ୍କ ଜିମାରେ କଣ ଏତେ ଏତେ ଦିନ ଘର ଛାଡ଼ିହୁଏ ଭରସାରେ? ତେଣୁ ଆଉ କିଛିଦିନ ରହି ଡାକ୍ତରଙ୍କ ପରାମର୍ଶ ଅନୁସାରେ ଘରକୁ ଫେରି ଯିବାକୁ ପଡ଼ିବ।

xxx

ହସ୍ପିଟାଲରୁ ଡିସଚାର୍ଜ ହୋଇ ଘରକୁ ଆସିଲେଣି ରାଜେଶ୍ୱରୀ। ଗାଁ ଗୋଟାକ ଯାକ ପୁଣି ମିଠା ବଣ୍ଟା ଚାଲିଛି। ସମସ୍ତଙ୍କ ମୁହଁରେ ଏବେ ଖାଲି ପ୍ରହରାଜ ଘର ଯାଆଁଳା ଛୁଆଙ୍କ କଥା। ସାଇ ପଡ଼ିଶାଙ୍କ ଭିଡ଼ ଲାଗୁଛି ମା' ଛୁଆଙ୍କୁ ଦେଖିବା ପାଇଁ। ଯାହା ହେଉ ଏତେ ଦିନକେ ଠାକୁର ଡାକ ଶୁଣିଛନ୍ତି।

ରାଜେଶ୍ୱରୀ ଏବେ ପୋଖତୀ ଛୁଆଁ। ଅଲଗା ଗୋଟିଏ ଘରେ ବସିଛନ୍ତି ସେ। ପାଖରେ ଶୋଭା ବି ରହୁଛନ୍ତି। ଏପଟେ ରାଜେଶ୍ୱରୀଙ୍କ ପାଇଁ ପଥ୍ୟରନ୍ଧା ଆଉ ରୋଷେଇବାସ ପାଇଁ ସ୍ତ୍ରୀ ଲୋକଟିଏ ରହିଛି। ଶୋଭା ଦୁଇପଟ ସମ୍ଭାଳିବା ଅସମ୍ଭବ। ଏପଟେ ରାଜେଶ୍ୱରୀଙ୍କୁ ନ ସମ୍ଭାଳିଲେ ନଚଳେ। ଏକାସାଙ୍ଗେ ଦୁଇ ଦୁଇଟି ଛୁଆ ଜନ୍ମକରି ଶରୀର ଭାଙ୍ଗି ପଡ଼ିଛି ତାଙ୍କର। ପେଟ ଦରଜ ଯୋଗୁଁ ଉଠି ବସି ପାରୁ ନାହାନ୍ତି ମଧ୍ୟ। ରକ୍ତହୀନ ରୋଗୀଟିଏ ପରି ଦେହମୁହଁ ସବୁ ଶେଠା ଦିଶୁଛି। ଛୁଆ ଦୁଇଟାଙ୍କୁ ସମ୍ଭାଳିବାକୁ ଆଣ୍ଠିଏ ହେଉଛି ଶୋଭାଙ୍କୁ। ଥରେ ଥରେ ଏକାବେଳେ ଗଳା ଫଟେଇ କାନ୍ଦନ୍ତି ଛୁଆ ଦି'ଟା ଯାକ ରାତି ଅଧରେ। ଶୋଭା ନିଦରୁ ଉଠିକି ଯାଇ ଗୋଟାଏ ଛୁଆକୁ ଲଗେଇ ଦିଅନ୍ତି ରାଜେଶ୍ୱରୀଙ୍କ ଛାତିରେ। ଛୁଆଟି କ୍ଷୀର ଖାଉ ଖାଉ ଚୁପ ହୋଇଯାଏ। ଆର ଛୁଆଟିକୁ ଗୋଡ଼ରେ ହଲେଇ ହଲେଇ ବୋଧ ଦେଇ ସାରିଲା ପରେ ପୁଣି ତାକୁ ରାଜେଶ୍ୱରୀଙ୍କ ଛାତି ପାଖରେ ଗୁଞ୍ଜି ଦେଇ ଅପର ପିଲାଟିକୁ ଆଣି ଶୁଆଇ ପକାନ୍ତି। ଏମିତି ଜଞ୍ଜାଳ ଚାଲିଥାଏ ଦିନରାତି।

ସୂତିକା ଗୃହରେ ଆଜି ଏଗାର ଦିନ ହେଉଛି ରାଜେଶ୍ୱରୀଙ୍କର। ରାତି ପାହିଲେ

ବାରଯାତ୍ରା । ସକାଳୁ ଉଠି ମୁଣ୍ଡ ଧୋଇ ଗାଧୋଇ ଗୋବର ପାଣି ଛିଞ୍ଚି ହୋଇ ଶୁଦ୍ଧି ହେବେ ରାଜେଶ୍ୱରୀ । ସୂତିକା ଗୃହର ଗୋଟାଏ କଡ଼କୁ ଦିକ୍ ଦିକ୍ ହୋଇ ଜଳୁଛି ଏଣ୍ଡୁରିଶାଳର ନିଆଁ ଗୋଟାଏ ଲୁହା କଡେଇ ଭିତରେ । ମଝିରେ ମଝିରେ ଛୋଟିଆ ଶୁଖ୍ନିଲା କାଠ ଖଣ୍ଡେ ସେଥିରେ ପକେଇ ଦେଉଥାନ୍ତି ଶୋଭା । ଲିଭି ଆସୁଥିବା ନିଆଁ ପୁଣି ଜିଭଁ ଉଠେ ଦିକ୍ ଦିକ୍ ହୋଇ । ଦିନରେ ଦୁଇଥର ମା' ଛୁଆଙ୍କ ଦେହରେ ଗରମ ସୋରିଷ ତେଲ ଘଷି ରଡ଼ ନିଆଁରେ ସେକି ଦିଅନ୍ତି ଶୋଭା । ରୋଷେଇଆ ସ୍ତ୍ରୀ ଲୋକଟି ରାନ୍ଧିବାଡ଼ି ସାରି ଯେତେବେଳେ ଗରମ ଗରମ ଭାତ ବାଢ଼ିଦିଏ ସେଥିରେ ମେଣ୍ଢାଏ ଗୁଆଘିଅ ଆଉ ଶୁଣ୍ଠିଚୁନା ଗୋଲେଇ ଦେଇ ବଳେଇ ବଳେଇ ଖୁଆଇ ଦିଅନ୍ତି ବସି ଶୋଭା ରାଜେଶ୍ୱରୀଙ୍କୁ ।

ସବୁ ଠିକ୍ ଥିଲା । କିନ୍ତୁ ସେଦିନ କାହିଁକି କେଜାଣି ସନ୍ଧ୍ୟା ବେଳକୁ ଖୁବ ଅସୁସ୍ଥ ଲାଗିଲା ରାଜେଶ୍ୱରୀଙ୍କୁ । ତଳି ପେଟରେ ଯନ୍ତ୍ରଣା ବଢ଼ି ବଢ଼ି ଚାଲିଥିଲା । କଷ୍ଟ ସହି ନପାରି ଶେଷରେ ଶୋଭାଙ୍କୁ କହିଲେ ସେ, 'ନାନୀ.... ଦେହଟା କାଇଁ ଭାରି ଖରାପ ଲାଗୁଛି ମୋର । ମୁଣ୍ଡଟା ଫାଟିଗଲା ଭଳିଆ ବିନ୍ଧିବା ସହ ବାନ୍ତି ବାନ୍ତି ବି ଲାଗୁଛି । ତୁଣ୍ଡପାଟି ଶୁଖ୍ ଯାଉଛି ବାରମ୍ବାର । ଜିଭଟା ଭିତରକୁ ଓଟାରି ହୋଇଗଲା ଭଳିଆ ଲାଗୁଛି । ଆଉ ତଳି ପେଟରେ ବି ପ୍ରବଳ ଯନ୍ତ୍ରଣା ।' ଡରିଗଲେ ଶୋଭା । ରାତି ନଅଟା ଉପରେ ହେଲାଣି । ଏ ରାତିଟାରେ ଏବେ କୁଆଡେ ଯିବ କିଏ ଏ ପୋଖତୀ ସ୍ତ୍ରୀ ଲୋକଟାକୁ ସାଙ୍ଗରେ ନେଇ । ସେଥିରେ ପୁଣି ଦି ଦ'ଟା ଛୁଆ ।

ରଘୁନାଥଙ୍କୁ ଡାକିକି ସବୁକଥା କହିଲେ ଶୋଭା । କହିଲେ ରାତି ପାହୁ ପାହୁ ଡାକ୍ତରଖାନା ଯିବାର ବ୍ୟବସ୍ଥା କର । ବୋହୂର ଦେହ ଭଲନାହିଁ । ରଘୁନାଥ ବି ବ୍ୟସ୍ତ ହୋଇ ପଡ଼ିଲେ ଏ ସବୁ ଶୁଣି ଆଉ ଧୈର୍ଯ୍ୟର ସହ ଅପେକ୍ଷା କଲେ ସକାଳକୁ ।

ଏପଟେ ଶୋଭା ରାଜେଶ୍ୱରୀଙ୍କ ଦେହ ହାତ ଆଉଁସି ଦେବା ସହ ତାଙ୍କୁ ଟିକେ ଉଷୁମ କ୍ଷୀର ପିଇବାକୁ ଦେଲେ ଆଣି । କାଲେ ଯନ୍ତ୍ରଣା ଟିକେ କମ୍ ହେବ ଭାବିକି ତାଙ୍କ ତଳିପେଟରେ ଗରମ ପାଣି ସେକ ଦେଲେ ମଧ୍ୟ ଶୋଭା । କିଛି ସମୟ ପରେ ଶୋଭା ପଚାରିଲେ, 'ମା'.... ଦେହ ଟିକେ ଭଲ ଲାଗୁଛି ? '

ସାମାନ୍ୟ ମୁଣ୍ଡ ହଲେଇଲେ ରାଜେଶ୍ୱରୀ ।

ଶୋଭା ପୁଣି କହିଲେ, " ମା' ଲୋ... ତୁ ଗୋଟାଏ କାମ କର । ଏ ଛୁଆ ଦି'ଟାଙ୍କୁ ପେଟ ପୁରା ଖୁଆଇ ଦେ' । ଆଉ ଶୋଇପଡ ଆରାମରେ । ଦେହ ଭଲ

ଲାଗିବ ଟିକେ । ଛୁଆଙ୍କ କଥା ମୁଁ ବୁଝିବି ରାତି ସାରା । ସକାଳ ହେଲେ ଆମେ ଡାକ୍ତର ପାଖକୁ ଯିବା ।" ଦେହଟା ବି ଭାରି ଅବଶ ଲାଗୁଥିଲା ରାଜେଶ୍ୱରୀଙ୍କର । ଶୋଭାଙ୍କ କଥା ମାନି ସେ ଶୋଇ ପଡିଲେ ସାଙ୍ଗେ ସାଙ୍ଗେ । ଛୁଆମାନେ ବି ଶୋଇ ପଡିଲେ । ସମସ୍ତେ ଶୋଇବା ଦେଖି ଶୋଭା ବି ଭୁଲେଇ ପଡିଲେ ଟିକେ ।

ହଠାତ ଗୋଟାଏ ଖରାପ ସ୍ୱପ୍ନ ଦେଖି ଚମକି ପଡି ଉଠି ବସିଲେ ଶୋଭା । କେମିତି ଗୋଟାଏ ଭୟ ଭୟ ଲାଗୁଥିଲା ତାଙ୍କୁ । ମୁହଁ ବୁଲେଇ ଚାହିଁଲେ ସେ ରାଜେଶ୍ୱରୀଙ୍କ ଆଡକୁ । ରାଜେଶ୍ୱରୀ ଶୋଇଥିଲେ ନିଘୋଡ଼ ନିଦରେ । ଛୁଆ ଦି'ଟା ବି ଶୋଇଥିଲେ ମା' ପେଟ ଆଉ ଛାତି ପାଖରେ ଗୁଞ୍ଜି ହୋଇ । ଶୁଖିଲା କାଠ ଖଣ୍ଡେ ଏତୁଡ଼ି ନିଆଁକୁ ପକେଇ ଦେଇ ପୁଣି ଟିକେ ଆଖି ପକେଇବାକୁ ଚେଷ୍ଟା କଲେ ଶୋଭା । କିନ୍ତୁ ନିଦ ଆସୁ ନଥିଲା ଆଉ । ରାତ୍ରୀର ନିର୍ଜନତାକୁ ଭଙ୍ଗ କରି ପ୍ରହରାଜ ଉଆସର ପଛ ପାଖରୁ ଶୁଭୁଥିଲା ଦଳେ କୁକୁରଙ୍କ କାନ୍ଦଣାର ସ୍ୱର ସହ ବିଲୁଆ ଦଳଙ୍କର ହୁକେ ହୋ ରଡ଼ି । ଏ ସବୁ ଯେ ଅଶୁଭ ଶକୁନ !! ଛାତିରେ ଛେପ ପକେଇ ମନେ ମନେ ଠାକୁରଙ୍କୁ ସୁମରଣା କଲେ ଶୋଭା ।

ହଠାତ ଛୁଆଟାଏ ଉଠିପଡି କାନ୍ଦିଲା ଭୋକରେ । ରାଜେଶ୍ୱରୀ ଉଠିବା ଆଗରୁ ଧଡ଼ପଡ଼ ହୋଇ ଉଠି ପଡିଲେ ଶୋଭା । ଛୁଆକୁ କୋଳକୁ ଟେକିନେଇ ଭୁଲେଇବା ସହ ତାର ମୃତକନା ବଦଳେଇ ଦେଲେ । ଆଉ ତା'ପରେ ଧିରେ କରି ରାଜେଶ୍ୱରୀଙ୍କୁ ଡାକିଲେ ଉଠି ଛୁଆକୁ କ୍ଷୀର ଦେବା ପାଇଁ । ରାଜେଶ୍ୱରୀଙ୍କ ନିଦ କିନ୍ତୁ ଭାଙ୍ଗିଲାନି । ଶୋଭା ଦେଖିଲେ ନିଘୋଡ଼ ନିଦରେ ଆରାମରେ ଶୋଇ ଯାଇଛନ୍ତି ରାଜେଶ୍ୱରୀ । ପୁଣିଥରେ ଉଠେଇବାକୁ ହାତ ଗଲାନି ତାଙ୍କର । ଭାବିଲେ, ଶୋଇଥାଉ ଝିଅଟା । ଦେହଟା ଖରାପ ଲାଗୁଛି ବୋଲି କହୁଥିଲା ।

ଶୋଭା ନିଜେ ଛୁଆକୁ ନେଇ ରାଜେଶ୍ୱରୀଙ୍କ ଛାତି ପାଖରେ ଲଗେଇଦେଲେ ଆସ୍ତେକରି । ପିଲାଟି ବି କିଛିକ୍ଷଣ ଚୁପ ହୋଇଯାଇ ତା ମା' ଛାତିରୁ ଅମୃତ ଭିଡ଼ିବାକୁ ଲାଗିଲା । କିନ୍ତୁ ପରମୁହୂର୍ତ୍ତରେ ପୁଣି ରାହା ମେଲେଇ କାନ୍ଦିବାକୁ ଲାଗିଲା । ଶୋଭା ପୁଣି ଥରେ ତା ମୁହଁକୁ ନେଇ ରାଜେଶ୍ୱରୀଙ୍କ ଛାତି ପାଖରେ ଲଗେଇଲେ । କିନ୍ତୁ ଏ କ'ଣ !! ରାଜେଶ୍ୱରୀଙ୍କ ଦେହଟା ଯେ ପୁରା ହେମାଳ ପଡି ଗଲାଣି !! କ'ଣ ହେଲା ରାଜେଶ୍ୱରୀଙ୍କର !!

ଏପଟେ ଆର ଛୁଆଟି ବି ଉଠି ପଡିଲାଣି । ଦୁହେଁ ମିଶିକି ରାହା ଲେଉଟାଇ କାନ୍ଦିବାରେ ଲାଗିଛନ୍ତି । ସେମାନେ ତ ଅଜ୍ଞାନ ଶିଶୁ । ସେମାନେ କାହୁଁ ବୁଝିବେ ଯେ

ତାଙ୍କ ମା' ଛାତିରେ ଥିବା ଅମୃତ ଗୁଡ଼ାକ ଧୀରେ ଧୀରେ ହେମାଳ ହୋଇ ଜମାଟ ବାନ୍ଧିବା ଆରମ୍ଭ କଲାଣି ବୋଲି ।

ହାଉଳି ଖାଇ ଡାକ ପକେଇଲେ ଶୋଭା.... ହେ ରଘୁରେ.... ଧାଇଁ ଆ...ରେ ବେଗି । ଦେଖେ ମୋ ବୋହୂର କ'ଣ ହୋଇଗଲା ରେ....।

ପାଖ ଘରେ ଶୋଇଥିଲେ ରଘୁନାଥ । ଏତେ ରାତିରେ କ'ଣ ହେଲା ବୋଲି ଧାଇଁ ଆସିଲେ । ଶୋଭା ବାହୁନା ପକେଇ କାନ୍ଦୁଥିଲେ କୋଳରେ ଛୁଆଟେ ଧରି । ରାଜେଶ୍ୱରୀ ଶୋଇଥିଲେ ସେମିତି ନିଶ୍ଚଳ ଭାବରେ କିଛି ନ ଘଟିଲା ପରି । ପାଖରେ ଶୋଇ ଭୋକରେ ରାହା ଧରି କୁଆଁ କୁଆଁ ହୋଇ କାନ୍ଦୁଥିଲା ଆର ଛୁଆଟି । ମଝିରେ ମଝିରେ ତା ମା'ର ଫୁଙ୍ଗୁଳା ଛାତି ଉପରେ ହାତ ପିଟୁଥିଲା ।

ରଘୁନାଥଙ୍କ ଉପରେ ବଜ୍ରପାତ ହେଲା ଯେମିତି । ଧାଇଁ ଆସି ହଲେଇ ଦେଲେ ସେ ରାଜେଶ୍ୱରୀଙ୍କୁ । ରାଜେଶ୍ୱରୀ ଢଳି ପଡ଼ିଲେ ଗୋଟାଏ କଡ଼କୁ । ଜଡ଼ ପାଲଟି ସାରିଥିଲା ତାଙ୍କ ଶରୀରଟି । ଛୁଆଟିକୁ କୋଳକୁ ଟାଣି ଆଣି ନିଜେ କଇଁ କଇଁ ହୋଇ କାନ୍ଦିବାକୁ ଲାଗିଲେ ରଘୁନାଥ । ଦୁଇଟା ଅଜ୍ଞାନ ଛୁଆ, ଶୋଭା ଆଉ ରଘୁନାଥଙ୍କ ମିଳିତ କ୍ରନ୍ଦନରେ ପ୍ରହରାଜ ଉଆସର କାନ୍ଥବାଡ଼ ବି ଥରି ଉଠିଲା ।

xxx

ଶଟୁ ବି ଆଜି କାନ୍ଦୁଛି ପ୍ରହରାଜ ପରିବାରର ଦୁରାବସ୍ଥା ଦେଖ । ଯିଏ ଶୁଣୁଛି ସିଏ ଆଖିରୁ ଲୁହ ପୋଛୁଛି । ଗଲା ଆସିଲା ଲୋକ କହୁଛନ୍ତି, 'କାହିଁକି ଏମିତି କୋପ କଲେ ରାଧାମାଧବ ଏ ପ୍ରହରାଜ ବଂଶ ଉପରେ । ଆଗ ରାଜେଶ୍ୱରୀଙ୍କ ଶାଶୁ ପଦ୍ମା, ସୁମନାର ପୁଅ, ପୁଣି ସୁମନା ଆଉ ଏବେ ରାଜେଶ୍ୱରୀ !! ବିଚାରୀ ରାଜେଶ୍ୱରୀ.... ମାତୃତ୍ଵର ଏଇ ସୁଖ ଟିକକ ପାଇଁ କେତେ ଅପେକ୍ଷା ନ କରିଛି !! ମା' ଡାକ ଟିକେ ଶୁଣିବ ବୋଲି କେତେ ଦେବତାଙ୍କୁ ନ ମନାସିଛି !! କିନ୍ତୁ ଠାକୁରେ କ'ଣ କଲେ ? ଦୁଇ ଦିନର ସୁଖ ଦେଖେଇ ସବୁଦିନ ପାଇଁ ସଂସାରରୁ ନେଇଗଲେ ତାକୁ! ଦୁଇ ଦୁଇଟା କଅଁଳା ଛୁଆ ଅନାଥ ହୋଇଗଲେ! ଏବେ କିଏ ଯନ୍ ନେବ ଭୂଇଁରୁ ସଦ୍ୟ ମୁଣ୍ଡ ଟେକିଥିବା ଏଇ କୁନି ଚାରା ଦୁଇଟିର!

ହଳଦୀ ପାଣିରେ ଗାଧୋଇ ନୂଆ ନାଲି ଶାଢ଼ୀ ପିନ୍ଧି ଶୋଇଛନ୍ତି ରାଜେଶ୍ୱରୀ । ସାଇ ପଡ଼ିଶାର ସଧବା ମାନେ ତାଙ୍କୁ ସଜେଇ ଦେଉଛନ୍ତି ଅହଲ୍ୟାରାଣୀ ବେଶରେ । ମୁଣ୍ଡରେ ବଡ଼ ସିନ୍ଦୁର ଟୋପା, ସିନ୍ଥିରେ ମେଞ୍ଚାଏ ସିନ୍ଦୁର, ଦୁଇ ହାତରେ ଦୁଇ ମୁଠା ନାଲି ଚୁଡ଼ି ଆଉ ଶଙ୍ଖା, ଆଖିରେ କଜଳ, ପାଦରେ ଅଳତା ଲଗେଇ ନବବଧୂଟିଏ

ପରି ଦିଶୁଛନ୍ତି ରାଜେଶ୍ୱରୀ । ସମସ୍ତେ ଅହଲ୍ୟ ସୁଲକ୍ଷଣାର ପାଦ ଛୁଇଁ ଆଶୀର୍ବାଦ ନେଉଛନ୍ତି । ଶୋଭାଙ୍କର କାନ୍ଦି କାନ୍ଦି ବେହାଲ ଅବସ୍ଥା । ଛୁଆ ଦୁଇଟା ରଡୁଛନ୍ତି ଭୋକରେ । ସେମାନେ କି ବୁଝୁଛନ୍ତି ଯେ ମା' ଛାତିର ଅମୃତ ସେମାନଙ୍କ ଭାଗ୍ୟରେ ଏତିକି ଦିନ ପାଇଁ ବିହି ଲେଖିଥିଲା ବୋଲି । ରଘୁନାଥ ପଥର ପାଲଟି ଯାଇଛନ୍ତି ଯେମିତି ଗୋଟାଏ ଜାଗାରେ । ନାଗା ହଲିଆର ସ୍ତ୍ରୀ ଛୁଆଙ୍କୁ ଅମୃଲ୍ ଟିକେ ଗୋଲେଇ ପିଆଇ ଦେଇ ଶୁଆଇବାକୁ ଚେଷ୍ଟା କରୁଛି ।

କୋକେଇ ସଜା ସରିଲାଣି । ଏବେ ଖାଲି ଅପେକ୍ଷା ଶ୍ୟାମକୁ । ଗାଁରୁ ଲୋକ ପଠେଇଛନ୍ତି ପ୍ରହରାଜେ ଶ୍ୟାମ ପାଖକୁ । ସେ ଆସିଲେ ହିଁ ଶବ ଉଠିବ । ଶୋଭାଙ୍କର କିନ୍ତୁ ଇଚ୍ଛା ନାହିଁ ଶ୍ୟାମ ଆସୁ ବୋଲି । ସେ ବାଆଁରେଇ ବାଆଁରେଇ ବିଭିନ୍ନ ଆଳରେ ରଘୁନାଥଙ୍କୁ କହୁଥାନ୍ତି ମୁଖାଗ୍ନିଟା ଦେଇ ଦେବା ପାଇଁ । କିନ୍ତୁ ରଘୁନାଥଙ୍କର ଏକା ଜିଦ୍.... ଶ୍ୟାମ ଯଦି ରାଜେଶ୍ୱରୀଙ୍କ କୋକେଇରେ ଟିକେ କାନ୍ଧ ନ ଲଗେଇଲା, ଯଦି ତାଙ୍କ ମୁହଁରେ ନିଆଁ ଟିକେ ନଦେଲା ତେବେ ରାଜେଶ୍ୱରୀଙ୍କ ଆତ୍ମା ଆଦୌ ଶାନ୍ତି ପାଇବ ନାହିଁ ।

ଶ୍ୟାମ ଆସି ପହଞ୍ଚିଲା ବେଳକୁ ସବୁ ସଜଡ଼ା ସରିଥିଲା । ରାଜେଶ୍ୱରୀ ଅହଲ୍ୟ ସୁଲକ୍ଷଣୀ ସାଜି ଖାଇ କଉଡ଼ି ବିଞ୍ଚି ବିଞ୍ଚି ଚାଲିଗଲେ ମଶାଣିକୁ ଅହଲ୍ୟ ଡେଙ୍ଗୁରା ବଜେଇ । ପଛରେ ଛାଡ଼ି ଦେଇଗଲେ ରଘୁନାଥଙ୍କ ପାଇଁ କୁଢ଼ କୁଢ଼ ଦୁଃଖ, ଦୁଇ ଛୁଆଙ୍କ ଜଞ୍ଜାଲ, ଶ୍ୟାମର ଦାୟିତ୍ୱ ଆଉ ପ୍ରହରାଜ ବଂଶର ରକ୍ଷଣାବେକ୍ଷଣର ଭାର ।

॥ ୧୨ ॥

ରାଜେଶ୍ୱରୀଙ୍କ କ୍ରିୟାକର୍ମ ସରିଗଲା। ବନ୍ଧୁ ବାନ୍ଧବ ଯିଏ ଯାହା ବାଟରେ ଚାଲିଗଲେ। ଏବେ ପ୍ରହରାଜ ଉଆସରେ ଖାଲି ଶ୍ମଶାନର ନୀରବତା। ମଝିରେ ମଝିରେ ସେ ନୀରବତାକୁ ଭାଙ୍ଗି ଛୁଆ ଦୁଇଟାଙ୍କର କୁଆଁ କୁଆଁ ଡାକ ଶୁଭୁଛି ଯାହା। ରଘୁନାଥ ତ କାଠ ପାଲଟି ଯାଇଛନ୍ତି ଯେମିତି।

ଶ୍ୟାମର ଅବସ୍ଥା ନାହିଁ କାନ୍ଦି କାନ୍ଦି। କେତେଦିନ ହେଲାଣି କେଜାଣି ପେଟରେ ଦାନା ପଡ଼ିନି ଠିକରେ ଗଣ୍ଠାଏ। କିଏ ଆଉ ଅଛି ଯେ ପାଖରେ ବସି ବଲେଇ ବଲେଇ ଖୁଆଇ ଦେବ ତାକୁ ? ମଝିରେ ମଝିରେ ଶୋଭା ଡବାଖାରର ଟିକେ ଟିକେ ଗୋଲେଇ ଛୁଆ ଦୁଇଟାଙ୍କୁ ପିଆଇ ଦେଉଛନ୍ତି ଯାହା।

କଥା ଥିଲା ଛୁଆଙ୍କର ଏକୋଇଶା ଭୋଜିକୁ ଶୋଭାଙ୍କ ଘରୁ ତାଙ୍କ ପୁଅ ବୋହୂ ସବୁ ଆସିବେ। ଆଉ ଫେରିଲା ବେଳକୁ ଶୋଭା ତାଙ୍କ ସହ ଚାଲିଯିବେ। ଗୁଡ଼ାଏ ଦିନ ହୋଇଗଲାଣି ସେ ଏଠି ରହିବା ନିଜ ଘରଦ୍ୱାର ଛାଡ଼ି। ଯେଉଁ କାମ ପାଇଁ ଆସିଥିଲେ ସେ କାମ ତ ସରିଲା। ଖାଲି ଛୁଆ ଦୁଇଟାଙ୍କର ସତ୍ୟ ନାରାୟଣ ପୂଜାଟା ସରିଗଲେ ଚାଲିଯିବେ ସିଏ। କିନ୍ତୁ ବିଧିର ବିଧାନ ଥିଲା କିଛି ଅଲଗା। ଶୋଭାଙ୍କ ପୁଅ ବୋହୂ ତ ଆସିଲେ, କିନ୍ତୁ ଛୁଆଙ୍କର ଏକୋଇଶା ପୂଜାକୁ ନୁହେଁ, ରାଜେଶ୍ୱରୀଙ୍କ ଦଶାହ ଆଉ ଏକାଦଶାହ କର୍ମକୁ। ଶୋଭା ବି ବାହାରିଥିଲେ ସେମାନଙ୍କ ସହ ଚାଲିଯିବା ପାଇଁ। କିନ୍ତୁ ରଘୁନାଥ କାନ୍ଦି କାନ୍ଦି ପାଦ ଧରି ପକେଇଥିଲେ ପିଉସୀଙ୍କର।

-- ଅଜ୍ଞାନ ଛୁଆ ଦୁଇଟା ମରିଯିବେ ନାନୀ.... ଟିକେ ଦୟାକର। ମୋ ପାଇଁ ନହେଲେ ନାହିଁ ନାନୀ, ଛୁଆ ଦୁଇଟାଙ୍କ ମୁହଁକୁ ଚାହିଁ ଆଉ କିଛି ଦିନ ରହିଯାଅ ଏଠି। ମୁଁ କିଛି ଗୋଟେ ବ୍ୟବସ୍ଥା କଲା ପରେ ଚାଲିଯିବ ତୁମେ।

କଥା ଭାଙ୍ଗି ପାରିଲେନି ଶୋଭା । ବିବେକ ବାଧା ଦେଲା ତାଙ୍କର । ବାପଘରର କୁଳଦୀପକ ଦୁହିଁଙ୍କ ପାଇଁ ଅଟକି ଗଲେ ପୁଣି ।

ଶ୍ୟାମର ପରୀକ୍ଷା ମୁଣ୍ଡ ଉପରେ । ତାକୁ ବି ବୁଝାସୁଝା କରି ହଷ୍ଟେଲକୁ ପଠେଇ ଦେଲେ ରଘୁନାଥ । ଦିନ ପରେ ଦିନ ଗଡି ଚାଲିଥିଲା । କାଳର ଖରସ୍ରୋତରେ ପାଣି ଭଳି ବହି ଯାଉଥିଲା ସମୟ । ଯୁକ୍ତ ଦୁଇ ପରୀକ୍ଷା ଦେଇସାରି ଶ୍ୟାମ ଫେରିଲା ଘରକୁ ଆଉ ରଘୁନାଥଙ୍କୁ କହିଲା,

— ବାପା, ଆଉ ବାହାରେ ରହି ପଢିବାକୁ ଚାହୁଁନି ମୁଁ । ଘରର ଏଭଳି ଅବସ୍ଥା । ମୁଁ ଏଇଠି ରହି ଘରଦ୍ୱାର, ଜମିବାଡ଼ିର ବୁଝାସୁଝା କରିବି । ଆଉ ମୋ ସାନ ଭାଇ ଦୁଇ ଜଣଙ୍କର ଦାୟିତ୍ୱ ନେବି । ଶୋଭା ଜେଜେମା' ବୁଢ଼ୀ ହେଲେଣି । ଏବେ ସେ ଟିକେ ବିଶ୍ରାମ ନିଅନ୍ତୁ । ବହୁତ ଖଟିଲେଣି ସେ ଆମ ଘର ପାଇଁ ।

ଶ୍ୟାମର କଥା ଶୁଣି ଚିହିଁକି ଉଠନ୍ତି ଶୋଭା । ଆଉ ମୁହଁ ଛିଣ୍ଢାଡ଼ି କୁହନ୍ତି, 'ହଇରେ ସର୍ବଶଗିଲା.....ମୋରି ବୋପା ସମ୍ପତ୍ତି ଉପରେ ଚେର ମେଲେଇ ଆସ୍ଥାନ ଜମେଇ ତୁ ମୋତେ ଉପଦେଶ ଦେଉଛୁ ? ତୋ କଥାରେ ମୁଁ ବିଶ୍ରାମ ନେବି ? ଯେମିତି ଇଏ ମୋତେ ଚାକିରୀରେ ରଖିଥିଲା ଆଉ । କହିଲା କଣ ନା.... ଜେଜେମା..... । ହଇରେ ଟୋକା, ତୋତେ କେତେଥର ମନା କରିଛି ମୋତେ ଜେଜେମା' ଡାକିବୁନି ବୋଲି । ଆହୁରି ପୁଣି କହୁଛି କ'ଣ ନା ଜମିବାଡ଼ି ବୁଝିବ । ହଇରେ ଅନାଥୁଆ, ତୋର ତ ଭାରି ସାହସ ରେ! ତୁ ପୁଣି ପ୍ରହରାଜ ବଂଶ ସମ୍ପତ୍ତିର ହିସାବ ରଖିବୁ!! ତୋ ବୋପା ତା ଜୀବନ କାଳ ଭିତରେ ଏତିକି ସମ୍ପତ୍ତି ଦେଖିଥିବ ନା ଆଗ । କହିଲା କ'ଣ ନା ଜମିଜମା ବୁଝିବ । ଜମିଜମା ବୁଝିବୁ ନା ସବୁ ଅଖ୍ତିଆର କରି ହାତେଇକି ଗାଦିରେ ବସିବୁ ଆଉ ମୋ ଅଜ୍ଞାନ ଛୁଆ ଦି'ଟାଙ୍କୁ ଦାଣ୍ଡରେ ବସେଇବୁ। ହେ ରଘୁ....ତୋ ଗେହ୍ଲା ପୁଅ ଶ୍ୟାମକୁ କହ ଚୁପଚାପ ଚାଲିଯାଉ ମୋ ଆଖି ସାମ୍ନାରୁ । ତାକୁ ପୁଣି ହଷ୍ଟେଲ ପଠେଇ ଦେ ତୁ। ବଞ୍ଚିଥିବା ଯାଏ ମୋ ଚନ୍ଦ୍ର ଆଉ ରୁଦ୍ରଙ୍କ କଥା ମୁଁ ହିଁ ବୁଝିବି ।'

ରାଧାମାଧବଙ୍କ କୃପାରୁ ଜନ୍ମ ବୋଲି ପ୍ରଥମ ସତ୍ୟନାରାୟଣ ପୂଜା ବେଳେ ଶୋଭା ହିଁ ଏଇ ଛୁଆ ଦୁହିଁଙ୍କର ନାମକରଣ କରିଥିଲେ ସେଇ ମାଧବଙ୍କ ନାମ ଅନୁସାରେ । ତିନି ମିନିଟ ବଡ଼ ପୁଅଟିର ନାଁ ଚନ୍ଦ୍ରମାଧବ ଆଉ ସାନଟିର ନାଁ ରୁଦ୍ରମାଧବ ।

ଏବେ ଛୁଆଗୁଡ଼ା ଟିକେ ବଡ଼ ହୋଇ ଗଲେଣି । ଠୁକୁଠୁକୁ ହୋଇ ଚାଲିଲେଣି । ଦରୋଟି ଭାଷାରେ କଥା କହିଲେଣି । ଛୁଆଙ୍କୁ ଦେଖି ରଘୁନାଥ ଯେତିକି ଖୁସି ହୁଅନ୍ତି

ସେଟିକି ଭାଙ୍ଗି ପଡନ୍ତି ଦୁଃଖରେ । ସବୁ ପୂର୍ଣ୍ଣତା ଭିତରେ ତାଙ୍କୁ ଶୂନ୍ୟତା ମାଡିବସେ । ଘରର ଗହଳି ବାତାବରଣ ତାଙ୍କୁ ଖାଁ ଖାଁ ଗୋଡ଼ାଏ । ମନେ ମନେ ଭାବନ୍ତି ସେ, 'ଆହାଃ.... ରାଜେଶ୍ୱରୀ ଥିଲେ କେତେ ଖୁସି ନ ହୋଇଥାନ୍ତା ସେ । ବିଚାରୀ ଚାଲିଗଲା ଅବେଳଟାରେ । ତିନିତିନିଟା ଛୁଆର ମା' ବୋଲି ପାଦ ତଳେ ଲାଗୁ ନଥାନ୍ତା ତାର ଖୁସିରେ । ଆଉ ଶ୍ୟାମ ? ସେ ତ ବିଚରା ହତଭାଗାଟା । ତାକୁ ସବୁଠାରୁ ବେଶୀ ଭଲ ପାଉଥିବା ମଣିଷଟାକୁ ତା ପାଖରୁ ଭଗବାନ ଛଡେଇ ନେଲେ । ରାଜେଶ୍ୱରୀ ଥିଲେ ଶ୍ୟାମ କ'ଣ ଆଜି ଅଧାରୁ ପାଠ ଛାଡି ଘରେ ବସିବାକୁ ଜିଦ ଧରୁଥାନ୍ତା ? ସେ ବି କୋଉ ତାକୁ ମନେଇ ପାରୁଛନ୍ତି ରାଜେଶ୍ୱରୀଙ୍କ ଭଳି । ଏବେ ତ ଶ୍ୟାମ କ'ଣ ଖାଉଛି ନଖାଉଛି ବି ବୁଝି ପାରୁନାହାନ୍ତି ସେ ଠିକ୍ ରେ । ରାଜେଶ୍ୱରୀ ଥିଲା ବେଲେ ପାଖରେ ବସି ବଲେଇ ବଲେଇ ଖୁଆଇ ଦେଉଥିଲେ । ହଷ୍ଟେଲ ଗଲା ବେଳକୁ କେତେ ରକମର ଜିନିଷ ବ୍ୟାଗରେ ଖୁନ୍ଦି ଖୁନ୍ଦି ସଜାଡି ଦେଉଥିଲେ । ଆଉ ଏବେ.... ଶ୍ୟାମ ପ୍ରତି ଶୋଭାଙ୍କର ଅତିଶୟ ଘୃଣା ଓ ଅସୂୟା ଭାବ ତାଙ୍କୁ ଭାରି କଷ୍ଟ ଦେଉଛି ଭିତରେ ଭିତରେ । କିନ୍ତୁ କ'ଣ ବା କରି ପାରିବେ ସେ ? ସବୁ ଦେଖି ନଦେଖିଲା ଭଳି ରହିବାକୁ ପଡୁଛି । ପିଉସୀ ନାନୀଙ୍କର ରଣର ବୋଝ ତଳେ ସେ ଏମିତି ଚାପି ହୋଇ ରହି ଯାଇଛନ୍ତି ଯେ ସେ ମୁଣ୍ଡ ବି ଟେକି ପାରୁ ନାହାନ୍ତି ତାଙ୍କ ସାମ୍ନାରେ ଆଉ ତାଙ୍କ ମୁହଁରେ ଉତ୍ତର ଦେବେ କ'ଣ ?

ଶ୍ୟାମ ପଢ଼ା ଛାଡି ଘରେ ରହିଲେ ଘରର ବାତାବରଣ ଆହୁରି ଅଶାନ୍ତିମୟ ହୋଇଯିବ । ପିଉସୀ ନାନୀ ସବୁବେଲେ ଚିଡିଚିଡ଼ ହେବେ । ଛୁଆଟା ଶାନ୍ତିରେ ରହି ପାରିବନି ଜମା । ସେଥିପାଇଁ ଶ୍ୟାମକୁ ବୁଝେଇ ସୁଝେଇ ପୁଣି ହଷ୍ଟେଲକୁ ପଠେଇବାର ବ୍ୟବସ୍ଥା କଲେ ରଘୁନାଥ । ନିଜେ ଦିନେ ଯାଇ ପୁଅର ନାମ ଲେଖେଇ ଦେଇ ଆସିଲେ ବି.ଏ ପ୍ରଥମ ବର୍ଷରେ । ଆଉ ହାତରେ ତାର ବେଶ କିଛି ଟଙ୍କା ବି ଗୁଞ୍ଜି ଦେଇ ଆସିଲେ । ଉଦ୍ଦେଶ୍ୟ କେବଲ ଏତିକି ଛୁଆଟା ଯେଉଁଠି ବି ରହୁ, ଶାନ୍ତିରେ ରହୁ ।

ବି .ଏ ପରେ ପୁଣି ଏମ୍ .ଏ ପାଠ୍ୟକ୍ରମରେ ନାମ ଲେଖେଇଦେଲେ ରଘୁନାଥ ଶ୍ୟାମର । ଶୋଭାଙ୍କ ଘୃଣା ଚକ୍ଷୁରୁ ଦୂରେଇ ରଖିବା ପାଇଁ ତାକୁ ବେଶୀ ଦିନ ଘରେ ରହିବାକୁ ଦିଅନ୍ତିନି ରଘୁନାଥ । ଛୁଟିରେ ଆସିଲେ ଦୁଇ ତିନିଦିନ ରହିଲା ପରେ ପୁଣି ପଠେଇ ଦିଅନ୍ତି ତାକୁ ହଷ୍ଟେଲ ।

ଏପଟେ ଚନ୍ଦ୍ର ଆଉ ରୁଦ୍ର ବି ସ୍କୁଲ ଗେଲେଣି । ଗାଁ ସ୍କୁଲରେ ନାଁ ଲେଖା

ହୋଇଛି ତାଙ୍କର। ଶ୍ୟାମ ଢେର ବଡ଼ ଏମାନଙ୍କ ଠାରୁ। ଖୁବ୍ ସ୍ନେହ କରେ ସେ ତାର ସାନ ଦୁଇ ଭାଇଙ୍କୁ। କେବେ କେମିତି ହଷ୍ଟେଲରୁ ଘରକୁ ଆସିଲେ ସେ ଭାରି ଇଚ୍ଛା କରେ ତିନି ଭାଇ ମିଶିକି ଗୋଟାଏ ଥାଲିରେ ଖାଆନ୍ତେ। ଘର ଅଗଣାରେ ସାଙ୍ଗ ହୋଇ ଖେଳନ୍ତେ। ସେ ଚୋର ହୋଇ ଲୁଚନ୍ତା ଆଉ ତା ଦୁଇଭାଇ ତାକୁ ପୋଲିସ ହୋଇ ଖୋଜନ୍ତେ। ରାତିରେ ସାଙ୍ଗ ହୋଇ ଗୋଟାଏ ଖଟରେ ଶୁଅନ୍ତେ। ସେ କେତେ ଗପ କୁହନ୍ତା ଆଉ ତାର କୁନି ଭାଇ ଦିଟା ଶୁଣି ଶୁଣି ଶୋଇ ପଡ଼ନ୍ତେ। କିନ୍ତୁ ଶୋଭା ଏ ସବୁ କରେଇ ଦିଅନ୍ତିନି। ଗୋଡେ ଗୋଡେ ଜଗିଥାନ୍ତି ଛୁଆ ଦି'ଟାଙ୍କୁ। ନିଜ ପାଖରେ ବସେଇ ଖୁଆଇ ଦିଅନ୍ତି ଆଉ ନିଜ କୋଳରେ ଜାକି ଗପ ଶୁଣେଇ ଶୁଣେଇ ଶୁଆଇ ଦିଅନ୍ତି।

ବେଲେବେଲେ ଛୁଆ ଦୁଇଟା ଜିଦ୍ ଧରନ୍ତି.... ଜେଜେମା', ଆମେ ଆଜି ଭାଇ ପାଖରେ ଗପ ଶୁଣି ଶୁଣି ଶୋଇବୁ।

ଶୋଭା ସାଙ୍ଗେ ସାଙ୍ଗେ ଅଜ୍ଞାନ ଛୁଆ ଦୁଇଟାଙ୍କ କାନରେ ମନ୍ତ୍ର ଫୁଙ୍କିବା ଆରମ୍ଭ କରି ଦିଅନ୍ତି।

-- ଭାଇ!! କୋଉ ଭାଇ ରେ?? ସେଇ ଶ୍ୟାମଟା ତୁମର ଭାଇ ଫାଇ କେହି ନୁହେଁ। ତୁମେ ଦିହେଁ ହେଲ ଭାଇ ଭାଇ। ସେଇଟା ଭଗାରୀ।

ଭଗାରୀ ମାନେ କ'ଣ ଜେଜେମା'? ପଚାରିଲା ରୁଦ୍ର।

-- ଭଗାରୀ ମାନେ ଯିଏ ସବୁଥିରେ ଭାଗ ବସାଏ। ଭଗାରୀ ହେଉଛି ଶତ୍ରୁ। ତୁମେ ଦୁହେଁ ଯଦି ଭବିଷ୍ୟତରେ ସାବଧାନ ନହେବ ତେବେ ଏ ଶ୍ୟାମ ତୁମର ସବୁଥିରେ ଭାଗ ବସେଇ ଦେବ।

ଜେଜେମା' ଆମେ କାହିଁକି ଭାଇ ଭାଇ ଆଉ ସିଏ କାହିଁକି ଭଗାରୀ? ପଚାରିଲା ଚନ୍ଦ୍ର।

-- ସେଇଟା ତୁମ ମାନଙ୍କ ରକ୍ତର ନୁହଁ କି ବଂଶର ନୁହଁ ରେ। ତୁମେ ସବୁ ପ୍ରହରାଜ ବଂଶର ଛୁଆ। ସେଇଟା ହେଉଛି ଆମ ରାଧାମାଧବଙ୍କ ପାଖରେ ଘଣ୍ଟି ବଜେଇ ପେଟ ପୋଷୁଥିବା ସୁମନା ମହାପାତ୍ରର ପୁଅ... ଶ୍ୟାମ ମହାପାତ୍ର। ଆଉ ଏବେ ତୁମରି ମାନଙ୍କ ବୋପା ଦୟାରୁ ଶ୍ୟାମସୁନ୍ଦର ପ୍ରଜାରାଜ ସାଜି ବସିଛି।

ରାଗରେ ଦାନ୍ତ କଡ଼ମଡ଼ କରନ୍ତି ଶୋଭା।

-- ସୁମନା କିଏ ଜେଜେମା'?

-- ଧେତ୍... ବଡ଼ ଅବାଗିଆ ଛୁଆ ଏଗୁଡ଼ା। ମୋ ମୁଣ୍ଡ ଅଳ୍ପ ଦିନରେ

ଖରାପ କରିଦେବେ ଦେଖୁଛି ମୁଁ। ଆରେ.... ସବୁ କଥା କ'ଣ ଗୋଟାଏ ଦିନରେ ଜାଣିଯିବ ? ଧୀରେ ଧୀରେ ଜାଣିବ ସବୁ। ଯେତେଯେତେ ବଡ଼ ହେଉଥିବ, ସେତେସେତେ ଜାଣୁଥିବ ସବୁ କଥା। ଧୀରେ ଧୀରେ ସବୁ କହିବି ମୁଁ ତୁମ ମାନଙ୍କୁ। ଏବେ ଖାଲି ଏତିକି ମନେ ରଖ୍ଥାଅ ଯେ, ଏ ଶ୍ୟାମଟା ହେଉଛି ଭଗାରୀ। ଏଇଟା ତୁମ ନିଜ ଭାଇ ନୁହେଁ କି ରଘୁନାଥ ପ୍ରହରାଜର ପୁଅ ନୁହେଁ। ଆଗକୁ ସାବଧାନ ନ‌ହେଲେ ଏ ତୁମର ସବୁ ନେଇଯିବ।

— ଜେଜେମା'.... ସେ କ'ଣ ଆମର ଖେଳନା, କଣ୍ଢେଇ, ବନ୍ଦୁକ, ହାତୀ ଘୋଡ଼ା.... ସବୁ ନେଇଯିବ !!

— ହଁ ରେ ବାପା..... ସବୁ ନେଇଯିବ। ଶେଷକୁ ଏ ଘରଟା ବି ନେଇଯିବ ଆଉ ନିଜେ ମାଲିକ ସାଜି ତୁମକୁ ବଡ଼ଦାଣ୍ଡରେ ବସେଇ ଦେବ। ନହେଲେ ଦରମାଖୁଆ ଚାକର ସଜେଇ ପାଦତଲେ ଖଟେଇବ। ତା ସ୍ତ୍ରୀ ଏ ଘରେ ସାଜିବ ରାଜରାଣୀ ଆଉ ତୁମ ସ୍ତ୍ରୀ ମାନେ ତାର ଅଇଁଠା ବାସନ ମାଜିବେ। ତୁମ ମାନଙ୍କ ବାପା ତ ଭୋଲାନାଥ। କି ଗଦ ଶୁଢ଼େଇଛି ତାକୁ ଏ ଟୋକା କେଜାଣି ଲୋ ମା !! ତା ମୁଣ୍ଡରେ ଆଉ କିଛି ପଶୁନି। ତୁମ ମାନଙ୍କ ମା' କୁ ବି ଶୁଢ଼େଇ ଥିଲା। ମୋ ଶ୍ୟାମ.... ମୋ ଶ୍ୟାମ ବୋଲି ତଣ୍ଟିରେ ପାଣି ଗଲୁ ନଥିଲା ତାର। ଏବେଠୁ ସଜାଗ ହୋଇଯାଅ ରେ ପିଲେ।

ଦିନ ପରେ ଦିନ ଗଡ଼ି ଚାଲେ। ପିଲାମାନେ ଶୋଭା ଜେଜେମା' କୋଳରେ ଶୋଇ ବଡ଼ ହୁଅନ୍ତି। ପ୍ରତି ରାତିରେ ଗପ ବଦଳରେ ଶୁଣନ୍ତି ଶ୍ୟାମ ବିରୁଦ୍ଧରେ କର୍ଣ୍ଣମନ୍ତ୍ର। ଏମିତି ଭାବରେ ଛୁଆ ଦୁହିଁଙ୍କ ମନରେ ବିଷ ଚରେଇ ଦିଅନ୍ତି ଶୋଭା।

॥ ୧୩ ॥

ଏ ଭିତରେ ଅନେକ ସମୟ ବିତି ଗଲାଣି। ସମୟ ସୁଅରେ ଅନେକ କିଛି ଭାସି ଗଲାଣି। ବହୁତ କିଛି ବଦଳି ଗଲାଣି। ରାଧାମାଧବଙ୍କ ମନ୍ଦିର ପରିସରରେ ଥିବା ଛୋଟିଆ ବରଗଛଟା ଶାଖା ପ୍ରଶାଖା ମେଲେଇ ଗୋଟାଏ ବଡ଼ ଦ୍ରୁମରେ ପରିଣତ ହୋଇ ଗଲାଣି। ଗାଁ ଦାଣ୍ଡର ନାଲି ରାସ୍ତା କଂକ୍ରିଟ ହୋଇଗଲାଣି। ଘରେ ଘରେ ଟିଭି ଆଉ ପ୍ରାୟ ସଭିଙ୍କ ହାତରେ ଖଣ୍ଡେ ଖଣ୍ଡେ ମୋବାଇଲ ଦେଖିବାକୁ ମିଳିଲାଣି। ଆଜିକାଲି ଆଉ ନିଶାପ ବସୁନି ଗାଁରେ କି କଳିତକରାଳ ହେଲେ ସମାଧାନ ପାଇଁ ଖୋଜା ପଡୁନି ରଘୁନାଥ ପ୍ରହରାଜଙ୍କୁ। ଏବେ ସବୁ କଥାକୁ ସମସ୍ତେ କୋର୍ଟ କଚେରୀ ମୁହାଁ ହେଲେଣି। ଗାଁ ପିଲା ଆଉ ବେଶୀ ଚାଷବାସରେ ମନ ନଦେଇ ଚାକିରୀ ବାକିରୀକୁ ମନ ବଲେଇଲେଣି। ଝିଅ ବୋହୂ ମାନେ ଉଚ୍ଚଶିକ୍ଷିତ ହେବାକୁ ଅଣ୍ଟା ଭିଡିଲେଣି।

ପ୍ରହରାଜ ପରିବାରରେ ବି ଅନେକ ପରିବର୍ତ୍ତନ ଆସିଲାଣି। ରଘୁନାଥ ପ୍ରହରାଜ ବାର୍ଦ୍ଧକ୍ୟରେ ଉପନୀତ ହେଲେଣି। ଶୋଭା ପିଉସୀ ଚାଲି ଗଲେଣି କେବେଠୁଁ ଆରପାରିକି। ସେ ସମୟର ଅନେକ ଲୋକ ମରି ହଜି ଘାସ ଉଠି ଗଲେଣି। ନାଗା ହଳିଆ ବି ମରି ଗଲାଣି କେବେଠାରୁ। ଏବେ ତା ଜାଗାରେ ତା ପୁଅ ମକରା କରୁଛି ପ୍ରହରାଜ ଘରର କାମ। ଶ୍ୟାମ ଚାକିରୀ ଛାଡ଼ି ଆସି ରହିଲାଣି ରଘୁନାଥ ପ୍ରହରାଜଙ୍କ ପାଖରେ। ଚନ୍ଦ୍ର ଆଉ ରୁଦ୍ର ସେମାନଙ୍କର କଲେଜ ପଢ଼ା ସାରି ସହରରେ ଚାକିରୀ କଲେଣି। ମୋଟାମୋଟି ଭାବରେ କହିବାକୁ ଗଲେ ପରିବର୍ତ୍ତନର ଛାପ ସବୁଠି ସ୍ପଷ୍ଟ ଦିଶିଲାଣି।

ଚନ୍ଦ୍ର ଆଉ ରୁଦ୍ରଙ୍କର କଲେଜରେ ନାଁ ଲେଖେଇବା ବେଳର କଥା। ପିଲାମାନେ ଗାଁରେ ପଢ଼ା ସାରି ଅଧିକ ପଢ଼ିବା ପାଇଁ ସହର ଚାଲିଗଲେ। ଶ୍ୟାମ ବି ଚାକିରୀ କରୁଛି

ଘରଠାରୁ ଦୂରରେ ରହି । ଏବେ ପ୍ରହରାଜ ଉଆସରେ ମଣିଷ ବୋଲି ଦୁଇଜଣ । ରଘୁନାଥ ଆଉ ତାଙ୍କ ପିଉସୀ ଶୋଭା । ଚାକର ବାକର, ରୋଷେୟା ହୋଇ କିଛି ଜଣ ଏପଟ ସେପଟ ହେଉଥାନ୍ତି ଯାହା ମଝିରେ ମଝିରେ ।

ଏଥର ଶୋଭା କହିଲେ ରଘୁନାଥଙ୍କୁ, 'ରହୁ ରହୁ ଗୁଡ଼ାଏ ଦିନ ରହି ଗଲିରେ ବାପ ରଘୁ । କି ମାୟା ଲଗେଇଲେ କେଜାଣି ଏ ଛୁଆ ଦି'ଟା... ନିଜ ଘରଦ୍ୱାର ଭୁଲି ପଡ଼ି ରହିଲି ମୁଁ ଏଠି ସେମାନଙ୍କ ମୁହଁକୁ ଚାହିଁ । ଗୁଡ଼ାଏ ବର୍ଷ ରହିଗଲିରେ ଏଠି । ମା' ଛେଉଣ୍ଡ ଛୁଆ ଦୁଇଟାକୁ ହତାଦର କରି କେମିତି ଯାଇଥାନ୍ତି କହ ? ଯାହା ହେଲେ ବି ମୋରି ରକ୍ତ ଟି !! ଏବେ ତ ବଡ଼ ହୋଇଗଲେଣି ସେମାନେ । ବାହାରକୁ ଗଲେଣି ପଢ଼ିବା ପାଇଁ । ମୋର ଏଠି ଆଉ କି କାମ ? ମୋ ଦାୟିତ୍ୱ ସରିଲା ଏଠୁ । ମୋତେ ଏଥର ଯିବାକୁ ଦେ ରେ ବାପ । ସେଠି ମୋର ଶେଷ ଜୀବନଟା' ତୋ ପିଉସାଙ୍କ ସ୍ମୃତିରେ କାଟିଦେବି ମୁଁ । ଏ ଘରୁ ମୋର ପାଲିଙ୍କି ଉଠିଥିଲା ଦିନେ, ସେ ଘରୁ ମୋର କୋକେଇ ଉଠୁ । ଏତିକି ଶେଷ ଆଶା ।'

-- ହଁ ନାନୀ.... ମୁଁ ନିଜେ ଯାଇ ତୁମକୁ ଛାଡ଼ି ଆସିବି ତୁମ ଘରେ । ଏ ପୁଅ ତୁମର ତୁମ ପାଖରେ ଜନ୍ମ ଜନ୍ମାନ୍ତର ପାଇଁ ରଣୀ ରହିଲା ନାନୀ । ନିଜ ପୁଅ ବୋହୂ ନାତି ନାତୁଣୀଙ୍କ ମୋହ କାଟି ମୋ ଛୁଆଙ୍କୁ ସାହାରା ଦେଇ ବଡ଼ କରିଲ । ମୋ ଭୁଣ୍ଡି ପଡ଼ିଥିବା ଘରକୁ ସଜାଡ଼ି ଦେଲ । ଯେଉଁ ବୟସରେ ବୋହୂ ପରଷା ଖାଇ ଠାକୁରଙ୍କ ନାଁ ନେଇ ତୁମର ଦିନ କାଟିବା କଥା, ସେଇ ବୟସରେ ତୁମେ ମୋ ଛୁଆଙ୍କ ଗୃହମୂତରେ ଘାଣ୍ଟି ହେଲ । ତୁମର ଏ ରଣ ମୁଁ କେମିତି ଶୁଝିବି ନାନୀ ! ଏ ପ୍ରହରାଜ ବଂଶ ତୁମ ପାଖରେ ରଣୀ ହୋଇ ରହିଲା ଚିରଦିନ ।

ଏମିତି ଭାବରେ ଯିବାକୁ ବାହାରିଥିଲେ ଶୋଭା । କିଛିଦିନ ପରେ ଯାଇଥାନ୍ତେ ମଧ୍ୟ । କିନ୍ତୁ ସେ ସୁଯୋଗ ଆଉ ଆସିଲାନି । ହୃଦଘାତରେ ଚାଲିଗଲେ ହଠାତ ଦିନେ ସେ । ରାତିରେ ଶୋଇଛନ୍ତି ଯେ ଶୋଇଛନ୍ତି । ସକାଳୁ ଦେଖ୍ଲା ବେଳକୁ ଆଉ କିଛି ନାହିଁ । ଯେମିତି ଏତିକି କର୍ତ୍ତବ୍ୟ ସାରିବାକୁ ସେ ବଞ୍ଚି ରହିଥିଲେ । ଯେମିତି ସେ ପଣ କରିଥିଲେ ଆଗରୁ ଯେ ଏ ପିଲା ଦୁଇଟା ବଡ଼ ହୋଇ କଲେଜରେ ନାମ ଲେଖେଇଦେଲେ ସେ ବିଦାୟ ନେବେ ଏ ଇହଧାମରୁ ।

ଯଦିଓ ପିଉସୀ ନାନୀଙ୍କର ଯଥେଷ୍ଟ ବୟସ ହୋଇ ସାରିଥିଲା ତଥାପି ତାଙ୍କର ଏମିତି ଚାଲି ଯିବାଟାକୁ ଆଦୌ ଗ୍ରହଣ କରି ପାରୁ ନଥିଲେ ରଘୁନାଥ । ପିଉସୀ ନାନୀ ଯିବା ପରେ ଘରଟା ଖାଇ ଗୋଡେଇଲା ତାଙ୍କୁ । ଏତେ ବଡ଼ ଘରେ ଏକୁଟିଆ ସେ ।

ଶ୍ମଶାନ ସମ ପ୍ରତୀତ ହେଲା ଘରଦ୍ୱାର ତାଙ୍କୁ। ବାପାଙ୍କର ଏ ନିସଙ୍ଗ ପଣକୁ ଦେଖି ଶ୍ୟାମ ଚାଲି ଆସିଲା ସହରରୁ ଚାକିରୀ ଛାଡ଼ି। ରଘୁନାଥ ଯେତେ ବୁଝେଇଲେ ବି ଏଥର ଆଉ ଜମା ବୁଝିଲାନି ସିଏ। ତାର ଏକା ଜିଦ୍ ଆଉ ସେଇ ଗୋଟାଏ କଥା, 'ମୁଁ ଏତେ ସ୍ୱାର୍ଥପର କେମିତି ହୋଇ ପାରିବି ବାପା? ଏବେ ଏ ବୟସରେ ତୁମର ସାହାରା ଟିକେ ଦରକାର। ଏ ସମୟରେ ତୁମକୁ ଏକା ଛାଡ଼ି ବାହାରେ ରହିବାକୁ ମୋ ବିବେକ ମୋତେ ବାଧା ଦେଉଛି। ମୋର ଦରକାର ନାହିଁ ସେ ଚାକିରୀ। ମୋ ପାଇଁ ଢେର କରି ସାରିଛ ତୁମେ। ଏବେ ମୋତେ ସେଇ ପିତୃଋଣରୁ କାଣିଚାଏ ସୁଝିବାର ସୁଯୋଗ ଦିଅ ବାପା। ମୁଁ ପଛେ ମୂଲ ମଜୁରୀ ଲାଗିବି କିନ୍ତୁ ଏଠି ତୁମରି ପାଖରେ ରହି ତୁମର ସେବା କରିବି।'

ଚମକି ପଡ଼ିଲେ ରଘୁନାଥ ପ୍ରହରାଜ। ପ୍ରହରାଜ ବଂଶର ଜ୍ୟେଷ୍ଠ ସନ୍ତାନ ପୁଣି ମୂଲ ଲାଗିବ!! ପୋଷ୍ୟ ହେଲେ ବି ସୁଦ୍ଧା ସେ ଆଉ ରାଜେଶ୍ୱରୀ ତ ତାକୁ ଠାକୁରଙ୍କ ପାଖରେ ନିୟମ କରି ପୁତ୍ର ରୂପେ ଗ୍ରହଣ କରିଛନ୍ତି। ଚନ୍ଦ୍ର ଆଉ ରୁଦ୍ର ହୋଇପାରନ୍ତି ତାଙ୍କର ଜନ୍ମିତ ସନ୍ତାନ କିନ୍ତୁ ଏଇ ଶ୍ୟାମ ତ ତାଙ୍କର ଜ୍ୟେଷ୍ଠପୁତ୍ର। ସେ ପୁଣି ଯାଇ ବିଲରେ ନିଜେ ହଳ ଧରିବ!! ମୃତ୍ୟୁ ପରେ ସେ କି ଉତ୍ତର ଦେବେ ରାଜେଶ୍ୱରୀଙ୍କୁ!!

ଘର, ଜମିବାଡ଼ି, ମାଛ ପୋଖରୀ, ଫଳ ବଗିଚା, ରାଧାମାଧବ ମନ୍ଦିର ସବୁର କାଗଜପତ୍ର ଧରେଇ ଦେଲେ ରଘୁନାଥ ଏଥର ଶ୍ୟାମ ହାତରେ। ଆଉ କହିଲେ, 'ମୁଁ ତ ବୁଢ଼ା ହେଲିଣି ରେ ବାପ.... କେତେବେଳେ କେଉଁ କଥା। ତୁ ତ ଆସି ରହିଲୁ ଏଠି। ନେ, ଏଥର ସମ୍ଭାଳେ ସବୁ। ମୋର ଏ ସବୁରୁ ଏବେ ମୁକ୍ତି।'

॥ ୧୪ ॥

ଏଥର ଘରକୁ ବୋହୂଟିଏ ଆଣିବାକୁ ମନ ବଳିଲାଣି ରଘୁନାଥ ପ୍ରହରାଜଙ୍କର । ଶ୍ୟାମ ଖୁବ ସୁଚାରୁ ରୂପେ ସବୁ ଚଳେଇ ନେଉଛି ଦେଖି ଦମ୍ଭ ଆସିଲାଣି ତାଙ୍କ ମନରେ । କିନ୍ତୁ ବୋହୂଟି ଶ୍ୟାମ ଲାଖ୍ ହୋଇଥିବା ଦରକାର । ସରଳ, ସୁନ୍ଦର ଆଉ ନିଷ୍କପଟ । ଚିହ୍ନା ଜଣାରେ ଅନେକ ଜଣଙ୍କୁ ଜାତକ ଟିପ୍ପଣୀ ଦେଇଥିଲେ ରଘୁନାଥ । କନ୍ୟାପାତ୍ରୀ ଖୋଜା ଜୋରସୋରରେ ଚାଲିଥିଲା । ହେଉ.... ଯାହା ସେଇ ରାଧାମାଧବଙ୍କ ଇଚ୍ଛା ।

ଏମିତି ବାହାଘର ଖୋଜାଖୋଜି ଭିତରେ ରଘୁନାଥ ପ୍ରହରାଜ କିଛି ବିଶ୍ୱସ୍ତ ସୂତ୍ରରୁ ଖବର ପାଇଲେ ଯେ ଶ୍ୟାମର ମନ ଚନ୍ଦ୍ରିକା ପାଖରେ ମାନିଛି । ଏ କଥାଟାକୁ ସେ କିଛି କିଛି ଅନୁଭବ କରିଥିଲେ ମଧ୍ୟ ଏଇ କିଛିଦିନ ତଳେ । ଚନ୍ଦ୍ରିକା ଦୁର୍ଗାପୁର ଜମିଦାରଙ୍କ ଗୁମାସ୍ତାର ଝିଅ । ବେଲେବେଲେ ଜମିଜମା କାରବାର ଇତ୍ୟାଦିକୁ ନେଇ ରଘୁନାଥ ଦୁର୍ଗାପୁର ଯାଆନ୍ତି । ଶ୍ୟାମ ବି ଯାଏ ସାଙ୍ଗରେ । ସେ ଦେଖିଛନ୍ତି ମଧ୍ୟ ଚନ୍ଦ୍ରିକାକୁ । ଭାରି ଗୁଣର ସୁଧାର ଝିଅଟି । ସବୁ ଭଲ ଯେ.... କିନ୍ତୁ ସେ ଜମିଦାର ଘର ଝିଅ ନୁହେଁ, ତାଙ୍କ ଗୁମାସ୍ତାର ଝିଅ । ଆଜିଯାଏ ଏମିତି କେବେ ହୋଇନି । କେବଳ ଖାନଦାନୀ ଜମିଦାର ଘର ଝିଅ ମାନେ ହିଁ ବୋହୂ ହୋଇ ଆସିଛନ୍ତି ଏ ପ୍ରହରାଜ ଘରକୁ । ତଥାପି ଆଗପଛ ବିଚାର କରି ଶ୍ୟାମକୁ ସିଧାସଲଖ କଥାଟା ପଚାରିଦେବାକୁ ଉଚିତ ମଣିଲେ ରଘୁନାଥ । ଶ୍ୟାମ କିନ୍ତୁ କହିଲା, 'ନାଇଁ ବାପା, ସେମିତି କିଛି ନାହିଁ । ଶାନ୍ତ ସୁଧାର ଝିଅଟି ବୋଲି ସେ ମୋତେ ଭଲ ଲାଗେ କେବଳ, ନହେଲେ ଅନ୍ୟ କିଛି କଥା ନାହିଁ । ଆପଣ ଯାହା ଯେଉଁଠି ମୋ ପାଇଁ ଉଚିତ ବୋଲି ଭାବିବେ, ସେଇଥରେ ହିଁ ମୋର ଖୁସି ।'

ଶ୍ୟାମ ସିନା ଏତିକି କହି ଖସିଗଲା କିନ୍ତୁ ରଘୁନାଥ ଶ୍ୟାମର କଥାରୁ ତା

ମନକଥାକୁ ବାରି ପାରିଲେ। ବେଳେବେଳେ ରଘୁନାଥ ଭାବନ୍ତି.... ଶ୍ୟାମ ତ ତାଙ୍କ ନିଜ ରକ୍ତର କେହି ନୁହେଁ। କିନ୍ତୁ କାହିଁକି ଶ୍ୟାମକୁ ନେଇ ସେ ଏତେ ଦୁର୍ବଳ!! କେମିତି କେଜାଣି ଶ୍ୟାମ କିଛି କହିବା ଆଗରୁ ରଘୁନାଥ ପଢ଼ି ପାରନ୍ତି ତା ଅନ୍ତରକୁ!! ଦୁଃଖରେ ହେଉ କି ସୁଖରେ, ଶ୍ୟାମକୁ ଛାତିରେ ଚାପି ଧରିଲେ ତାଙ୍କ ହୃଦୟକୁ ଶାନ୍ତି ମିଳେ। ନିଜ ରକ୍ତର ଦୁଇ ସନ୍ତାନ ଚନ୍ଦ୍ର ଆଉ ରୁଦ୍ରଙ୍କ ଅପେକ୍ଷା ଶ୍ୟାମ ପ୍ରତି ଦୁର୍ବଳତା ଆଉ ଭାବପ୍ରବଣତଟା ତାଙ୍କର ଖୁବ ବେଶୀ। କୌଣସି ପରିସ୍ଥିତିରେ ବି ସେ ଶ୍ୟାମର ମନକୁ ଭାଙ୍ଗି ପାରନ୍ତିନି କି ତାକୁ ଏଡ଼େଇ ଯାଇ ପାରନ୍ତିନି। ଏମିତି କାହିଁକି!!

xxx

ଧୁମଧାମରେ ବାହାଘର ସରିଗଲା ଶ୍ୟାମ ଆଉ ଚନ୍ଦ୍ରିକାଙ୍କର। ଗୁଡ଼ାଏ ବର୍ଷର ବ୍ୟବଧାନ ପରେ ପ୍ରହରାଜ ପରିବାରକୁ ଖୁସି ଫେରିଥିଲା ଯେମିତି। ଗାଁ ଗୋଟାକ ଯାକ ଲୋକଙ୍କୁ ତିନିଦିନ କାଳ ଭୋଜିଭାତରେ ଭସେଇ ଦେଲେ ପ୍ରହରାଜେ। ଚନ୍ଦ୍ରିକାକୁ ଦେଖିଲା ଦିନ ଗୋଟେ ବିଶ୍ୱାସ ଉଙ୍କି ମାରିଥିଲା ରଘୁନାଥଙ୍କ ମନରେ ଯେ ଏଇ ଝିଅ ହିଁ ଠିକ୍ ସମ୍ଭାଳି ନେଇ ପାରିବ ରାଜେଶ୍ୱରୀଙ୍କ ସଂସାରକୁ। ଏବେ ରଘୁନାଥ ପ୍ରହରାଜଙ୍କର ସେ ବିଶ୍ୱାସ ସତ ଫଳିଲା।

ଚନ୍ଦ୍ରିକା ଘରେ ପାଦ ଦେଉ ଦେଉ ଘରର ଶିରୀ ଫେରି ଆସିଲା ଯେମିତି! ଏଥର ପ୍ରହରାଜ ଉଆସର ଠାକୁର ଘରୁ ଭୋର ଭୋରରୁ ଶଙ୍ଖନାଦ ଶୁଭିଲା। ସଞ୍ଜବେଳେ ଅଗଣାର ତୁଳସୀ ମୂଳରେ ସଞ୍ଜଦୀପ ଜଳିଲା। ପୂଜାପର୍ବ ଦିନ ମାନଙ୍କରେ ଘର ପିଠାପଣାର ବାସ୍ନାରେ ମହମହ ବାସିଲା। ମାର୍ଗଶିର ମାସ ଗୁରୁବାରରେ ଦାଣ୍ଡରୁ ବାଡ଼ି ଯାଏ ଝୋଟିଚିତା ଶୋଭା ପାଇଲା। ଦୀପାବଳି ଅମାବାସ୍ୟା ଦିନ ପିତୃପୁରୁଷଙ୍କ ପିଣ୍ଡଦାନ ହୋଇ ବଡ଼ବଡ଼ୁଆ ଡକା ହେଲା। ଶ୍ରାଦ୍ଧବାର ମାନଙ୍କରେ ପିତୃପୁରୁଷ ପାଣି ଟିକେ ପାଇଲେ ଏଥର। ପୂଜାପର୍ବ ଦିନ ମାନଙ୍କରେ ଘରର ହଳିଆ, ଚାକର, ଗୁମାସ୍ତା ସବୁ ରାଜେଶ୍ୱରୀଙ୍କ ହାତକୁ ଚାହିଁଲା ଭଳି ଏବେ ସବୁ ଚାହିଁ ରହୁଥିଲେ ଚନ୍ଦ୍ରିକାଙ୍କର ହାତଟେକାକୁ। ଚନ୍ଦ୍ରିକା ବି କାହାକୁ ଖାଲି ହାତରେ ଫେରି ଯିବାକୁ ଦିଅନ୍ତିନି। ଖରି ପୁରି, ପିଠାପଣାରେ ପେଟ ଭରିକି ଛାଡ଼ନ୍ତି।

ଏ ସବୁ ଦେଖି ସୁଖ ଆଉ ଦୁଃଖ ମିଶା ଲୁହ ଗଳିପଡେ ରଘୁନାଥଙ୍କ ଆଖରୁ। ଆଃ.... ରାଜେଶ୍ୱରୀ.... କାହିଁକି ଚାଲିଗଲ ତୁମେ ଏତେ ଶୀଘ୍ର ଏ ସଂସାରରୁ!! କେତେ ଖୁସି ହେଉଥାନ୍ତ ତୁମେ ଏସବୁ ଦେଖିକି!!

ଏ ଭିତରେ ଦଶ ବର୍ଷ ଘର ସମ୍ଭାଳି ନେଇଥିଲେ ଚନ୍ଦ୍ରିକା। ଘରକାମ, ଶ୍ୱଶୁରଙ୍କ

ସେବାୟନ୍‌, ଠାକୁର କାମ କେଉଁଥିରେ ବି ଦିନେ ହେଳା କରି ନାହାନ୍ତି ସେ। ରଘୁନାଥଙ୍କର ଦିନ ଗୁଡ଼ିକ ଏବେ ଚନ୍ଦ୍ରିକାଙ୍କର ସେବାୟନ ସାଙ୍ଗକୁ ଆଠ ବର୍ଷର କୁନି ନାତୁଣୀ ଈଶ୍ୱରୀ ସହ ଖେଳକୁଦରେ କଟି ଯାଉଛି ବେଶ୍‌ ଖୁସିରେ।

ବାହାଘର ପରେ ଶ୍ୟାମର ଯେତେବେଳେ ଝିଅଟିଏ ହେଲା, ନାତୁଣୀକୁ ପ୍ରଥମ କରି କୋଳରେ ଧରିଲେ ରଘୁନାଥ। ଆଉ ଖୁସିରେ ଆମ୍ଭହରା ହୋଇ କହିଲେ, 'ଦୁଇପିଢ଼ି ପରେ ଯାଇ ଏ ପ୍ରହରାଜ ଉଆସରେ କନ୍ୟାରନ୍‌ଟିଏ ପାଦ ଦେଇଛି। ମୋ ଘରର ଲକ୍ଷ୍ମୀ ଝିଅ।' ଆଗରୁ ବାଛି ରଖିଲା ଭଳିଆ ରଘୁନାଥ ନାତୁଣୀର ନାଁ ଦେଇଥିଲେ ଈଶ୍ୱରୀ। ରାଜେଶ୍ୱରୀ ରୁ ଈଶ୍ୱରୀ। ତାଙ୍କୁ ଲାଗୁଥିଲା ଯେମିତି ରାଜେଶ୍ୱରୀ ଫେରି ଆସିଛନ୍ତି ଈଶ୍ୱରୀ ରୂପରେ ଏ ଘରକୁ।

ଚନ୍ଦ୍ର ଆଉ ରୁଦ୍ର ବି ପାଠପଢ଼ା ସାରି ବାହାରେ ଚାକିରୀ ବାକିରି କଲେଣି। ଯେତେବେଳେ ବି ସେ ଦୁଇଭାଇ ଘରକୁ ଆସନ୍ତି, ବାପାଙ୍କୁ ଖୁସି ଥିବାର ଦେଖି ବହୁତ ଖୁସି ହୁଅନ୍ତି। କିନ୍ତୁ ମନ ଭିତରେ ପ୍ରଶ୍ନଟିଏ ଉଙ୍କି ମାରୁଥାଏ ସବୁବେଳେ..... ବାପାଙ୍କର ସେବାୟନ୍‌ କରି କରି ବଡ଼ଭାଇ ଭାଉଜ ସବୁ ସମ୍ପତ୍ତି ହାତେଇ ନେବେନି ତ ? ଶୋଭା ଯେ ବିଷ ମଞ୍ଜି ବୁଣି ଦେଇ ଯାଇଛନ୍ତି ସେମାନଙ୍କ ମନରେ। ଚନ୍ଦ୍ର ଆଉ ରୁଦ୍ର ଛୋଟ ଥିବା ବେଳେ ଶୋଭା ଶ୍ୟାମ ବିରୁଦ୍ଧରେ ଯେଉଁ ବିଷମଞ୍ଜି ପୋତିଥିଲେ ତାହା ଏବେ ଶାଖା ପ୍ରଶାଖା ମେଲେଇ ସାରିଲାଣି।

ଚନ୍ଦ୍ରିକା କିନ୍ତୁ ସାନ ଦିଅର ଦୁଇ ଜଣଙ୍କୁ ନିଜର ପୁଅ ଭଳି ଭଲ ପାଆନ୍ତି। ଛୁଟିଦିନରେ, ଭଲରେ ମନ୍ଦରେ ଘରକୁ ଆସିଲେ ଛ' ତିଅଣ ନ' ଭଜା କରି ପରଷି ଦିଅନ୍ତି ମା'ଟିଏ ପରି। ପାଖରେ ବସି ବଳେଇ ବଳେଇ ଖୁଆନ୍ତି। ସେତିକି ଦିନ ରୋଷେଇ ଘରୁ ଫୁରସତ ନଥାଏ ଚନ୍ଦ୍ରିକାଙ୍କୁ। ବିଭିନ୍ନ ପ୍ରକାର ବ୍ୟଞ୍ଜନ ପ୍ରସ୍ତୁତିରେ ଲାଗି ରହନ୍ତି ସେ। ଆଉ ସେମାନେ ଘରୁ ଫେରିଲା ବେଳେ ବିଭିନ୍ନ ପ୍ରକାର ଜିନିଷ ସଜାଡ଼ି କରି ବ୍ୟାଗ ଭିତରେ ଭର୍ତ୍ତି କରି ଦିଅନ୍ତି ଚନ୍ଦ୍ରିକା।.... ଠିକ୍‌ ରାଜେଶ୍ୱରୀ ଶ୍ୟାମକୁ ଦେଲାପରି।

କିନ୍ତୁ ଏତେ ସବୁ ପରେ ବି ଚନ୍ଦ୍ର ଆଉ ରୁଦ୍ର ଉଭୟେ ମନ ଭିତରେ ଘୃଣା କରନ୍ତି ଭାଇ ଭାଉଜଙ୍କୁ। ଡିରିକି ବାପା ରଘୁନାଥଙ୍କ ପ୍ରହରାଜଙ୍କ ଆଗରେ ସିନା ପାଟି ଖୋଲନ୍ତିନି କିନ୍ତୁ ଶୋଭା ଜେଜେମା' କହିଥିବା କଥା ଗୁଡାକ ମନ ଭିତରେ ଗନ୍ଥି କରି ରଖିଥାନ୍ତି।

|| ୧୫ ||

ବୟସର ଭାରରେ ଧୀରେ ଧୀରେ ନଇଁ ପଡିଲେଣି ରଘୁନାଥ ପ୍ରହରାଜ । ଏବେ ସେ ଚିନ୍ତା କରୁଛନ୍ତି ସାନ ଦୁଇପୁଅଙ୍କର ବାହାଘର ଏକାଠି କରିଦେବା ପାଇଁ । ସେମାନଙ୍କୁ ହାତରୁ ଦି'ହାତ କରିଦେଲେ ତାଙ୍କର ଚିନ୍ତା ଯିବ । ରାଜେଶ୍ୱରୀ ତାଙ୍କୁ ଯେଉଁ ଦାୟିତ୍ୱ ଦେଇକି ଯାଇଛନ୍ତି ସେଥିରୁ ସେ ମୁକ୍ତ ହେବେ ଆଉ ଶାନ୍ତିରେ ମରି ପାରିବେ । ପିଲା ଦୁହେଁ ତ ଏବେ ରୋଜଗାରକ୍ଷମ । ତେବେ ଆଉ ଡେରି କାହିଁକି ?

କଥାଟା ପୁଅ ମାନଙ୍କ ଆଗରେ ପଡିଲା । ବାହାଘର କଥା ଶୁଣି ଶ୍ୟାମ ଆଉ ଚନ୍ଦ୍ରିକାଙ୍କ ମନ କୁଣ୍ଢେମୋଟ । ଏ ଘରେ ପୁଣି ଶୁଭଶଙ୍ଖ ବାଜିବ । ଅନେକ ଦିନ ପରେ ଏ ଘରେ ପୁଣି ସାହାନାଇ ଶୁଭିବ । ପୁଣି କାନ୍ଥବାଡ଼ରେ ଶୁଭ କଳସର ଚିତ୍ର ଅଙ୍କା ହେବ ।

ରଘୁନାଥଙ୍କ ଇଚ୍ଛା ଦୁଇ ପୁଅଙ୍କୁ ଏକସଙ୍ଗେ ବାହାଘର କରିଦେବା ପାଇଁ । ତାଙ୍କର ଆଉ ବଳ ବୟସ ନାହିଁ ଯେ ସେ ଥରକୁ ଥର ବନ୍ଧୁବାନ୍ଧବଙ୍କୁ ଲୋଡ଼ି ଭୋଜିଭାତ ଦେବେ । ପାଚିଲା ଫଳ ସେ । କେତେବେଳେ ଖସି ପଡିବେ ଠିକଣା ନାହିଁ । ସେଇ ଶ୍ୟାମ ଆଉ ଚନ୍ଦ୍ରିକା ହିଁ ସବୁ ଦାୟିତ୍ୱ ନେଇ କାମ ଉଠେଇବେ । ସହଜେ ତ ଏ ଦୁଇଜଣ ତାକୁ ବଡଭାଇ ବୋଲି ସମ୍ମାନ ଦିଅନ୍ତିନି । ଦେଖିଲେ ଦୂରେଇ ଦୂରେଇ ରହନ୍ତି । ତାଙ୍କ ଅନ୍ତେ ହୁଏତ ପରିସ୍ଥିତି ବିଷମ ହୋଇପାରେ । ବରଂ ଭଲ ହେବ ଏବେଠାରୁ କାମ ତୁଟେଇ ଦିଆଯାଉ ।

ଚନ୍ଦ୍ରର ବାହାଘର ଠିକ୍ ହୋଇଗଲା କାଞ୍ଚନପୁର ଜମିଦାର ପ୍ରଭଞ୍ଜନ ଗଡନାୟକଙ୍କ ଝିଅ ଶ୍ରୀମୟୀ ସାଙ୍ଗରେ । ଏବେ ରୁଦ୍ର ପାଇଁ ଝିଅଟିଏ ଠିକ୍ ହୋଇଗଲେ ଗୋଟାଏ ମାଡ଼ରେ ବାହାଘରଟା ସରି ଯାଆନ୍ତା । କିନ୍ତୁ ରୁଦ୍ରର ଏକା ଜିଦି ସେ ହେବ

ବାହା ହେବ ନାହିଁ ଆଦୌ। ସମସ୍ତେ ବୁଝେଇ ବୁଝେଇ ଥକି ଗଲେଣି। ଶେଷକୁ ଆଲୁ ଖୋଲୁ ଖୋଲୁ ମହାଦେବ ବାହାରିବା ପରି ଜଣା ପଡିଲା ଯେ ରୁଦ୍ର ନିଜେ ଠିକ୍ କରିଛି ଗୋଟେ ଝିଅ ସହରରେ। ଜାତିରେ ଟିକେ ଉଣେଇଶ୍ ବିଶ୍ ପୁଣି ଝିଅଟି ଉଗ୍ର ଅଧୁନିକା।

ରଘୁନାଥ ପ୍ରହରାଜ ଚିନ୍ତା କଲେ, ଏବେ ଆଉ ବିରୋଧ କରି କିଛି ଲାଭ ନାହିଁ। ରୁଦ୍ର ତା ଇଚ୍ଛାରେ ସେଇଠି ହିଁ ବାହାହେବ। ସେ କିନ୍ତୁ ସବୁଦିନେ ଅପ୍ରିୟ ହୋଇ ରହିଯିବେ ପୁଅବୋହୂଙ୍କ ପାଖରେ। ଶେଷରେ ନିଜର ଯାବତୀୟ ଅନିଚ୍ଛା ସତ୍ତ୍ୱେ ଏ ବାହାଘର ପାଇଁ ସମ୍ମତି ଜଣାଇଲେ ସେ। ବାହାଘରର ସବୁ ଯୋଗାଡ଼ଯନ୍ତ୍ର ପରେ ପୁଣି ଆହୁରି ଗୋଟାଏ କଥା ଶୁଣି ଦୁଃଖରେ ଭାଙ୍ଗି ପଡିଲେ ରଘୁନାଥ। ବାହାଘର ପରେ ରୁଦ୍ର ରହିବ ତା ଶ୍ୱଶୁର ଘରେ ଘରଜ୍ୱାଇଁ ହୋଇ। ପ୍ରହରାଜ ଘର ପୁଅ ପୁଣି ଶ୍ୱଶୁର ଘରେ ପଡିରହିବ ଘରଜ୍ୱାଇଁ ହୋଇ ? ? ଏ କଥାଟା ଭାରି ବାଧିଲା ରଘୁନାଥ ପ୍ରହରାଜଙ୍କୁ। କିନ୍ତୁ ସେ ନିରୁପାୟ। ଚୁପ ରହିଗଲେ ଛାତିକୁ ପଥର କରି।

ବାହାଘର ସରିଗଲା। ବଡ଼ ପୁଅବୋହୂ ଭାବରେ ଶ୍ୟାମ ଆଉ ଚନ୍ଦ୍ରିକା ଖୁବ ସୁରୁଖୁରୁରେ ତୁଲେଇ ନେଲେ ସବୁ ଦାୟିତ୍ୱକୁ। ଏବେ ଏକାବେଳେ ଦୁଇ ଦୁଇଜଣ ନୂଆବୋହୂ ପାଦ ଦେଇଛନ୍ତି ପ୍ରହରାଜ ଉଆସରେ। ଶ୍ରୀମୟୀ ଆଉ ସୁଲଗ୍ନା। ଘର ବନ୍ଧୁ ବାନ୍ଧବରେ ଭର୍ତ୍ତି। ଦିନରାତି ଏକାକାର କରି ସମସ୍ତଙ୍କ ଚର୍ଚ୍ଚାରେ ବ୍ୟସ୍ତ ଚନ୍ଦ୍ରିକା। କାହାର ଯେମିତି ଏତେ ଟିକିଏ ବି ଅସୁବିଧା ନହୁଏ। ସାଇ ପଡ଼ିଶାର ମାଇପି ମାନେ ବି ମଝିରେ ମଝିରେ ଆସି ଯାଉଛନ୍ତି ନୂଆବୋହୂ ଦୁହିଁଙ୍କୁ ଦେଖିବା ପାଇଁ। ସମସ୍ତଙ୍କ ମୁହଁରେ କିନ୍ତୁ ଚନ୍ଦ୍ରିକାର ପ୍ରଶଂସା। ବୋହୂ ପରି ବୋହୂଟାଏ ଏକା। ଘରଟାକୁ ଏକା ହାତରେ ସମ୍ଭାଳି ନେଲା। ଦିଅର ଦୁଇଟାଙ୍କୁ ନିଜ ପୁଅ ଭଳି ସମ୍ଭାଳି କୂଳରେ ଲଗେଇଦେଲା।

ପ୍ରହରାଜେ ବି ଗଲା ଆସିଲା ଲୋକଙ୍କ ଆଗରେ ଭୂରି ଭୂରି ପ୍ରଶଂସା କରୁଥାନ୍ତି ଶ୍ୟାମ ଆଉ ଚନ୍ଦ୍ରିକାଙ୍କର..... 'କୌଉ ଜନ୍ମରେ କି ପୁଣ୍ୟ କରିଥିଲି କେଜାଣି ଏମିତି ପୁଅ ବୋହୂ ମୋ ଭାଗ୍ୟରେ ଲେଖା ଥିଲେ। ଆଉ ରାଜେଶ୍ୱରୀ ବି କି ବେଳାରେ ଏଇ ଶ୍ୟାମଟାକୁ ନିଜ ପୁଅ ଭାବି କୋଳକୁ ସାଉଁଟି ଆଣିଥିଲା କେଜାଣି, ଏ ଘରର ଶିରା ପୁଣି ଫେରି ଆସିଲା। ରାଜେଶ୍ୱରୀର ଶୂନ୍ୟକୋଳ ବି ପୂର୍ଣ୍ଣ ହେଲା। ପୁଅ ବୋହୂରେ ଘର ମୋର ପୁରି ଉଠିଲା। କିନ୍ତୁ ହତଭାଗିନୀଟା ଏ ସବୁ ଦେଖିବାକୁ ରହିଲାନି। ଛୁଆ ଦି'ଟାଙ୍କୁ ଜନ୍ମଦେଇ ଚାଲିଗଲା ବିଚାରୀ। କେତେ ଖୁସି ହେଇଥାନ୍ତା ଏବେ ସିଏ ତାର

ଏଇ ପୁରନ୍ତା ପରିବାରକୁ ଦେଖ । ଆଉ ଶୋଭାନାନୀ.... ଆଉ କେତୁଟା ବର୍ଷ ବଞ୍ଚି ଯାଇଥାନ୍ତେ ହେଲେ !! କ'ଣ ନ କରିଛନ୍ତି ସେ ଏ ଛୁଆ ଦୁହିଁଙ୍କ ପାଇଁ !! ବୁଢ଼ୀ ବୟସରେ ମୋ ଛୁଆଙ୍କ ଯୋଗୁଁ ସେ ଗୃହମୁତରେ ଘାଣ୍ଟି ହୋଇଛନ୍ତି । କିନ୍ତୁ କେବେ କିଛି ଆଶା ରଖି ନାହାନ୍ତି ମୋ ଠାରୁ କିମ୍ଵା ଏ ଘର ସମ୍ପତ୍ତିରୁ । କେବେ କିଛି ମାଗି ନାହାନ୍ତି । ମାଗିଛନ୍ତି ତ କେବଳ ଏଇ ଚନ୍ଦ୍ର ଆଉ ରୁଦ୍ରଙ୍କ ପାଇଁ । ବହୁବାର କହିଛନ୍ତି ଏ ସମ୍ପତ୍ତି ସବୁକୁ ଚନ୍ଦ୍ର ଆଉ ରୁଦ୍ର ନାଁ ରେ କରିଦେବା ପାଇଁ । କେତେ ଲୋଭ ଆଉ କେତେ ଆସକ୍ତି ଥିଲା ତାଙ୍କର ଏ ଦୁହିଁଙ୍କ ପାଇଁ ସତେ !! ଆଜି ସେ ବଞ୍ଚିଥିଲେ କେଡେ ଖୁସି ହେଉ ନଥାନ୍ତେ ଭଲା !! ଖୁସିରେ ଗୋଡ଼ ତଳେ ଲାଗୁ ନଥାନ୍ତା ତାଙ୍କର । ଦୁଇ ନାତୁଣୀ ବୋହୂଙ୍କୁ କୋଟି କଲ୍ୟାଣ କରୁଥାନ୍ତେ ।'

ଏ ସବୁ କହୁ କହୁ କାନ୍ଦି ପକାନ୍ତି ରଘୁନାଥ ପ୍ରହରାଜ ।

ଗହଳି ଚହଳି ଭାଙ୍ଗିଲା ପରେ ଆଉ ଅଳ୍ପ କିଛିଦିନ ରହି ଚନ୍ଦ୍ର ଆଉ ରୁଦ୍ର ଯେଉଁ ବାଟରେ ଯିଏ ଚାଲିଗଲେ ନିଜ ସ୍ତ୍ରୀ ମାନଙ୍କୁ ସାଙ୍ଗରେ ଧରି ଚାକିରୀ କ୍ଷେତ୍ରକୁ । ଘରେ ପୁଣି ସେଇ ଶ୍ୟାମ ଆଉ ଚନ୍ଦ୍ରିକା ରହିଲେ ପ୍ରହରାଜଙ୍କ ଦାୟିତ୍ୱରେ ।

ମାସେ ଦି'ମାସରେ ଥରେ ଅଧେ ପୁଅବୋହୂ ମାନେ ଆସନ୍ତି ବାପାଙ୍କୁ ଦେଖିବା ପାଇଁ । କୁଣିଆ ଭଳିଆ ଆସନ୍ତି ଆଉ ଚାଲି ଯାଆନ୍ତି । ସେତିକି ଦିନ ଫୁରସତ ନଥାଏ ଚନ୍ଦ୍ରିକାଙ୍କୁ । ସାନ ଦୁଇ ଯା' ଙ୍କର ହାତକୁ ଗୋଡ଼କୁ ସବୁ ଖଣ୍ଡି ଦିଅନ୍ତି । ଦିନେ ଅଧେ ଆସୁଛନ୍ତି ତେଣୁ ଯେମିତି କିଛି ଅସୁବିଧା ନହୁଏ ସେମାନଙ୍କର ।

॥ ୧୬ ॥

ଏମିତିରେ ବିତିଯାଏ ଆଉ କିଛି ବର୍ଷ। ମୁହଁ ଉପରେ କିଛି ନ କହିଲେ ବି ମନ ଭିତରେ ଶ୍ୟାମକୁ ରାସ୍ତାର ଗୋଟାଏ କଣ୍ଟା ଭାବି ସାରିଥାନ୍ତି ଚନ୍ଦ୍ର ଆଉ ରୁଦ୍ର। ସ୍ୱାମୀ ମାନଙ୍କର ଅସହିଷ୍ଣୁତା ଆଉ ଅସନ୍ତୁଷ୍ଟି ଏବେ ସଂକ୍ରରି ଗଲାଣି ସ୍ତ୍ରୀ ମାନଙ୍କ ମନକୁ। ଆଜିକାଲି ଶ୍ରୀମୟୀ ଆଉ ସୁଲଗ୍ନାଙ୍କୁ ବେଶୀ ଅସହ୍ୟ ମନେହୁଏ ଚନ୍ଦ୍ରିକାଙ୍କର ଶାଢ଼ୀକାନି ନହେଲେ ଅଣ୍ଟାରେ ଝୁଲୁଥିବା କେଉଁ ପୁରୁଣା ଅମଲର ସୁନାପାତ ଦିଆ ଖାନଦାନୀ ଚାବିକାଠିଟି। ଭଣ୍ଡାର ଘରର ଏଇ ଚାବିନେଟ୍ଟାଟିକୁ ଦିନେ ରାଜେଶ୍ୱରୀ ଅଣ୍ଟାରେ ଖୋସି ବୁଲୁଥିଲେ ଆଉ ଏବେ ଚନ୍ଦ୍ରିକା।

ବେଳେବେଳେ ଶ୍ରୀମୟୀ ଆଉ ସୁଲଗ୍ନା ଭିତରେ ଆଲୋଚନା ହୁଏ ମଧ....

'ଆମେ ହେଲେ ଏ ଘରର ଅସଲି ବୋହୂ। ଆମ ହାତରୁ ହିଁ ପିଣ୍ଡପାଣି ପାଇବେ ଏ ପ୍ରହରାଜ ବଂଶର ସାତପୁରୁଷ। ଆମରି କୋଳରେ ଖେଳିବେ ଏ ପ୍ରହରାଜ ବଂଶର ଅସଲି ଉତ୍ତରଦାୟାଦ। ଅଥଚ, ୟାକୁ ଦେଖ.... କୁଆଡୁ ଚାଲିଆସି କାନିରେ ଚାବିନେଟ୍ଟା ଘୁରେଇ ଘୁରେଇ ବୁଲୁଛି ଆମ ଆଗରେ। ଇଏ କ'ଣ ଏ ଘରର ମାଲିକାଣୀ!! ଦିନେ ଅଧେ ଆମେ ଏ ଘରକୁ ଆସିବୁ ଯେ ୟା ହାତ ଟେକାକୁ ଚାହିଁଥିବୁ? କିଛି ଆଗପଛ ବିଚାର ନକରି କାହାକୁ ଗୋଟାଏ ଉଠେଇ ଆଣି ବାପା ଏ ଘରେ ଆଶ୍ରା ଦେଲେ ଯେ.... ସେ କେତେବେଲେ ଦିଅଁ ଖାଇ ଖେଟୁଲି ଖାଇଯିବ କେହି ଜାଣି ପାରିବେନି। ଘର, ବାହାର, ରୋଷେଇ ଘର, ଠାକୁର ଘର, ଭଣ୍ଡାର ଘର, ସବୁଠି ଦେଖ ୟାରି ରାଜୁତି। ବାପାଙ୍କ ପାଟିରେ ସବୁବେଲେ ମା' ଚନ୍ଦ୍ରିକା, ହଳିଆ ମୂଲିଆଙ୍କ ପାଟିରେ ବୋହୂ ସାଆନ୍ତାଣୀ, ସାଇ ପଡ଼ିଶାଙ୍କ ପାଟିରେ ବଡ଼ବୋହୂ....। ଆଉ ଆମେ ସବୁ କ'ଣ ଏଠି ତାର ଗୁମାସ୍ତା ଚାକର!! ବଡ଼ବୋହୂ

ନା ଛେନୋଗୁଡ଼। ଇଏ ଏଠି ବେଶୀ ଚେର ମଡେଇବା ଆଗରୁ ଏହାର କିଛି ବ୍ୟବସ୍ଥା ହେବା ନିହାତି ଦରକାର।"

ଏ ସବୁ ଆଲୋଚନା ସିନା ନିଜ ନିଜ ଭିତରେ ହୁଏ କିନ୍ତୁ ପ୍ରହରାଜଙ୍କ ଆଗରେ ମୁହଁ ଖୋଲି କେହି କିଛି କହି ପାରନ୍ତିନି। ମନ ଭିତରର ନିଆଁ ମନ ତଲେ କୁହୁଳୁଥାଏ ସେମିତି।

ଦିନେ କିନ୍ତୁ ଆଲୋଚନା ଜୋର ଧରେ। ବାପା ଏବେ ଧୀରେ ଧୀରେ ଅସୁସ୍ଥ ହେଲେଣି। କିଏ ଜାଣେ କେତେବେଳେ ଚାଲିଯିବେ!! ଏକଥା ବି କିଏ ଜାଣେ ଯେ ସମ୍ପତ୍ତି ସବୁ ଠିକଠାକ ଅଛି ନା ଶ୍ୟାମଭାଇ ସବୁ ନିଜ ନାଁରେ କରେଇ ନେଇଛି ବାପାଙ୍କୁ ପାଲେଇକି। ଭଣ୍ଡାର ଘରର ଚାବିକାଠି, ଜମିଜମାର ହିସାବ, ସମ୍ପତ୍ତିର ଭାଗବଣ୍ଟରା.... ଏ ସବୁ ତ ବାପାଙ୍କୁ ମୁହାଁମୁହିଁ କହି ହେବନି। ତେବେ କି ଉପାୟ କଲେ ଠିକ୍ ହେବ!!

ଏତିକି ବେଳେ ସାନବୋହୂ ସୁଲଗ୍ନା କହିଲା...

––– ଚନ୍ଦ୍ରିକା ଅପା ଠାରୁ ଭଣ୍ଡାର ଘର ଚାବି ସିନା ମାଗି ହେବନି କିନ୍ତୁ ଭଣ୍ଡାର ଘର ଭିତରେ ଶାଶୁଙ୍କର ଯେଉଁ ଗହଣା ବାକ୍ସ ଅଛି, ସେଥିରୁ ପିନ୍ଧିବା ଉଦ୍ଦେଶ୍ୟରେ କିଛି ଗହଣା ତ ମାଗି ଆଣିହେବ ବାପାଙ୍କୁ କହି। ଥରେ ଆଣିଲା ପରେ ବାପା କ'ଣ ଆଉ ତାକୁ ଫେରସ୍ତ ମାଗିବେ?? ଏମିତି ଭଲ ଭଲ ଗହଣା କିଛି ଆମେ ଧୀରେ ଧୀରେ କରି ଆଣି ସାରିଲା ପରେ ଏ ଘର ବିକ୍ରୀ କଥାଟି ଉଠେଇବା। ଆମେ ବାପାଙ୍କୁ କହିବା ଯେ ତୁମ ଦେହପା' ଆଜିକାଲି ବହୁତ ଖରାପ ହେଲାଣି। ଏ ଘର ବିକ୍ରୀ କରି ଚାଲ ଆମ ସହ। ଏ ଘର ବିକ୍ରୀ ଟଙ୍କାରେ ସହରରେ ଭଲ ଘର କିଣିହେବ। ବାପା ହୁଏତ ରାଜି ହୋଇ ଯାଇପାରନ୍ତି ମୁଁ ଘର କିଣି ଅଲଗା ରହିବା କଥା ଶୁଣିଲେ। କାରଣ ବାପାଙ୍କର ଜମା ଇଚ୍ଛା ନାହିଁ ତାଙ୍କ ପୁଅ ଶ୍ୱଶୁର ଘରେ ଘରଜ୍ୱାଇଁ ହୋଇ ରହୁ ବୋଲି। ଥରେ ଘରଟା ବିକ୍ରୀ ହୋଇଗଲେ ଯାଏ। ଜମିବାଡ଼ି କଥା ଦେଖିବା ପଛରେ ଧୀରେ ଧୀରେ କରି। ବଡ଼ଭାଇ ଯେହେତୁ ଏ ବଂଶର ପ୍ରକୃତ ବଂଶଧର ନୁହନ୍ତି, ସେଥିପାଇଁ ସେ ଆମ ସହ ସମାନ ଅଂଶୀଦାର ମଧ ହୋଇ ପାରିବେନି। ଆମେ କରେଇ ଦେବାନି ଆଦୌ। ତାଙ୍କୁ ଅଳ୍ପ କିଛି ଭାଗ ଧରେଇ ଆମେ ସବୁ ସମାନ କରି ବାଣ୍ଟି ନେବା। ସେତେବେଳକୁ ଆଉ ସିଂହାସନ ଥିବ ଯେ ଚନ୍ଦ୍ରିକା ପାଟ ମହିଷୀ ହୋଇ ରାଜଗାଦିରେ ବସିବ। ଏକା ନିଃଶ୍ୱାସରେ ଏତକ କହି ପକେଇଲା ସୁଲଗ୍ନା।

ସୁଲଗ୍ନାର ଏଇ କଥାଟା ପାଇଲା ସମସ୍ତଙ୍କ ମନକୁ। ଆଗାମୀ ଛୁଟିଦିନ ଦେଖି

ଗାଁ କୁ ଯାଇ ଏକାଠି ହେଲେ ବାପାଙ୍କ ଆଗରେ ଗହଣା କଥାଟା ଉଠିବ ବୋଲି ବିଚାର କରି ରହିଲେ ସମସ୍ତେ। କିଛିଦିନ ମଧ୍ୟରେ ସମସ୍ତେ ଏକାଠି ହେଲେ ମଧ୍ୟ। କିନ୍ତୁ କି ଗହଣା ମାଗିବେ ଶ୍ୱଶୁରଙ୍କୁ ସେମାନେ ?? ଶାଶୁଙ୍କର କି କି ଗହଣା ଅଛି ସେମାନଙ୍କୁ ତ ଜଣା ନାହିଁ। ସେମାନେ ଏ ଘରକୁ ଆସିବାର ଅନେକ ବର୍ଷ ଆଗରୁ ଶାଶୁଙ୍କ ଗହଣା ବାକ୍ସ ଭଣ୍ଡାର ଘରେ ପଶି ତାଲା ପଡ଼ି ଯାଇଥିଲା। କେବଳ ସେମାନେ ଏତିକି ଶୁଣିଛନ୍ତି ଯେ ଗୋଟେ ବଡ଼ ବାକ୍ସରେ ବାକ୍ସଭର୍ତ୍ତି ଗହଣା ଶାଶୁଙ୍କର ଅଛି ବୋଲି।

ପ୍ରହରାଜ ଉଆସର ବୈଠକ ଘରେ ଗୋଟାଏ ବିରାଟ ତୈଳଚିତ୍ର ଲାଗିଛି ରାଜେଶ୍ୱରୀଙ୍କର। ନାଲିଆ ପାଟଶାଢ଼ୀ ସାଙ୍ଗକୁ ଗହଣାଗାର୍ଷିରେ ଛାଉଣୀ ହୋଇ, ଚାରେଣି ଆକାରର ସିନ୍ଦୂର ଟୋପାଟାଏ ମୁଣ୍ଡରେ ଲଗେଇ ସାକ୍ଷାତ ଦେବୀପ୍ରତିମା ପରି ଠିଆ ହୋଇଛନ୍ତି ରାଜେଶ୍ୱରୀ ସେ ଚିତ୍ରରେ। ସୁଲଗ୍ନା ଆଉ ଶ୍ରୀମୟୀ ଯାଇ ନିରିଖେଇ ଦେଖିଲେ ସେ ଫୋଟୋଟିକୁ। ଅନ୍ୟାନ୍ୟ ଗହଣା ଅପେକ୍ଷା ବେଶୀ ଆଖିଦୃଷ୍ଟିଆ ଦିଶୁଥିଲା ରାଜେଶ୍ୱରୀ ପିନ୍ଧିଥିବା ହାରଟି ଆଉ ହାତରେ ପିନ୍ଧିଥିବା ଚଉଡ଼ା ଚଉଡ଼ା ସୁନାଖଣ୍ଡୁ ଚାରିପଟ।

ସେଦିନ ସକାଳୁ ସକାଳୁ ରଘୁନାଥ ଚା' ପିଉଥିଲେ ବସି। ଦୁଇବୋହୂ ଆସି ଠିଆ ହେଲେ ପାଖରେ। ସୁଲଗ୍ନା କହିଲା, 'ବାପା.... ମୁଁ କ'ଣ କହୁଥିଲି କି.... ବୋଉଙ୍କର ସେଇ ଯେଉଁ ମୋଟା ହାରଟା ଅଛି, ସେଇଟା ମୋତେ ଦିଅନ୍ତେନି। ଆଗକୁ ମୋ ଭାଇର ବାହାଘର ଅଛି। ମୁଁ ପିନ୍ଧିକି ଯାଇଥାନ୍ତି।'

ସାଙ୍ଗୋ ସାଙ୍ଗେ ଶ୍ରୀମୟୀ କହିଲା, 'ବାପା, ମୋତେ ବୋଉଙ୍କର ସେଇ ମୀନାବସା ଖଡୁ ଚାରିପଟ ଦରକାର ଥିଲା।'

ଚା ପିଉ ପିଉ ନିର୍ବିକାର ଚିତ୍ତରେ କହିଲେ ରଘୁନାଥ, 'ଗହଣା ନିଅ, କିଛି କଥା ନାହିଁ। ଶାଶୁର ଗହଣା ଉପରେ ତ ବୋହୂ ମାନଙ୍କର ଅଧିକାର। କିନ୍ତୁ ସେଇ ହାର ଆଉ ସେଇ ଖାନଦାନୀ ଖଡୁ କାହାକୁ ଦେଇ ହେବନି। ସେଇ ହାରଟି ହେଉଛି ତୁମ ଶାଶୁଙ୍କର ବାପଘର ହାର। ବାପଘରୁ ପିନ୍ଧିକି ଆସିଥିଲେ ସେ। ନୂଆ ନୂଆରେ କିଛିଦିନ ପିନ୍ଧିଥିଲେ। ତା ପରେ ବହୁତ ଓଜନ ଲାଗୁଛି ବେକକୁ କହି କାଢ଼ି ଥୋଇ ଦେଇଥିଲେ। ଅକାଳେ ସକାଳେ ଭଲମନ୍ଦରେ କାଢ଼ିକି ପିନ୍ଧନ୍ତି ପୁଣି ଥୋଇ ଦିଅନ୍ତି। ଆଉ ଯେଉଁ ଖଡୁ କଥା କହୁଛ, ସେଇଟା ହେଉଛି ପ୍ରହରାଜ ଘରର ଖାନଦାନୀ ଖଡୁ। ସେ ଖଡୁ ଚାରିପଟକୁ ମୋ ବୋଉ ପିନ୍ଧିଥିଲା ମଲା ଯାଏ। ତା ପରେ ମୋ ବାପା ତାକୁ ଦେଇଥିଲେ ତୁମ ଶାଶୁଙ୍କ ହାତରେ। ସେ ବି ପିନ୍ଧିଥିଲେ ତାକୁ ଅନେକ ବର୍ଷ ଯାଏ।

ସେତେବେଳେ ଚନ୍ଦ୍ର ଆଉ ରୁଦ୍ର ଜନ୍ମ ହେବାକୁ ଥାଆନ୍ତି । ପ୍ରସବ ସମୟ ପାଖେଇ ଆସିବାରୁ ଡାକ୍ତରଖାନା ଯିବାକୁ ପଡ଼ିଲା । ଡାକ୍ତରଖାନା ଯିବା ଆଗରୁ ସେ ଏଇ ଖଡୁ ଚାରିପଟକୁ ନିଜ ହାତରୁ ଖୋଲି ମୋତେ ଧରେଇ ଦେଲା ଆଉ କହିଲା ଯାକୁ ନେଇ ସେ ଗହଣା ବାକ୍ସ ଭିତରେ ସେଇ ହାର ପାଖରେ ରଖି ତାଲା ପକେଇ ଦିଅ । ମନେ ରଖିଥିବ ଯେ ମୋର ଏବେ ପୁଅ କି ଝିଅ ଯାହା ବି ହେଉ, ଶ୍ୟାମକୁ ମୁଁ ମୋର ପ୍ରଥମ ସନ୍ତାନ ଭାବରେ ମାନି ନେଇଛି । ଏ ହାର ଆଉ ଏ ଖଡୁ ଚାରିପଟକୁ ମୁଁ କେବଳ ମୋ ବଡ଼ବୋହୂ ହାତରେ ହିଁ ଦେବି । ଆଉ ଯଦି ମୁଁ ମରିଯାଏ ତେବେ ଏ ଦାୟିତ୍ୱ ତୁମ ମୁଣ୍ଡରେ ରହିଲା । ସତକୁ ସତ ମରିଗଲା ସେ ମୋ ମୁଣ୍ଡରେ ଦାୟିତ୍ୱ ଥୋଇଦେଇ । ଆଗରୁ ଜାଣି ପାରିଲା କି କ'ଣ କେଜାଣି ! ! ଏତେ ସବୁ କଥା ତୁମ ମାନଙ୍କୁ ମୁଁ ଏଥିପାଇଁ କହୁଛି ଯେ ସେ ହାର ଆଉ ଖଡୁ କେବଳ ଚନ୍ଦ୍ରିକାର । ଏଥିରେ ଭୁଲଭାଲ କରି ମୁଁ ରାଜେଶ୍ୱରୀଙ୍କ ପାଖରେ ଦୋଷୀ ହୋଇ ପାରିବିନି । ଆଉ ଗହଣା କଥା ଉଠିଲାଣି ଯେତେବେଳେ ଆଜି ମୁଁ ସବୁ ତୁମ ତିନିଜଣଙ୍କ ଭିତରେ ବାଣ୍ଟିଦେବି । '

ଏତକ ଶୁଣେଇ ଦେଇ ଉଠି ଚାଲିଗଲେ ରଘୁନାଥ ପ୍ରହରାଜ ।

ବିଷ ଚରିଗଲା ଯେମିତି ଶ୍ରୀମୟୀ ଆଉ ସୁଲଗ୍ନାର ଦେହରେ । ଶ୍ୱଶୁରଙ୍କ ମୁହଁ ଉପରେ ଆଉ କ'ଣ ବା କହିବେ ? ଭିତରେ ଭିତରେ ଦାନ୍ତ ପାଟି କାମୁଡ଼ି ହୋଇକି ରହିଲେ ।

ଏତେଦିନ ଭିତରେ ରଘୁନାଥ ଭଲ ଭାବରେ ଲକ୍ଷ୍ୟ କରି ସାରିଥିଲେ ଶ୍ୟାମ ପ୍ରତି ରୁଦ୍ର ଆଉ ଚନ୍ଦ୍ର ବ୍ୟବହାରକୁ । ଶ୍ରୀମୟୀ ଆଉ ସୁଲଗ୍ନା ବି ଦି' ଆଖିରେ ଦେଖି ପାରନ୍ତିନି ଚନ୍ଦ୍ରିକାକୁ । ସେଥିପାଇଁ ରଘୁନାଥ ପ୍ରହରାଜ ମନେ ମନେ ନିଷ୍ପତ୍ତି ନେଲେ ଯେ କେବଳ ଗହଣା କାହିଁକି ସେ ବଞ୍ଚି ଥାଉ ଥାଉ ତାଙ୍କର ସବୁ ସ୍ଥାବର ଅସ୍ଥାବର ସମ୍ପତ୍ତିକୁ ଭାଗ କରିଦେବେ ଆଉ ଶ୍ୟାମ ଭାଗକୁ ତା ଜିମାରେ ଦେଇ ଦାୟିତ୍ୱ ମୁକ୍ତ ହୋଇଯିବେ । ନଚେତ ତାଙ୍କ ପରେ ଏ ଦୁଇଭାଇ ମିଶି ବଡ଼ଭାଇଟାକୁ ବାର ଦୁଆର ଶୁଣ୍ଠିପିଣ୍ଡା କରେଇବେ । ଆଉ ଶ୍ୟାମ କୁ ଚନ୍ଦ୍ରିକା.... ଦୁହେଁ ଯାକ ଏଡ଼େ ନିରୀହ ଯେ ପ୍ରତିବାଦ ତ ଦୂରର କଥା, ପାଟି ଖୋଲି ଉଁ କି ଚୁଁ ବି କହିବେନି । ଏ ଦୁହିଁଙ୍କ ଖୁସି ପାଇଁ ସେମାନେ ସବୁ ଛାଡ଼ି ଦେବାକୁ ପ୍ରସ୍ତୁତ ହୋଇଯିବେ । ବରଂ ଭଲ ହେବ ସେ ଏବେଠାରୁ ହିଁ ସବୁ କାମ ତୁଟେଇଦେବେ ।

ଖରାବେଳ ଖାଇବା ପିଇବା ସାରି ରଘୁନାଥ ଡକେଇ ବସେଇଲେ ତାଙ୍କ ତିନି ପୁଅ ଆଉ ବୋହୂଙ୍କୁ । ଚନ୍ଦ୍ର ଆଉ ରୁଦ୍ରକୁ ଚାହିଁ କହିଲେ, 'ତୁମେ ଦୁହେଁ ତ

କୋଉ ମାସେ ଦି'ମାସରେ ଥରେ ଘରକୁ ଆସୁଛ । କେତେବେଳେ ଛୁଟିଦିନ କିଛି ପଡ଼ିଲେ ଏକାଠି ହେବା କଥା । ଆଜି ଯେତେବେଳେ ତିନିହେଁ ଏକାଠି ହୋଇଛ, ଭାବୁଛି ତୁମ ମା'ର ଗହଣାଟା ବୋହୂ ମାନଙ୍କ ଭିତରେ ବାଣ୍ଟିଦେବି । ଘରେ ବାକ୍ସ ଭିତରେ ରହି ରହି ବି ହେବ କ'ଣ ? ସାନ ବୋହୂ ବି କହୁଥିଲା ତାର କିଛି ଗହଣା ଦରକାର ବୋଲି । ଏ ମା'…. ଚନ୍ଦ୍ରିକା…. ଗଲୁ ମାଆ ଭଣ୍ଡାର ଘରୁ ତୋ ଶାଶୂର ଗହଣା ବାକ୍ସଟାକୁ ନେଇ ଆସିବୁ । '

ଚନ୍ଦ୍ରିକା ଯାଇ ଗହଣା ବାକ୍ସଟାକୁ ଆଣି ଧରେଇ ଦେଲା ରଘୁନାଥଙ୍କ ହାତରେ । ବାକ୍ସ ଖୋଲି ସବୁ ଗହଣାତକ କାଢ଼ି ନିଜ ବିଛଣା ଉପରେ ଗଦେଇ ଦେଲେ ରଘୁନାଥ । ଆଖି ଖୋସି ହୋଇଗଲା ଶ୍ରୀମୟୀ ଆଉ ସୁଲଗ୍ନାଙ୍କର । ଇସ୍….. କେତେ ସୁନ୍ଦର ସୁନ୍ଦର ଓଜନିଆ ଓଜନିଆ ପୁରୁଣାକାଳିଆ ଗହଣା ସବୁ ! ! ମଥାମଣି, ଚନ୍ଦ୍ରଝୁଣ୍ଟି, ଟେରାକାଠି, ଝୁମ୍କା, ସୋରିଷିଆ ହାର, ହରଡ଼ଫାଳିଆ ହାର, କୁରୁଜାତକ, କଣ୍ଠି, ଚାପସରି, ଧାନୁଆ ମାଳି, ପଦକ, ପେଣ୍ଡିଫୁଲ, ନୋଲି, କାପ, ଲବଙ୍ଗଫୁଲ, ଦଣ୍ଡି, ନାକଚଣା, ଫୁଲଗୁଣା, ବସଣି, ବଳା ନୂପୁର, ଗଣ୍ଠିବଳା, ବାଜେଣି, ଝମକ, ପାହୁଡ଼, ଚନ୍ଦ୍ରହାର, ସୁନାବିଛା, ମେଖଳା, ଗୋଠ, ବଟଫଳ, ଶଙ୍ଖା, ପଲା, ବାଜୁବନ୍ଦ, ଗୁଞ୍ଜର, ପଇଁରି, ଖଡ଼ୁ…… ୩୪ ଆଉ ଗଣି ପାରିଲାନି ସୁଲଗ୍ନା । ଏ ସବୁ ପ୍ରହରାଜ ଘରର ବୋହୂର ଗହଣା ଟି ! !

ପ୍ରଥମେ ସେଇ ହାର ଆଉ ଖଡ଼ୁ ଚାରିପଟକୁ ନେଇ ଚନ୍ଦ୍ରିକା ହାତରେ ଧରେଇ ଦେଲେ ରଘୁନାଥ । ଆଉ କହିଲେ, 'ନେ ମା'…. ତୋ ଅମାନତ ଆଜିଯାଏ ମୋ ପାଖରେ ଥିଲା । ତୋ ଶାଶୂ କହି ଯାଇଛି…. ତା ବାପଘର ହାର ଆଉ ଶାଶୁଘରର ଖଡ଼ୁ ଚାରିପଟକୁ ତା ବଡ଼ବୋହୂକୁ ଦେଇଦେବା ପାଇଁ । ଏଇଟା କେବଳ ତୋର । ନେ ମା'…. ରଖ । '

ଚନ୍ଦ୍ରିକା ହାତରେ ସେତକ ଧରେଇ ସାରିଲା ପରେ ବାକି ସବୁ ଗହଣା ଗୁଡ଼ାକୁ ସମାନ ତିନିଭାଗ କରି ବାଣ୍ଟିଦେଲେ ରଘୁନାଥ । ଆଉ କହିଲେ, 'ଗହଣାବଣ୍ଟା ସରିଲା । ଆଉ ଜମିବାଡ଼ି ଯାହା ଅଛି, ତାକୁ ବି ମୁଁ ସମାନ ଭାଗ କରିଦେବି । ଯେଖୀ ଭାଗ କଥା ଯିଏ ବୁଝ ସବୁ । ଖାଲି ଏଇ ଘରଟି କୋଠରେ ଥାଉ । ଭଲମନ୍ଦ, ପୁନିଅ ପରବରେ ଏକାଠି ହେବ କେତେବେଳେ କେମିତି । '

ରାଗରେ ରକ୍ତ ଚାଉଳ ଚୋବାଉଥିଲେ ଚନ୍ଦ୍ର ଆଉ ରୁଦ୍ର । ବୋହୂ ଦୁହେଁ ବି ପୁରା ଅସନ୍ତୁଷ୍ଟ ଶ୍ୱଶୁରଙ୍କର ଏ ବିଚାରରେ । କିନ୍ତୁ ବାପାଙ୍କ ମୁହଁରେ ଜବାବ ଦେବ କିଏ ? ?

ତଥାପି ରୁଦ୍ର ଆଗପଛ ହୋଇ କଥାଟା ଆରମ୍ଭ କଲା ।

-- ବାପା, ଆମେ କ'ଣ କହୁଥିଲୁ କି.... ଏ ଘରଟା ବିକ୍ରି କରିଦେଲେ କେମିତି ହୁଅନ୍ତା ?

ଚମକି ପଡିଲେ ରଘୁନାଥ ପ୍ରହରାଜ । ଶେଷରେ ଏ ପ୍ରହରାଜ ଉଆସ ବିକ୍ରି ହେବ !!!! ଯେତିକି ଆଶ୍ଚର୍ଯ୍ୟ ହେଲେ ସେତିକି ଆଘାତ ବି ପାଇଲେ । ତଥାପି ଦମ୍ଭ ଧରି ପଚାରିଲେ, 'ଘର ବିକ୍ରି କାହିଁକି ହେବ ? '

-- ମୁଁ କ'ଣ କହୁଥିଲି କି ବାପା.... ତୁମର ତ ଆଉ ଦେହପା' ଭଲ ରହୁନି । ଏଠି ଗାଁରେ ତୁମର ଅଛି କିଏ ? କାହିଁକି ଏଠି ଏକୁଟିଆଟା ପଡ଼ି ରହିବ ? ବରଂ ଘର ବିକ୍ରି କରିଦେଇ ଆମ ସହିତ ଚାଲ । ଏ ଘରଟା ବିକ୍ରି ହୋଇଗଲେ ସେଇ ଟଙ୍କାରେ ଆମେ ଗୋଟେ ସୁନ୍ଦର ଘର କିଣି ଦୁଇ ଭାଇ ଏକାଠି ରହିବୁ ବୋଲି ସ୍ଥିର କରିଛୁ । ମୋ ଅଫିସ ପାଖରେ ଭଲ ଦୁଇ ମହଲା ଘରଟାଏ ବିକ୍ରି ହେଉଛି । ସେଇଟା କିଣିଦେଲେ ଆମେ ବି ରହିବୁ ଆଉ ଆମ ସହିତ ତୁମେ ବି ରହିବ ।

-- ଆଉ ଶ୍ୟାମ !! ତା ଭାଗ କୁଆଡେ ଗଲା ? ସେ ତ ଏ ଘରର ବଡ଼ପୁଅ । ଘରର ଜ୍ୟେଷ୍ଠ ଅଂଶରେ ଅଧିକାର ତା'ର ।

ଏଥର ନିଆଁ ଚରିଗଲା ଯେମିତି ସମସ୍ତଙ୍କ ଦେହରେ ।

-- ଓଃ... ବଡ଼ପୁଅ.... ବଡ଼ପୁଅ... ବଡ଼ପୁଅ... କାହା ବଡ଼ପୁଅ ସେ ? ତୁମର ?? ତୁମ ଜନ୍ମିତ ସନ୍ତାନ ସେ ?? କାହାର ନା କାହା ରକ୍ତର ଛୁଆ.... ଜାତିଗୋତ୍ର ବଂଶର କିଛି ଠିକଣା ନାହିଁ । ସେ ପୁଣି ଏ ପ୍ରହରାଜ ବଂଶର ବଡ଼ପୁଅ....କ'ଣ ନା ଶ୍ୟାମସୁନ୍ଦର ପ୍ରହରାଜ । ଆହୁରି ପୁଣି ଜ୍ୟେଷ୍ଠ ଅଂଶର ଭାଗିଦାରୀ । ତୁମେ ତାକୁ ବଡ଼ପୁଅ ବୋଲି ମାନି ନେଇପାର । କିଛି କଥା ନାହିଁ । ଆମେ କିନ୍ତୁ ତାକୁ ବଡ଼ଭାଇ ବୋଲି ମାନିବାକୁ ବାଧ୍ୟ ନୋହୁଁ ।

ରଘୁନାଥ ପ୍ରହରାଜ ଭୀଷଣ ଭାବରେ ମାନସିକ ଆଘାତ ପାଇଲେ ନିଜ ରକ୍ତର ସନ୍ତାନ ମାନଙ୍କର ସ୍ୱାର୍ଥପରତା ଦେଖି । ଆଉ କହିଲେ, 'ଘରର ସୁବିଧା ଅସୁବିଧା ବୁଝିଲା ବେଳକୁ ସେ ବଡ଼ପୁଅ, ତୁମ ବୋଉର ଶ୍ରାଦ୍ଧ ମଉଳା ଦେଲା ବେଳକୁ ସେ ବଡ଼ପୁଅ, ବାପାକୁ ନେଇ ଡାକ୍ତର ଦେଖେଇବାକୁ ଗଲା ବେଳକୁ ସେ ବଡ଼ପୁଅ, ତୁମ ମାନଙ୍କ ବାହାଘରରେ ଗଧ ଭଳିଆ ଖଟିଲା ବେଳକୁ ସେ ବଡ଼ପୁଅ.... କିନ୍ତୁ ଏବେ ସମ୍ପତ୍ତିରେ ଭାଗ ଦେଲା ବେଳକୁ ତୁମେ ତାକୁ ବଡ଼ଭାଇ ବୋଲି ମାନିବାକୁ ନାରାଜ !! ଧିକ୍କାର ତୁମ ମାନଙ୍କ ଚିନ୍ତାଧାରାକୁ । ଶତ ଧିକ୍କାର ତୁମ ମାନଙ୍କ ସ୍ୱାର୍ଥପରତାକୁ । ଛିଃ...

ଛିଃ....। ଆଉ ରହିଲା ଘର ବିକ୍ରି କଥା। ମୁଁ ବଞ୍ଚିଥିବା ଯାଏ ଏ ଘର ବିକ୍ରି ହୋଇ ପାରିବ ନାହିଁ। ଆଉ ମୁଁ ମଲା ପରେ ବି ଏଥିରେ ଶ୍ୟାମର ସମାନ ଭାଗ ରହିବ। ଆଉ ତୁମେ ମାନେ ଯେଉଁ କୁମ୍ଭୀର କାନ୍ଦଣା କାନ୍ଦୁଛ ମୁଁ ଏଠି ଏକା ରହିବା କଥାକୁ ନେଇ.... ଏକା ମୁଁ ହେଲି କେତେବେଳେ ? ? ଶ୍ୟାମ ଆଉ ଚନ୍ଦ୍ରିକା ତ ଛାଇ ପରି ଜଗିଛନ୍ତି ମୋତେ। ତୁମେମାନେ ତ ନିଜ ଛୁଆ ହୋଇକି ମୋ ପାଇଁ ଏତିକି ଚିନ୍ତା କରିନ ଦିନେ। ଜଣେ ରହିଛି ସହର ଉପରେ ସହରୀ ବାବୁ ହୋଇକି ଆଉ ଜଣେ ପଡ଼ିଛି ଶ୍ୱଶୁର ଘରେ ଶ୍ୱଶୁର ହାତଟେକାକୁ ଚାହିଁକି। କୁଣିଆ ଭଳିଆ ଯାଉଛ ଆସୁଛ। ଆଉ ଏବେ ଯେତେବେଳେ ନୂଆ ଘର ପାଇଁ ଟଙ୍କା ଦରକାର ହେଲା, ଦରଦ ଉଚ୍ଛୁଳି ପଡ଼ିଲା ତୁମ ମାନଙ୍କର !!'

'ଠିକ୍ ଅଛି... ଆଜିଠାରୁ ମୁଁ ଆଉ ଶ୍ୱଶୁର ଘରେ ରହିବିନି। ଏଇଠି ରହିବି। ଏଇ ଘରେ ହିଁ ରହିବି। ଜମିବାଡ଼ି, କ୍ଷେତଖଳା ସବୁ ବୁଝିବି। ଶ୍ୟାମଭାଇ ଆଉ ଏଠି ରହିବା କିଛି ଆବଶ୍ୟକ ନାହିଁ କି ଆମ ଘର ଦାୟିତ୍ୱ ସେ ମୁଣ୍ଡେଇବା ଦରକାର ନାହିଁ। ମୁଁ ବି ଦେଖିବି କେମିତି ସମାନ ଭାଗଟା ସେ ନେଇଯିବ ଏଠୁ।' କହିଲା ରୁଦ୍ର।

ଘୃଣାର ଗୋଟାଏ ତାଚ୍ଛଲ୍ୟପୂର୍ଣ୍ଣ ଚାହାଣୀ ପୁଅ ମାନଙ୍କ ଉପରକୁ ଫୋପାଡ଼ି ଦେଇ ଅନ୍ୟ ଆଡ଼କୁ ମୁହଁ ବୁଲେଇ ନେଲେ ରଘୁନାଥ ପ୍ରହରାଜ। ଆଉ କହିଲେ.... ଓଃ ହୋ, ମୁଣ୍ଡକୁ ହାତ ପାଇଗଲାଣି ପରା। ସେଥିପାଇଁ ଦାୟିତ୍ୱ ନେବାକୁ ଏଡ଼େ ଆଗଭର। କିନ୍ତୁ ସେ ଆଉ ତା ସ୍ତ୍ରୀ ଚନ୍ଦ୍ରିକା ଘର ପାଇଁ ଯେଉଁ ତିଲ ତିଲ କରି ନିଜକୁ ସମର୍ପି ଦେଇଛନ୍ତି, ତାର ମୂଲ୍ୟ କ'ଣ କିଛି ନାହିଁ !!

'ହଁ ନିଶ୍ଚୟ ଅଛି। ଆପଣ ସେଥିପାଇଁ ତାକୁ ମୋଟା ଅଙ୍କର କିଛି ଟଙ୍କା ଦେଇ ପାରନ୍ତି। ଏତେ ଜମିବାଡ଼ି ଭିତରୁ ଭଲ ଦୋଫସଲି ଜମି ଖଣ୍ଡେ ତା ନାଁରେ ଲେଖି ଦେଇ ପାରନ୍ତି। କିନ୍ତୁ ସମାନ ଭାଗ.... କଦାପି ନୁହେଁ।' କହିଲା ଚନ୍ଦ୍ର।

ଚନ୍ଦ୍ର ସହ ତାଲ ଦେଇ ରୁଦ୍ର ବି କହିଲା, 'ଆଜିଠାରୁ ଏ ଘରେ ମୁଁ ରହିବି ଏ ଘରର ତଥା ତୁମର ଦେଖାଶୁଣା କରିବା ପାଇଁ। କୌଣସି ବାହାର ଲୋକର ଉପସ୍ଥିତି କିଛି ଆବଶ୍ୟକ ନାହିଁ ଏଠି।

॥ ୧୭ ॥

ରୁଦ୍ର ଘରେ ରହିବା ଦିନଠାରୁ ସବୁବେଳେ ଘର ଭିତରେ ଚାଲିଛି ଗୋଟେ ଶୀତଳ ଯୁଦ୍ଧ । ବେଳେବେଳେ ଖୋଲାଖୋଲି ଭାବରେ ପାଟିତୁଣ୍ଡ ବି । ଆଜିକାଲି ଶ୍ୟାମକୁ ଜମିର ହଲିଆ ମଜୁରିଆ ଭଳି ବିଲବାଡିର ତଦାରଖ କରିବାକୁ ନିର୍ଦ୍ଦେଶ ଦିଏ ରୁଦ୍ର । ଆଉ ସନ୍ଧ୍ୟା ବେଳକୁ ସବୁର ହିସାବ ନିକାଶ କଡ଼ା ଗଣ୍ଡା କରି କରେ ।

ରୋଷେଇ ଘରେ ବି ସୁଲଗ୍ନାର ରାଜୁତି । ଚନ୍ଦ୍ରିକାକୁ ରୋଷେଇ ଘର ଆଉ ଭଣ୍ଡାର ଘରର ଛାଇ ମାଡିବାକୁ ସୁଦ୍ଧା ମନା କରିଛି ସୁଲଗ୍ନା । ଯେତିକି ସିଏ ନିର୍ଦ୍ଦେଶ ଦିଏ, କେବଳ ସେତିକି କାମ ହିଁ କରେ ଚନ୍ଦ୍ରିକା । କେବେ ଯଦି ଅଭ୍ୟାସବଶତଃ ଭଣ୍ଡାର ଘରୁ ଡାଲି ଟିକେ କି ଘିଅ ଟିକେ ଚନ୍ଦ୍ରିକା କାଢି ଆଣିଥାଏ ତ ସୁଲଗ୍ନା ଦେଖେଇ ଶିଖେଇ କଡ଼ା କରି ଦି' ଚାରିପଦ ଶୁଣେଇ ଦିଏ । କୁହେ.... ଯେତିକିର ମଣିଷ ସେତିକିରେ ରହିବା ଦରକାର । ପିମ୍ପୁଡ଼ି ରୁଖା ଉପରକୁ ଚଢ଼ିଲେ ତାକୁ ଯେମିତି ସ୍ୱର୍ଗ ଆଉ ଦି' ଆଙ୍ଗୁଳି ଭଳିଆ ଲାଗେ, ସେମିତି ୟାଙ୍କୁ ଆମେ ଅପା ଡାକୁଛୁ ବୋଲି ଇଏ ଭାବୁଛନ୍ତି ପୁରା ଆମ ମୁଣ୍ଡରେ ଚଢି ଥେଇ ଥେଇ ହେବେ । ଭାବିଥିଲେ ଏଠି ବାପାଙ୍କ ସେବାଯତ୍ନ କରି ତାଙ୍କୁ ହାତେଇ ମାଲିକାଣୀ ସାଜିବେ ବୋଲି । ମନ୍ଦିର ସେବା କରିବା ଲୋକର କେଡେ ସାହସ ଦେଖ, ସେ ପୁଣି ବାହାରିଛି ପ୍ରହରାଜ ଉଆସର ଭଣ୍ଡାର ଘର ସମ୍ଭାଳିବାକୁ ।

ମଝିରେ ମଝିରେ ଚନ୍ଦ୍ର ଆଉ ତା ସ୍ତ୍ରୀ ଶ୍ରୀମୟୀ ଆସି ଘିଅରେ ନିଆଁ ଢାଳନ୍ତି । ନିଆଁ ହୁତୁହୁତୁ ହୋଇ ଜଳେ ଆହୁରି ଘର ଭିତରେ । ପ୍ରତି କଥାରେ ପାଟିତୁଣ୍ଡ, ଯୁକ୍ତିତର୍କ ଶେଷ ସୀମାରେ ପହଞ୍ଚେ ।

ଏ ସବୁ ସହି ପାରନ୍ତିନି ରଘୁନାଥ । ତାଙ୍କରି ଆଖ୍ ଆଗରେ ଦିନରାତି ସାନଭାଇ

ଆଉ ଭାଇବୋହୂ ମାନଙ୍କ ଦ୍ୱାରା ଶ୍ୟାମ ଅପମାନିତ ହେବାଟା ତାଙ୍କ ଦେହରେ ଯାଏନି । ପାଟି ଫିଟେଇଲେ ଆହୁରି ଗଣ୍ଡଗୋଳ । ଆଜିକାଲି ତାଙ୍କର ବି ପାଟିତୁଣ୍ଡକୁ ଆଉ କୋଉ ଯୁ' ପାଉଛି ଯେ ? କିଏ ବି ଶୁଣୁଛି ତାଙ୍କ କଥାକୁ ? ବୟସ ଖସିଗଲେ ମଣିଷ ଉଭୟ ଶାରୀରିକ ଆଉ ମାନସିକ ଦୃଷ୍ଟିରୁ କେତେ ଯେ ଦୁର୍ବଳ ପଡ଼ିଯାଏ, ସେ କଥାକୁ ଆଜି ମର୍ମେ ମର୍ମେ ଅନୁଭବ କରୁଥିଲେ ରଘୁନାଥ । ଦିନଥିଲା ଏଇ ରଘୁନାଥ ପ୍ରହରାଜ ଦାଣ୍ଡରେ ଚାଲିଗଲେ ଲୋକେ ମୁଣ୍ଡ ନୁଆଁଇ ଦେଉଥିଲେ । ଦିନ ଥିଲା ଗାଁର ନ୍ୟାୟ ନିଶାପରେ ଏଇ ରଘୁନାଥଙ୍କର ନିଷ୍ପତି ହିଁ ଥିଲା ସର୍ବାଦୌ ଗ୍ରହଣୀୟ । କିନ୍ତୁ ସେଇ ରଘୁନାଥଙ୍କୁ ଆଜି ତାଙ୍କରି ନିଜ ଘରେ ପଚାରେ କିଏ ? ?

ଇଚ୍ଛା ନଥିଲେ ବି କେବଳ ଘରର ଶାନ୍ତି ରକ୍ଷା ଉଦ୍ଦେଶ୍ୟରେ ରଘୁନାଥ ପ୍ରହରାଜ ଶ୍ୟାମ ଆଉ ଚନ୍ଦ୍ରିକାକୁ ମନ୍ଦିର ପାଖ ଘରେ ରହିବାକୁ ନିର୍ଦ୍ଦେଶ ଦେଲେ । ସେଇ ଘରେ ଦିନେ ସୁମନା ଆଉ ଚୈତନ୍ୟ ତାଙ୍କ ନୂଆ ସଂସାରର ମୂଳଦୁଆ ପକେଇଥିଲେ । ସୁନ୍ଦର ନୀଡ଼ଟିଏ ଗଢ଼ିବାର ସ୍ୱପ୍ନ ଦେଖିଥିଲେ । ସୁମନା ମୃତ୍ୟୁର କିଛିଦିନ ପରେ ଚୈତନ୍ୟ ସବୁକିଛି ରଘୁନାଥଙ୍କ ହାତରେ ସମର୍ପି ଦେଇ ଫେରି ଯାଇଥିଲା ନିଜ ଗାଁକୁ । ରକ୍ଷଣାବେକ୍ଷଣ ଅଭାବରେ ଘରଟି ଭାଙ୍ଗିରୁଜି ଯାଇଥିଲା । ଘରଟିକୁ ପୁଣି ଭଲରେ ସଜଡ଼ା ସଜଡ଼ି କରି ନୂଆ କରି ଗଢ଼ିଲେ ରଘୁନାଥ ଆଉ ଶ୍ୟାମର ଥଇଥାନ ସେଇଠି କରେଇ ଦେଲେ । ବାପାଙ୍କୁ ଛାଡ଼ି ଯିବାକୁ ଇଚ୍ଛା ନଥିଲେ ମଧ ତାଙ୍କ ଇଚ୍ଛାକୁ ସମ୍ମାନ ଦେଇ ଆଉ ଘରର ପରିସ୍ଥିତିକୁ ନଜରରେ ରଖି ଘରୁ ବାହାରିଗଲେ ଦୁହେଁ ଈଶ୍ୱରୀକୁ ସାଙ୍ଗରେ ନେଇ । ଶ୍ୟାମ ଆଉ ଚନ୍ଦ୍ରିକା ଅଲଗା ରହିଲା ପରେ ଘରେ ଟିକେ ଶାନ୍ତିର ବାତାବରଣ ଆସିଲା ସିନା କିନ୍ତୁ ରଘୁନାଥଙ୍କ ମନ ଭିତରେ ଦିନରାତି ବହିଲା ଅଶାନ୍ତିର ଝଡ଼ । ଯେଉଁ ଝଡ଼ କି ପ୍ରହରାଜ ଘରର ମୁରବୀ ରଘୁନାଥ ପ୍ରହରାଜଙ୍କୁ ଉଭୟ ଶାରୀରିକ ଆଉ ମାନସିକ ଭାବରେ ଦୋହଲେଇ ଦେବା ପାଇଁ ଯଥେଷ୍ଟ ଥିଲା ।

ଭିତରେ ଭିତରେ ଖୁବ୍ ଝୁରିଲେ ରଘୁନାଥ ତାଙ୍କ ବଡ଼ ପୁଅବୋହୂ ଆଉ ନାତୁଣୀକୁ । ଏତେ ବଡ଼ ଘର ଖାଁ ଖାଁ ହୋଇ ଗୋଡେଇଲା ତାଙ୍କୁ । ସବୁବେଳେ ଅନ୍ୟମନସ୍କ ହୋଇ ବସି ରହିଲେ ସେ । ଖୋଜିଲା ଖୋଜିଲା ଆଖିରେ ସବୁଆଡେ ଚାହୁଁଥିଲେ । ଅଧିକାଂଶ ସମୟ ବାହାର ବାରଣ୍ଡାରେ ବସି ରହୁଥିଲେ କାହାକୁ ଅପେକ୍ଷା କଲାପରି । ନାତୁଣୀ ଈଶ୍ୱରୀର 'ଜେଜେବାପା' ଡାକ ତାଙ୍କ ପାଇଁ ସ୍ୱପ୍ନ ହୋଇଗଲା ।

ରୁଦ୍ର ଆଉ ସୁଲଗ୍ନା ଯେ ତାଙ୍କର ଯତ୍ନ ନେଉ ନଥିଲେ ସେକଥା ନୁହେଁ । ବାପାଙ୍କ ସେବା ଯତ୍ନରେ ଯେମିତି କାଣିଚାଏ ବି କେଉଁଠି ଉଣା ନହୁଏ ସେଥିପ୍ରତି

ଯନ୍‌ବାନ ଥିଲେ ସେମାନେ । ଆଜିକାଲି ସମୟ ପାଇଲା ମାତ୍ରେ ଚାଲି ଆସନ୍ତି ଚନ୍ଦ୍ର ଆଉ ଶ୍ରୀମୟୀ ସହରରୁ । ବାପାଙ୍କ ଭଲମନ୍ଦ ବୁଝନ୍ତି । ସହରରୁ ନାନା ଜାତିର ଫଳମୂଳ ଖାଇବା ଜିନିଷ ସବୁ ଧରି ଆସିଥାନ୍ତି ବାପାଙ୍କ ପାଇଁ । କିନ୍ତୁ ଏ ସବୁରେ ଆଗ୍ରହ ନଥାଏ ଆଦୌ ରଘୁନାଥଙ୍କର । ଏ ସବୁ ଭିତରେ ରଘୁନାଥ ଝୁରି ହୁଅନ୍ତି ଶ୍ୟାମର ସେବାୟନ୍‌କୁ । ଚନ୍ଦ୍ରିକାର ହାତ ପରଷାକୁ ଆଉ ନାତୁଣୀର 'ଜେଜେ' ଡାକକୁ । ଯେତେ ପ୍ରକାର ଖାଦ୍ୟ ରାନ୍ଧି ପରଷି ଦେଲେ ବି ସେଥିରେ ଚନ୍ଦ୍ରିକା ହାତରନ୍ଧାର ବାସ୍ନା ନଥାଏ । ଯିଏ ଯେତେ ସେବାୟନ୍ କଲେ ବି ସେଥିରେ ଆମ୍ୟୀୟତା ବଦଲରେ କେବଳ ସ୍ୱାର୍ଥପରତାର ବାସ୍ନା ବାରି ପାରନ୍ତି ରଘୁନାଥ । କ୍ଷଣକେ ମନେ ପଡ଼ିଯାଏ ଯେ ସାମାନ୍ୟ ସମ୍ପତ୍ତି ପାଇଁ ଏଇ ପୁଅବୋହୂ ମାନେ ତାଙ୍କ ମୁହଁରେ ଜବାବ ଦେଇଥିଲେ ବୋଲି । ଶ୍ୟାମ ଆଉ ଚନ୍ଦ୍ରିକାର ଭଲପାଇବାକୁ ଗୋଡ଼ରେ ଆଉଡ଼େଇ କୃତଘ୍ନ ପାଲଟି ଗଲେ ବୋଲି ।

ବେଲେବେଲେ ଘରର ପ୍ରତ୍ୟେକ ଆସବାବ ପତ୍ରକୁ ନିରିଖେଇ ଦେଖନ୍ତି ରଘୁନାଥ । ସେଥିରେ ହାତ ବୁଲେଇ ଆଉଁଷି ଆଣନ୍ତି ଆଉ ଅନ୍ୟମନସ୍କ ହୋଇ ଭାବନ୍ତି..... ଏ ଘରର ପ୍ରତ୍ୟେକଟି ଜିନିଷରେ ରାଜେଶ୍ୱରୀଙ୍କର ସ୍ମୃତି ବୋଲି ହୋଇ ରହିଛି । ରାଜେଶ୍ୱରୀ ଆସିଲା ପରେ ଘରକୁ ଅନେକ ଜିନିଷ ଗୋଟିଏ ଗୋଟିଏ କରି ବରାଦ ଦେଇ କରେଇ ଆଣିଥିଲେ । ଠାକୁର ଘରେ ପୂଜା ପାଉଥିବା ଅଷ୍ଟଧାତୁର କୃଷ୍ଣଙ୍କ ମୂର୍ତ୍ତିଟି ବୋଧେ ତାଙ୍କ ଅଜେଜେମା'ଙ୍କ ବେଲର । ସେବେଠାରୁ ସେ ସ୍ଥାପିତ ହୋଇଛନ୍ତି ପ୍ରହରାଜ ଘରର ଗୃହ ଦେବତା ଭାବରେ । ଠାକୁର ଘରେ ଥୁଆ ହୋଇଛି ଗୋଟେ ସୁନାଖିଲ ଦିଆ ରୂପାର ସିନ୍ଦୁକ । ସେଥିରେ ଭର୍ତ୍ତି ହୋଇ ରହିଛି ଠାକୁରଙ୍କ କଂସା ପିଉଲ ବାସନ ସହ କ୍ଷୀରି ଭୋଗ ପାଇଁ ସୁନାର ତସଲାଟିଏ । ତା ଭିତରେ ଆହୁରି ମଧ୍ୟ ଅଛି ଠାକୁରଙ୍କ ଯାବତୀୟ ସୁନାରୂପା ଅଳଙ୍କାର ସହ ସୁନାରେ ତିଆରି ପଥରବସା ମୁକୁଟଟିଏ । ଶୋଇବା ଘରର ଗଜଦନ୍ତ ପଲଙ୍କଟି ରାଜେଶ୍ୱରୀ ଆଣିଥିଲେ ଯୌତୁକରେ ତାଙ୍କ ବାପଘରୁ । ରୋସେଇ ଘର ଥାକରେ ସଜା ହୋଇ ଥୁଆ ହୋଇଛି ଶ୍ୟାମ, ଚନ୍ଦ୍ର ଆଉ ରୁଦ୍ରଙ୍କର ଅନ୍ନପ୍ରାସନ୍ନ ବେଲର ରୂପା ବାସନ ସେଟ୍ ସହ ସୁନାର ଚାମଚ ଆଉ ଗ୍ଲାସ । ବୈଠକ ଘରକୁ ମଧ୍ୟ ସଜେଇଥିଲେ ରାଜେଶ୍ୱରୀ ବିଭିନ୍ନ ପ୍ରକାର ପିଉଲ ଫୁଲଦାନୀ ଆଉ ସବୁ ପୁରୁଣା କାଳିଆ ଦାମୀ ସାଜସଜ୍ଜା ଜିନିଷ କିଛି ସଂଗ୍ରହ କରି । ଏବେ ବି ବୈଠକ ଘରର ଗୋଟାଏ କୋଣକୁ ପଡ଼ିଛି ସେଇ ଶିଶୁକାଠର ଆରାମ ଚେୟାରଟି ଯେଉଁଥିରେ ତାଙ୍କ ବାପା ରାମହରି ପ୍ରହରାଜ ବସୁଥିଲେ ଦିନେ । ଏମିତି ତ ଘର ଯାକ ଦାମୀ ଦାମୀ ଜିନିଷ ଭର୍ତ୍ତି । ଲକ୍ଷ ଲକ୍ଷ ଟଙ୍କାର ସମ୍ପତ୍ତି ଏ ସବୁ । ଏ

ସବୁ ତ ଭାଗ ହୋଇନି ? ? ଏ ସବୁ କ'ଣ ଭାଗ ହୁଏ ? ? ସବୁଥିରେ ରାଜେଶ୍ୱରୀଙ୍କ ସ୍ମୃତି ଜଳଜଳ ହୋଇ ଦିଶୁଛି। ସ୍ମୃତିକୁ କ'ଣ ଭାଗବାଣ୍ଟି ହୁଏ ? ? ତେବେ ଏ ସ୍ମୃତି ସବୁ କ'ଣ ବିକ୍ରି ହୋଇଯିବ ଏ ଘର ସହ ସେ ମାଲା ପରେ!! ରାଜେଶ୍ୱରୀଙ୍କ ହାତୀଦାନ୍ତ ପଲଙ୍କରେ ରାଜୁତି କରିବ ଆଉ କିଏ ? ? ହୁଏତ ତାଙ୍କ ବାପା ରାମହରି ପ୍ରହରାଜଙ୍କ ଚଉକିଟିକୁ ଭାଙ୍ଗିରୁଜି ଦେଇ ଆଉ କେହି ନୂଆ ରୂପ ଦେଇପାରେ। ଆଜିକାଲିର ପିଲା କେତେ ବୁଝନ୍ତି ଏ ସବୁର ମହତ୍ତ୍ୱକୁ ? ? ତାଙ୍କ ପାଇଁ ଏସବୁ ସ୍ମୃତି ହେଲା ବେଳକୁ ସେମାନଙ୍କ ପାଇଁ ଏ ସବୁ ଅଳିଆ। ଏ ସବୁ ବଦଳରେ ସେମାନଙ୍କୁ ନୂଆ ଦରକାର ସବୁ। ସେ ମାଲାପରେ ତ ଏ ଘର ବିକ୍ରି ସୁନିଶ୍ଚିତ। ଚନ୍ଦ୍ର ଆଉ ରୁଦ୍ରକୁ ଅଟକେଇବାକୁ କାହାର ୟୁ' ଅଛି ଆଉ!! ତେବେ କ'ଣ ଏ ଘରର ସବୁ ଜିନିଷ ବିକ୍ରି ହୋଇଯିବ!! ତାଙ୍କ ପରପିଢ଼ି ପାଇଁ ପ୍ରହରାଜ ଉଆସର ସ୍ମୃତି ଭାବରେ କିଛି ବି ବଞ୍ଚିବନି!! ଶ୍ୟାମକୁ କ'ଣ ସତରେ ଏ ଘରୁ ସେମାନେ ଭାଗ ଦେବେନି ? ଏ ସବୁ ଭାବି ଭାବି କାନ୍ଦି ପକାନ୍ତି ରଘୁନାଥ ପ୍ରହରାଜ।

॥ ୧୮ ॥

ସେଦିନ ରଘୁନାଥ ପ୍ରହରାଜ ଏକୁଟିଆ ବସିଥିଲେ ବାହାରେ । ଉଦୁଉଦିଆ ଖରାବେଳ । ପୁଅ ବୋହୁ, ଚାକର ପୂଜାରୀ ସମସ୍ତେ ଖିଆପିଆ ସାରି ଯିଏ ଯାହା ବାଟରେ ବିଶ୍ରାମ ନେଉଛନ୍ତି ଟିକେ । ତାଙ୍କୁ ନା ନିଦ ଆସୁଛି ନା ଶାନ୍ତି ଲାଗୁଛି । ସବୁବେଳେ ଶ୍ୟାମ ଆଉ ଚନ୍ଦ୍ରିକାଙ୍କୁ ମନ ଝୁରୁଛି ।

ଏଇ ସମୟରେ କେହି ଜଣେ ପ୍ରହରାଜ ଉଆସର ବଡ଼ ଫାଟକ ଖୋଲି ଭିତରକୁ ପ୍ରବେଶ କଲା । ଦୂରରୁ ଝାପ୍ସା ଝାପ୍ସା ଦିଶୁଥିଲା ରଘୁନାଥଙ୍କୁ । ଆଖି ମଲିମଲି ଚିହ୍ନିବାକୁ ଚେଷ୍ଟା କଲେ ସେ । କିନ୍ତୁ ପାରିଲେନି । ଦୃଷ୍ଟିଶକ୍ତି ବି ଧୋକା ଦେବା ଆରମ୍ଭ କଲାଣି ଧୀରେ ଧୀରେ । ଲୋକଟି ଫାଟକ ବନ୍ଦ କରିସାରି ଧୀରେ ଧୀରେ ପ୍ରହରାଜଙ୍କ ଆଡ଼କୁ ଆଗେଇ ଆସୁଥିଲା । ଏଥର କିଛି କିଛି ବାରି ପାରୁଥିଲେ ରଘୁନାଥ । ଚିହ୍ନା କେହିଜଣେ ଭଳି ଲାଗୁଥିଲା ତାଙ୍କୁ । ଲୋକଟି ଆସି ଠିଆ ହେଲା ରଘୁନାଥଙ୍କ ସାମ୍ନାରେ ।

--- ଚୈତନ୍ୟ ! ! !

ଆଶ୍ଚର୍ଯ୍ୟ ଚକିତ ହେବା ସହ ଗୋଟାଏ ମୃଦୁ ଝଟକାର କମ୍ପନ ଅନୁଭବ କଲେ ଯେମିତି ରଘୁନାଥ ନିଜ ଛାତି ଭିତରେ । ଛାତି ବିଦାରି ହୋଇ ପୁରୁଣା ସ୍ମୃତି ସବୁ ଯେମିତି ମୁଣ୍ଡ ଟେକିଲେ ରହି ରହି । ସେଇ ସ୍ମୃତି ଭିତରୁ ଉଙ୍କି ମାରୁଥିଲେ ସୁମନା ଆଉ ଜାହ୍ନବୀ, ଝାପ୍ସା ଦିଶୁଥିଲା କଲିକତାର ସେଇ ହଷ୍ଟେଲ ରୁମ୍, ଚୈତନ୍ୟ ସହ ବନ୍ଧୁତା ଆଉ ଆଦ୍ୟ ଯୌବନରେ ଗଙ୍ଗାକୂଲରେ କାଟିଥିବା କିଛି ମୁହୂର୍ତ । ନିର୍ବାକ ୦୮ ଥରି ଉଠିଲା ରଘୁନାଥଙ୍କର ।

--- କିଏ.... ଚୈତନ୍ୟ ! !

'ଆଜ୍ଞା 'କହି ହାତ ଯୋଡ଼ି ମୁଣ୍ଡ ନୁଆଁଇ ପ୍ରଣିପାତ କଲା ଚୈତନ୍ୟ ରଘୁନାଥଙ୍କୁ ।

ନିରେଖ୍ ଚାହିଁଲେ ରଘୁନାଥ ଚୈତନ୍ୟର ମୁହଁକୁ । ଚେହେରା ମଳିନ ପଡ଼ିଗଲାଣି । ଦେହର ଗୋରାରଙ୍ଗ ତମ୍ବାଲିଆ ଦିଶିଲାଣି । ଚୁଟି ସବୁ ପାଟି ଧଳା ଦିଶିଲାଣି । ବାର୍ଦ୍ଧକ୍ୟ ଜାବୁଡ଼ି ଧରିଲାଣି ଶରୀରକୁ । ମୁହଁରେ ବୟସର ରେଖାଚିତ୍ର । ବୟସ ପାଖରେ ତ ସଭିଏଁ ସମାନ । କି ଧନୀ, କି ଗରିବ । ସେ ନିଜେ ବି ତ ଏବେ ବାର୍ଦ୍ଧକ୍ୟ କବଳିତ । ତେବେ ଚୈତନ୍ୟ ବାଦ୍ ଯିବ କେମିତି ? ?

--- କୁଆଡେ ହଜି ଯାଇଥିଲ ଚୈତନ୍ୟ ? ଏତେଦିନରେ ମନେ ପଡ଼ିଲା ମୋ କଥା ? ? ସୁମନା ଗଲାପରେ ସବୁ ସମ୍ପର୍କ କାଟି ଦେଇ ଯାଇଛ ଯେ ଯାଇଛ ! ! ଅଭିମାନର ଲୁହ ବୁନ୍ଦାଏ ଟିକଟିକ୍ କଲା ରଘୁନାଥଙ୍କ ଆଖ୍ କୋଣରେ ।

--- ନାଇଁ ରଘୁଭାଇ, ସେମିତି କିଛି କଥା ନାହିଁ । ଏଇ ସପ୍ତାହେ ତଲେ ସ୍ବପ୍ନ ଦେଖ୍ଲି ଆପଣଙ୍କୁ । ଭାରି ମନେ ପଡ଼ିଲା ଆପଣଙ୍କ କଥା, ରାଜେଶ୍ବରୀ ନୂଆବୋଉଙ୍କ କଥା ଆଉ ରାଧାମାଧବଙ୍କ କଥା । ଭାବିଲି କେତେବେଲେ କୋଉ କଥା । ବୟସର ଅପରାହ୍ନରେ କିଏ ଜାଣେ କେତେବେଲେ ଏ ନିଃଶ୍ବାସଟା ଧୋକା ଦେଇଦେବ । ଭାରି ଇଚ୍ଛା ହେଲା ମରିବା ଆଗରୁ ଆପଣ ମାନଙ୍କୁ ଟିକେ ଦେଖ୍ଯିବା ପାଇଁ । ସେଥିପାଇଁ ଚାଲି ଆସିଲି । ଦେଖ୍ଦେଇ ଫେରିଯିବି ପୁଣି ।

--- କୁଆଡେ ଫେରିଯିବ ଚୈତନ୍ୟ ? ? ଏଇଠି ରହିଯାଅ ମୋ ପାଖରେ । ସବୁ ଥାଇ ବି ଭାରି ଏକୁଟିଆ ହୋଇ ପଡ଼ିଛି ମୁଁ ଏଠି । ନିଜର ବୋଲି ଭାବି କାହା ଆଗରେ ମନକଥା ଖୋଲି ପଦୁଟିଏ କହିଦେବା ପାଇଁ ମଧ୍ୟ ମଣିଷଟିଏ ପାଉନି ମୁଁ । ଅନ୍ତତଃ ଆମେ ଦୁହେଁ ତ ମନ ଖୋଲି ଗପି ପାରିବା ।

--- ଆଉ ମାୟା ଲଗାନ୍ତୁନି ରଘୁଭାଇ । ସୁମନା ଗଲା ପରେ ତ ସବୁ ମାୟା କାଟି ଚାଲି ଯାଇଥିଲି ମୁଁ । ଆଉ ଟିକିଏ ମାୟା ରହି ଯାଇଥିଲା । ଛିଡ଼ି ନଥିଲା । ସେଥିପାଇଁ ବୋଧେ ଆସିବାକୁ ପଡ଼ିଲା ମୋତେ ପୁଣି । ଯଦି କହୁଛ, ତେବେ ଆଜି ରାତିଟା ଏଇଠି ରହି ଯାଉଛି ମୁଁ ଆପଣଙ୍କ ପାଖରେ । କାଲି ଫେରିଯିବି କିନ୍ତୁ ।

ସେଦିନ ରାତିରେ ଢେର୍ ବେଲ ଯାଏ ବସି ଗପିଲେ ଚୈତନ୍ୟ ଆଉ ରଘୁନାଥ । ରଘୁନାଥ କହିଲେ,

--- ସଂସାରର ଏ ଭାଗଦୌଡ଼ ଭିତରେ ମୁଁ ଖୁବ ଏକୁଟିଆ ପଡ଼ି ଯାଇଛି ଚୈତନ୍ୟ । ଏ ଭିତରେ ଅନେକ କିଛି ଅଘଟଣ ଘଟି ଯାଇଛି ଏ ପ୍ରହରାଜ ଉଆସ ଭିତରେ । ଛାତିକୁ ଦୃଢ଼ କରି କଲିଜାକୁ ପଥର କରି ସବୁ ସହି ବଞ୍ଚି ରହିଛି ମୁଁ ।

ଶ୍ୟାମ ବାହାରେ ରହି ପଡ଼ିବା ଠାରୁ ଆରମ୍ଭ କରି ରାଜେଶ୍ବରୀ ପୁଣି ମାଥା

ହେବା, ଚନ୍ଦ୍ର ରୁଦ୍ରଙ୍କ ଜନ୍ମ, ଶୋଭାନାନୀଙ୍କ ସାହାଯ୍ୟ, ରାଜେଶ୍ୱରୀଙ୍କ ମୃତ୍ୟୁ, ଶ୍ୟାମ ଚନ୍ଦ୍ରିକାର ବାହାଘର ଆଦି ସବୁ କଥା ଆମୂଳଚୂଳ କହିଲେ ରଘୁନାଥ ଚୈତନ୍ୟ ଆଗରେ ।

ଦୁହେଁ ଖୁବ ଗପିଲା ପରେ ଚୈତନ୍ୟ ପଚାରିଲା, 'ଆଚ୍ଛା ରଘୁଭାଇ... ସବୁ ତ ଶୁଣିଲି । ଶ୍ୟାମ ତ ମନ୍ଦିର ପାଖରେ ରହୁଛି ବୋଲି ଜାଣିଲି, ରୁଦ୍ରକୁ ବି ଦେଖିଲି । ଆଉ ଚନ୍ଦ୍ର କାହିଁ ?'

--- ଚନ୍ଦ୍ର ତା ସ୍ତ୍ରୀ ସହ ବାହାରେ ରହୁଛି । ଆସେ ମଝିରେ ମଝିରେ ।

କିଛି ସମୟର ନୀରବତା ପରେ ରଘୁନାଥ ପୁଣି ଆରମ୍ଭ କଲେ,

--- ଚୈତନ୍ୟ, ତୁମ ପୁଅ ଶ୍ୟାମକୁ ଦେଖା କରିବା କଥା କିଛି କହୁନ ଯେ !! ତାକୁ ଦେଖିବାକୁ କ'ଣ ତୁମର ଇଚ୍ଛା ହେଉନି ? ସେ ତ ତୁମ ରକ୍ତର ସନ୍ତାନ । ତୁମ ପୁଅବୋହୂଙ୍କୁ ତୁମେ ଦେଖିବନି ଟିକେ !! ଯିବା ଆଗରୁ ଦେଖିବନି ଥରେ ତୁମ ପୁଅର ସଂସାର ଆଉ ତୁମ ସୁନାନାକୀ ବୋହୂକୁ !!

ତଳକୁ ମୁହଁ ପୋଟିଲା ଚୈତନ୍ୟ । ଆଉ କହିଲା, 'ନିଶ୍ଚୟ ଦେଖିବି ରଘୁଭାଇ । କିନ୍ତୁ ଶ୍ୟାମ ମୋ ପୁଅ ନୁହେଁ । ତୁମ ରକ୍ତର ସନ୍ତାନ ସେ । କେବଳ ଏତିକି କହିବାକୁ ଏତେ ବାଟ ଧାଇଁ ଆସିଛି ମୁଁ ।'

ଚମକି ପଡ଼ିଲେ ରଘୁନାଥ ।

--- ଏ ସବୁ କ'ଣ କହି ଯାଉଛ ଚୈତନ୍ୟ !! ଏତେଦିନ ସମସ୍ତଙ୍କ ଠାରୁ ଦୂରେଇ ରହି ତୁମେ କ'ଣ ଭୁଲିଗଲ ଯେ ତୁମେ ଦିନେ ଶ୍ୟାମକୁ ସୁମନା କୋଳରୁ ଆଣି ରାଜେଶ୍ୱରୀର ଶୂନ୍ୟ ପଣତକୁ ଭରି ଦେଇଥିଲ ବୋଲି ? ?

--- କିଛି ଭୁଲିନି ରଘୁଭାଇ । ସବୁ ମନେ ରଖିଛି । ମନେ ରଖିଛି ବୋଲି ମରିବା ଆଗରୁ ଆପଣଙ୍କୁ ସବୁ ଜଣେଇ ଦେବାକୁ ଆସିଛି । ଯଦି ନ ଜଣାଇ ମୁଁ ମରିଯାଏ ତେବେ ମୁଁ ଆପଣଙ୍କ ପାଖରେ ଦୋଷୀ ହୋଇ ରହିଯିବି ଚିରକାଳ । ଏ ରହସ୍ୟ ବି ମୋ ସହ ମରିଯିବ ସବୁଦିନ ପାଇଁ । ସେଦିନ କିନ୍ତୁ ମନେ ମନେ ସଂକଳ୍ପ କରିଥିଲି ମୁଁ । କାହା ଆଗରେ ବି ଖୋଲିବିନି ଏ ରହସ୍ୟର ପେଡ଼ି । ଏ କଥା ମୋରି ଛାତି ଭିତରେ ରହିବ ଆଉ ମୋ ସହ ହିଁ ମଶାଣିକୁ ଯିବ । ସୁମନା ମରିଗଲା ପଛେ ଜାଣି ପାରିଲାନି ଏ ବିଷୟରେ ବିନ୍ଦୁବିସର୍ଗ କିଛି । କିନ୍ତୁ କାହିଁକି କେଜାଣି.....
ଏ ରହସ୍ୟ ମୋତେ ଆଜିକାଲି ଖୁବ କଳବଳ କରୁଛି । ରାତି ରାତି ଶୋଇ ପାରୁନି ମୁଁ । କିଛି ଗୋଟେ ଭୁଲ କରିଦେଲା ଭଳି ସବୁବେଳେ ଅନୁଭବ ହେଉଛି ମୋତେ । ଏଇ କିଛିଦିନ ତଳେ ସ୍ୱପ୍ନ ଦେଖିଲି ଆପଣଙ୍କୁ । ରହି ପାରିଲିନି ଆଉ । ଭାବିଲି

ଆପଣଙ୍କ ଆଗରେ ସବୁକଥା ଖୋଲି ଦେବାରେ ହିଁ ମୋର ମୁକ୍ତି ବୋଧେ । ତେଣୁ ଚାଲି ଆସିଲି ।

ଚାଲି ଆସିଲି ।

--- ରହସ୍ୟ !! କି ରହସ୍ୟ ବିଷୟରେ ତୁମେ କହିବାକୁ ଚାହୁଁଛ ଚୈତନ୍ୟ ? ?

--- ଶ୍ୟାମ ମୋ ପୁଅ ନୁହେଁ ରଘୁଭାଇ । ସେ ଜାହ୍ନବୀ ଆଉ ଆପଣଙ୍କର ପୁଅ ।

ହତବାକ୍ ହୋଇଗଲେ ରଘୁନାଥ । ଝଡଟିଏ ବହିଗଲା ଯେମିତି ତାଙ୍କ ଭିତର ଦେଇ....ତାଙ୍କର ସମସ୍ତ ଚିନ୍ତା ଚେତନା ଆଉ ଭାବନା ଶକ୍ତିକୁ ବିପର୍ଯ୍ୟସ୍ତ କରିଦେଇ !!

--- କିନ୍ତୁ ତୁମେ ତ ମୋତେ କହିଥିଲ ସେଦିନ ଯେ ଜାହ୍ନବୀ ମରି ଯାଇଛି ବୋଲି । ସେ କ'ଣ ବଞ୍ଚିଛି ସତରେ !! କେଉଁଠି ଏବେ ସେ ଚୈତନ୍ୟ ? ? କି ଅବସ୍ଥାରେ !!

--- ମୁଁ ସେଦିନ ଠିକ୍ କହିଥିଲି ରଘୁଭାଇ । ଜାହ୍ନବୀ ମରି ଯାଇଛି । ରାଜେଶ୍ୱରୀ ନୂଆବୋଉଙ୍କ ସହ ଆପଣଙ୍କ ବାହାଘର ପରେ ଜଣାପଡିଲା ଯେ ଜାହ୍ନବୀ ଗର୍ଭବତୀ ଅଛି । ସୁମନା ବି ସେଇ ସମାନ ଅବସ୍ଥାରେ ଥିଲା । ଜାହ୍ନବୀ ନିଜ ଭାଗ୍ୟକୁ ଆଦରି ନେଇ ପଡିଥିଲା ତାର ସେଇ ଛୋଟିଆ ଘରଟା ଭିତରେ । ମୁଁ କିନ୍ତୁ ତାକୁ ହତାଦର କରି ପାରିଲିନି । ବିବେକ ବାଧା ଦେଲା ମୋର । ସୁମନା ଆଉ ମୁଁ ଉଭୟ ତାର ଖୁବ ଯତ୍ନ ନେଉଥିଲୁ ଠିକ୍ ସାନଭଉଣୀଟିଏ ଭଳି । ସେଦିନ ସୁମନା ଆଉ ଜାହ୍ନବୀ ଉଭୟଙ୍କୁ ମୋତେ ଏକା ସାଙ୍ଗରେ ଡାକ୍ତରଖାନାରେ ଭର୍ତ୍ତି କରିବାକୁ ପଡିଲା । ସୁମନା ଝିଅଟିଏ ଜନ୍ମଦେଇ ଚେତା ହରେଇ ପଡିଥିଲା । ଏଇ ସମୟରେ ନର୍ସ ଆସି ମୋତେ ଖବର ଦେଲା ଯେ ଜାହ୍ନବୀର ଅବସ୍ଥା ଭଲ ନାହିଁ ବୋଲି । ମୁଁ ସୁମନାକୁ ଛାଡି ଜାହ୍ନବୀ ପାଖକୁ ଗଲି । ପୁଅଟିଏ ଜନ୍ମ କରି ଜାହ୍ନବୀ ମୃତ୍ୟୁକୁ ଅପେକ୍ଷା କରିଥିଲା । ମୋତେ ଦେଖି କହିଲା, 'ମୁଁ ଆଉ ବଞ୍ଚିବିନି ଚୈତନ୍ୟଭାଇ.... ମୋ ପରେ ମୋ ପୁଅକୁ ନେଇ କୋଉ ଗୋଟେ ଅନାଥାଶ୍ରମରେ ଛାଡିଦେବ । ଖୁବ କଲ ମୋ ପାଇଁ ତୁମେ । ଆଉ ଏତିକି ମାତ୍ର ଶେଷ ଦାୟିତ୍ୱ ଦେଇ ଯାଉଛି ମୁଁ ।'

ଚାଲିଗଲା ଜାହ୍ନବୀ । ପାଖରେ ତା'ର କଅଁଳ ଛୁଆଟି ରାହା ମେଲି କାନ୍ଦୁଥିଲା । ସମ୍ଭାଲି ପାରିଲିନି ନିଜକୁ । ତାକୁ ଛାତିରେ ଜଡେଇ ଧରିଲି । ଛୁଆଟିକୁ ଅନାଥାଶ୍ରମରେ ଛାଡିବା କଥା ଆଦୌ ଚିନ୍ତା କରି ପାରିଲିନି ମୁଁ । ପ୍ରହରାଜ ବଂଶର ରକ୍ତ ପୁଣି ବଢିବ ଅନାଥାଶ୍ରମରେ !! ଯାହା ହେଲେ ବି ଏ ଘରର ଲୁଣ ଖାଇଛି ମୁଁ । କ'ଣ କରିବି କିଛି ଜାଣି ପାରୁ ନଥାଏ । ପୁଅକୁ ସେମିତି ଛାତିରେ ଜାକି ଧରି

ଫେରିଲି ସୁମନା ପାଖକୁ। ସୁମନାର ଚେତା ଫେରି ନଥିଲା ତଥାପି। ଚୁପ୍ କରି
ପୁଅକୁ ଶୁଆଇ ଦେଲି ସୁମନା ପାଖରେ। ଚେତା ଫେରିଲା ପରେ ସେ ଜାଣିଲା ଯେ
ତାର ଯାଆଁଳା ହୁଅ ଦୁଇଟା ହୋଇଛନ୍ତି ବୋଲି। ଡାକ୍ତରଖାନାର ସେ ନର୍ସ ଆଉ
ମୋ ବ୍ୟତୀତ ତୃତୀୟ ବ୍ୟକ୍ତି କେହି ଜାଣି ନଥିଲେ ଏ ବିଷୟରେ ଆଜିଯାଏ।
ଏପରିକି ସୁମନାକୁ ବି ଜାଣିବାକୁ ଦେଇ ନଥିଲି ମୁଁ। ଆଜି ଆପଣଙ୍କୁ କହିଲି।
କାଲେ ଆପଣଙ୍କ ସଂସାର ଭାଙ୍ଗିଯିବ.... କେବଳ ଏଇ ଭୟରେ ମୁଁ ଆଜିଯାଏ
ଲୁଚେଇ ରଖିଥିଲି ଏ କଥାକୁ। ମୁଁ ଦୋଷୀ। ଆପଣ ଯାହା ଦଣ୍ଡ ଦେବେ ଦିଅନ୍ତୁ।
ମୁଣ୍ଡପାତି ଗ୍ରହଣ କରିନେବି ମୁଁ। କିନ୍ତୁ ଏ ବୋଝକୁ ମୁଣ୍ଡେଇ ଶାନ୍ତିରେ ମରି ପାରିନଥାନ୍ତି
ମୁଁ। ଆଜି ମୋତେ ଭାରି ହାଲ୍‌କା ଲାଗୁଛି।

କାନ୍ଦୁଥିଲେ ରଘୁନାଥ ପ୍ରହରାଜ। ନିଜ କଲିଜାର ଅଂଶକୁ ପାଖରେ ପାଇକି
ବି ସେ ଆଜିଯାଏ ଜାଣି ପାରୁ ନଥିଲେ କେମିତି ? ? କେମିତିକା ବାପ ସେ
ତାହେଲେ ? ? ତାଙ୍କ ଉପସ୍ଥିତିରେ କେତେ କଥା ଶୁଣିଛି ତାଙ୍କ ପୁଅ ଶୋଭାନାନୀଙ୍କ
ପାଖରୁ, କେତେ ହତାଦର ପାଇଛି ଚନ୍ଦ୍ର ଆଉ ରୁଦ୍ରଙ୍କ ଠାରୁ। ଜନ୍ମକଲା ବାପ ପାଖରେ
ପାଲିତ ପୁଅର ପରିଚୟ ନେଇ ବଞ୍ଚିଛି ତାଙ୍କ ପୁଅ ଆଜିଯାଏ। ଧିକ୍.... ଶତଧିକ୍ ତାଙ୍କ
ବାପ ପଣିଆକୁ।

--- ଚୈତନ୍ୟ.... ତୁମେ ଦୋଷୀ ନୁହେଁ। ବରଂ ମୁଁ ତୁମ ପାଖରେ ଆଜୀବନ
ରଣୀ। ମୋ ଅନୁପସ୍ଥିତିରେ ତୁମେ ଜାହ୍ନବୀର ଦାୟିତ୍ୱ ନେଇଛ। ମୋ ସଂସାର କଥା
ବି ଭାବିଛ। ମୋର ଆଉ ଜାହ୍ନବୀର ସନ୍ତକୁ ହଜେଇ ଦେଇନ କୋଉଠି ତୁମେ।
ତୁମେ ଚାହିଁଥିଲେ ଶ୍ୟାମକୁ ଅନାଥାଶ୍ରମରେ ଛାଡ଼ି ଦାୟିତ୍ୱମୁକ୍ତ ହୋଇ ପାରିଥାନ୍ତ। ମୋ
କାନ ଯାଏ କଥା ଆସି ନଥାନ୍ତା ବି। କିନ୍ତୁ ମୋର ଜ୍ୟେଷ୍ଠ ସନ୍ତାନକୁ ତୁମେ ମୋରି
କୋଳରେ ସମର୍ପି ଦେଇଛ, ସେ ଯେଉଁ ପରିସ୍ଥିତିରେ ବି ହେଉନା କାହିଁକି। ତୁମର ଏ
ସବୁ ରଣ ସୁଝିବା ପାଇଁ ମୁଁ କେତେ ଜନ୍ମ ନେବି ଚୈତନ୍ୟ ! ! !

ତା ପରଦିନ ସକାଳୁ ସକାଳୁ ବିଦାୟ ନେଲା ଚୈତନ୍ୟ। କିନ୍ତୁ ଭାବନାର
ଅନ୍ତ ନାହିଁ ରଘୁନାଥଙ୍କର। କାହା ଆଗରେ କହିବେ ସେ ଏ ସବୁ? ଶ୍ୟାମ କଥା ଜଣା
ପଡ଼ିଲେ ଘରର ପରିସ୍ଥିତି କ'ଣ ହେବ କିଏ ଜାଣେ ? ହୁଏତ ସମସ୍ତେ ଶ୍ୟାମକୁ
ରଘୁନାଥଙ୍କର ରକ୍ଷିତାର ସନ୍ତାନ କହି ଅପମାନିତ କରି ପାରନ୍ତି। ହୁଏତ ଶ୍ୟାମ ତାଙ୍କ
ଉପରେ ଅଭିମାନ କରି ପାରେ ଯେ କାହିଁକି ମୁଁ ତା ମୋ' ଜାହ୍ନବୀ ପ୍ରତି ଏତେ ଅନ୍ୟାୟ
କଲି ବୋଲି। ହୁଏତ ତାଙ୍କ ଯୌବନର ଏହି ଭୁଲ ପାଇଁ ସେ ଚନ୍ଦ୍ର ଆଉ ରୁଦ୍ରଙ୍କ

ତାସଲ୍ୟର ଶିକାର ହୋଇ ପାରନ୍ତି ଏଇ ବୃଦ୍ଧାବସ୍ଥାରେ। ଓଃ.... ମୁଣ୍ଡ ଘୁରେଇ ଦେଉଥିଲା ରଘୁନାଥଙ୍କର। ଗୋଲକଧନ୍ଦାରେ ଧନ୍ଦି ହେଉଥିଲେ ସେ।

କଥାରେ ଅଛି.... 'ଲୁଣ ଖାଏ ହାଣ୍ଡି, ଚିନ୍ତା ଖାଏ ଗଣ୍ଠି।'

ଚିନ୍ତାରେ ଚିନ୍ତାରେ ଭାଙ୍ଗି ପଡ଼ିଲେ ରଘୁନାଥ। ଯେଉଁଠି ବସିଲେ ବସିଲେ। ଯେଉଁଠି ଶୋଇଲେ ଶୋଇଲେ। ଏମିତି ଯାବତୀୟ ଦୁର୍ଶ୍ଚିନ୍ତା ଭିତରେ କତରା ଧରିଲେ ରଘୁନାଥ ପ୍ରହରାଜ। ଶ୍ୟାମ ଆଉ ଚନ୍ଦ୍ରିକାକୁ ଦେଖି ଖାଲି କାନ୍ଦୁଥିଲେ ସିନା କିଛି କହି ପାରୁ ନଥିଲେ। 'ଏ ଘରର ଜ୍ୟେଷ୍ଠ ସନ୍ତାନ ଆଜି ପ୍ରହରାଜ ଉଆସରେ ନରହି ରହୁଛି ମନ୍ଦିର ପାଖରେ ଅଲଗା ଘରେ ଅଥଚ ବାପ ହୋଇ କିଛି କରି ପାରୁନି ମୁଁ 'ଭାବି ଭାବି ଶତ ଧିକ୍କାର କରୁଥିଲେ ସେ ନିଜ ପିତୃତ୍ୱକୁ।

ଆଜିକାଲି ଶେଯରେ ଝାଡ଼ା ପରିଶ୍ରା କରି ଦେଉଛନ୍ତି ରଘୁନାଥ। ପୁଅ ବୋହୂ ମାନଙ୍କୁ ନାକେଦମ୍ ହେଲାରୁ ଚନ୍ଦ୍ର ଗୋଟିଏ ଲୋକ ଠିକ୍ କରି ଆଣିଛି ଏଇ ଝାଡ଼ା ପରିଶ୍ରା ସଫାସଫି କରିବା ପାଇଁ। ତଥାପି ବେଳେବେଳେ ସେମାନଙ୍କୁ ବି ହାତ ଲଗେଇବାକୁ ପଡ଼େ ଏ କାମରେ। କିନ୍ତୁ କରିବାକୁ ତ ପଡ଼ିବ। ସେମାନେ ତ ନିଜେ ନିଜେ ସବୁ ଦାୟିତ୍ୱ ମୁଣ୍ଡେଇଛନ୍ତି ଶ୍ୟାମ ଆଉ ଚନ୍ଦ୍ରିକାକୁ ଆଡ଼ କରିଦେଇ। ବେଳେବେଳେ ଗୁହମୁତ ଗନ୍ଧରେ ଘର ଫାଟିପଡ଼େ। ସୁଲଗ୍ନା ଓଟାରି ହୋଇ ହୋଇ ବାନ୍ତି କରି ପକାଏ ସହି ନପାରି। କିନ୍ତୁ ନିରୂପାୟ। ଚନ୍ଦ୍ର ଆଉ ରୁଦ୍ର ମନ ଭିତରେ ଚାହାଁନ୍ତି ଯେ ବାପା ଯେତେ ଶୀଘ୍ର ଚାଲିଗଲେ ଭଲ। ଆଉ ଯେତିକି ଦିନ ସେ ଅଧିକ ବଞ୍ଚିବେ ସେତିକି ଅଧିକ ଘାଣ୍ଟି ହେବେ ସମସ୍ତେ। କିନ୍ତୁ ମନ କଥା ପାଟିକୁ ଆଣନ୍ତି ନି କେହି।

ରଘୁନାଥ ଅସୁସ୍ଥ ହେବା ପରଠାରୁ ଚନ୍ଦ୍ରିକା ଆଉ ଶ୍ୟାମ ପ୍ରତିଦିନ ଦୁଇବେଳା ଆସି ଦେଖି ଯାଆନ୍ତି ବାପାଙ୍କୁ। ଶଶୁରଙ୍କ ପାଟିକୁ ରୁଚିଲା ଭଳିଆ କିଛି ରାନ୍ଧିକି ସାଙ୍ଗରେ ମଧ ଆଣିଥାନ୍ତି ଚନ୍ଦ୍ରିକା। ଯାବତୀୟ ଭଲମନ୍ଦ ଦରବକୁ ମୁହଁ ମୋଡ଼ି ଦେଇଥିବା ରଘୁନାଥ ଯେମିତି ଚାହିଁ ବସିଥାନ୍ତି ବଡ଼ବୋହୂ ହାତରଖା ଚିଜ ଟିକକକୁ। ସାମାନ୍ୟ ପରିମାଣରେ ହେଉ ପଛେ ବଡ଼ ଆଗ୍ରହରେ ପାଟିରେ ଟିକେ ଦିଅନ୍ତି ଅମୃତ ପାଇଲା ପରି। କିଛି କହି ନପାରି ଶ୍ରୀମୟୀ ଆଉ ସୁଲଗ୍ନା ମୁହଁ ମୋଡ଼ନ୍ତି।

ବାପାଙ୍କୁ ଏ ଅବସ୍ଥାରେ ଦେଖି ଖୁବ କଷ୍ଟ ପାଆନ୍ତି ଶ୍ୟାମ ଆଉ ଚନ୍ଦ୍ରିକା। ଇଚ୍ଛା କରନ୍ତି ଖୁବ ସେବା କରି ମରଣ ମୁହଁରୁ ଫେରେଇ ଆଣି ପାରନ୍ତେ କି ବାପାଙ୍କୁ!! କିନ୍ତୁ ତାଙ୍କ ଠାରୁ ସେ ଅଧିକାର ଛଡେଇ ନିଆ ଯାଇଛି। ନା ସେମାନେ ସେବା କରିବେ,

ନା ସେମାନେ ସମ୍ପତ୍ତିରେ ଭାଗ ବସେଇ ପାରିବେ । ଚନ୍ଦ୍ର ଆଉ ରୁଦ୍ର ତାଙ୍କ ଖୁସିରେ ସେମାନଙ୍କୁ ଯେତିକି ଦେବେ ଏମାନେ ସେତିକି ଗ୍ରହଣ କରିବାକୁ ବାଧ୍ୟ । ଏ କଥା ରଘୁନାଥଙ୍କୁ ବି ବହୁତ ଆଗରୁ ଶୁଣେଇ ଦେଇଛନ୍ତି ଦୁଇ ପୁଅ ଝିଅକ । ରଘୁନାଥ ପ୍ରହରାଜ ସେଦିନ ଚୁପ ରହିଥିଲେ ନିଜ ପିଲାଙ୍କର ଅମଣିଷ ପଣିଆ ଦେଖି ।

ଶ୍ୟାମକୁ ଦେଖିଲେ କେମିତି ଏକ ବିକଳ ଚାହାଣୀରେ ଚାହାଁନ୍ତି ରଘୁନାଥ । କ'ଣ ଗୁଡ଼ାଏ କହିବେ କହିବେ ହୋଇ ପାଟି ପାକୁ ପାକୁ କରନ୍ତି । ଅସ୍ପଷ୍ଟ ସ୍ୱରରେ କିଛି କହୁ କହୁ ଥକି ପଡ଼ି ଚୁପ ହୋଇ ଯାଆନ୍ତି । ଦୁଇ ଆଖି କୋଣରୁ ଦୁଇ ଧାର ଲୁହ ବୋହିଯାଏ ତାଙ୍କର କାନ ଦେଇ । ମୁହଁଟା ଯନ୍ତ୍ରଣା ଜର୍ଜରିତ ଦିଶେ । ବାପାଙ୍କ ଶେଷ ଅବସ୍ଥା ଜାଣିପାରି କାନ୍ଦି ପକାଏ ଶ୍ୟାମ । ବାପାଙ୍କ ଶେଷ ଅବସ୍ଥାକୁ ଅନୁମାନ କରି ଚନ୍ଦ୍ର ବି କିଛିଦିନ ଛୁଟି ନେଇ ଚାଲି ଆସିଛି ଗାଁକୁ ।

ସେଦିନ ରାତିରେ ଦୁଇପୁଅ ଆଉ ଦୁଇ ବୋହୂଙ୍କ ଭିତରେ ଆଲୋଚନା ପଡ଼ିଲା ଶ୍ୟାମକୁ ନେଇ । ଅନେକ ଆଲୋଚନା ପର୍ଯ୍ୟାଲୋଚନା ପରେ ଶେଷରେ ଏଇଆ ଠିକ୍ ହେଲା ଯେ, 'ବାପାଙ୍କ କଥା ଆଉ ବେଶୀଦିନ ନୁହେଁ । ତାଙ୍କ ପରେ ଶ୍ୟାମଭାଇକୁ ବସେଇ ଭାଗବଣ୍ଟାଟାକୁ ସାରିଦେବା । ତାକୁ କିଛି ନଦେଲେ ମଧ୍ୟ ଭଲ ହେବନି ଆଦୌ । ଗାଁ ଲୋକେ ଛି' ଛାକର କରି କହିବେ । ବରଂ ଏମିତି କରିବା ଯେ ଯେତିକି ଜମିଜମା ଅଛି ସେଥରୁ ଅଳ୍ପ କିଛି ଶ୍ୟାମଭାଇ ନାଁ ରେ କରିଦେଇ ଆଉ ସବୁକୁ ଆମେ ବାଣ୍ଟିକି ନେଇଯିବା । ଯିଏ ଚାହିଁବ ତା ଭାଗ ବିକ୍ରି କରିଦେଇ ପାରିବ । ଯିଏ ଚାହିଁବ ରଖ୍ୟ ମଧ୍ୟ ପାରିବ । ରାଧାମାଧବଙ୍କ ମନ୍ଦିର ପାଖରେ ଯେଉଁ ଘରଟିରେ ଶ୍ୟାମ ରହୁଛି ତାକୁ ସେଇଠୁ ହଟେଇବାକୁ ପଡ଼ିବ । ସେଇ ଘର ଚାରି ପାଖରେ ଆହୁରି ଗୁଡ଼ାଏ ପଡ଼ିଆ ଜାଗା ପଡ଼ିଛି ପ୍ରହରାଜ ବଂଶର । କୋଟିଏ ଟଙ୍କାର ସମ୍ପତ୍ତି ହେବ କି କ'ଣ ! ! ସେ ଘରଟିକୁ ରୁଦ୍ର ନେଇ ତାକୁ ଆଉ ଟିକେ ବଢ଼େଇକି ଘର କରି ନିଜର ଗୋଟିଏ ଫ୍ୟାକ୍ଟ୍ରି ଖୋଲିବ ସେଠି । ଆଉ ପ୍ରହରାଜ ଉଆସର ଯାବତୀୟ ଦାମୀ ଜିନିଷ ବିକ୍ରିରୁ ଯେତିକି ଟଙ୍କା ବାହାରିବ ସେସବୁକୁ ଚନ୍ଦ୍ର ନେବ । ଆଉ ରହିଲା ପ୍ରହରାଜ ଉଆସ କଥା । ଘରଟା ଯେତିକି ବି ଟଙ୍କାରେ ବିକ୍ରି ହେବ, ସେଥରୁ ବୁଝି ବିଚାରି କିଛି ଗୋଟେ ଭାଗ ଶ୍ୟାମକୁ ଦେବା । ଏମିତି ହେଲେ ଶ୍ୟାମର ଏଠି ଆଉ ବାସସ୍ଥାନ ବୋଲି କିଛି ରହିବନି । ସେ ତା ଭାଗ ଟଙ୍କା ଧରି ଚାଲିଯିବ ଗାଁରୁ । ନହେଲେ ଏଇଠି ଏମିତି ଟେର ଗଲେଇ ବସିଥିବ ପ୍ରହରାଜ ବଂଶର ବଂଶଧର ବୋଲେଇ । ନିଜ ବାଟରୁ ତଥା ଏ ଗାଁରୁ ଶ୍ୟାମକୁ ହଟେଇବାର ଏଇଟା ହିଁ ସର୍ବୋତ୍କୃଷ୍ଟ ଉପାୟ ।'

ଏ ଉପାୟରେ ଦୁଇଭାଇ ଯାକ ଖୁବ ଖୁସି ଥିଲେ । ଶ୍ରୀମୟୀ ଆଉ ସୁଲଗ୍ନାଙ୍କର ମଧ୍ୟ ଏଥିରେ କିଛି ଅସୁବିଧା ନଥିଲା ।

ସେଦିନ ଚନ୍ଦ୍ରର ଶଶୁର ଘର ଲୋକେ ଦେଖିବାକୁ ଆସିଥିଲେ ରଘୁନାଥ ପ୍ରହରାଜଙ୍କୁ । ଯାହା ହେଲେ ସାତପୁରୁଷକୁ ବନ୍ଧୁ । ଏ ବେଳରେ ଯଦି ବନ୍ଧୁ ଦୁଆରେ ବନ୍ଧୁର ପାଦ ପଡ଼ିବନି ତ ତେବେ ସେ କି ବନ୍ଧୁରେ ଗଣା ! ! ସମୁଦିକୁ ଦେଖି ଟିକେ ପ୍ରସନ୍ନ ହେଲା ପରି ଦିଶିଲେ ରଘୁନାଥ । ଯୋଗକୁ ସେଦିନ ତିନିପୁଅ ତିନିବୋହୂଙ୍କ ସହ ଘରର କାଗଜପତ୍ର, ଦଲିଲ, ପଟା ପାଉତି, ଖଜଣା ଆଦି ବୁଝୁଥିବା ପ୍ରହରାଜଙ୍କ ଗୁମାସ୍ତା ଭୁବନାନନ୍ଦ କାନୁନଗୋ ବି ରଘୁନାଥଙ୍କ ପଲଙ୍କ ପାଖରେ ଉପସ୍ଥିତ ଥିଲେ । ସମସ୍ତଙ୍କୁ ଏକା ସାଙ୍ଗରେ ପାଖରେ ଦେଖି ରଘୁନାଥ ଅସ୍ପଷ୍ଟ ସ୍ୱରରେ କହିଲେ ଚନ୍ଦ୍ରକୁ, 'ମୋର ଶେଷ ଇଚ୍ଛା ସବୁ ମୁଁ ଗୋଟିଏ ଚିଠିରେ ଉଲ୍ଲେଖ କରି ଭୁବନବାବୁଙ୍କୁ ଦେଇ ସାରିଛି । ଏଥ ସହ ଓକିଲ ପରାମର୍ଶ କରେଇ ଆବଶ୍ୟକୀୟ କାଗଜପତ୍ର ବି ରଖିଛି ତାଙ୍କରି ପାଖରେ । ମୋର ମୃତ୍ୟୁ ପରେ ସମସ୍ତଙ୍କ ଉପସ୍ଥିତିରେ ଭୁବନବାବୁ ମୋର ଇଚ୍ଛାପତ୍ରଟିକୁ ପଢ଼ିବେ ଆଉ ସବୁ ଦରକାରୀ କାଗଜପତ୍ର ତୋତେ ହସ୍ତାନ୍ତର କରିବେ ।' କିଛି ସମୟ ଚୁପ ରହିବା ପରେ ପୁଣି କିଛି କହିବାକୁ ଚେଷ୍ଟା କରୁଥିଲେ ରଘୁନାଥ । କିନ୍ତୁ ପାରିଲେନି । ଗୋଟାଏ ବଡ଼ ହିକ୍କା ଉଠିବା ସହ ଧୀରେ ଧୀରେ ଆଖି ବୁଜି ହୋଇ ଆସିଲା ରଘୁନାଥଙ୍କର । କି ଇଚ୍ଛାପତ୍ର, କି କାଗଜପତ୍ର କିଛି କେହି ବୁଝିବା ଆଗରୁ ଚାଲିଗଲେ ରଘୁନାଥ । ଘରେ କାନ୍ଦ ବୋବାଳି ପଡ଼ିଗଲା । ରଘୁନାଥ ପ୍ରହରାଜ କିନ୍ତୁ ଶୋଇଥିଲେ ସେମିତି ନିର୍ବିକାର ଭାବରେ ଚିରନିଦ୍ରାରେ । ତାଙ୍କ ପ୍ରଶାନ୍ତ ମୁଖମଣ୍ଡଲ କହୁଥିଲା ସେ ଯେମିତି ଏବେ ସମସ୍ତ ଦାୟିତ୍ୱ ଆଉ ଯନ୍ତ୍ରଣାରୁ ସବୁଦିନ ପାଇଁ ମୁକ୍ତ.... ।

॥ ୧୯ ॥

କୋକେଇ ବନ୍ଧା ସରିଲାଣି । କାନ୍ଦି କାନ୍ଦି ଶ୍ୟାମ ନେହୁରା ହେଉଛି ଚନ୍ଦ୍ର ପାଖରେ । 'ବାପା ମୋତେ ତାଙ୍କର ବଡ଼ପୁଅ ବୋଲି ମାନୁଥିଲେ । କିନ୍ତୁ ବଡ଼ପୁଅ ହିସାବରେ ମୁଁ ତାଙ୍କର କିଛି ବି ସେବାଯନ୍ ଦକରିପାରିଲିନି ସେ ବଞ୍ଚିଥିବା ବେଳେ । ମୋତେ ଏତିକି ଦୟାକରରେ ଚନ୍ଦ୍ର.... ମୋତେ ତାଙ୍କୁ ମୁଖାଗ୍ନି ଦେବାର ସୁଯୋଗ ଦେ । ବାପାଙ୍କ ମଲାଦେହ ଛୁଇଁ ଶପଥ କରି କହୁଛି ମୁଁ, ମୋର କୋଉଥିରେ କିଛି ବି ଭାଗ ବସେଇବାର ନାହିଁ ବଡ଼ପୁଅ ହିସାବରେ । ବାପାଙ୍କ ପାଇଁ କିଛି ତ କରିବାକୁ ସୁଯୋଗ ଦେ ତୁ ମୋତେ । ତୋର ଧର୍ମ ହେବ ରେ ।'

ଚନ୍ଦ୍ର ଆଉ ରୁଦ୍ର କେହି ଶୁଣୁ ନଥିଲେ ଶ୍ୟାମର କଥାକୁ । କୋକେଇ ଉଠିଲା । ସେ ଯେ ରଘୁନାଥ ପ୍ରହରାଜଙ୍କର ନିଜ ରକ୍ତର ଜ୍ୟେଷ୍ଠ ସନ୍ତାନ, ଏତିକି ଜାହିର କରିବା ପାଇଁ ମୁଖାଗ୍ନି ଦେଲା ଚନ୍ଦ୍ର । ହୁତୁହୁତୁ ହୋଇ ଜଳି ଉଠିଲା ରଘୁନାଥଙ୍କ ମରଶରୀରଟା । ତା ସହ ବି ହୁତୁହୁତୁ ହୋଇ ଜଳିଗଲା ଶ୍ୟାମର ଜନ୍ମ ବୃତ୍ତାନ୍ତ । ଦାହ ସଂସ୍କାର ସାରି ସମସ୍ତେ ଘରକୁ ଫେରିଲେ ।

ଶ୍ୟାମକୁ ଆଡ଼ କରିଦେଇ ସବୁ ଖର୍ଚ୍ଚବର୍ଚ୍ଚ ଠାରୁ ଭୋଜିଭାତ ଯାଏ ଦୁଇ ଭାଇ ମିଶି ବହନ କଲେ । ପ୍ରତି ଶୀତଳରେ ପେଟ ପୂରା କରି ଗାଁ ଲୋକଙ୍କୁ ଖାଇବାକୁ ଦେଲେ । ଏ ରଘୁନାଥ ପ୍ରହରାଜଙ୍କ କାମ.... କେଉଁଥିରେ ସମାନ୍ୟ ବିଚ୍ୟୁତି ମଧ ନ ହେବା ଦରକାର । ଶ୍ୟାମ ଆଉ ଚନ୍ଦ୍ରିକା ସବୁ କାମରେ ହାତ ଲଗେଇବା ପାଇଁ ଆଗ୍ରହୀ ହୋଇ ନସର ପସର ହୁଅନ୍ତି ସିନା କିନ୍ତୁ ସେମାନଙ୍କୁ କେଉଁଥିରେ ବି ହାତ ମରେଇ ଦିଅନ୍ତିନି ଚନ୍ଦ୍ର ଆଉ ରୁଦ୍ର । ବିଚରା ବାହାର ଲୋକଙ୍କ ପରି ଗୁଣ୍ଠାଏ ଖାଇକି ପଡ଼ି ରହନ୍ତି ଖାଲି । ପୁରୁଣା କଥା ସବୁକୁ ମନେ ପକାଇ ଆଖ୍ ଛଲଛଲ କରେ ଶ୍ୟାମ । ଏଇ ଘରୁ

କେତେ ସ୍ନେହ ଆଉ କେତେ ଆପଣାପଣ ନ ପାଇଛି ସେ ! ! କେତେ ଅଧିକାର ତାର ଏଇ ଘରେ ନଥିଲା ସତେ ! ! କିନ୍ତୁ ଆଜି ? ? ଆଜି ଏ ଘରେ ସେ ଗୋଟେ ବାହାର ଲୋକଠାରୁ ମଧ ବେଶୀ ପର । ପୁଅ ହିସାବରେ ସେ କ'ଣ କରି ପାରିଲା ତା ବାପାଙ୍କ ପାଇଁ ?

ଏତେ କାମ ଆଉ ଏତେ ଗହଳି ଚହଳି ଭିତରେ ବି ଚନ୍ଦ୍ର ଆଉ ରୁଦ୍ରଙ୍କର ମୁଣ୍ଡରେ କେବଳ ଗୋଟିଏ କଥା ହିଁ ଚାଲୁଥିଲା.... ଭୁବନବାବୁଙ୍କୁ ଦେଇଥିବା ଚିଠିରେ ବାପା କ'ଣ ଲେଖିଛନ୍ତି ? କ'ଣ ବାପାଙ୍କର ଶେଷ ଇଚ୍ଛା ? ? କିନ୍ତୁ ପଚାରି ପାରୁ ନଥିଲେ ଭୁବନବାବୁଙ୍କୁ । ତଥାପି ଥରେ ସମୟ ସୁବିଧା ଦେଖି ଚନ୍ଦ୍ର ପଚାରିଲା, 'ଆଛା ଭୁବନବାବୁ, ବାପା ତୁମ ପାଖରେ କି କାଗଜପତ୍ର ସବୁ ରଖିଛନ୍ତି ? '

ଭୁବନବାବୁ କହିଲେ, 'ମୁଁ ତ ସେ ବିଷୟରେ କିଛି ବି ଜାଣିନିରେ ପୁଅ । ଚିଠିଟି ଗୋଟିଏ ଲଫାପା ଭିତରେ ଆଉ କାଗଜପତ୍ର ଗୁଡାକ ସବୁ ଗୋଟିଏ କପଡା ବ୍ୟାଗ ଭିତରେ ଜଉମୁଦ ହୋଇଛି । ମୋତେ ବି ନିର୍ଦ୍ଦେଶ ଅଛି ଯେ, ଏ କାମକାର୍ଯ୍ୟ ପରେ ସର୍ବସମ୍ମୁଖରେ ସେଇ ଇଚ୍ଛାପତ୍ରଟି ପଢ଼ି ଆପଣ ମାନଙ୍କୁ ସବୁ ଜିନିଷ ହସ୍ତାନ୍ତର ପାଇଁ । ତେଣୁ ଆମକୁ ଅପେକ୍ଷା କରିବାକୁ ପଡ଼ିବ ।' କିଛି କୁଆଡୁ ଜାଣି ନପାରି ନିରାଶ ହେଲେ ଦୁଇଭାଇ ଯାକ ଆଉ ଅପେକ୍ଷା କଲେ ସମୟକୁ ।

ଏକାଦଶାହ ସରିଲା । କାଲି ସକାଳୁ ଆସିବେ ଗୁମାସ୍ତା ଭୁବନାନନ୍ଦ କାନୁନଗୋ ସମସ୍ତ କାଗଜପତ୍ର ସହ । ଚନ୍ଦ୍ର, ରୁଦ୍ର, ଶ୍ରୀମୟୀ, ସୁଲଗ୍ନାଙ୍କ ମନରେ ଉତ୍କଣ୍ଠା ସହ ଆଶଙ୍କା ମଧ ଉଙ୍କି ମାରୁଛି । ବାପା କ'ଣ ଲେଖିଥିବେ ତାଙ୍କ ଶେଷ ଇଚ୍ଛା ସବୁ ! !

ସକାଳୁ ସକାଳୁ ଭୁବନବାବୁ ଆସି ପହଞ୍ଚିଲେ । ଗାଁର କିଛି ମୁରବୀ ଶ୍ରେଣୀୟ ଲୋକଙ୍କ ସହ ଶ୍ରୀମୟୀର ବଡ଼ଭାଇ ଆଉ ସୁଲଗ୍ନାର ବାପା ମଧ ଆସି ପହଞ୍ଚିଲେ ଠିକ୍ ସମୟରେ । ସମସ୍ତେ ଏକାଠି ହେବା ପରେ ଶ୍ୟାମ ଆଉ ଚନ୍ଦ୍ରିକାଙ୍କୁ ମଧ ଖବର ଦିଆଗଲା । ସେମାନେ ମଧ ଆସି ପହଞ୍ଚିଲେ । ସାମାନ୍ୟ ଜଳଯୋଗ, ଚା' ପାନ ଆଉ କଥାବାର୍ତ୍ତା ପରେ ଭୁବନବାବୁ ଆସିଲେ ଅସଲ କଥା ଉପରକୁ । ରଘୁନାଥ ପ୍ରହରାଜ ଦେଇଥିବା ଚିଠି ଆଉ କାଗଜପତ୍ର କାଢ଼ି ଥୋଇଲେ ସମସ୍ତଙ୍କ ସାମ୍ନାରେ । ସତକୁ ସତ ଚିଠି ଆଉ କାଗଜପତ୍ର ସବୁ ଜଉମୁଦ ଦିଆ ହୋଇ ବନ୍ଦ କରା ହୋଇଥିଲା ।

ଚଷମା ଲଗେଇ ଚିଠିଟିକୁ ପଢ଼ିବା ଆରମ୍ଭ କଲେ ଭୁବନବାବୁ ।

ସ୍ନେହର ଚନ୍ଦ୍ର ଓ ରୁଦ୍ର,

ଏଇ ଜମିଜମା ବଣ୍ଟାକୁ ନେଇ ସେଦିନ ତୁମ ମାନଙ୍କ ବ୍ୟବହାର ମୋତେ

ଏତେ ମାତ୍ରାରେ ଆଘାତ ଦେଉଛି ଯେ, ତୁମ ମାନଙ୍କ ସହ ଏ ବିଷୟରେ ସିଧାସଳଖ ଆଲୋଚନା କରିବା ପାଇଁ ନା ମୋ ପାଖରେ କିଛି ଆଗ୍ରହ ଅଛି ନା ଆନ୍ତରିକତା। କିନ୍ତୁ ମନର କଥାକୁ ତୁମ ଦୁହିଁଙ୍କୁ ନ ଜଣାଇଲେ ଏ ପ୍ରାଣ ମୋର ଛାଡ଼ିବନି ଶାନ୍ତିରେ।

ଏଇ ଇଚ୍ଛାପତ୍ରଟି ମୁଁ ମୋ ନିଜ ହାତରେ ଲେଖିଛି। ଶ୍ୟାମ ଆଉ ଚନ୍ଦ୍ରିକା ଘର ଛାଡ଼ି ଯିବା ପରେ ପରେ ଅନେକ ଆଉ ଅନେକ ଚିନ୍ତା କରି ମୁଁ ଏଇଟିକୁ ଲେଖିଥିଲି। ମୁଁ ଯେ ଶ୍ୟାମକୁ କେତେ ଭଲପାଏ, ସେକଥା ତୁମେମାନେ ଜାଣିଛ ସମସ୍ତେ। କେମିତି ଭଲ ନ ପାଇବି !! ମୋ ଜୀବନ ଯେତେବେଳେ ନିରାଶାର ଗୋଟିଏ ମରୁଭୂମି ଥିଲା ସେତେବେଳେ ସେ ଆଶାର କଅଁଳ ଚାରାଟିଏ ହୋଇ ମୁଣ୍ଡ ଟେକିଥିଲା। ତୁମ ମାନଙ୍କର ମା’ ଯେତେବେଳେ ନିଜର ଶୂନ୍ୟକୋଳକୁ ଧିକ୍କାର କରି ନିଜକୁ ଗୋଟିଏ ଥୁଣ୍ଟା ଶୁଷ୍କଦ୍ରୁମ ଭାବି ନେଇଥିଲା, ସେତେବେଳେ ଏଇ ଶ୍ୟାମ ତା ଶୁଖିଲା ଧୂସରିଆ ଡାଲରେ ସବୁଜ ପତ୍ରଟିଏ ହୋଇ କଅଁଳି ଥିଲା। ସବୁବେଳେ ଖାଁ ଖାଁ ଗୋଡାଉଥିବା ମୋର ଏ ଶୂନ୍ୟ ଅଗଣାକୁ ସେ ଗୁଞ୍ଜରିତ କରିଥିଲା ତା ଅଣ୍ଟାରେ ବନ୍ଧା ହୋଇଥିବା ଘଣ୍ଟି ଘାଗୁଡିର ଶବ୍ଦରେ। ସେ ଆସିଲା ପରେ ସବୁ ପର୍ବପର୍ବାଣୀରେ ମୋ ଘର ପିଠା ଆଉ ମିଠାର ବାସ୍ନାରେ ମହମହ ବାସୁଥିଲା। ଘର ଠାରୁ ଦାଣ୍ଡ ଯାଏ ଖେଳେଇ ହୋଇ ପଡୁଥିଲା ତାର ଯେତେସବୁ ଖେଳନା ଆଉ କଣ୍ଢେଇ। ଏମିତି ଅନେକ ସ୍ମୃତି..... କେମିତି ଭୁଲିଯିବି ସବୁ? ସେ ଆସିବାର ଅନେକ ବର୍ଷ ପରେ ତୁମ ଦୁହିଁଙ୍କର ଜନ୍ମ। ନିଜ ରକ୍ତର ସନ୍ତାନକୁ ଦେଖି ମଧ୍ୟ ଶ୍ୟାମ ପ୍ରତି ଭଲପାଇବା ମୋର କାଣିଚାଏ କମି ଯାଇ ନଥିଲା। ଯଦି ବି କମି ଯାଇଥାନ୍ତା ତେବେ ଧର୍ମଦ୍ରୋହୀ ହୋଇ ନଥାନ୍ତା କି ଏ ରଘୁନାଥ ପ୍ରହରାଜ ?? ମୋର ତା ପ୍ରତି ଏ ଭଲପାଇବାକୁ ତୁମେମାନେ ମୋର ଦୁର୍ବଳତା କହିପାର। ଆରେ.... ବାପା ହିସାବରେ ମୁଁ ତାକୁ ଯେତିକି ସ୍ନେହ ଦେଇନି, ପୁଅ ହିସାବରେ ସେ ତାର ଦୁଇଗୁଣା ସମ୍ମାନ, ଭକ୍ତି, ସେବା, ଆନୁଗତ୍ୟ ମୋତେ ଫେରେଇ ଦେଇଛି। ଯାହାକି ମୁଁ ମୋ ଜନ୍ମକଲା ପୁଅ ମାନଙ୍କ ଠାରୁ ପାଇନି। ତୁମେ ମାନେ କେହି ମାନ କି ନ ମାନ କିନ୍ତୁ ସେଇ ଧର୍ମ ସାକ୍ଷୀ ଯେ ସେ ହିଁ ଏ ଘରର ଜ୍ୟେଷ୍ଠପୁତ୍ର। ସେହି ଅନୁସାରେ ଏ ଘରର ଜ୍ୟେଷ୍ଠ ଅଂଶର କେବଳ ସେ ହିଁ ହକଦାର। ମୁଁ ଜାଣିଛି ମୋ ଅନ୍ତେ ତୁମେମାନେ କେହି ବି ଆଉ ଗାଁରେ ରହିବାକୁ ଚାହିଁବନି। କିନ୍ତୁ ଶ୍ୟାମ ଯେହେତୁ ଗାଁରେ ରହିବ ଏବଂ ସମ୍ପୂର୍ଣ୍ଣ ରୂପେ ଚାଷବାସ ଉପରେ ନିର୍ଭରଶୀଳ ରହିବ, ସେଥିପାଇଁ ତାକୁ ତା ପସନ୍ଦରେ ଚାଷ ଉପଯୋଗୀ ଦୋଫସଲୀ ଜମି କିଛି ଦେଇ ସାରିବା ପରେ ବାକି ଜମି ସବୁକୁ ତୁମେ ଦୁଇଜଣ ଭାଗବାଣ୍ଟି ବିକ୍ରିବଟା କରି

ପାରିବ । ଆଉ ଯଦି ଏଇ ପ୍ରହରାଜ ଉଆସକୁ ତୁମେମାନେ ମୋ ଅନ୍ତେ ବିକ୍ରି କରିବାକୁ ଚାହିଁବ ତେବେ ଏଇ ଘର ବିକ୍ରି ଟଙ୍କାରୁ ଶ୍ୟାମକୁ କିଛି ଭାଗ ଦେବା ଦରକାର ନାହିଁ କାରଣ ଏବେ ଶ୍ୟାମ ରହୁଥିବା ଘର ତଥା ତା ସହ ସଂଲଗ୍ନ ପଡ଼ିଆ ପଡ଼ିଥିବା ଯାବତୀୟ ଡ଼ିହ ସବୁକୁ ମୁଁ ଶ୍ୟାମ ନାଁରେ କରି ସାରିଛି ଏବଂ ତାର କାଗଜପତ୍ର ସବୁ ଭୁବନବାବୁଙ୍କ ଜିମାରେ ଦେଇଛି । କିନ୍ତୁ ଏ ପ୍ରହରାଜ ଉଆସ ବିକ୍ରି ଆଗରୁ ଏ ଘରେ ମହଜୁଦ ଥିବା ଯାବତୀୟ ଆସବାବପତ୍ରରୁ ଶ୍ୟାମ ଯାହା ଚାହିଁବ ସ୍ମୃତି ହିସାବରେ ନେଇ ପାରିବ । ସେ ଠାକୁର ଘରର କୃଷ୍ଣଙ୍କ ବିଗ୍ରହ ହେଉ ଅଥବା ଦାମୀ ଆସବାବପତ୍ର । କେହି ତାକୁ ଏଥରେ ବାଧା ଦେବନି । ଏ ଘର ସହ ସବୁ ବିକ୍ରି ହୋଇଯିବା ଅପେକ୍ଷା ବରଂ ଭଲହେବ ଅନ୍ତତଃ କାହା ପାଖରେ ତ ଗୋଟେ ପ୍ରହରାଜ ଖାନଦାନର କିଛି ଜିନିଷ ସ୍ମୃତି ଭାବରେ ସୁରକ୍ଷିତ ରହି ପାରିବ ମୋ ଉତ୍ତରପିଢ଼ିଙ୍କ ପାଇଁ । ଆଉ ଏଥିପାଇଁ ମୁଁ ଶ୍ୟାମକୁ ହିଁ ଯୋଗ୍ୟ ଭାବୁଛି । ଏ ଘରର ପ୍ରତିଟି ଜିନିଷ ସହ ତାର ସ୍ମୃତି ଜଡ଼ିତ । ତେଣୁ ତୁମ ମାନଙ୍କର ଏଥିରେ ଯେତିକି ଅଧିକାର, ତାର ବି ସମାନ ଅଧିକାର ସବୁଥିରେ । କେବଳ ଏତିକି ହିଁ ତୁମ ବାପାଙ୍କର ତୁମ ମାନଙ୍କୁ ଶେଷ ଅନୁରୋଧ ବୋଲି ଭାବିବ । ଆବଶ୍ୟକୀୟ କାଗଜପତ୍ର ଦଲିଲ ସବୁ ଭୁବନବାବୁଙ୍କ ପାଖରେ ଛାଡ଼ି ଯାଇଛି ମୁଁ ।

ଇତି

ତୁମର ବାପା

ଚିଠି ପଢ଼ା ସରିଲା । ସେତେବେଳକୁ ସବୁଆଡେ କେମିତି ଗୋଟେ ନିଶ୍ଚୁପ ପରିବେଶ । ଆଉ କାହାର କିଛି କହିବାର ନଥିଲା ଏ ଚିଠି ଉପରେ । ସବୁ ତ ସରିଛି । ରଘୁନାଥ ପ୍ରହରାଜ ତାଙ୍କ ଇଚ୍ଛା ମୁତାବକ ସବୁ କାମ ତୁଲେଇ ଦେଇ ଯାଇଛନ୍ତି । ଏଥର ଭୁବନବାବୁ ନିଜ ଜାଗାରୁ ଉଠି ଠିଆ ହେଲେ । ଚିଠି ସହ ଜମମୁଦ ହୋଇଥିବା କାଗଜପତ୍ର ବ୍ୟାଗଟିକୁ ସମସ୍ତଙ୍କ ଉପସ୍ଥିତିରେ ଚନ୍ଦ୍ର ହାତରେ ଧରେଇ ଦେଇ ବିଦାୟ ନେଲେ ।

ଏବେ ଦୁଇପୁଅ ବୋହୂଙ୍କ ଭିତରେ ଭାଲେଣୀ ପଡ଼ିଗଲା । ଶ୍ୟାମ ଘର ଛାଡ଼ି ଯିବା ପରେ ସବୁବେଳେ ଉଦାସ ଆଉ ଚୁପଚାପ ରହୁଥିବା ସେମାନଙ୍କ ବାପା ରଘୁନାଥ ପ୍ରହରାଜ ଯେ ଭିତରେ ଭିତରେ ଏତେ କାମ କରି ଦେଇଯିବେ କିଏ ଜାଣିଥିଲା !! ଏବେ ଆଉ ଯେତେ ବାଉଡ଼ି ଛାଟି ହେଲେ ମଧ୍ୟ ପାଟି ଫିଟେଇବାକୁ କିଛି ନାହିଁ ।

ରୁଦ୍ର କହିଲା, 'ଦେଖ୍‌ଲୁ ଟି ଭାଇ.... ବାପା କେମିତି ନିଜ ରକ୍ତର ସନ୍ତାନ ମାନଙ୍କ ସହ ବେଇମାନି କରିଦେଇ ଚାଲିଗଲେ । ମନ୍ଦିର ପାଖ ଘର ସହ ତା ପାଖାପାଖ

ସବୁ ଜାଗା ମିଶେଇ ମୁଁ ସେଠି ନିଜର ଗୋଟେ ଫ୍ୟାକ୍ଟ୍ରି କରିବି ବୋଲି ଭାବିଥିଲି। କୋଟିଏ ଟଙ୍କାର ସମ୍ପତ୍ତି ହେବ କି କ'ଣ! କିନ୍ତୁ ବାପା କ'ଣ କଲେ ? ସେ ସବୁକୁ ସେ ନିଜ ବଡ଼ ପୁଅ ନାଁ ରେ ଲେଖିଦେଇ ଗଲେ। ଖାଲି ସେତିକି ବି ନୁହେଁ, ତା ଭାଗ ଜମି ଗୁଡ଼ାକ ପୁଣି ସବୁ ଦୋଫସଲି ହେବା ଦରକାର। କାହିଁକି ନା ତାଙ୍କ ବଡ଼ପୁଅ ପରା ଗାଁରେ ରହି ଚାଷୀ ସାଜିବ।'

ରୁଦ୍ର ସହ ପାଲି ଧରି କହିଲା ଶ୍ରୀମୟୀ, 'ତୁମେ କ'ଣ ସବୁ ଭାଇଙ୍କୁ ବୋକା ଭାବିଲ କି ? ଦେଖିବ ସମସ୍ତେ ରୁହ, ଜମି କଥା ଉଠିଲା ମାନେ ତୁମ ଶ୍ୟାମଭାଇ କେମିତି ସେ ମାଲପଡ଼ିଆ ଉପର ଦୋଫସଲି ଜମିକୁ ମାଡ଼ି ବସିବେ। ଖାଲି ଏ ଗାଁ କାହିଁକି ଆଖପାଖ ଆଉ ପାଞ୍ଚଖଣ୍ଡ ଗାଁର ଲୋକ ଜାଣନ୍ତି ଯେ ପ୍ରହରାଜ ଘର ଦୋଫସଲି ଜମି ସବୁରେ ସୁନା ଫଳେ ବୋଲି। ଦେଖିବ, ଏକା ଶ୍ୟାମଭାଇଙ୍କ ଜମି ସବୁର ମୂଲ୍ୟ ଯେତିକି ହେବ, ଆଉ ବାକି ଦି'ଭାଗ ମିଶିକି ବି ସେତିକି ହେବ କି ନାହିଁ।'

ସୁଲଗ୍ନା କହିଲା, 'ଖାଲି କ'ଣ ସେତିକି କି ଅପା....ଯେତେବେଲେ ଏ ଘର ବିକ୍ରି ହେବ, ସେତେବେଲେ ଦେଖିବ ତାଙ୍କର ଅସଲ ରୂପ ତୁମେ ସବୁ। ବାପା ତ ଲେଖିଦେଇ ଗଲେ ଯେ ଏ ଘରୁ ସେ ଯାହା ଚାହିଁବେ ସ୍ମୃତି ହିସାବରେ ନେଇ ପାରିବେ। ଯେତେବେଲେ ଏ ଘର ବିକ୍ରି କଥା ଉଠିବ, ସେତେବେଲେ ଚନ୍ଦ୍ରିକା ଅପା କ'ଣ ଆଉ ସେ ସୁନାପାତ ଦିଆ ରୂପାର ସିନ୍ଦୁକକୁ ନ ନେଇ ଛାଡ଼ିବେ ? '

-- ଖାଲି ସିନ୍ଦୁକ କାହିଁକି.... ଠାକୁର ଘରର କୃଷ୍ଣମୂର୍ତ୍ତିଙ୍କ ସହ ତାଙ୍କର ଯାବତୀୟ ଆୟ ଅଳଙ୍କାର ପରି ଆହୁରି ଅନେକ ଦାମୀ ଜିନିଷ ଭର୍ତ୍ତି ହୋଇ ରହିଛି ଏ ପ୍ରହରାଜ ଉଆସରେ। ସ୍ମୃତି ସାଇତି ରଖିବା ନାଁରେ ଦେଖିବ ଏ ଘରେ ସିଏ କଳାକଳା ବୁଲେଇ ଦେବ। ଆମ ଭିତରେ କଥା ଥିଲା ଯେ ରୁଦ୍ର ସେଇ ରାଧାମାଧବଙ୍କ ମନ୍ଦିର ପାଖ ଘର ଓ ତା ପାଖାପାଖି ଜାଗା ସବୁକୁ ନେଇ ଗୋଟିଏ ଫ୍ୟାକ୍ଟ୍ରି ଖୋଲିବ ଆଉ ତା ବଦଲରେ ମୁଁ ଏ ଘରର ଆସବାବପତ୍ର ବିକ୍ରିର ଟଙ୍କାତକ ନେବି ବୋଲି। କିନ୍ତୁ ଦେଖ ବାପା କ'ଣ କରିଦେଇ ଗଲେ ! ! ଶେଷ ବେଲକୁ ତାଙ୍କର ଯାବତୀୟ ଦାୟିତ୍ୱ ଆମେ ନେଲୁ। ଶୁଦ୍ଧଘରର ସବୁ ନୀତିନିୟମ ସହ ଖର୍ଚ୍ଚବର୍ଚ୍ଚ ବି ତୁଲେଇଲୁ। କିନ୍ତୁ ବାପା ଲୁଚାଚୋରାରେ ସବୁ ତା ଅଣ୍ଟିରେ ଅଜାଡ଼ି ଦେଇ ଗଲେ। କିଏ ଜାଣିଥିଲା ବାପା ଆମକୁ ଏମିତି ଭଗାରୀ କରିବେ ବୋଲି। କ'ଣ ନା ଜ୍ୟେଷ୍ଠ ପୁଅ... ଆଉ ଆମକୁ କ'ଣ ଦାଣ୍ଡରୁ ଗୋଟେଇ ଆଣିଥିଲେ। ଜ୍ୟେଷ୍ଠ ଅଂଶ.... ଜ୍ୟେଷ୍ଠ ଅଂଶ ହୋଇ ତ ସବୁ ତାକୁ ଦେଇଦେଲେ, ଆଉ ଆମ ଭାଗକୁ ରହିଲା କ'ଣ ?

ରାଗରେ ରକ୍ତ ଚାଉଳ ଚୋବେଇଲା ଭଳି କହିଲା ଚନ୍ଦ୍ର।

ସମସ୍ତେ ସ୍ଥିର ନିଶ୍ଚିତ ହେଲେ ଯେ ଏଇ ଇଚ୍ଛାପତ୍ରର ଆଳରେ ଏବେ ବହୁତ କିଛି ହାତେଇ ନେବ ଏ ଶ୍ୟାମ। ଏବେ ଆଉ କାହାରି ହାତରେ କିଛି ଉପାୟ ନାହିଁ। ଏବେ ପ୍ରକାଶ୍ୟରେ ପିତୃପୁରୁଷ ରଘୁନାଥ ପ୍ରହରାଜଙ୍କୁ ଗାଳି ଦେଉଥିଲେ ଚନ୍ଦ୍ର ଆଉ ରୁଦ୍ର।

|| ୨୦ ||

ରଘୁନାଥ ପ୍ରହରାଜ ଯିବାକୁ ମାସେ ପୂରିବ ଆଉ କେଇଟା ଦିନ ଗଲେ । ପ୍ରହରାଜଙ୍କର ଅସ୍ଥି କଳସଟାକୁ ଘରର ପଛ ଆଡକୁ ଗୋଟାଏ କୋଣରେ ପୋତିଦେଇ ସେଠାରେ ଫୁଲ ପାଣି ଟିକେ ଟିକେ ଛିଞ୍ଚି ଦେଉଛନ୍ତି ଶ୍ରୀମୟୀ ନହେଲେ ସୁଲଗ୍ନା । ଘର ବିକ୍ରି ପାଇଁ ବି କଥାବାର୍ତ୍ତା ଚାଲିଛି । ଘର ଚଢ଼ା ଦରରେ ବିକ୍ରି ହୋଇଯିବ, ସେଥିରେ କିଛି ଅସୁବିଧା ନାହିଁ । କିନ୍ତୁ ଏବେ ମୂଲ ଅସୁବିଧା ଥିଲା ବାପାଙ୍କ ଶେଷ ଚିଠିଟି । ଚିଠି ଅନୁସାରେ ଶ୍ୟାମ ତା ଭାଗର ଜମିଟକ ନିଜେ ବାଛିକି ନେବ ପୁଣି ଘର ଭିତରୁ ଯାହା ଆସବାବପତ୍ର ଚାହିଁବ ନେଇପାରିବ ସ୍ମୃତି ହିସାବରେ ।

ସମସ୍ତେ ସ୍ଥିର ନିଶ୍ଚିତ ହୋଇ ସାରିଥିଲେ ଯେ ଏହି ଚିଠିର ଆଳ ଦେଖେଇ ଏବେ ଶ୍ୟାମ ଆଉ ଚନ୍ଦ୍ରିକା ସବୁ ଲୁଟିନେବେ ଏ ଘରୁ । ଯେହେତୁ ମନ୍ଦିର ପାଖ ଘର ଆଉ ଜମି ବି ଯାଇ ସାରିଛି ହାତରୁ ତେଣୁ ଏ ଘରର ବଳକା ଜିନିଷ ସବୁକୁ ବିକି ଭାଙ୍ଗି ରୁଦ୍ର ଆଉ ଚନ୍ଦ୍ର ବାଣ୍ଟିନେବେ ନିଜ ନିଜ ଭିତରେ । ରଘୁନାଥଙ୍କ ଉପରେ ରକ୍ତ ଚାଉଳ ଚୋବାଉଥିଲେ ସମସ୍ତେ । କିନ୍ତୁ କିଛି ଉପାୟ ନଥିଲା ।

ଏବେ ଘର ବିକ୍ରି ପାଇଁ ଯୋଜନା ଚାଲିଥିଲା । ଆଉ କିଛିଦିନ ଭିତରେ ବିକ୍ରିବଟା ସରିଲେ ଗୋଟେ ଧନ୍ଦା ସରିବ । ଏ ସବୁ ଧନ୍ଦା ସରିଲା ପରେ ପୁଣି କେବେ ଫୁରସତରେ ଜମି ବିକ୍ରି ଚିନ୍ତା କରାଯିବ । ତା ପରେ ଯିଏ ଯାହା ବାଟରେ ଯିବେ ।

ଚନ୍ଦ୍ର ଆଉ ରୁଦ୍ର ସିନା ଏ ନିଷ୍ପତ୍ତିଟି ନେଇଗଲେ କିନ୍ତୁ ଏଥିରେ ବି ଆଉ ଗୋଟିଏ ଅଡ଼ୁଆ ପରିସ୍ଥିତି ସୃଷ୍ଟି ହେଲା । ଘର ବିକ୍ରି ହେଲାପରେ ବାପାଙ୍କ ଅସ୍ଥି କଳସକୁ କିଏ ନେବ ସାଙ୍ଗରେ !!

ଚନ୍ଦ୍ର କହିଲା ରୁଦ୍ରକୁ, 'ଶୁଣ ରୁଦ୍ର, ମୋର ଆଦୌ ସୁବିଧା ନାହିଁ। ତୁ ଗଲାବେଳେ ବାପାଙ୍କ ଅସ୍ଥିଟାକୁ ସାଙ୍ଗରେ ନେଇଯିବୁ।'

ସାଙ୍ଗେ ସାଙ୍ଗେ ମୁହଁକୁ ଆୟ୍ଧିଲା କରି ସୁଲଗ୍ନା କହିଲା, 'ଆମେ ଏ ବୋଝକୁ ନେଇ କୁଆଡେ ଯିବୁ ? ତା ଛଡା ଏ ଘର ବିକ୍ରି ହୋଇ ନୂଆଘର କିଣା ହେବାଯାଏ ମୁଁ ତ ଏବେ ମୋ ବାପଘରେ ରହିବି। ଏ ବି ତ ମୋ ସହ ସେଇଠି ରହିବେ। ଶଶୁର ଘରେ ନେଇ ବାପାର ଅସ୍ଥି ରଖିବାଟା କ'ଣ ସୁନ୍ଦର ହେବ ? ? ଅନ୍ତତଃ ବର୍ଷେ ଯାଏ ତ କୋଉଠି ଗୋଟେ ରଖିବାକୁ ପଡିବ ପୁଣି। ବରଂ ଆପଣ ସାଙ୍ଗରେ ନେଇ ଯାଆନ୍ତୁ ଭାଇ। ବର୍ଷେ ନହେଲେ ନାହିଁ ମ। କିଏ ମାନୁଛି ଏ ସବୁକୁ। ଯେତେବେଳେ ଗୋଟେ ସୁବିଧା ଦେଖି ବିସର୍ଜନ କରିଦେବେ ନହେଲେ।'

ସୁଲଗ୍ନାର କଥା ଶୁଣି ଚିହିଁକି ଉଠିଲା ଚନ୍ଦ୍ର। ଆଉ କହିଲା, 'ମୁଣ୍ଡ ଫୁଣ୍ଟ ଖରାପ ହୋଇଗଲାଣି ବୋଧେ ସମସ୍ତଙ୍କର। ମୁଁ କୁଆଡେ ଯିବି ଅସ୍ଥିକୁ ନେଇ ? ମୁଁ ତ ରହୁଛି ସହରର ଫ୍ଲାଟ ଘରେ। ସେଇଟା ପୁଣି ଭଡା ଘର କୋଉ ମୋ ନିଜ ଘର ହୋଇଛି ଯେ କିଛି ଗୋଟେ ବ୍ୟବସ୍ଥା କରିଦେବି। ମୋ ଆଖପାଖରେ ଆଉ ଆଠ ଦଶ ଘର ବି ରହୁଛନ୍ତି। ସେଠି ମୁଁ କୋଉଠି ଗାତ ଖୋଳି ଯାକୁ ନେଇ ପୋତିବି। ସେଇଟାକୁ ଗାଁ ବୋଲି ଭାବିଲ ନା କ'ଣ ! ! ତା ଛଡା ବାପାଙ୍କର ଏ ଇଚ୍ଛାପତ୍ର ଆଉ ଭାଗବଣ୍ଟରା କାଗଜପତ୍ର ବିଷୟରେ ମୁଁ କିଛି ବି ସୁରାକ ପାଇ ପାରିଲିନି। ନହେଲେ ମୁଁ ତାଙ୍କର କିଛି ବି ସେବା କରି ନଥାନ୍ତି କି ତାଙ୍କ ଶୁଦ୍ଧଘରେ ଟଙ୍କାଟିଏ ଖର୍ଚ କରି ନଥାନ୍ତି ମଧ୍ୟ। ଯିଏ ବଡ଼ପୁଅ, ସିଏ ସମ୍ଭାଳୁ ସବୁ।'

'କିନ୍ତୁ ବଡ଼ପୁଅ ହିସାବରେ ଏ କାମ ତୁମେ କରିବା କଥା।' କହିଲା ରୁଦ୍ର।

--- ବଡ଼ପୁଅ ! ! କିଏ ବଡ଼ପୁଅ ? ? ଭାଗ ନେଲା ବେଳକୁ ଶ୍ୟାମ ବଡ଼ପୁଅ ଆଉ ତୋର ମୋର ସମାନ। କିନ୍ତୁ ଦାୟିତ୍ୱ ନେଲାବେଳକୁ ମୁଁ ବଡ଼ପୁଅ। ଭଲ କଥା କହୁଛ ତ ସମସ୍ତେ। ଯାହା ହେଉଛି ହେଇ ଯାଉ ପଛକେ ମୁଁ ସେ ଅସ୍ଥିକୁ ସାଙ୍ଗରେ ନେଇ କୁଆଡେ ଯାଇ ପାରିବିନି।

ତେବେ କ'ଣ କରାଯିବ ? ଧଦି ହେଉଥିଲେ ସମସ୍ତେ। ହଠାତ ଶ୍ରୀମୟୀ କହିଲା, 'ଅସ୍ଥି କଳସଟାକୁ ଶ୍ୟାମ ଭାଇଙ୍କୁ ଦେଇ ଦେଇଯିବା। କହିବା ତୁମେ ତ କାଗଜପତ୍ର ସବୁରେ ବାପାଙ୍କ ବଡ଼ପୁଅ। ଏବେ ବୁଝ ଏ ସବୁ।' କିନ୍ତୁ ଚନ୍ଦ୍ର ଆଉ ରୁଦ୍ର ରାଜି ହେଲେନି ଶ୍ରୀମୟୀର ଏ ପ୍ରସ୍ତାବରେ। ସେମାନଙ୍କ ମନରେ ଶଙ୍କା ଆସିଲା ଯେ

କାଳେ ଏହି ଅସ୍ଥିର ଦାୟିତ୍ୱ ନେବା ବାହାନାରେ ଏ ଘର ବିକ୍ରି ଟଙ୍କାରୁ କିଛି ଭାଗ ମାଗି ବସିବ ଶ୍ୟାମ ।

ସୁଲଗ୍ନା କହିଲା, 'ଏ ଅସ୍ଥି ଏଠି ଥାଉ, ଯିଏ ଯୁଆଡେ ଚାଲ ପଳେଇବା ।'

'କିନ୍ତୁ କଥାଟା ଭଲ ହେବନି । ଲୋକ କ'ଣ କହିବେ ଆମକୁ । ଏତେ କରି ଧରିକି ଶେଷକୁ ଏଇ ଟିକିଏ କଥାରେ ନାଁ ପକେଇବା ?' କହିଲା ଶ୍ରୀମୟୀ ।

ଅନେକ ଆଲୋଚନା, କଥା କଟାକଟି ଆଉ ବିଚାରବିମର୍ଷ ପରେ ସ୍ଥିର ହେଲା ଯେ ଅସ୍ଥିକୁ ଚନ୍ଦ୍ର ତା ସାଙ୍ଗରେ ନେଇକି ଯିବ । ଏଠୁ ଗଲାପରେ ସେ ଆଉ ଘରକୁ ନଯାଇ ସିଧା ଯିବ ପୁରୀ ସମୁଦ୍ରକୂଳକୁ । ସେଠି ଭସେଇ ଦେବ ଅସ୍ଥି କଳସଟାକୁ ମହୋଦଧିରେ । ଏ କଥା କେହି ଜାଣିବେନି । ସମସ୍ତେ ଭାବିବେ ଯେମିତି ଅସ୍ଥିଟା ପୁଅ ମାନଙ୍କ ପାଖରେ ଅଛି । ଠିକ୍ ବର୍ଷେ ପରେ ଗାଁରେ ଆସି ଲୋକ ମାନଙ୍କ ଗୋଟେ ଭୋଜି ଦେଇଦେବା ଅସ୍ଥି ବିସର୍ଜନ ହେଲା କହିକି ।

ଏ ନିଷ୍ପତ୍ତି ସମସ୍ତଙ୍କ ମନକୁ ପାଇଲା ଆଉ ସମସ୍ତେ କିଛିକାଂଶରେ ଆଶ୍ୱସ୍ତ ହେଲେ ।

xxx

ଆଜି ଘର ବିକ୍ରି ପାଇଁ ମୂଲଚାଲ କରିବାକୁ ଗରାଖ ଆସୁଛନ୍ତି ଶୁଣି ସକାଳୁ ସକାଳୁ ଆସି ଶ୍ୟାମ ନ'ସର ପସର ହେଉଛି ପ୍ରହରାଜ ଉଆସରେ । ତାକୁ ଦେଖି ଫୁସୁରୁ ଫାସୁରୁ ହେଉଛନ୍ତି ଶ୍ରୀମୟୀ ଆଉ ସୁଲଗ୍ନା । ଚନ୍ଦ୍ର ଆଉ ରୁଦ୍ର ତ ଦେଖ ନ ଦେଖିଲା ଭଳିଆ ମୁହଁ ଆଡେଇ ବୁଲୁଛନ୍ତି । ଶ୍ୟାମ ବି କହିବ କହିବ ହୋଇ କହି ପାରୁନି କିଛି । ଏମିତିରେ ଗୁଡ଼ାଏ ସମୟ ଗଲା । ପ୍ରହରାଜ ଘରର ଗୁମାସ୍ତା ଭୁବନବାବୁ କିଛି ଲୋକଙ୍କୁ ଧରି ପହଞ୍ଚିଲେ । ବୁଲି ବୁଲି ଘର ସବୁ ବି ଦେଖେଇଲେ । ଏତିକି ବେଳେ ଶ୍ୟାମ କହିଲା, 'ଚନ୍ଦ୍ର, ତୋ ସହ କିଛି କଥା ଥିଲା ।'

ଚନ୍ଦ୍ର କହିଲା, 'ହଁ ହଁ କୁହ.... ଆମେ ତ ଏଇ ସମୟର ଅପେକ୍ଷାରେ ଥିଲୁ । ଏଠି ଏବେ ସମସ୍ତେ ଉପସ୍ଥିତ ଅଛନ୍ତି । ଏବେ ହିଁ କହିଦିଅ ଯେ ଏ ଘରୁ ତୁମକୁ କ'ଣ ଦରକାର । ପଛରେ ଆଉ ଯେମିତି ଝାମେଲା ନ କର ।'

--- ବାପା ତାଙ୍କ ଚିଠିରେ ଲେଖିଥିଲେ ଯେ ମୁଁ ଏ ଘରର ଜ୍ୟେଷ୍ଠ ପୁଅ । ସେଥିପାଇଁ ଜ୍ୟେଷ୍ଠଅଂଶ ଭାବରେ ମୁଁ ଏ ଘରୁ ଯାହା ଚାହିଁବି ନେଇପାରିବି । ସେଥିପାଇଁ....

--- ଓଃ.... ଜ୍ୟେଷ୍ଠଅଂଶ.... ଜ୍ୟେଷ୍ଠପୁଅ... ଶୁଣି ଶୁଣି ମୁଣ୍ଟୋ ଖରାପ

ହୋଇଗଲାଣି ମୋର । ଯାହା ନେବା କଥା ସମସ୍ତଙ୍କ ସାମ୍ନାରେ ଏଠି ସିଧା ସିଧା କୁହ । ଆଉ ନେଇକି ଶୀଘ୍ର ଏଠୁ ଯାଅ ।

        ––– ସେଇ କଥା ତ କହୁଛି ଚନ୍ଦ୍ର । ବାପାଙ୍କ ଅନୁସାରେ ମୁଁ ଏ ଘରର ବଡ଼ପୁଅ । କିନ୍ତୁ ମୋର ଦୁର୍ଭାଗ୍ୟ ଯେ ବଡ଼ପୁଅ ହିସାବରେ ବାପାଙ୍କ ପାଇଁ କିଛି ବି କର୍ତ୍ତବ୍ୟ ମୁଁ କରି ପାରିଲିନି । ରୋଗଶଯ୍ୟାରେ ପଡ଼ିଥିବା ବେଳେ ନା ତାଙ୍କ ସେବା କରି ପାରିଲି, ନା ବଡ଼ପୁଅ ହିସାବରେ ମୃତ୍ୟୁ ପରେ ମୁଖାଗ୍ନି ଟିକେ ଦେଇ ପାରିଲି । କିଛି କ୍ରିୟାକର୍ମ ବି କରି ପାରିଲିନି ମୁଁ ବଡ଼ପୁଅ ହିସାବରେ । ମୁଁ ଏଡ଼େ ପାପୀ ଆଉ ଏଡ଼େ ଅଭାଗା ଯେ ପୁଅ ହିସାବରେ ବାପର କିଛି ବି ସେବା କରିବାର କୌଣସି ବି ଅବକାଶ ପାଇଲିନି । ଏ ବୋଝ ଆଉ ଅପରାଧ ବୋଧକୁ ମୁଣ୍ଡେଇ ମୁଁ କେମିତି ବଞ୍ଚି ପାରିବି ଶାନ୍ତିରେ । ବାପା ହେଲେ ତାଙ୍କ ଶେଷ ଚିଠିରେ ମୁଁ ତାଙ୍କ ପୋଷ୍ୟପୁତ୍ର ଆଉ ଚନ୍ଦ୍ର ତାଙ୍କର ଜ୍ୟେଷ୍ଠ ପୁତ୍ର ବୋଲି ଲେଖି ଦେଇ ଯାଇଥାନ୍ତେ । କିନ୍ତୁ ବାପା ସେମିତି କରି ନାହାନ୍ତି । ତାଙ୍କର ସମସ୍ତ କାଗଜପତ୍ରରେ ମୋତେ ଜ୍ୟେଷ୍ଠ ଉତ୍ତରାଧିକାରୀ ବୋଲି ଲେଖି ଦେଇ ଯାଇଛନ୍ତି । ସେ ସିନା ନିର୍ମୋହ ଭାବରେ ଗୋଟେ ପିତାର କର୍ତ୍ତବ୍ୟ ତୁଲେଇ ଦେଇ ସ୍ୱର୍ଗବାସୀ ହୋଇଗଲେ କିନ୍ତୁ ଏ ଅଧମ ପୁତ୍ର ଏମିତି ଏକ ଦେବତୁଲ୍ୟ ପିତାର ରଣ ସାତ ଜନ୍ମ ନେଲେ ବି ସୁଝି ପାରିବନି । ମୋତେ ଟିକେ ଦୟାକର ଚନ୍ଦ୍ର..... ଏ ଘରୁ କେବଳ ଅଳ୍ପ କେତୋଟି ଜିନିଷ ଚାହୁଁଛି ମୁଁ । ମନା କରିବୁନି ମୋତେ ।

        ବିରକ୍ତ ହୋଇ ପଡ଼ିଲା ଚନ୍ଦ୍ର । ଆଉ କହିଲା, 'ମନା କରିବାକୁ ମୁଁ କିଏ ? ବାପା ତ ତାଙ୍କ ଜ୍ୟେଷ୍ଠ ପୁଅ ପାଇଁ ରାଜିନାମା ଲେଖିଦେଇ ଯାଇଛନ୍ତି ନା । ଅସୁବିଧା କୋଉଠି ? ତା ଛଡ଼ା ଅଳ୍ପ କେତୋଟି କାହିଁକି, ତୁମେ ବହୁତ ବି ନେଇ ପାରିବ । ଯାହା ଦରକାର ଶୀଘ୍ର କୁହ ଆଉ ନେଇକି ଚାଲିଯାଅ ଏଠୁ ତୁରନ୍ତ ।'

        ––– ବାପା ସବୁବେଳେ ତାଙ୍କ କାନ୍ଧରେ ଯେଉଁ ପଶ୍ମିନା କାଶ୍ମିରି ଶାଲ୍ ଖଣ୍ଡକ ପକେଇ ଥାଆନ୍ତି.... ସେ ନ୍ୟାୟ ନିଶାପରେ ହେଉ କିମ୍ବା କେଉଁ ବନ୍ଧୁଘର ଭୋଜିଭାତ, ଏମିତିକି ଘରେ ଥିଲା ବେଳେ ମଧ ବାପା ସେଇଟିକୁ ତାଙ୍କ ପାଖରୁ କେବେ ଅଲଗା କରନ୍ତିନି । ମୋତେ ବାପାଙ୍କର ସେଇ ଶାଲ୍ ଖଣ୍ଡକ ଦରକାର ସ୍ମୃତି ହିସାବରେ । ଆଉ.....

        ––– ହୁଁ.... ଆଉ କ'ଣ ଦରକାର ? ?

        ––– ଜେଜେଙ୍କର ସେଇ ଆରାମ ଚଉକିଟି ଆଉ ଦାଣ୍ଡଘରେ ଲାଗିଥିବା ବୋଉର ସେଇ ବଡ଼ ଫୋଟୋଟି ଦରକାର ମୋତେ । ଆଉ ତା ସହ....

———— ହଁ.... ଅଟକିଗଲ କାହିଁକି ? ? କହିଚାଲ.... କହିଚାଲ.... ଏଥର ମୁଖ୍ୟ ଦାମୀ ଜିନିଷ ଗୁଡ଼ା କହି ପକାଅ ଜଲ୍‌ଦି।

——— ନାଇଁ ଚନ୍ଦ୍ର, ମୋତେ କେବଳ ଆଉ ଗୋଟିଏ ହିଁ ଜିନିଷ ଦରକାର ଏ ଘରୁ।

ଆଶ୍ଚର୍ଯ୍ୟ ହେଉଥିଲେ ସମସ୍ତେ। ପ୍ରହରାଜ ଉଆସରେ ଏତେ ଦାମୀ ଜିନିଷ ଥାଉ ଥାଉ ଶ୍ୟାମକୁ ଏ ଶାଲ୍‌, ଚଉକି ଆଉ ସେ ପୁରୁଣା ଫୋଟୋ ଖଣ୍ଡକ ଦରକାର ! ! ନିଜ ଭାବନାରେ ଲଗାମ ଦେଇ ଶ୍ୟାମ ପଚାରିଲା.... ହଁ ଜଲ୍‌ଦି ଜଲ୍‌ଦି କୁହ ଆଉ କ'ଣ ଦରକାର ତୁମର।

—— ମୋତେ ବାପାଙ୍କର ସେଇ ଅସ୍ଥି କଳସଟି ଦରକାର..... ଉତ୍‌ରିମରି ଉତ୍ତର ଦେଲା ଶ୍ୟାମ।

ଆବାକାବା ହୋଇ ସମସ୍ତେ ଚାହୁଁଥିଲେ ସମସ୍ତଙ୍କ ମୁହଁକୁ। ରୁଦ୍ର ଆଉ ଚନ୍ଦ୍ରଙ୍କ ପାଟିରେ କିଛି ଭାଷା ନଥିଲା। ଶ୍ୟାମର କ'ଣ ମୁଣ୍ଡ ଖରାପ ହୋଇ ଯାଇଛି ! ! ଉତ୍ତରାଧିକାରୀ ସୂତ୍ରରେ ଏ ଘରୁ ତ ସେ କିଛି ବି ନେଇ ଯାଇ ପାରନ୍ତା। କିନ୍ତୁ ଶାଲ୍....ସେଥିରେ ପୁଣି ଅସ୍ଥି ! !

ଚନ୍ଦ୍ର ନୀରବ ରହିବା ଦେଖି ଶ୍ୟାମ ହାତ ଯୋଡ଼ି ବସି ପଡ଼ିଲା ଭୁବନବାବୁଙ୍କ ପାଦ ତଳେ। ଆଉ କହିଲା, 'ଆପଣ କୁହନ୍ତୁ ଭୁବନବାବୁ....ବାପାଙ୍କ ଇଚ୍ଛାପତ୍ର ଅନୁସାରେ ମୁଁ ଏ ଘରୁ କ'ଣ ଏତିକି ଜିନିଷ ନେଇ ପାରିବି ନାହିଁ ! ! ମୋତେ ଦୟା କରନ୍ତୁ ଟିକେ। ବାପାଙ୍କ ଶାଲ୍, ଜେଜେଙ୍କ ଚେୟାର ଆଉ ବୋଉର ଫୋଟୋକୁ ମୁଁ ସାରା ଜୀବନ ସାଇତି ରଖିବି ତାଙ୍କ ଆଶୀର୍ବାଦ ଭାବିକି। ଆଉ ଅସ୍ଥି ଟିକକ ନେଲେ ମୁଁ ମୋ ବାପାଙ୍କ ପାଇଁ କିଛି କରିବାର ସୁଯୋଗ ପାଆନ୍ତି। ମୁଁ ପ୍ରତିଜ୍ଞା କରି କହୁଛି ମୋର ଏ ଜମିବାଡ଼ିରୁ ନିଜ ଇଚ୍ଛାରେ କିଛି ଦରକାର ନାହିଁ। କେବଳ ପେଟ ଚାଖଣ୍ଡକ ପୋଷିବା ପାଇଁ ଚନ୍ଦ୍ର ଆଉ ରୁଦ୍ର ମୋତେ ଯାହା ଯେତିକି ଦେବେ ମୁଁ ଗ୍ରହଣ କରିବି। କେବଳ ଏତିକି ଜିନିଷକୁ ଛାଡ଼ିଦେଲେ ମୋର ଏ ପ୍ରହରାଜ ଉଆସରୁ ଧୂଳି ଟିକେ ବି ଦରକାର ନାହିଁ। ବାପାଙ୍କ ଅସ୍ଥିକୁ ମୁଁ ବର୍ଷେ ଯାଏ ପୂଜା କରିବି। ନିୟମ ଅନୁସାରେ ମୋ ନିଜ ହାତରେ ପିଣ୍ଡ ବାଢ଼ି ଦେବି ବାପାଙ୍କୁ। ସବୁ ବିଧିବିଧାନ ମାନି ବାପାଙ୍କ ଅସ୍ଥିକୁ ବିସର୍ଜନ ମଧ୍ୟ କରିବି। ବାପା ମୋ ନାଁରେ ତାଙ୍କ ଖୁସିରେ ଯେଉଁ ଘର ଖଣ୍ଡିକ ଲେଖି ଦେଇ ଯାଇଛନ୍ତି ସେତକକୁ ମୁଁ ବଞ୍ଚିଥିବା ଯାଏ ସାଇତି ରଖିଥିବି ପ୍ରହରାଜ ବଂଶର ସନ୍ତକ ଭାବରେ। କେବେ କୌଣସି ପରିସ୍ଥିତିରେ ଆଉ କାହାକୁ ଟେକି

ଦେବିନି। ମୁଁ ଶପଥ କରୁଛି ଏଠି ସମସ୍ତଙ୍କ ସାମ୍ନାରେ। ମୋ ପ୍ରତି ଉଚିତ ବିଚାର କରନ୍ତୁ ଭୁବନବାବୁ।

ଭୁବନବାବୁ ସମ୍ମତି ଜଣାଇଲେ। ଚନ୍ଦ୍ର ଆଉ ରୁଦ୍ର ମଧ୍ୟ ନିରବ ସମ୍ମତି ଦେଲେ। ମୁଣ୍ଡରୁ ଅସ୍ଥି ନାମକ ବୋଝଟି ଗଲା ଭାବି ଖୁସି ହେଉଥିଲେ ଶ୍ରୀମୟୀ ଆଉ ସୁଲଗ୍ନା। ଶ୍ୟାମ ଲୁହ ଜରଜର ଆଖିରେ ପିତୃପୁରୁଷଙ୍କ ଉଦ୍ଦେଶ୍ୟରେ ହାତ ଯୋଡୁଥିଲା ତାକୁ ପିତୃରଣ ସୁଝିବାର ସାମାନ୍ୟତମ ସୁଯୋଗ ଦେଇଥିବାରୁ। ଅତି ଯତ୍ନରେ ହାତରେ ଅସ୍ଥି କଳସଟିକୁ ଧରି ସମସ୍ତଙ୍କ ଦୃଷ୍ଟିରୁ ଅପସରି ଯାଉଥିଲା ଶ୍ୟାମ। ତାକୁ ଲାଗୁଥିଲା ଯେମିତି ତା ହାତକୁ ଧରି ବାପା ରଘୁନାଥ ପ୍ରହରାଜ ତା ପଛେ ପଛେ ଚାଲି ଚାଲି ଆସୁଛନ୍ତି ମହାଆନନ୍ଦରେ, ଠିକ୍ ଯେମିତି ସେ ଚାଲୁଥିଲା ଛୁଆବେଲେ ରଘୁନାଥଙ୍କର ହାତକୁ ଧରିକି।

BLACK EAGLE BOOKS

www.blackeaglebooks.org
info@blackeaglebooks.org

Black Eagle Books, an independent publisher, was founded as a nonprofit organization in April, 2019. It is our mission to connect and engage the Indian diaspora and the world at large with the best of works of world literature published on a collaborative platform, with special emphasis on foregrounding Contemporary Classics and New Writing.

www.ingramcontent.com/pod-product-compliance
Lightning Source LLC
Chambersburg PA
CBHW050152110726

47898CB00008B/2766